KB045990

Record of Erotic Marion

Story by Masamun Illustration by B-Ginga

미나

시라이시 세리나

어이⋯⋯ 여기는 노예도 취급하는거냐?

관객들이 술렁거리기 시작했기에 나도 사회자가 있는 곳을
쳐다보았다. 이번 상품은 여자아이였다.
동물귀 미소녀가 쇠사슬에 묶여 있었다. 축 처진 귀를 제외
하면 평범한 인간과 다를 바 없었으며, 낡아빠진 옷을 입고
있었다.

에로 스킬로
Record of Erotic Warrior
이세계 무쌍

글 : 마사난
일러스트 : B-은하

Contents

동정들에게 이 글을 바친다.

서장 그래도 일단은 용사니까요

프롤로그

인터넷에서 발견한 RPG

불도 켜지지 않은 어두컴컴한 방에 컴퓨터의 모니터만이 환하게 빛나고 있다. 때때로 딸깍딸깍 마우스를 클릭하는 소리가 울려 퍼졌다.

"뭔가 재밌는 게 없으려나."

인터넷을 돌아다니고 있지만 하나같이 지루한 것들뿐이었다. 재밌는 만화는 전부 읽었고 애니메이션도 거의 다 봐버렸다.

동영상도 싫었다. 다른 사람의 조회수를 올려주고 싶지 않았다. 광고도 짜증 났다.

게임도 너무 많이 해서 그런지 요즘에는 재미가 없었다.

모 게시판에서 낚시질을 하는 것도 질렸다.

그래서 한가했다.

무직에 동정인 방구석 폐인에게 한가함은 독이다.

야근을 하느라 바쁘신 정규직들이 보기에는 사치스러운 고민일지도 모르지만 지루한 건 지루한 거다.

물론, 그렇다고 구직 활동을 할 생각은 없었다. 일을 하면 지는 거다.

예전에는 성실하게 일한 적도 있지만, 글러먹은 노동 환경에 이골이 나서 회사를 관뒀다.

밖으로 나가질 않으니 트럭에 치일 일도 없었다.

"오? 헤에, 캐릭터 메이킹이라니. 그리운걸."

인터넷을 돌아다니던 와중 RPG 느낌이 나는 사이트를 발견했다. 보너스 포인트로 근력이나 마력에 투자하는 형식의 게임 사이트였다.

스타트 버튼을 누르지도 않았건만 다짜고짜 캐릭터 메이킹 화면으로 넘어가다니. 요즘 웹 게임은 과금을 하게 만들려고 수단과 방법을 안 가리는군.

어차피 한가하니 잠깐 즐겨보기로 했다.

과금할 생각은 전혀 없지만.

우선은 숫자 옆의 플러스, 마이너스를 적당히 클릭해 18포인트를 투자해 보았다.

[종족] 인간 남자
[근력] 15 ++
[민첩] 11 ++
[체력] 14 ++
[마력] 6 ++
[손재주] 8 ++
[운]   9 ++
[보너스] 0

근력(STR)과 체력(VTR) 위주의 전사 캐릭터. 민첩(AGI)과 손재주(DEX)도 적절히 투자해 밸런스를 중시했다.

손재주는 명중률에 영향을 끼치는 능력치였다.

마력은 초기 수치 그대로 놔두었다.

참고로 종족도 바꿀 수 있나 싶어서 종족과 인간이라는 글자를 클릭해 보았지만 아무런 변화도 일어나지 않았다. 종족은 인간으로 고정인 모양이었다.

나는 아래쪽의 [다음] 버튼을 누르는 대신 오른쪽 위의 [리셋] 버튼을 클릭했다.

[종족] 인간 남자

[근력] 7 ++

[민첩] 7 ++

[체력] 8 ++

[마력] 6 ++

[손재주] 7 ++

[운] 6 ++

[보너스] 27

"오. 보너스 포인트는 랜덤인가······."

모든 능력치가 초기화되더니 보너스 포인트가 27로 늘어났다. 다만 기본 능력치에도 약간의 변동이 있었다. 7이 평균치인 듯했다.

보너스 포인트의 상한을 알고 싶어진 나는 [리셋] 버튼을 연속해서 클릭했다.

12, 8, 3, 10, 21, 7, 9, 15, 11, 15.

"쳇. 설마 방금 전 게 제일 높았나?"

20을 넘는 숫자는 좀처럼 나오지 않았다.

11에서 15가 대부분이었다.

뭐, 어차피 남는 게 시간이다.

"간다아아앗!"

나는 손가락 세 개로 마우스 왼쪽 버튼을 연타했다. 모 온라인 게임에서 버그성 플레이로 의심받을 정도였던 나의 고속 테크닉 이다. 매크로 프로그램에는 밀리지만 내 기술의 진가는 다른 부 분에 있었다.

"지금이다!"

보너스 포인트의 십의 자리 숫자에 온 신경을 집중시킨 나는, 9라는 숫자가 보인 순간 손가락을 뗐다.

보너스 포인트 99

해냈다!

한 번에 성공해 내다니. 혹시 내 연타 테크닉은 세계구급이 아 닐까?

극히 일부의 게임을 제외하면 쓸모없는 기술이지만.

이 이상의 수치는 나오지 않을 것이라고 판단한 나는 포인트 배 분을 시작했다.

[종족] 인간 남자

[근력] 24 ++

[민첩] 23 ++
[체력] 24 ++
[마력] 23 ++
[손재주] 23 ++
[운]   23 ++
[보너스] 0

……흠. 99라는 포인트가 많아 보였지만 막상 찍고 나니 고만고만하군. 그렇다고 한 능력치에 몰아줬다가 망하고 싶지는 않았다.

중간에 시험 삼아서 어디까지 올라가는지 확인해 보았는데, 50이 최대치인 듯했다.

나는 [다음] 버튼을 눌렀다.

그러자 삑 하고 심플한 전자음이 들려왔다. 이런 퀄리티로 사람들이 과금을 해줄 것이라 생각하면 큰 오산이다. 나도 아직 플레이를 하겠다고 정한 게 아니라고.

로딩 시간 없이 화면이 바뀐 부분은 칭찬해 주고 싶었다. 하긴, 이런 일러스트도 뭣도 없는 화면을 띄우는 데 시간을 잡아먹는다면 유저들의 불만이 폭주할 것이다.

"호오. 스킬 포인트도 랜덤인가."

이 게임에서는 캐릭터 생성 시에 몇 개의 랜덤한 스킬이 주어지는 듯했다. 여기에 스킬 포인트를 소비하여 자신이 원하는 스킬을 추가로 습득하는 시스템인가.

[연속 베기] [페인트 LV1]

이것이 현재 스킬란에 표시되어 있는 초기 스킬이었다. 스킬 포인트는 14였다.

화면의 왼쪽 리스트에는 [전사 계열], [마법사 계열] 등의 항목이 존재했고, 각 항목마다 계통에 맞는 스킬들이 정리되어 있었다.

우선은 전사 계열 스킬을 살펴보기로 했다.

[몸통박치기] [들이받기] [태클] [밭다리후리기] [때려눕히기] [손바닥치기] [플라잉 니킥] [돌려차기] [로킥] [미들킥] [하이킥] [뒤돌려차기] [발꿈치찍기] [횡베기] [종베기] [사선베기] [바리츠] [찌르기] [손목치기] [츠바메가에시] [참철검] [분신검] [차원참] ……

스크롤을 내려가며 길게 나열된 스킬들을 훑어보았는데, 온갖 기술을 다 집어넣어서 통일감이 없었다. 유도와 검도, 스모에서 사용되는 기술들도 다수 보였다. RPG에서 손바닥치기라니.

애초에 기술마다 공격 모션이 있기는 한 걸까? 설마 텍스트로 때우는 게임은 아니겠지?

이쯤 되니 누군가가 취미로 만든 게임은 아닌가 의심되기 시작했다.

뭐, 그래도 조금만 더 해보도록 할까. 한가하니까.

가장 강력해 보이는 [차원참]을 클릭해 보았지만 아무런 변화가 없었다. 글자도 회색인 상태 그대로였다. 포인트가 부족한 듯하다. 문득 우측 상단을 보니 작은 글씨로 필요한 스킬 포인트가 5000이라고 적혀있었다.

이러니 배울 수가 없지. 내가 가진 포인트는 14뿐인걸.

아무래도 처음에는 고르지 못하는 스킬인 모양이었다. 그런 스킬이 캐릭터 메이킹에 등장하지 말란 말이다……라고 잠깐 생각했지만, 과금을 하면 얻을 수 있는 건지도 모른다.

일단 주변에 충전 버튼은 보이지 않았다. 하긴, 상관없다. 어차피 과금을 할 생각은 없으니.

이후로도 이런저런 스킬들을 클릭해 보았는데, 스킬을 습득하는 데 필요한 최소 포인트는 1이었다. [종베기]와 [찌르기]가 1포인트를 필요로 했다. 사실 스킬이라고 부르기도 아까운 기술이기는 했다.

다채로운 스킬이 이 게임의 세일즈 포인트 같으니 이 정도는 너그럽게 넘어가 주기로 하자.

나는 [되돌리기] 버튼을 누른 뒤 마법사 계열 스킬을 확인해 보았다.

[파이어 볼] [아이스 니들] [윈드 커터] [선더 볼트] [록 폴] [파이어 월] [아이스 랜서] [윈드 스톰] [어스퀘이크] [블리자드] [슬립] [템테이션] [스턴 클라우드] [데스] [위드 트랩] [디텍트] ……

이쪽은 비교적 전형적인 판타지 세계관의 주문들이 나열되어 있었다. 명사 대신 동사를 사용하는 등의 문제는 있었지만, 번역명에 일일이 토를 다는 것은 멋없는 짓이다.

"그런데 스킬 설명이 없네. 이러면 포인트가 높은 스킬을 찍기 난감한데……."

보통 팝업 창이나 다른 윈도우에 스킬 설명이 나와주는 법이건만, 이 게임은 그만큼 친절하게 설계되어 있지 않은 모양이었다. 이 부분은 마이너스다.

[파이어 볼]을 클릭해 보니 필요한 스킬 포인트는 3으로 높은 편이었다. 다른 주문들도 필요 포인트가 전사 계열보다 조금씩 높게 설정되어 있었다.

[디텍트]가 1포인트이기는 했지만 적의 위치를 감지하는 정도의 초라한 주문일 것이다.

성직자 계열의 주문들도 적당히 확인한 다음, 도적 계열로 넘어갔다.

"오, 소매치기라."

이렇게 스킬이 많은 게임이라면 당연히 훔치는 스킬도 있으리라곤 생각했지만, 설마 [소매치기]가 존재하다니. 허를 찔린 느낌이라 피식하고 말았다.

[함정 해체] [잠금 해제]와 같은 필수 스킬은 3포인트가 필요했다. 직업을 도적으로 선택하지 않아도 습득할 수 있는 걸까. 그렇다면 배워두고 싶었다.

어차피 나는 솔로 플레이밖에 안 하니까.

"응? 페, 펠…… 뭐라고?"

밑으로 스크롤을 내렸더니 [펠라치오] [매도] [묶기] [스팽킹] [치한] [도촬] [촛농]과 같은 19금 스킬들이 등장했다.

뭐냐고, 이게! 정석적인 RPG인 줄 알았더니 야겜이냐!

쳇, 19금이면 처음부터 19금이라고 말하란 말이다!

플레이 확정!

제1화
수상한 웹 게임의 캐릭터 메이킹

그나저나 연령 확인도 하지 않는 19금 게임이라니. 나중에 문제가 될 수 있는 부분이다. 세상에는 이렇게 막 나가는 개발사도 있구나.

뭐, 나는 신고할 생각이 없지만.

아니면 유저의 개인정보를 수집하는 악덕 개발사인가?

혹시 모르니 평소에 사용하지 않는 비밀번호와 이메일 주소를 사용하기로 하자.

만약 신용카드 번호를 요구한다면 곧바로 플레이를 그만둘 생각이었다.

나는 네놈들이 생각하는 만만한 인간이 아니라고.

나는 책상에서 메모장을 집어 들고 쓸만해 보이는 스킬을 메모해 두었다.

고작 게임을 하는데 웬 메모냐고 생각할 수도 있지만 나는 게임에 진심인 편이다.

하지만 게임 이외의 분야에서 진심을 발휘해 본 적은 없었다.

컴퓨터에 내장된 메모장을 사용하면 바탕화면을 오가다가 불상사가 일어날지도 모른다. 역시 모니터를 바라보면서 메모할 수 있는 아날로그 메모장이 최고다.

다만, 공략 사이트는 참고할 생각이었다.

그런데 한 가지 문제가 있었다.

"이 게임, 제목이 안 나와 있네……."

이건 그거다. 캐릭터 생성이 끝나고 게임을 시작하면 오프닝과 함께 타이틀을 보여주려는 속셈이다. 일종의 연출이었다.

자, 모처럼 99나 되는 추가 능력치를 얻었으니 스킬 포인트도 분발해 보기로 할까.

웹 게임이라서 굳이 세이브를 할 필요는 없겠지만 방심은 금물이다.

나는 살짝 긴장하며 [리셋] 버튼을 눌렀다.

만약에 방금 전의 능력치까지 초기화되어 버린다면 땅을 치며 통곡할 것이다.

"휴, 됐다!"

다행히 스킬 포인트만 초기화되고 기본 능력은 변화하지 않았다.

문득 알아챈 사실인데, 이전의 창으로 돌아가는 버튼 자체가 존재하지 않았다. 여기까지 오면 능력치를 초기화하는 것은 불가능한 모양이었다. 일단 리세마라 대책은 마련해 놓은 듯하다. 캐시를 삭제해가면서까지 달릴 만한 게임은 아니지만.

한 번 결정하면 되돌릴 수 없어 보이니 신중하게 선택하자.

우선은 스킬 포인트가 얼마나 주어지는지부터 확인하기로 했다.

"으랴아아아!"

나는 세 손가락으로 마우스를 연타했다.

그렇게 나온 숫자는 12, 15, 8, 11, 14, 4, 1, 5, 7, 14……. 죄다 20 이하뿐이었다.

"쳇. 스킬 포인트는 더 짜게 주는 건가……?"

일단은 조금 더 시도해 보기로 했다. 시간이라면 얼마든지 있다.

"38이라……. 망설여지네."

그럭저럭 높은 숫자가 나왔다. 지금까지의 결과에 비하면 썩 괜찮은 숫자였다.

그래도 조금만 더 해보자.

딸깍, 딸깍, 딸깍.

…………

괜히 넘겨 버렸나?

20 이상의 숫자는 좀처럼 나오지 않았다.

아무래도 스킬 포인트의 최대치는 40인 듯했다.

"잠깐 화장실."

기분 전환을 하고 돌아온 나는 마우스 클릭을 재개했다.

클릭, 또 클릭.

내가 지금 뭘 하는 거지? 귀찮다. 지루하다. 이런 생각이 피어오르기 시작했지만 그래도 클릭을 계속했다.

어차피 한가하니 좋은 스킬과 보너스가 나올 때까지 최소 3일은 달릴 생각이다.

"오, 35라……. 나쁘지 않은걸."

이 정도면 대략 2천분의 1의 확률에 해당하는 수치였다.

문제는 랜덤으로 습득되는 스킬 쪽이다.

"허접해……."

[더킹 LV2] [금전 감각] [낮잠]

낮잠이 대체 뭔데.

MP를 회복하는 기능이라도 달려있는 것일까. 무엇보다 스킬이 없으면 낮잠도 못 자는 세상이라니, 싫었다.

더킹은 복싱 용어로, 몸을 앞으로 숙여서 상대방의 훅이나 스트레이트를 피하는 회피 기술이다. 굳이 복싱이 아니더라도 응용은 가능하겠지만 결국에는 일반적인 회피 스킬이다.

혹시나 싶어 스킬 리스트에 적힌 [더킹 LV3]의 정보를 확인해 봤더니 필요 포인트는 4였다.

이 정도면 레벨을 올려서 얻는 포인트로 금방 익힐 수 있을 것 같았다.

……그런데 정말 그럴까?

만약 레벨이 올라도 스킬을 익힐 수 없는 게임이라면?

하지만 필요 포인트가 무려 5000에 달하는 [차원참]은 현시점에서 무슨 짓을 해도 배울 수 없어 보였다. 그러니 레벨 업으로도 스킬을 익힐 수 있을 것이다.

[금전 감각]은 효과를 짐작하기 어려웠지만, 게임 내에서 골드를 획득해 보면 무슨 스킬인지 금방 판명될 것이다.

골드의 획득 확률이 상승하거나, 적을 쓰러트렸을 때 습득하는 골드의 양이 몇 퍼센트 오르는 스킬일 가능성이 높았다. 하지만 스킬 이름을 보니 극적인 효과는 없어 보였다.

……즉, 버리는 스킬이었다.

개발자가 다양한 스킬을 만드는 과정에서 겸사겸사 집어넣은 듯했다.

[낮잠]은 잠을 자는 모션이 부여된 예능용 스킬일까.

이걸 어디다 쓰라고.

그러므로 다른 스킬을 뽑기로 했다.

[리셋]을 클릭.

"으랴아아아!"

다시 마우스를 연타했다. 이쯤 되니 슬슬 질리기 시작했다.

3일은 달리겠다고 했지만 실은 거짓말이다.

즐기려고 하는 게임에서 사서 고생을 하다니, 본말전도다.

"앗! 젠장!"

방금 70대 포인트가 등장했으나 방심을 하는 바람에 넘겨버리고 말았다.

40 이상은 나오지 않는 줄 알았건만.

연타를 시작한 지도 벌써 30분이 지났다. 확률로 따지면 2만분의 1쯤 되는 듯했다.

"후우."

잠시 어깨를 돌리며 심호흡을 했다.

다시 한번 해보자.

딸깍, 딸깍, 딸깍.

슬슬 나올 것 같다는 예감이 들었기 때문에 이 시점부터는 조금 느긋하게 연타했다.

하지만 나오지 않는군. 착각인 모양이었다. 하긴, 나한테 예지력이 있는 것도 아니고.

이 게임에도 [예지] 능력은 존재했다. 마음 같아서는 꼭 배우고 싶었다.

액션 RPG이므로 별 쓸모는 없겠지만.

기껏해야 회피율이 오르는 정도일 것이다. 그래도 상상력을 자극하는 스킬이기는 했다.

[투시] 같은 스킬을 현실에서 사용할 수 있다면 재밌을 텐데.

"오옷! 아자, 떴다!"

또다시 99라는 수치가 나왔다.

습득한 랜덤 스킬은 [획득 스킬 포인트 상승 LV5] [근성 LV2] [레어 아이템 확률 업 LV4] [손재주UP LV2] 였다.

이전에 습득했던 스킬보다 훨씬 많았다. 근성은 체력을 올려주는 능력치인가? 구체적인 효과나 성능은 여전히 불명이었다.

"하지만 과금을 하게 만들려는 개발자의 함정일지도 몰라."

일정 시간 클릭하면 무조건 터무니없는 보너스 포인트를 얻도록 설정해 둔 것일 수도 있었다.

두 번이나 99가 나오다니 이상했다.

다만 별다른 패널티도 없거니와, 과금할 생각이 없는 나로서는 자랑할 만한 수치였다.

자랑할 친구는 한 명도 없지만.

자, 이제 스킬을 고를 시간이다. 미리 괜찮아 보이는 스킬을 메모해 두었기 때문에 필수적인 것부터 선택해 나갔다.

먼저 [획득 경험치 상승].

레벨이 상승하는 속도를 올려주기에 레벨 업이 중심인 RPG에서는 가장 유용한 스킬이라 할 수 있었다.

신경이 쓰이는 점은 스킬의 색깔이 노란색이라는 점이었다. 익히면 패널티라도 생기는 걸까?

특이한 스킬은 대부분 노란색이나 붉은색이었기 때문에 레벨업으로는 익힐 수 없는 레어 스킬일지도 몰랐다.

그렇다면 더더욱 배워둘 필요가 있었다.

5포인트를 소비하지만 지금은 충분히 여유로웠다. 클릭.

"오?"

그러자 오른쪽 스킬 창에 [획득 경험치 상승 LV1]이라는 글자가 나타났다. 혹시 스킬 레벨을 올리는 것도 가능한가?

다시 왼쪽 리스트를 확인해 보니 가능한 듯했다. 필요 포인트는 두 배인 10.

흐음. 배우고 싶은 스킬들은 잔뜩 있지만, 레벨을 올려서 얻는 포인트로 배우면 된다. 일단은 레어 스킬이니 올려둬도 손해는 없을 것이다.

[획득 경험치 상승 LV2]가 되었다.

다시 한번 왼쪽의 리스트를 확인하자 필요 포인트가 20이 되어 있었다. 다시 두 배로 올라간 것이다.

레벨 4까지 습득이 가능한 듯했지만 일단은 잠시 보류해 두기로 했다.

다음으로 도적 계열 스킬 리스트를 펼쳐 [안목] 스킬을 확인해 보았다. 필요 포인트는 3이다.

그리고 다시 리스트로 되돌아가 [감정]을 확인해 보았다. 이쪽은 필요 포인트가 1이었다.

흠, 겉보기에는 비슷한 스킬 같은데……. [안목]은 물건의 가치, 진품 여부, 용도 등을 판별하는 데 쓰이는 듯했다. 그리고 [감정]은…… 아무리 봐도 그게 그거 같아 보였다.

뭐, 이세계물을 다루는 라이트 노벨에서는 대부분 [감정] 스킬을 사용하니 이걸 선택하기로 할까. 포인트 소비도 적고.

게다가 [안목]의 글자는 하얀색인 반면 [감정]은 붉은색이라 레어도도 높아 보였다.

설령 쓰레기 스킬이라도 1포인트만 손해 보는 셈이다. 만약 소지 스킬 개수에 제한이 있다면 큰일이지만, 상당한 수의 스킬들이 준비되어 있거니와 스킬 창도 큼지막하니 아마도 괜찮을 것이다.

[감정 LV1]을 습득.

생각해 보니 LV1로는 별로 쓸모가 없을 것 같아서 LV3까지는 올려두기로 했다. 이 스킬의 필요 포인트는 두 배씩이 아니라 LV1당 3, 6, 9 순으로 증가했다.

그리하여 감정 스킬에 10포인트가 소비되었다. 이것으로 내가 사용한 스킬 포인트는 25. 아직 잔뜩 남았다.

무엇을 고를지 망설여지는군, 후후후.

나는 스킬 리스트에서 붉은색을 띤 스킬들을 중점적으로 확인해 보았다. 메모했을 때는 글자색을 별로 신경을 쓰지 않았지만, 레어 스킬부터 습득하는 편이 현명할 것이다.

[스킬 리셋] [획득 스킬 포인트 상승] [스킬 동결] [스킬 변경] [스킬 강탈] [스킬 개발] [스킬 소멸] [스킬 카피] [스킬 정지] [클래스 체인지] [클래스 트리] [클래스 융합] [클래스 해방] [클래

스 뽑기] [MP 흡수] [HP 흡수] [MP 변환] [MP 양도] [HP 양도] [MP 회복] [HP 회복] [예지] [예감] [신탁] [예언] [예측] [예보] [예견] [간파] [변신] [해설] [불로] [불사] [독 내성] [마비 내성] [석화 내성] ……

강렬한 인상을 준 것은 [스킬 강탈]이었다. 게임에 PK가 존재하는 모양이었다. 이 스킬에 당한 유저들의 원성이 엄청날 텐데 운영진들이 감당할 수 있을까?

스킬로 마우스 커서를 가져가자 필요 포인트가 무려 30에 달했다.

스킬의 성공 확률이 얼마나 되는지, 레어 스킬도 빼앗을 수 있는지 불명이었기에 일단은 보류해 두기로 했다.

[획득 스킬 포인트 상승]은 5까지 습득해 두었기 때문인지 글자가 회색으로 변해서 더 이상 선택할 수 없었다.

스킬의 최고 레벨은 5인 건가? 어쩌면 캐릭터 생성 시에만 적용되는 제한일지도 몰랐다.

다음으로 신경이 쓰이는 것은 [스킬 리셋]이다.

만약 자신이 습득한 스킬들을 백지로 돌려서 포인트로 환원할 수 있는 스킬이라면 꽤나 듬직할 것이다.

시험 삼아서 새로운 스킬을 배워서 사용해본 다음, 마음에 들지 않으면 원래대로 되돌릴 수 있을 테니까.

하지만 그렇게 편리하기만 한 스킬일까?

패널티로 되돌려받는 포인트가 적어진다거나, 심지어는 스킬을 지우기만 하고 되돌려받을 수 없는 지뢰 스킬일지도 몰랐다.

위험 부담이 커서 배우기가 난감하군…….

필요 포인트는 20인가. 일단은 보류해 두기로 했다.

다음은 [클래스 체인지].

이건 다른 직업으로 자유롭게 전직할 수 있는 스킬일 것이다.

어떤 패널티가 있는지는 모르겠지만 클래스를 바꿔서 레벨을 올리면 어느 정도 만회할 수 있지 않을까.

하지만 필요 포인트가 30이라서 망설여졌다.

그리고 [클래스 트리].

이 스킬은 뭘까? 상급 직업으로 이어지는 분기나 전직 조건을 확인할 수 있는 스킬인가?

별로 써먹을 구석이 없어 보였다. 어차피 필요 포인트도 100이나 되었기에 배울 수도 없다.

이외의 다른 클래스 스킬들도 무슨 용도인지 짐작이 되지 않았다. 포인트도 엄청나게 잡아먹으니 그냥 넘기기로 하자.

[독 내성]은 레어 스킬이라 하기에는 수수해 보였다. 해독제 같은 아이템이 존재할 테니 굳이 필요하진 않을 것이다.

[석화 내성]이나 [즉사 내성]은 탐이 났지만 필요 포인트가 무지막지하게 높았다. 각각 500, 3000이었다. 그러니까 이런 스킬은 캐릭터 메이킹에 집어넣지 말라고.

과금 유저들만 살판나겠군.

[MP 흡수] 계열의 경우, 마법을 배운다면 쓸모가 있어 보였다.

[예지]는 비슷한 스킬이 잔뜩 존재했는데, 다른 건 몰라도 [예보]만큼은 절대로 배우고 싶지 않았다. 날씨를 알아서 어디다 써

먹으라고…….

이후로도 계속 둘러봤지만 이렇다 할 스킬은…….

응?

[해설] 같은 건 제법 쓸만하지 않을까?

필요 포인트는 1. 싸다. 배워버려야지.

[해설 LV1]을 습득. 73포인트가 남았다.

기대감에 부풀어 다른 스킬에 마우스를 가져다 대 봤지만 해설해 주지 않았다…….

어쩔 수 없지.

[예지]도 배워볼까 했지만 1000포인트라서 불가능했다.

그래서 가장 싼 [예감]으로 참기로 했다. 3포인트라. 좋아.

[예감 LV1]을 습득했다.

어차피 이 스킬도 LV4까지는 올려야 실용성이 좀 생길 것이다.

"대충 이 정도로 할까."

한동안 망설이다가 귀찮아진 나는 적당히 쓸만해 보이는 스킬들을 선택했다.

[획득 경험치 상승 LV2]

[감정 LV3]

[해설 LV1]

[예감 LV1]

[스킬 카피 LV1]

[클래스 체인지 LV1]

[스킬 리셋 LV1]

[스킬 강탈]을 배우기에는 포인트가 모자랐기에 10포인트 더 저렴한 카피를 선택했다. 전투 중에만 사용 가능한 스킬일지도 모르지만 나중에 생각하기로 했다.

이것으로 스킬 포인트는 전부 사용했다.

나는 배운 스킬들을 재차 확인한 뒤 [다음] 버튼을 눌렀다.

그러자 모니터의 화면이 새하얗게 물들었고, 나는 정신을 잃었다.

제2화
안경을 쓴 여신님

응?

어라.

내가 방금 전까지 뭘 하고 있었지?

주변을 둘러보았지만 하얀 배경이 펼쳐져 있을 뿐 아무것도 보이지 않았다.

"어어?"

어쩐지 두둥실 떠있는 느낌이었다. 으악?!

내 몸이 없어졌어!

뭐지? 꿈인가?

"아, 깨어나셨군요~."

어디선가 약간 얼빠진 소녀의 목소리가 들려왔다.

"누, 누구야? 어딨는 거야?"

갑작스러운 목소리에 나는 살짝 겁을 먹었다.

"아, 네. 저는 이 세계의 신이고요, 당신의 눈앞에 있답니다~."

다자고짜 신이라니.

자신을 신이라고 칭하는 녀석은 정신이 나갔거나 위험한 녀석이거나 둘 중 하나다.

"아니에요, 정말로 신이에요. 정말이래도요~."

"시끄러워. 일단은 그 질질 끄는 말투부터 바꿔."

나는 짜증이 나서 주의를 주었다.

"아, 알겠습니다~. 앗, 실수!"

글러먹은 신이로군.

"그래서 나한테는 무슨 용무지? 아니, 애초에 여긴 어디야?"

"아, 여기 말인가요. 제가 존재하는 장소라고나 할까요. 말로는 표현하기 힘든 공간이라서요."

"뭐?"

"어, 어쨌든, 엄정한 선발 결과, 사와타리 씨는 이세계에 전생하게 되셨답니다! 축하드려요~! 와아~! 짝짝짝!"

자기 입으로 짝짝짝이라고 말하는 여자를 직접 보는 건 처음이었다. 바보 취급을 당하는 것 같아서 열이 받았다.

"뭐야, 그 수상한 선발은. 딱히 신청한 기억도 없고, 필요도 없어. 애초에 내 이름은 아키즈키야. 이름이 다르잖아?"

"네?! 어라? 어라라? 정말이네요. 아키즈키 야스히코 씨다. 어떻게 된 걸까요?"

"어이가 없군. 돌아가는 길은, 윽, 여기서 나가려면 어떻게 해야 돼?"

다른 곳으로 이동하려 했지만 육체가 존재하지 않아서 수포로 돌아갔다. 내 의식이 허공을 두둥실 떠다니는 감각.

"앗, 아직 이동하는 능력은 없으니 잠시만 기다려주세요. 걱정하지 마세요. 원래 세계로 무사히 돌려보내 드릴 테니까요."

"그러면 얼른 해. 어차피 꿈이겠지만."

"아뇨, 현실이에요. 그나저나 곤란하게 됐네요. 아무래도 제 실수로 다른 영혼을 데려와 버린 모양이에요……."

"사와타리였던가? 나를 원래 장소로 돌려보내고 그 녀석을 이리로 데려오면 되잖아. 나는 게임을 하느라 바쁘다고."

그러고 보니 이제부터 그 캐릭터 메이킹 게임을 하려던 참이었다. 방금 생각났다.

"아, 그게 말이죠……. 말씀드리기 죄송하지만…… 이곳으로 이동하는 과정에서 당신의 영혼이 커스터마이즈된 바람에 더 이상 원래 세계로는……."

"뭐? 돌아갈 수 없다는 거야?"

"네. 맞아요……."

"이거 완전 사기꾼이네."

"죄, 죄송합니다."

"아니, 사과는 됐으니까 내 몸이나 돌려내. 원래 상태 그대로."

"……부, 불가능해요."

"뭐? 불가능?"

살의가 피어오른다. 착각으로 데려온 주제에 돌려보낼 수도 없다니.

장난하자는 것도 아니고.

"죄, 죄송해요오."

목이라도 조를까 했지만 지금 내게는 손이 없었다.

"우, 우리 일단 진정할까요?"

"이게 진정할 일이냐, 멍청아!"

"히익!"

"선량한 시민의 영혼을 납치해 와놓고 되돌릴 수도 없다니. 어쩌자는 건데. 그러면 나는 원래 세계에서 죽은 사람인 거야?"

"글쎄요. 아마도 앞뒤 상황을 끼워 맞추기 위해서 존재 자체가 사라진 걸로 처리되셨을 거예요."

"아무래도 좋아. 그래서 나는 언제까지 이 상태로 있어야 되지? 원래 세계로 돌아가는 게 어렵다면 새로운 몸이라도 줘."

"앗, 네. 그거라면 가능해요. 원래부터 이쪽 세상으로 전생시켜 드릴 예정이었거든요. 그러면 곧바로 내려보내 드리겠습니다."

"기다려."

"으."

"너 지금 은근슬쩍 나를 전생시키려고 했지? 아무 일도 없었다는 듯이 넘어가려고?"

"아, 아뇨, 그게……."

"잘못했으면 성의를 보여 봐. 알몸으로 내 물건을 빨아준다거나."

여신치고는 순진해 보였기에 막무가내로 들이대 봤다.

"흐엑! 다짜고짜 엄청난 말씀을 하시네요. 이, 입으로 한다던가…… 그런 짓은 안 돼요."

"그러면 알몸으로 봐줄 테니까 빨리 모습을 드러내."

"네? 정말 알몸으로 봐주시는 건가요?"

"그래. 남자는 두말하지 않아."

알몸이 되면 살짝 만져 봐야지.

"네, 네에?! 만지는 건 안 돼요."

"으."

내 생각을 읽을 수 있는 건가. 그러면 빨리 벗어. 마구 주물러

버린다?

"으으, 알았어요. 알았으니까 이상한 생각 하지 말아 주세요."

이윽고 새하얀 빛 속에서 하늘색 머리의 미소녀가 가슴을 가린 채로 모습을 드러냈다. 여신인 주제에 크고 동그란 안경을 끼고 있었다. 체형은 의외로 글래머에 속했다.

"너, 꽤 젊구나."

"네. 비교적 최근에 신이 되었거든요. 원래도 젊은 편이었고요."

"흐음. 알았으니까 손이나 치워."

"네?"

"알몸을 보여준다고 했잖아?"

"으....... 아, 알겠어요."

"좋아."

눈앞의 여자아이가 부끄러워하며 손을 치웠다.

하얗고 매끄러운 피부와 아담한 유방. 젖꼭지는 핑크색.

조금 더 가까이서 보고 싶어진 나는 슬금슬금 다가가 보았다.

"아앗! 우, 움직일 수 있는 건가요?"

"그러게. 어디 보자."

"히이익, 빠, 빤히 들여다보지 말아 주세요!"

여신의 다리 밑으로 이동한 나는 그대로 위를 바라보았다.

"싫어~! 그 이상 다가오지 마세요!"

"후후후. 으억?!"

더욱 가까이 다가가자, 느닷없이 벼락에 맞은 듯한 충격이 전해져 왔다.

"앗, 괜찮으신가요?"

"뭐, 뭐야, 방금 건. 아야야……."

"제 몸을 건드리니까 그렇죠. 만지면 안 된다고 말씀드렸잖아
요. 당신은 영혼의 위계가 낮아서 자칫하면 저한테 흡수되고 말
아요."

"뭐? 그건 좀 무섭네. 내가 소멸한다는 거야?"

"네. 엄밀히 말하면 저한테 동화되는 거지만요……."

소멸도 소멸이지만 이런 얼빵한 신과 하나가 되는 건 사양이다.

"저도 호색한이 되기는 싫거든요?"

"흥, 그럼 약속대로 전생시켜 줘. 아, 맞다. 인간인 거지?"

"네. 비슷한 나이대의 건강한 인간이니까 안심해 주세요."

"윽, 비슷한 나이대라……. 기왕이면 젊고 잘생긴 몸으로 해줬
으면 좋겠는데."

나는 40대에 얼굴도 시원찮은 편이었다. 요즘에는 탈모까지 오
기 시작했다.

"음, 그러려면 육체를 아예 새로 준비해야 해서요. 영혼이 제대
로 정착하지 않을 가능성도 있고요……."

"어떻게 좀 해봐."

"정 원하신다면 젊은 육체로 해드릴 수는 있어요. 하지만 불의
의 사고로 영혼이 빠져나갈 수도 있으니 양해해 주세요."

"싫어. 양해 못 해."

"에엑?"

당연한 대답이다.

"영혼이 빠져나가면 어떻게 되는데? 죽는 거야?"

"글쎄요. 무사히 원래대로 돌아오면 기절 정도로 끝나지 않을까요."

"그러면 싫어. 다른 방법은 없어?"

"으음, 그러면 수명을 연장하고 육체도 조금 더 건강하게 해드릴게요. 어떠세요?"

"못생긴 건 그대로고?"

"어, 아키즈키 씨도 나름대로 매력적인 편이라고 생각해요."

"시끄러워. 본심도 아니잖아."

"흠칫!"

"신이라는 녀석이 거짓말을 해도 되는 거냐?"

"저기, 그게……."

"하아, 상처받네. 살면서 한 번도 여자와 잘돼 본 적이 없는데, 이쪽 세계에서도 못생긴 얼굴로 바보 취급이나 당하게 생겼구나. 아아, 못 해 먹겠다. 실수로 불려 온 것도 모자라서 인생을 정리할 기회도 없이 강제 전생이라니."

딱히 이전 세상에 미련은 없었지만, 이쪽 세상도 비슷한 환경이라면 의욕이 나질 않는다.

"아, 알겠습니다. 그러면 스킬을 추가해 드릴게요. 인기가 생기는 능력으로."

"오. 그래, 그걸로 하자."

"야호! 그러면 시간도 없으니 얼른 처리할게요."

"잠깐! 미인한테 인기를 얻는 스킬이어야 된다! 침대까지 갈 수 있어야 되고!"

이 여신은 얼빵한 구석이 있어서 불안했다.

"알고 있어요. 미인한테만 효과가 있도록, 아니지, 아키즈키 씨가 원하는 상대를 반하게 만드는 능력으로 설정해 드릴게요. 자, 그럼 다녀오세요!"

"아, 역시 다른 스킬도, 우오옷!"

나는 의식이 어딘가로 빨려 들어가는 느낌을 받으며 정신을 잃었다.

"헉?!"

정신을 차리자 발밑에서 희미한 빛이 올라오고 있었다. 바닥을 쳐다보니 푸르스름하게 빛나는 마법진이 그려져 있었다. 마법진의 빛은 서서히 약해졌고, 곧 소멸해 버렸다.

"오오! 성공한 모양이로군!"

시야가 어두워 깨닫지 못했지만 이곳에는 나 이외에도 몇 명의 남자가 있었다.

이게 무슨 상황이람.

남자들이 있건 말건 아무래도 좋지만, 문제는 내가 알몸이라는 점이었다.

뭐가 아쉬워서 남자들한테 내 알몸을…….

"자, 용사님. 이쪽으로 오시지요."

화려한 로브 차림의 남성이 앞으로 나와 내게 천을 걸쳤다.

지금 용사라고 했나?

그렇군. 세계관이 대충 이해되었다.

"날 어디로 데려갈 생각이지?"

"먼저 옷을 갈아입혀 드릴 생각입니다. 그리고 마법진이 아직 작동 중이라서 말이죠."

"이런."

나는 허둥지둥 마법진에서 내려왔다. 또 이상한 곳으로 날아가는 건 사양이다.

"아아, 안심하시길 바랍니다. 이 마법진은 소환 전용 마법진입니다."

"그래? 오오? 갑자기 밝아지기 시작했어."

"예. 한 명이 더 소환될 모양입니다. 호오, 방금 전보다 강렬한 빛이군요."

쳇, 내가 소환되었을 때는 덜 밝았다 이건가?

나는 마법진을 가만히 바라보았다. 그러자 새하얀 빛의 기둥이 솟아오르더니 한 명의 젊은 여성이 모습을 드러냈다.

나와 마찬가지로 알몸이었다.

방금 전의 안경 여신보다 글래머한 체형.

모델을 연상시키는 미인이다.

"어라? 여기는…… 앗? 꺄악! 어째서 알몸인 거야!"

소녀도 뒤늦게 상황을 파악하고는 두 손으로 다급히 몸을 가렸다.

후후, 눈이 호강했군.

"이 변태!"

"우와앗! 꾸엑!"

나는 알몸 소녀의 스트레이트 펀치를 정통으로 얻어맞고 다시금 기절해 버렸다.

제3화
소환된 6명의 용사들

"으으……."

"오오, 눈을 뜨셨군요. 용사님."

"젠장. 그 여자, 주먹으로 사람을 패다니."

여자라고는 생각되지 않는 묵직한 스트레이트 펀치였다.

"죄송합니다. 저희가 제대로 안내를 드렸어야 했는데."

로브 차림의 남자가 정중하게 사과했다.

"사과는 됐어. 그보다 나는 지금부터 뭘 하면 되지?"

아래를 보니 내 몸에 옷이 입혀져 있었다. 흰색의 반소매 티셔츠와 헐렁한 칠부바지. 빈말로도 고급스럽다고는 할 수 없는 차림이었다.

기절해 있어서 이런 옷밖에 입혀주지 못했던 건가.

"예. 용사님께서는 우선 국왕 폐하를 알현하실 예정입니다. 폐하께서 사정을 설명해 주실 겁니다."

"알겠어."

예상대로다. 비슷한 장르의 웹소설을 잔뜩 읽었기에 전개는 꽤 다시피 하고 있었다.

마왕을 쓰러트려 달라 이거군.

아니면 마왕이 존재하지 않는 대신, 용사를 꼬드겨 타국을 침략할 속셈일 수도 있다.

어느 쪽이든 국왕의 이야기부터 들어봐야 할 것 같다.

"그러면 저를 따라오시죠. 다른 용사분들은 이미 폐하와의 알현을 마치셨습니다."

"뭐라고?"

젠장, 깨어날 때까지 기다렸다가 한꺼번에 알현하면 어디 덧나나. 정보 전달에 누락된 부분이 생기면 내가 불리해진다.

그 여자, 기억해두겠어.

"국왕이 했던 말을 빠짐없이 들려줘야 된다?"

내가 로브를 입은 남자에게 말했다.

"물론입니다. 전부 안내해 드릴 테니 안심하시길."

아무래도 이 녀석들은 용사를 한두 번 소환해 본 것이 아닌 모양이었다.

마치 연례행사 같은 느낌이다.

하지만 그렇게 되면 용사를 향한 감사의 마음이 흐려질 텐데.

일단은 지원금을 얼마나 내어줄지나 지켜보기로 하자.

"흠, 왔는가."

이윽고 나는 옥좌가 있는 커다란 공간으로 안내받았다. 그곳에는 중신들에게 둘러싸인 국왕과 다섯 명의 용사가 있었다.

많구나, 용사.

"짐의 이름은 알베르토 그랑 버니어. 이 나라, 버니어의 국왕이다."

수염까지 하얗게 물든 할아버지가 당당한 목소리로 자기소개를 했다.

"환영한다, 용사여."

뭐라고 대답해야 할까. 다른 용사들도 딱히 무릎을 꿇거나 하지는 않은 상태였다. 엄격한 예절을 강요하는 분위기는 아니었다.

하긴, 세계를 구할 용사님이다. 국왕과 대등한 입장이라고 해도 이상하지 않았다.

나는 일단 세게 나가보기로 했다. 화를 내면 곧바로 사과하면 된다. 일부러 사람을 불러왔으니 무례하게 대해도 다짜고짜 죄를 묻지는 않을 것이다.

"내 이름은 아키…… 아니, 알렉이다."

모처럼 이세계에 왔으니 진명을 사용하기로 했다. 게임이 아니면 사용할 기회도 없으니.

"뭐? 당신 일본인이잖아?"

나를 기절시킨 장본인이 물었다. 하지만 굳이 대답해 줄 필요는 없었다. 이곳에 있는 다섯 명은 내 라이벌일 테니까.

"글쎄다."

나는 대충 얼버무렸다.

"뭐어?"

아마도 이 여자는 일본인일 것이다. 다만 염색을 했는지 머리카락이 붉은색에 가까운 갈색이었다. 눈동자의 색깔도 상당히 붉었다.

"후후. 뭐, 다른 세계의 인간일지도 모르니 원하는 대로 불러드리죠."

금발 벽안의 미청년이 웃는 얼굴로 말했다. 제길, 잘생겼군.

"내 이름은 엘빈 크루통. 엘이든 엘빈이든 원하는 대로 불러줘."

엘빈은 일본어를 유창하게 구사하고 있었다. 실제로는 이세계 언어로 통역된 것이겠지만.

그리고 악수를 요청해 오길래 받아주었다.

사이좋게 지낼 생각은 없지만 초장부터 적대해 봤자 피곤할 뿐이다.

"나는 시라이시 세리나. 오우후 여학교 3학년이야. 잘 부탁해."

나를 때렸던 시라이시가 작게 한숨을 내쉬며 인사를 건넸다. 한숨을 내쉬고 싶은 것은 내 쪽이었다.

여학생 주제에 연상인 나한테 반말이나 찍찍 내뱉고.

요즘 젊은 것들은 가정교육이 엉망이다. 세리나라는 이름부터가 근본이 없었다.

이 녀석은 악수를 요청해 오지 않았다. 어차피 받아줄 생각도 없었다.

"난 나카야마 케이지라고 해. 케이지라고 불러줘!"

중학생쯤 되어 보이는 작은 체구의 소년이 씨익 웃으며 악수를 건넸다. 모험이 가장 즐거울 때지만, 나대다가 죽기 딱 좋은 연령대기도 했다. 과연 이곳은 이 녀석이 살아남을 수 있는 세계일까?

악수는 받아주었다.

"저는 코지마 히로시. 외과의를 하고 있습니다."

의사인가. 이세계물에서 의사가 소환되는 경우는 잘 없는데. 그래도 부상을 입었을 때 신세를 지게 될지도 모른다. 살짝 신경질적인 인물 같지만 친분을 다져두기로 했다.

그래 봤자 고개를 끄덕이는 게 고작이지만. 코지마의 나이는 30대로 보였다.

"나는 사카자키 신야. 신이라고 불러줬으면 좋겠어. 헤헤."

용사들 중에서는 나와 1, 2위를 다툴 정도로 못생긴 인물이었다. 외모에 비해서 쓸데없이 멋진 이름이라고 토를 달고 싶었지만 본명을 줄였을 뿐이니 넘어가 주기로 했다.

어쨌든 똑똑해 보이는 인물은 아니었다. 전문대생이거나 프리터일 가능성이 높았다. 아직 아저씨라고 부르기에는 젊은 나이. 새우등에 더벅머리가 특징적이다.

"자기소개는 대충 끝난 모양이군. 알렉 군을 위해서 다시 한번 설명하도록 하겠네. 이곳은 버니어 왕국. 대륙 중부에 위치한 작은 나라일세. 용사들을 마법진으로 소환한 이유는 다름이 아니라, 언젠가 부활할 마왕을 쓰러트려 주었으면 해서라네."

마왕은 아직 부활하지 않은 건가. 그렇다면 시간적으로 여유가 있겠군.

"때가 되면 용사로서 힘을 각성할 것이야. 단, 각성은 좀 더 훗날의 이야기일세. 그전까지 몬스터를 쓰러트려 강해져야 하지. 여기까지는 이해가 되었나? 아아, 그렇지. 마법에 대해서 설명해 주겠네."

"아니, 마법이 뭔지는 알아. 그건 생략해도 상관없어. 나도 사용할 수 있겠지?"

"실제로 확인해 보기 전까지는 알 수 없다. 마법을 사용할 수 있는 용사가 있는가 하면, 그렇지 않은 용사도 있지."

"으…… 그런가."

용사라면 무조건 사용할 수 있을 줄 알았건만.

"알렉 씨, 보세요. 이게 마법입니다. ……사대 정령 샐러맨더의 이름으로 고하니, 내 마나를 공물로 바쳐 불타는 화염을 빌리노라. 파이어 볼!"

엘빈이 천장을 향해 오른손을 내밀자 손바닥에서 자그만 불덩어리가 발사되었다.

불덩어리는 곧 천장에 명중했고, 그 부분에는 거뭇한 그을음이 남았다.

살짝 초라하기는 하지만 엄연한 마법이었다.

엘빈은 벌써 화염 마법을 습득한 것인가.

나도 사용할 수 있다면 좋겠는데.

"괜찮다."

엘빈이 마법을 사용하자 근위병들이 긴장하며 무기를 들었고, 국왕이 한 손으로 그들을 제지했다.

그렇다고 딱히 당황하지는 않은 것으로 보아 근위병들이 우리보다 강한 모양이었다.

"그럼 설명을 계속하겠네. 이 세계에는 몬스터라 불리는 마물들이 마을 밖을 어슬렁거리고 있지. 특히 던전에는 강력한 몬스터들이 우글거리니 주의가 필요하다네. 하지만 던전의 몬스터를 쓰러트리면 순식간에 성장하여 더욱더 강력한 힘을 얻을 수 있어. 그러니 장비를 갖춰 자신의 수준에 맞는 던전에 도전할 것을 권장하네. 몬스터는 인간을 목격하면 바로 습격해 오니 금방 구별할 수 있을 걸세."

소위 말하는 이세계 RPG 설정이로군. 중요한 내용을 놓치면 큰일이므로 성실하게 듣기는 했지만, 신전이나 길드에서 용사 이외의 직업으로 전직할 수 있다는 점을 제외하면 딱히 새겨들을 점은 없었다. 다만, 이 나라의 법률을 어기면 감옥에 들어갈 수 있으며, 용사를 노리는 도적도 존재한다고 하니 용사라고 해서 엄청난 특별 대우를 받는 것은 아닌 모양이었다.

이야기를 들어보니 그럴 만도 했다. 용사는 사제의 조언을 받아서 몇 년에 한 번 꼴로 소환된다. 이 나라만 해도 20명 정도의 용사가 있다고 한다.

양산형 용사라……. 뭐, 그렇다면 나한테 막중한 의무가 부과될 일도 없을 것이다. 느긋하게 활동할 수 있겠군.

이외의 자잘한 사항들을 설명해 준 뒤, 국왕이 말했다.

"달리 질문이 없으면 원하는 무기와 지원금을 건네주겠네."

무기라. 현재 이 장소에는 검과 지팡이, 활 같은 무기들이 나열되어 있었다. 무엇을 고르는 것이 좋을까? 뭐, 어차피 나중에 바꾸면 그만이니 사용하기 쉬운 숏 소드를 선택했다.

나는 숏 소드, 시라이시와 케이지는 롱 소드, 신은 활, 코지마는 나이프, 엘빈은 지팡이를 선택했다.

"다음은 지원금일세."

병사 중 하나가 화폐가 가득 담긴 주머니를 들고 오길래 기대했지만, 내용물을 보니 전부 동화였다.

"오오, 돈이라. 얼마나 하려나."

들뜬 사람은 케이지뿐이었다.

코지마와 신은 대놓고 얼굴을 찌푸리고 있었다. 이 두 사람도 나처럼 감정 스킬을 가진 건가.

"액수는 100골드라네. 자네들의 가치로 환산하면 열흘 치 생활비에 해당하지."

"뭐?! 그것뿐이야?"

"더 지원해 주고 싶은 마음은 굴뚝같네만, 재정이 여의치 않아서 말이야. 몬스터와 옆나라로부터 왕국을 지키느라 항상 돈이 부족하다네."

국왕이 말했다. 하지만 아무리 그래도 너무 적다는 생각이 들었다. 구두쇠 같으니.

"아하…… 그렇구나. 알았어! 그러면 내가 몬스터를 모조리 해치워 줄게! 난 용사니까!"

케이지가 주먹을 움켜쥐며 말했다.

"후후, 케이지 군은 믿음직스러운 소년이군. 방금 전에도 말했네만, 몬스터를 쓰러트려 얻은 마석 따위를 팔면 돈이 될 걸세. 또는 길드에 가입해서 보수를 받아도 좋을 테지."

"알았어, 국왕님! 모험가 길드로 가보라는 거네!"

"그래. 자네들의 활약을 기대하도록 하지. 이만 물러나도 좋다네."

그렇게 우리는 대화를 마치고 알현실을 뒤로했다. 떠나려던 나는 문득 뒤를 돌아보았고, 이때 목격한 국왕의 의미심장한 미소가 마음에 걸렸다.

"좋아, 모험가 길드로 가자!"

케이지가 기운차게 달려나갔다. 뭐, 의욕이 있어서 나쁠 건 없다.

"너희들도 정말 모험가가 될 생각이니?"

알현실을 나오자 코지마가 물었다.

"네. 이상한 상황에 말려들기는 했지만, 어쨌든 살아남으려면 돈을 벌어야 하니까요."

시라이시는 적응력이 뛰어나군. 여학생이라면 돌아가고 싶다고 울음을 터트려도 이상하지 않건만.

"의사인 코지마 선생님은 딱히 몬스터를 쓰러트리지 않아도 생활해 나갈 수 있으시겠지만, 그래도 일단은 모험가 길드를 찾아가 보는 게 좋지 않을까요."

신이 싹싹하게 웃으며 말했다.

"흠, 글쎄……. 그러면 가서 돌아갈 방법이라도 찾아볼까."

뭐, 각자 하고 싶은 대로 하면 된다. 보아하니 코지마는 피곤한 모양이었다. 이만한 일을 겪었으니 충격을 받을 만도 했다.

"저도 돌아갈 방법을 찾는 걸 도울게요. 너희도 도와줄 거지?"

시라이시가 그렇게 말하며 우리를 바라보았다.

"물론이야."

엘빈이 웃으며 고개를 끄덕였다.

"네, 그러죠."

신도 가볍게 고개를 끄덕여 보였다.

"나는 거절하겠어."

"뭐? 어째서?"

나는 원래의 세계로 돌아갈 생각이 없었다. 게다가 그 안경 여신의 말대로라면 돌아갈 방법도 없을 것이다. 다만, 이 사실을 솔직하게 털어놓으면 이 녀석들이 패닉을 일으킬지도 모른다.

일단은 다른 이유를 대기로 할까.

"바깥에는 몬스터들이 득실거리고, 우리한테는 주어진 돈도 얼마 없어. 우선은 이 세상에서 살아남는 걸 목표로 움직여야 해. 뭐, 그렇다고 방해할 생각은 없으니 알아보고 싶은 녀석은 마음대로 알아보도록 해. 다만, 생활이 힘들어지면 그건 순전히 자기 책임이라는 걸 명심해."

같은 용사라는 이유로 빌붙으면 곤란하므로 단호하게 못을 박아 두었다.

"쳇, 곤란할 때는 서로 돕고 사는 건데. 이기적이구나."

"해야 할 일을 미뤄두고 돈이나 구걸하는 녀석들이야말로 이기적인 것 같은데."

"윽."

"자자, 알렉 씨의 말도 일리가 있다. 우선은 모험가 길드로 가자고. 어쩌다 이런 상황이 됐는지, 원……."

외과의로서 쓸모 있어 보이는 코지마가 초장부터 난관에 빠지면 곤란하니 일단은 함께하기로 했다. 여유가 있을 때 코지마를 도와서 은혜를 입히는 게 목적이지만.

우리는 성을 나와서 병사가 가르쳐 준 모험가 길드로 향했다.

"날개와 신발이 그려진 간판의 커다란 건물…… 찾았다! 분명

저기일 거야!"

"앗! 기다려, 케이지!"

케이지는 시라이시가 말릴 새도 없이 앞장서서 달려나갔다. 씩씩한 건 좋지만 다루기 힘든 꼬마 녀석이군.

뒤늦게 나머지 일행들과 모험가 길드로 향하자, 얼굴에 상처가 난 거친 사내들이 건물 곳곳에 서 있었다.

당장이라도 시비를 걸어 올까 봐 무섭다.

"오, 저길 봐. 신입이 왔어."

"장비 꼴들이 말이 아니군. 하다못해 가죽 갑옷이라도 걸치던가."

나도 가죽 갑옷 정도는 지급해 줬으면 했다.

"이쪽이야, 다들! 여기서 접수를 봐준대!"

케이지가 들뜬 목소리로 우리를 불렀다. 덕분에 우리는 방금 전부터 엄청나게 눈에 띄고 있었다.

"이봐, 꼬맹아. 여기는 어린애들 놀이터가 아니야. 집에 돌아가서 엄마 젖이나 더 먹어라."

아니나 다를까 비아냥거리는 모험가가 나타났다.

"뭐?! 이미 그럴 나이는 지났어! 무엇보다 난 용사란 말이야!"

우와, 저렇게 불길한 플래그를 세워버리다니.

한순간 건물 안이 조용해지는가 싶더니, 모험가들이 일제히 폭소를 터트렸다.

"하하핫! 들었냐, 용사란다!"

"그러고 보니 올해도 소환한다고 들었어."

"저 쓸모없는 녀석들을 왜 불러내는 거람. 국왕 폐하도 노망이

나셨군."

"뭐가 웃긴데! 용사는 강하다고!"

"호오. 그러면 꼬마야, 나하고 한판 붙어볼까?"

수염 난 남자가 커다란 도끼를 들고 케이지의 앞으로 나섰다.

"얼마든지!"

케이지는 국왕에게 받은 검을 뽑아 들었다.

제4화
용사의 실력

"기다려, 케이지. 다칠지도 모르니 관두는 게 좋아."

시라이시가 케이지를 말렸다. 올바른 판단이었다.

"말리지 마. 내 힘을 살짝 시험해 보려는 것뿐이야."

이 삐죽 머리 꼬맹이에게 본인이 진다는 생각은 털끝만치도 없는 모양이었다.

"후우."

"싸울 거라면 나가서 해줘. 그리고 길드에 등록하지 않은 인간은 일반인이야. 다치게 하면 곤란해."

직원이 카운터 너머에서 차분한 목소리로 말했다. 아무래도 모험가 간의 싸움은 일상다반사인 듯했다.

피곤하게 됐군.

"꼬맹아, 기다려 줄 테니 얼른 등록하고 와라."

"하라면 누가 못 할 줄 알고?"

"정말로 관두는 게 좋아, 케이지 군. 이건 게임이 아니야."

코지마도 케이지를 말렸다.

"나도 알아. 그래도 나, 근력에 전부 투자했으니 저 아저씨보다는 강할걸?"

케이지가 말했다. 이 녀석도 나처럼 캐릭터 메이킹을 진행한 걸까? 나도 가능한 범위 내에서 최선을 다하기는 했지만…… 스킬을 선택할 때 좀 더 신중할 걸 그랬어.

후회가 막심하다.

"무슨 소리니. 어떻게 봐도 저쪽이 더 강해 보이잖아."

"걱정 붙들어 매래도. 접수원 아저씨! 이거면 돼?"

케이지가 카운터 직원에게 양피지를 보여주며 물었다.

"어디 보자. 음, 카고시마? 들어본 적 없는 마을인데, 뭐, 됐어. 글씨체가 엉망이군. 이건 용사라고 쓴 거냐?"

"응!"

"내가 다시 써주마. 전사로 등록해 둘게."

"그건 안 돼! 난 용사라니까."

"하지만 말이다……. 모험가 길드에 등록할 수 있는 직업에도 종류가 있어. 일단은 용사도 직업의 일종이니까."

"응? 그리고 보니 국왕님도 비슷한 얘기를 했었지. 그러면 아저씨 말대로 할게."

"알았다. 조금만 기다려라."

"얼른 해줘!"

"케이지 군, 방금 전에는 일본어로 적은 거니?"

코지마가 물었다.

"맞아."

"으음, 일본어로 써도 의사소통이 가능한 건가……."

"이상하긴 해. 이쪽 세계의 글자도 자연스럽게 읽어지고. 일본어는 아닌 것 같은데. 엘빈은 어때?"

"나도 비슷해. 지금 너희와 영어로 대화하고 있거든."

"뭐? 우린 일본어를 쓰고 있는걸."

"후후, 그러면 나한테만 영어로 들릴 뿐인가 보네. 이상하긴 하지만 그래도 다행이야."

그렇다면 나도 이참에 등록해 두기로 할까. 어차피 언젠가는 등록해야 될 테니까.

"나도 등록할게."

나는 한가롭게 카운터를 보고 있는 남자 접수원에게 말했다.

"그러면 여기에 이름과 직업을 기입해 줘. 용사라고 적지는 말고. 적당히 전사라고 적으면 돼."

"아무 직업이나 적어도 상관없는 거야?"

"상급직만 아니면 괜찮아."

"흐음."

건네받은 양피지에 이름과 클래스, 출신지, 나이를 차례대로 적어나갔다.

클래스는 전사, 출신지는 이 왕국의 수도인 엘란트로 해두었다.

"실례합니다. 저도 등록하려고 하는데요."

신이 말했다.

"그럼 당신도 이걸 작성해 줘."

다른 세 사람도 등록을 마치고 카드가 만들어지길 기다렸다.

"오래 기다렸지, 꼬마야. 여깄다."

"왜 이렇게 늦어! 기다리다 지치는 줄 알았네. 헤에, 이게 모험가 카드구나. 멋지다."

모험가 카드를 받아 들고 천진난만하게 기뻐하는 케이지. 하지만…….

"꼬맹아, 다 끝났으면 밖으로 나와라. 모험가가 됐으니 신고식을 치러주마."

"오, 좋은걸. 살살 부탁해!"

"음…. 말리지 않아도 괜찮을까?"

시라이시가 내게 말했다.

"말리고 싶으면 말리던가. 뭐, 죽이지는 않겠지."

"위험해지면 개입할 생각이기는 한데, 우리들은 앞으로 마왕을 쓰러트릴 몸이잖아? 제법 강하지 않을까."

엘빈도 이곳을 너무 만만하게 보는군. 국왕의 이야기를 주의 깊게 들었다면 몬스터를 쓰러트려 강해지는 것이 대전제라는 사실을 눈치챘어야 했다. 게다가 몇 년에 한 번씩 불러냈음에도 용사가 스무 명밖에 남지 않았다고 들었다. 즉, 소환된 용사들 중 절반 정도는 사망했을 것이다.

"나가서 잠깐 견학하고 올게. 카드가 완성되면 불러줘."

우리는 길드 관계자에게 부탁을 남기고 밖으로 이동했다.

"좋아, 발가스! 빌어먹을 용사놈들한테 이곳의 법도를 가르쳐 줘라!"

"용사라면 지지 마라, 꼬맹아!"

순식간에 상당한 수의 구경꾼들이 몰려들어 인파를 이루었다.

"어디 보자. 스테이터스 오픈……. 오!"

옆에 서 있던 신이 말했다. 그러고 보니 국왕이 스테이터스를 불러낼 수 있다고 말한 것이 떠올랐다.

신의 스테이터스도 내게 보이지 않았으니, 여기서 스테이터스를 확인해도 문제없을 것이다.

〈이름〉 알렉　　　　〈레벨〉 1
〈클래스〉 용사/마을 사람 〈종족〉 인간
〈성별〉 남자　　　　〈연령〉 42
〈HP〉 53/53　　　　〈MP〉 52/52
〈TP〉 52/52　　　　〈상태〉 보통
〈EXP〉 0　　　　　 〈NEXT〉 10
〈소지금〉 100
〈기본 능력치〉
〈근력〉 24
〈민첩〉 23
〈체력〉 24
〈마력〉 23
〈손재주〉 23
〈운〉 23

〈소유 스킬〉
[획득 스킬 포인트 상승 LV5] [획득 경험치 상승 LV2] [레어 아이템 확률 업 LV4] [손재주UP LV2] [감정 LV3] [근성 LV2] [해설 LV1] [예감 LV1] [스킬 카피 LV1] [클래스 체인지 LV1] [스킬 리셋 LV1] [매료☆ LV3]New!

〈장비〉
[청동 숏 소드] [천 옷]

역시나.

내가 캐릭터 메이킹으로 설정한 캐릭터 스테이터스였다.

[매료☆ LV3] 스킬이 새롭게 추가되었는데, 안경 여신이 약속을 지킨 모양이었다. 기왕이면 조금 더 높은 레벨로 추가해 줄 것이지.

그런데 정말로 인기가 생기기는 하는 걸까?

시라이시의 태도를 보건대 효과는 없다시피 했다.

"음?"

[매료☆ LV3]

[해설]

이 스킬의 소유자는 젊은 이성의 마음을 사로잡기 쉬워진다.

영구적 효과.

호오. [해설] 스킬이 발동한 건가. 아무래도 내가 의식을 집중하면 자동적으로 해설이 발동되는 모양이었다. 편리한 스킬이다. 정작 중요한 매료 스킬은 발동될 기미가 없었지만.

제길. 곧바로 인기 만점이 될 줄 알았는데. 칠칠맞은 안경 여신 같으니.

"그럼 간다!"

"하! 덤벼 보시지!"

어느새 케이지와 모험가의 전투가 시작되어 버렸다.

두 사람에게 시선을 돌리자 스테이터스 창이 자연스럽게 소멸되었다. 이것도 편리하군.

"들이받기!"

케이지가 큰 소리로 외치며 앞으로 달려들었다. 하지만 모험가는 오른쪽으로 날렵하게 회피했다.

"앗! 젠장! 움직여!"

케이지는 방향을 바꾸려 했지만 몸이 경직되어 말을 듣지 않는 듯했다. 뭐지?

"핫, 멍청한 녀석. 레벨도 낮은 주제에 빈틈이 큰 스킬을 사용하니까 그렇지. 으라차!"

공격을 피한 모험가는 그대로 케이지를 걷어차 버렸다.

"으악!"

엄청난 기세로 데굴데굴 굴러가는 케이지.

"아야야……."

다치지는 않은 모양이지만 쓰러진 채로 일어나지 못하고 있었다.

"멈춰! 꼬마애를 상대로 너무하잖아! 적당히 봐줄 줄도 알아야지!"

시라이시가 화를 냈다.

"뭐? 봐주고 있잖아. 진심으로 했으면 진작에 죽었을걸?"

"으……."

"불만이 있다면 상대해 주지. 덤벼 봐."

"덤비라면 못 덤빌 줄 알고?"

"잠깐. 너를 내보낼 바에야 내가 대신 나갈게."

엘빈이 시라이시를 제지하며 앞으로 나섰다.

그리고 엘빈은 지팡이를 거머쥐었다. 주문을 사용하려는 모양이다.

"흥, 마법사인가. 나는 상관없지만 마을 한복판에서 마법을 난사하면 제아무리 용사라도 감옥 신세를 져야 할걸?"

"윽, 깜빡했다."

국왕의 경고가 떠올랐다. 마을에서는 공격 마법을 사용할 수 없다.

"그래서? 이제 어떡할 거지? 그쪽의 아가씨가 나설 건가?"

"아니! 지팡이로 싸우겠어."

"핫! 나도 얕보인 모양이로군."

모험가가 그렇게 말하며 도끼를 치켜들었다.

"안 돼! 피해!"

시라이시의 말처럼 나무 지팡이로 도끼를 막아내기란 무리였다. 하지만 엘빈도 바보는 아니었는지 재빠르게 회피했다.

"좋았어! 우왓?!"

불현듯 엘빈의 몸이 뒤쪽으로 날아갔다.

뭐지? 방금 분명히 피했는데.

"빨라……!"

"자, 다음은 누구냐!"

어쩌다 분위기가 이렇게 됐지? 나는 나설 생각이 없다. 애초에 케이지가 멋대로 들이댔을 뿐, 나랑은 무관한 일이었다.

"그쯤 해둬, 발가스. 레벨 1의 초보자를 상대해 봤자 득될 게 없어. 명성이 높아지기는커녕 바보 취급만 당할 뿐이야."

마른 체구의 검사가 말했다.

"쳇, 그건 그렇군. 꼬맹아, 레벨이 오르면 다시 상대해 주마."

"젠장! 어째서! 용사인데 어째서 이렇게 약한 거야!"

케이지가 분을 참지 못하고 외쳤다. 하지만 이것이 현실이다.

이 세계의 용사는 특별한 존재가 아니었다.

제5화
솔로 플레이

그 이후, 대책을 의논하자는 시라이시와 코지마의 제안을 거절한 나는 혼자서 여관을 방문했다.

레벨 1이 몇 명이 모여봤자 오합지졸일 뿐이다.

우선은 레벨을 올려야 했다.

레벨이 전부였다.

RPG 세상에선 레벨을 올리지 않으면 아무것도 할 수가 없다.

이세계에 떨어져서 허둥대는 녀석이나, 용사라고 무작정 이겨야 된다고 생각하는 녀석들은 걸림돌에 지나지 않는다.

용사라 할지라도 죽으면 끝이다. 힘을 합치면 된다는 생각도 현실을 모르는 것이다.

죽느냐, 죽이느냐.

그것뿐이다.

어떻게 하면 안전을 챙기면서 효율적으로 레벨을 올릴 수 있을까.

이러한 관점에서 봤을 때, 낮은 레벨에 우르르 몰려다니는 것은 비효율적인 짓이다.

몬스터 한 마리를 쓰러트렸을 때 파티원 전원에게 동일한 경험치가 들어왔다면 괜찮을 것이다. 하지만 만약 그랬다면 일찌감치 부대 단위로 레벨을 올리는 제도가 확립되었을 것이다.

국왕이 용사의 레벨 업을 개인의 자유에 맡겼다는 말인즉, 몬스터를 쓰러트렸을 때 경험치의 분배 방식이 균등하지 않다는 뜻이다. 레벨이 높을수록 더욱 많은 경험치를 가져간다거나, 아니면 막타를 쳐야지만 경험치가 들어오는 방식일지도 몰랐다.

그렇다면 일정 레벨에 도달하기 전까지는 혼자서 약한 몬스터를 사냥하는 편이 나았다. 막타로 경험치가 들어오는 방식이라면 레벨이 높은 인물에게 부탁해 보는 방법도 있겠지만, 아직 확증도 없거니와, 가진 것도 없는 우리를 도와줄 사람이 있을 리 만무했다.

용사를 향한 모험가들의 태도만 봐도 알 수 있었다.

여관 주인에게 물어보니, 신출내기 모험가는 근방의 슬라임과 고블린을 사냥하면서 채집이나 마을의 잡심부름 퀘스트를 맡는다는 모양이었다.

하지만 난감한 부분은 퀘스트를 완수하더라도 모험가 랭크와 소지금이 올라갈 뿐, 경험치는 들어오지 않는다는 점이다.

따라서 장비가 갖춰지는 대로 몬스터를 사냥해 나가야 했다. 그렇지 않으면 강해질 수도 없거니와, 신변의 안전을 확보할 수도 없었다. 인간들 간의 PK도 존재할 테니까. 마을에서 지낸다고 살해당하지 말라는 보장은 어디에도 없었다.

"젠장. 좀 제대로 된 이세계에 전생하면 어디 덧나나."

불평해 봤자 소용없다는 것은 알지만 한마디 하지 않을 수가 없었다.

뭐, 다행히 나는 몇 가지 유용한 스킬을 배우고 있다.

앞으로 레벨을 올리면서 스킬 포인트를 획득해 나가게 될 것이다. 우선적으로 경험치 스킬과 그때그때 필요한 전투 계열 스킬에 투자해 나갈 생각이다.

다음 날, 나는 맛없는 빵과 수프를 뱃속에 욱여넣으며 방어구점을 둘러보고 있었다.

가장 저렴한 나무 방패가 15골드. 징으로 고정시킨 가죽 벨트에 팔을 끼워서 사용하는 방패였다. 이 방패라면 왼손도 어느 정도 자유롭게 사용할 수 있을 듯했다. 단단히 고정될지 의심스러운 데다, 도끼 한 자루라도 제대로 막을 수 있을지 의문이지만 없는 것보다는 나았다.

나는 [감정 LV3] 스킬을 사용해 보기로 했다.

〈명칭〉 나무 방패 〈분류〉 방패   〈재료〉 목재
〈방어력〉 10   〈방어 범위〉 7% 〈중량〉 1
[해설]
작은 나무 방패.
방어 가능한 범위는 좁지만 없는 것보다는 낫다.
초보자도 다룰 수 있을 만큼 가볍다.
마법을 영창할 경우 패널티가 발생한다.

설명을 보아하니 마법을 활용하려면 방어구에도 신경을 써야 하는 듯했다.

하지만 엘빈이 [파이어 볼]을 사용하던 장면을 떠올리면 마법은 별로 기대할 것이 못 됐다.

엘빈이 위력을 조절했던 것일지도 모르지만, 이를 감안하더라도 위력이 시원찮았다.

당장은 습득한 마법도 없으니 스킬 포인트에 여유가 생기면 고민해 봐야겠다.

결정을 마친 나는 나무 방패를 구입했다. 이걸로 생활비는 나흘치밖에 남지 않았다.

다음으로 가죽 갑옷이 있었지만 가격이 180골드나 되었다. 방어 범위 36%에 달하는 방어구였기 때문에 돈이 모이는 대로 구입할 예정이다.

나는 방어구점을 나와 모험가 길드로 향했다. 다른 용사들은 없는 모양이다. 이른 아침이라서 모험가들과 마주치지 않을 거라고 생각했지만, 예상외로 제법 많은 수의 모험가들이 있었다.

"오, 용사 형씨로군. 다른 녀석들은 어쨌어?"

길드에 있던 모험가들 중 하나가 내게 물었다.

"글쎄."

괜히 무시해서 화나게 하면 곤란하므로 대답해주었다. 대신에 무심한 말투로.

"벌써 죽었다고 하지는 말아줘. 아무리 우리라도 잠자리가 뒤숭숭해지거든."

"살아있을걸. 그 이상은 나도 몰라."

나는 눈도 마주치지 않고 말 걸지 말라는 오라를 마구 뿜어냈다. 그러자 분위기를 읽었는지 다가왔던 모험가가 알아서 물러났다.

후우.

나는 마침 한가한 카운터로 이동해 길드 직원에게 말을 걸었다.

"초보자가 돈을 벌 수 있을 만한 퀘스트를 받고 싶어."

"그러면 이게 적당하겠군. 짭짤한 의뢰는 아니지만 네 장비라면 이 정도가 무난할 거다."

길드 직원이 한 장의 양피지를 보여주었다. 약초 채집 퀘스트였다.

"알로에 풀 10뿌리에 5골드라. 좀 더 괜찮은 의뢰는 없어?"

"저쪽 게시판에 붙여놨으니 마음에 안 들면 직접 골라봐. 단, 네 모험가 랭크는 F야. 가장 낮은 랭크의 의뢰밖에 받지 못하니까 알아둬."

"잠깐 둘러보고 올게."

나는 카운터를 벗어나 게시판으로 향했다.

……

제대로 된 퀘스트가 없었다.

고블린 열 마리 토벌에 10골드.

의뢰의 보수는 죄다 거기서 거기였다.

갑옷을 구하기 전까지 전투는 가급적 피하는 편이 좋겠다고 판단한 나는 포기하고 카운터로 되돌아왔다.

"그 알로에 풀이라는 약초가 어떻게 생겼는지 보여줘."

"이거야."

이름 그대로 알로에였다.

"알겠어. 모아 올게."

"웬만하면 마을 근처에서 모으도록 해. 숲으로 가면 잔뜩 모을 수는 있지만 다양한 몬스터가 출몰하거든. 네 레벨로는 감당하지 못하니까 둘러싸이면 곧바로 도망쳐. 도망치는 건 어렵지 않을 거야."

"알았어."

직원의 조언을 감사히 받아들인 나는 마을의 입구로 향했다. 마을 입구에서는 창을 든 병사가 문지기를 맡고 있었다. 병사는 나를 보더니 말을 걸었다.

"본 적 없는 얼굴이군. 신입 모험가인가?"

"맞아."

"그러면 마을 근처에서 약초나 모으는 게 좋아. 실수로라도 숲에는 들어가지 말고. 초보자는 몬스터한테 당해서 목숨을 잃기 십상이니까."

"처음부터 그럴 생각이었어."

"모험가 카드를 보여줘."

"어째서?"

"돌아오지 않으면 수색대를 보내야 하거든."

그렇다면 문지기와도 사이좋게 지내는 편이 좋을 듯했다.

"그렇군. 난 알렉이라고 해."

"확인했다. 날이 저물기 전까지는 돌아와."

"알겠어."

그렇게 마을을 나온 나는 가도를 따라서 걸어가 보았다. 알로에는 자라나 있지 않았다.

하긴, 길가에 아무렇게나 나있으면 의뢰를 하지도 않았겠지.

주위에 몬스터가 있는지도 주의 깊게 살폈지만 코빼기도 보이지 않았다.

몬스터와 조우할 확률은 낮은 편인가 보군. 조금 안심했다.

"윽, 슬라임이다……."

길가에서 투명한 젤리처럼 생긴 물체를 발견했다. 크기는 50센티 정도. 느리긴 하지만 출렁거리며 조금씩 움직이고 있었다.

실수했군. 채집 퀘스트라고 생각해서 몬스터에 대한 정보는 모으지 않았다.

하지만 내게는 스킬이 있다.

[감정 LV3] 스킬이다.

〈명칭〉 슬라임

〈레벨〉 1 〈HP〉 4

[해설]

젤리 형태의 몬스터.

색깔에 따라서 능력치가 다르다.

투명한 개체일수록 약하며, 움직임도 느리다.

때때로 소화액을 뿜어낸다.

악취가 난다.

슬라임의 레벨은 1이었다. 상대하기 딱 좋은 몬스터다.

이 녀석에게 이기지 못하면 파티를 꾸리든, 장비를 갖추든 대책을 세워야 하겠지. 어쨌든 일단 부딪쳐 보기로 했다.

"후우……."

나는 정신을 집중하고 슬라임의 움직임을 주의 깊게 관찰했다. 슬라임은 나를 눈치채지 못했는지, 단지 무관심한 건지, 아니면 감지 능력이 없는 건지 느릿느릿 나아가고 있을 뿐이었다.

"간다!"

긴장감을 뿌리치기 위해 큰소리로 외친 나는 슬라임에게 숏 소드를 내리쳤다.

철푸덕 소리와 함께 내 얼굴에 슬라임의 액체가 튀었다.

"우욱! 냄새!"

하수도를 생각나게 하는 악취였다. 나는 허둥지둥 얼굴을 닦고 슬라임으로부터 멀어졌다.

소화액이라는 듯하지만 딱히 피부가 녹아내리거나 하지는 않았다.

그렇다면 해볼 만했다.

이번에는 힘을 빼고서 칼끝으로 슬라임을 찔러 보았다.

칼에 찔린 슬라임은 액체를 흘리며 납작하게 무너져 내렸다.

이걸로 끝인가.

생각보다 허무하군.

승리의 팡파레 같은 것도 없었다. 하긴, 일일이 팡파레가 울려 봤자 짜증만 날 뿐이다.

나는 쓰러진 슬라임을 가만히 관찰해 보았다. 그러자 펑 하고 하얀 연기가 피어오르며 슬라임이 쏟아낸 액체까지 말끔하게 사라져 버렸다.

몬스터를 쓰러트리면 연기로 변하는 건가. 이것도 국왕의 설명 대로다.

주위에 적이 없음을 확인한 나는 스테이터스를 확인했다.

굳이 스테이터스 오픈이라고 말하지 않아도 창을 띄우는 데는 문제가 없었다.

〈EXP 1〉 〈NEXT〉 9

경험치는 1인가. 엄청 적구나. 하긴, 그만큼 약한 몬스터라는 뜻이다. 반격을 해 온 것도 아니고.

내 HP도 줄어들지 않았으니 아니므로 이 녀석들을 사냥해서 레벨을 1 정도 올려두는 것도 괜찮을 듯했다.

알로에 풀은 잠시 미뤄두고 슬라임을 찾아다니기로 했다.

"좋았어, 발견."

동일한 색깔의 슬라임을 발견한 나는, 검을 내리치는 대신 칼 끝으로 찔러서 침착하게 처리했다.

덕분에 눈 깜짝할 사이에 쓰러트릴 수 있엇다.

"완전 쉬운데?"

슬라임만 1만 마리를 잡아서 레벨을 올리는 건 어떨까. 일정 레 벨에 도달하면 경험치가 들어오지 않을지도 모르지만 리스크가 없다는 점에서 시도해 볼 가치는 있었다.

드롭되는 아이템은 없지만 레벨만이라도 올려두고 싶었다.

그렇게 계속해서 슬라임을 찾아다닌 결과, 대망의 레벨 업까지 한 마리만을 남겨두게 되었다.

"드디어 이걸로 레벨 업이군. 우와앗?!"

어차피 공격받을 일도 없다는 생각에 무방비하게 다가간 순간, 불현듯 슬라임이 내 얼굴에 액체를 분출했다.

"아악! 눈이! 내 눈!"

쓰라렸다. 게다가 앞이 보이질 않았다. 슬라임은 어디지?!

"진정해! 지금 도와줄 테니!"

바로 그때 남자의 목소리가 들려왔다. 덕분에 나는 패닉에서 벗어날 수 있었다. 후우.

"됐다, 슬라임은 쓰러트렸어. 이걸로 눈을 닦아."

"제가 아무것도 안 보여서……."

"고개를 위로 들어봐."

그러자 남자가 내 얼굴에 물을 뿌렸다. 나는 눈꺼풀을 몇 차례 깜빡인 다음에야 간신히 시야를 회복할 수 있었다.

눈앞에서는 한 모험가가 쓴웃음을 지으며 물통을 집어넣고 있었다.

"너, 초보자냐?"

"네. 어제 막 모험가가 되었습니다."

"그랬군. 그렇다면 좋은 공부가 되었겠지. 슬라임이라고 방심하면 방금 같은 꼴을 당하기 마련이야. 적어도 방패로 얼굴을 가리는 게 좋아. 슬라임뿐만 아니라 모든 몬스터를 상대할 때의 기본이야."

"조언해 주셔서 고맙습니다."

"음. 그건 그렇고, 생명의 은인까지는 아니지만 도움을 줬으면 오는 게 있어야겠지?"

"아아……."

돈을 달라는 거로군.

"저, 그런데 사례금은 보통 얼마나 하는지……."

"글쎄다. 뭐, 성의 표시라고 생각하면 편해. 생명의 은인이라면 소지금의 절반 정도지만, 이번 일은 10퍼센트 정도면 충분하려나."

"소지금의 10퍼센트면 4골드밖에 안 돼서요……. 10골드 드릴게요."

"쳇, 그것뿐인가. 그래, 됐다. 세상에 목숨보다 소중한 건 없어. 뭐든 처음에는 신중하게 행동하도록 해. 지나치다 싶을 정도가 딱 좋아."

"네. 감사합니다."

……하아.

레벨을 확인해 봤지만 아직 올라가지 않은 상태였다. 막타를 치는 것이 필수인 모양이었다. 아니면 경험치가 1밖에 되지 않는 몬스터라서 경험치가 분배되지 않은 것일지도 모른다.

자, 그럼 지금부터 어떻게 할까.

제6화
첫 퀘스트 보수

난 일단 여관으로 돌아가기로 했다.

수통에 물을 채워야 했기 때문이다. 또 똑같은 일을 당했을 경우 눈을 세척하지 않으면 위험해질 것이다.

수통은 도구점에서 10골드에 구매했다. 가장 저렴한 가죽 수통이었지만 이것밖에 구입할 돈이 없었다. 도구점을 방문한 김에 천으로 된 주머니까지 구입한 나는, 우물에서 가죽 수통에 물을 채우고 다시금 필드로 향했다.

이번에는 방패로 얼굴을 가리고 슬라임의 진행 방향 반대편, 즉, 슬라임의 뒤를 노려서 공격을 감행했다.

덕분에 별다른 문제 없이 쓰러트릴 수 없었다.

[레벨이 1 올랐다!]
[레벨이 2가 되었다]
[공격력이 2 올랐다!]
[방어력이 2 올랐다!]
[스피드가 2 올랐다!]
[최대 HP가 5 올랐다!]
[최대 TP가 1 올랐다!]

머릿속에 다양한 알림음이 줄줄이 흘러 들어왔다.

HP는 레벨 1당 10퍼센트씩 상승하는 모양이었다. 공격력과 방어력의 상승치는 적게 느껴지지만 레벨이 낮으니 그럴 수도 있겠다 싶었다.

TP는 어떤 능력치인지 몰랐기 때문에 의식을 집중해 [해설] 스킬을 발동시켰다.

〈스테이터스 명칭〉
[TP]
[해설]
통칭 테크니컬 포인트.
스킬을 사용할 때 소비된다.
육체의 피로도에 영향을 받으며, TP가 부족하면 스킬을 발동할 수 없다.
마법 계열 스킬은 TP 대신 MP를 소비한다.

흠. TP는 기술 포인트를 뜻하는 단어인가.

다행히 내가 사용하는 [해설]과 [감정] 스킬은 소모량이 많지 않은 모양이었다.

확인해 보니 현재 소비된 TP는 총 6포인트. 10퍼센트밖에 줄어들지 않았다.

전투 스킬을 사용할 때는 잔량에 주의할 필요가 있겠지만 지금은 괜찮아 보였다.

그렇다면 곧바로 새로운 스킬을…… 아니지. 필드에서 시스템을 조작하다가 몬스터에게 기습을 당하면 큰일이다. 여관으로 돌아가서 하자.

여관에 도착한 나는 아무도 들어오지 못하도록 방문을 잠그고 침대에 걸터앉았다.
머릿속으로 스킬 창을 떠올리자 눈앞에 화면이 나타났다.
현재 내가 습득한 스킬은 다음과 같았다.

[획득 스킬 포인트 상승 LV5] [획득 경험치 상승 LV2] [레어 아이템 확률 업 LV4] [손재주UP LV2] [감정 LV3] [근성 LV2] [해설 LV1] [예감 LV1] [스킬 카피 LV1] [클래스 체인지 LV1] [스킬 리셋 LV1] [매료☆ LV3]

우선은 [해설] 스킬로 [스킬 리셋]의 정보를 확인해 보기로 했다. 당장 스킬을 리셋시킬 필요는 없지만, 성능이 쓸만하다면 필요할 때마다 내 스킬을 커스터마이징할 수 있을 것이다.

[스킬 리셋 LV1]
[해설]
보유할 스킬을 전부 초기화하여 포인트로 환원할 수 있다.
단, LV1에서는 일생에 한 번만 사용 가능하다.
환원되는 포인트는 기존의 절반이다.

…….

망했다. 완전 망했다.

한 번 사용하고 끝이면 리셋을 하는 의미가 없다.

쓰레기 스킬이다. 맙소사.

내 실수다. 게임에 도움이 될 줄 알았다. 이 세계는 레벨을 올리는 것도 쉽지 않아서 성능만 좋았다면 쓸만했을 텐데.

20포인트나 투자했다고!

결국 나는 없었던 일로 하기로 했다. 신경을 끄고 살면 된다.

평생 쓸까 보냐, 이런 쓰레기 스킬.

다음으로 [스킬 카피 LV1]을 확인해 보기로 했다.

이 스킬에도 20포인트나 투자해 버렸는데…….

나는 조마조마하며 의식을 집중시켰다.

[스킬 카피 LV1]

[해설]

타인이 보유한 스킬을 복사한다.

단, 상대의 스킬 레벨과 무관하게 LV1의 스킬이 된다.

이미 보유 중인 스킬이라면 발동하지 않는다.

성공 확률은 지극히 낮은 편.

상대가 스킬을 사용하면 확률이 올라간다.

고유 스킬은 복사가 불가능하다.

흠……. 확률에 따라서 평가가 갈리겠군. 포인트 소비 없이 복사가 가능한 듯하고, 별다른 디메리트도 없다.

상대가 스킬을 사용할 때 확률이 올라간다고 하니, 효과가 눈에 보이는 액티브 스킬들이 복사하기 쉬울 것이다. 대충 예상했던 대로다.

다음.

[클래스 체인지 LV1]
[해설]
직업을 변경할 수 있다.
단, LV1에서는 일생에 한 번만 사용 가능하다.
또한 전직 조건을 충족한 직업에 한한다.
전직 후에도 전직 전의 지식과 경험을 잃어버리지 않는다.

"젠장! 이건 또 뭐야!"
30포인트나 투자했는데 이건 아니지.
스킬 초기화가 절실하다…….

[스킬을 리셋하시겠습니까?]

불현듯 머릿속에 스킬을 리셋할 것이냐는 선택지가 떠올라서 허둥지둥 [아니오]를 골랐다. 큰일 날 뻔했다. 여기서 스킬을 리셋해 버리면 49포인트밖에 돌려받지 못한다. 그 포인트로 쓸만한 스킬들을 배울 수는 있겠지만 그래도 엄청난 손해다.

레벨이 오르면 스킬 포인트에 여유가 생길 테고, 그때 가서 이 스킬에 투자할지 고민해 봐도 늦지 않을 것이다.

그전까지는 봉인해 두기로 했다.

다음은…….

[근성 LV2]
[해설]
근성이 필요한 상황에서 자동적으로 발동한다.

"쳇. 애매하군……."

자동으로 발동되는 패시브 스킬이니 내버려 두면 알아서 유리하게 작용할 것이다.

나는 근성과 거리가 먼 인간이니 없는 것보다는 나았다.

어쨌든 지금부터가 중요했다. 레벨 업을 통해서 12 스킬 포인트를 획득했으니 이제부터라도 신중하게 선택해야 한다.

말 그대로 생사를 좌우하게 될 선택이니까.

먼저 올려야 할 스킬은…… 아무래도 더욱 많은 스킬 포인트를 획득하게 해주는 스킬일 것이다.

현재 습득 중인 [획득 스킬 포인트 상승 LV5]을 강화해 둔다면 그만큼 많은 포인트가 들어올 테고, 레벨이 오를수록 다른 유저와의 격차를 벌릴 수 있을 것이다.

결정 났군.

아직 내 레벨은 2밖에 되지 않았다. 슬라임을 쓰러트리면 3이나 4까지는 수월하게 올릴 수 있을 것이다. 레벨 업이 더뎌지면 그때 가서 전투 스킬이나 생활 스킬을 배워도 된다. 포인트 없이 스킬 습득이 가능한 [스킬 카피]도 있으니 조급할 필요 없었다.

나는 곧바로 [획득 스킬 포인트 상승 LV5]에 의식을 집중시켰다. 참고로 이 스킬은 포인트로 얻은 스킬이 아니라 랜덤으로 얻어진 초기 스킬이었다.

"이런, 글자가 회색이네. MAX 레벨인가 봐…….."

의식을 집중해도 강화에 필요한 포인트가 표시되지 않았다. 다른 스킬의 경우에는 내 포인트가 모자라도 필요한 포인트가 표시되었다. 즉, 더 이상 스킬 레벨을 올릴 수 없다는 뜻이었다. 아쉽게 됐군.

그렇다면 방금 전에 레벨이 오르면서 얻은 스킬 포인트도 다른 사람들보다 많은 편일 것이라고 짐작이 가능했다. 나중에 주변 모험가들에게 슬쩍 확인해 보도록 할까.

하지만 이렇게 되니 더더욱 스킬을 선택하기가 어려워졌다.

나는 잔뜩 고민한 끝에 총 5포인트를 지불하여 [약초 식별 LV1] [약초 채집 LV1] [기적 탐지 LV1]을 획득했다.

전부 흰색의 일반 스킬이었다. 다만, [기적 감지]는 유일하게 3포인트나 소모되었다.

나머지 7포인트는 일단 남겨두기로 했다. 당장 떠오르는 스킬이 없기도 했고, 상황에 따라서 급하게 필요해지는 스킬이 있을지도 몰랐다.

나는 아직 좌우 구분도 못 하는 초보자다. 성급하게 포인트를 투자했다가 후회하는 일을 또 겪고 싶지는 않았다.

"또 너냐."

문지기가 반복해서 마을을 들락거리는 나를 별종 보듯이 쳐다보았다. 하지만 그 이상의 관심을 보이지는 않았다. 하긴, 일일이 잔소리를 듣거나 비웃음을 사봤자 기분만 나쁠 뿐이다. 그러므로 딱히 불만은 없었다.

나는 마을 밖으로 이동해 의뢰받은 약초를 찾아다녔다. 벌써 아침이 다 지나가고 오후에 접어들었다. 여관비 정도는 벌지 않으면 며칠 안에 굶어 죽고 말 것이다.

"오, 스킬을 배운 덕분인가?"

지금까지 눈길이 닿지 않았던 장소에서 알로에가 자라나 있는 것을 발견했다. 나는 그것을 뿌리째 뽑아 천 주머니에 집어넣었다.

이후로도 주변에 몬스터가 있는지를 확인하면서 알로에를 채집해 나갔다. 날이 저물기 시작했을 무렵에는 30뿌리 정도의 알로에가 모였다.

이대로만 가면 굶어 죽지는 않을 것이다. 안심이다.

"오오, 초보자치고는 솜씨가 좋은걸."

모험가 길드에 알로에를 제출하자 접수대의 아저씨가 칭찬을 건넸다.

총 수익은 30골드에 불과했지만 자랑스러운 기분이 들었다.

그런데 그때, 옆 카운터에 커다란 가죽 주머니가 쿵 하고 놓였다. 뭔가를 가득 넣어놓았는지 제법 묵직해 보였다.

"고블린의 송곳니야. 환금해 줘."

나는 가죽 주머니의 주인을 쳐다보았다. 시라이시였다.

제7화
남들의 활약

"놀랍군! 너희들, 고작 하루 만에 이렇게나 모은 거야? 믿기지 않는걸……."

가죽 주머니를 본 직원이 눈을 휘둥그레 떴다.

"이 정도쯤이야. 고블린이 생각보다 훨씬 약하더라고. 레벨도 4나 올랐어."

시라이시가 의기양양하게 웃으며 말했다.

"헤헤, 아저씨도 우리의 활약을 봤어야 하는데. 고블린을 마구 쓰러트리고 왔어!"

케이지도 엎어 치는 시늉을 하면서 즐거운 목소리로 말했다.

"알렉 씨도 의뢰를 완수하신 모양이군요. 그쪽은 어떠셨나요?"

엘빈이 산뜻한 미소로 말을 걸어왔다.

"……그저 그랬어."

평정심을 가장하고는 있지만 사실은 분했다. 누구는 슬라임을 상대로 생고생을 했건만. 혹시 파티 플레이에 유리한 게임인가?

"그래? 뭐, 혼자서도 괜찮은가 보네. 아무래도 좋지만."

시라이시가 말했다. 아무래도 좋으면 그냥 못 들은 척하라고.

"그보다 코지마의 모습이 보이지 않는데, 어떻게 된 거야?"

내가 물었다. 예민해 보이는 인물이었기에 괜히 신경이 쓰였다.

"이쪽 세계에 대해서 조사하고 싶다면서 왕성으로 갔어."

"흠, 그랬군. 레벨은 빨리 올리라고 말해 둬."

"물론 그럴 생각이야. 하지만 당신과는 상관없는 일이잖아."

"하긴 그렇지."

"자자, 우리는 다 같은 용사잖아? 사이좋게 지내자고."

케이지가 말했다. 하지만 부끄러우니까 용사라는 말은 꺼내지 않았으면 좋겠다. 주위의 모험가들도 우리를 바라보며 히죽거렸다. 이미 모험가들 사이에서는 어제 우리가 된통 당했다는 이야기가 쫙 퍼졌을 것이다. 최악이다.

"그런데 신야…… 아니, 신을 보신 적 있나요?"

엘빈이 내게 물었다. 신도 솔로 플레이를 택한 모양이었다. 하지만 내가 알 바 아니었다.

"글쎄."

그 녀석은 나보다도 먼저 스테이터스를 확인하는 등 게임에 빠삭한 눈치였다. 그러니 시작부터 죽지는 않을 것이다.

"그렇군요. 혹시 같이 가실래요? 저희는 지금부터 주점에서 저녁을 먹을 예정이거든요. 첫 승리를 축하하는 기념으로요."

"흥, 사양하겠어. 고블린을 쓰러트린 정도로 기뻐해서야 앞날이 걱정될 뿐이야."

쓴소리를 내뱉기는 했지만, 솔직히 말하면 북적거리는 것 자체가 거북했다. 주점에서 질 나쁜 녀석들과 엮이기도 싫었다.

"뭐야, 잘났다는 듯이."

시라이시도 울컥한 듯 팔짱을 끼었다.

"오, 그건 그래. 역시 드래곤 정도는 쓰러트려야지. 있잖아, 내일은 드래곤을 찾아보자."

케이지가 제정신인지 의심되는 발언을 했다.

"뭐? 으음, 지금 우리 실력으로는 어렵지 않을까? 드래곤은 엄청 강하다고 들었어."

시라이시가 난감한 얼굴로 답했다.

"맞아. 케이지, 드래곤은 나중에 사냥하고 오늘은 첫 승리를 축하하기로 하자."

"그렇구나. 응, 알았어!"

엘빈이 케이지를 잘 타일러 설득했다. 단순한 꼬맹이다.

"기다리게 했군. 고블린의 송곳니 120개, 레어 아이템인 붉은 송곳니가 22개 포함되어 있으니 다 합쳐서 340골드다. 확인해 봐."

"알았어. 흐음. 이것밖에 안 되나."

시라이시가 340골드라는 거금을 받으면서 말했다. 열받는다. 설마 내가 받은 금액을 보고서 일부러 이러는 건가?

"혹시 부족해? 저녁 못 먹는 거야?"

케이지가 걱정스러운 얼굴로 물었다. 하지만 저 정도 금액이면 한 달은 배부르게 먹을 수 있다.

"괜찮을 거야. 그렇지?"

"맞아, 충분해. 그럼 알렉 씨, 또 봐요."

"그래."

"아저씨, 또 만나!"

"알렉이라고 불러!"

아저씨는 누가 아저씨야. 하긴, 아저씨라고 불릴 만큼 살아오긴 했지만.

나도 어느샌가 나이를 먹고 말았군.

"저 얼굴로 알렉이라고 불러달라니."

"너무 그러지 마."

시라이시가 작은 목소리로 중얼거렸다. 당연히 화가 났지만 지금은 저 녀석의 레벨이 나보다 3이나 높으니 못 들은 척하기로 했다.

아, 이런…… 헤어지기 전에 [감정]으로 시라이시의 스킬을 살펴볼 걸 그랬다. [감정]으로 상대방의 스킬까지 확인할 수 있는지는 불명이지만 [스킬 카피]의 설명을 보면 가능성은 있었다.

"아직 용건이 남았나?"

길드 직원이 물었다.

"아아, 없어."

여기서 멍하니 있어봤자 쓸데없는 의심만 살 뿐이니 일단은 건물을 나가기로 했다.

나는 배짱이 두둑한 편이 아니다. 그러므로 [감정]과 [스킬 카피]는 아무도 안 보는 곳에서 몰래 사용하기로 했다.

여관으로 돌아간 나는 한가롭게 카운터를 보고 있는 주인에게 [감정] 스킬을 사용해 보았다.

〈이름〉 여관 주인 〈레벨〉 ?
〈클래스〉 상인 〈종족〉 인간 〈성별〉 남자

얻을 수 있는 정보는 이것뿐인가……. 뭐, 어느 정도는 예상하고 있었다. [감정] 스킬의 레벨도 아직 3밖에 되지 않았다.

아니면 [감정]이 상대방의 능력을 보는 데 부적합한 스킬인 걸지도 몰랐다. 자신의 스테이터스는 상세하게 확인할 수 있지만, 이건 스킬의 효과가 아니므로 별개였다.

"손님, 제 얼굴에 뭐라도 묻었나요?"

"아니. 물어보고 싶은 게 있는데, 주인장은 어떤 스킬을 가지고 있어?"

"어디 보자. 손님의 얼굴을 한 번 보면 잊어버리지 않도록 해주는 스킬, 그리고 이름을 외우는 스킬이 있습니다. 계산도 가능하고요."

나는 눈앞에서 스킬을 사용해 달라고 부탁하려다 관두었다. 의심을 살 우려도 있거니와, 딱히 카피할 만한 스킬들도 아니었기 때문이다.

"혹시 이 근처에 굉장한 스킬을 가진 녀석이 없을까?"

"굉장한 스킬요? 글쎄요, 스킬에도 여러 종류가 있거든요. 검술, 마법, 치료…… 아, 그렇지. 이곳 왕도에서 가장 유명한 인물로는 란슬롯 님이 계십니다. 강철로 된 갑옷을 베어버리는 검술 스킬을 익히고 있다고 들었습니다."

"호오. 그 사람은 지금 어디에 있지?"

"왕성에 계시던가 순찰을 돌고 있으실 겁니다. 기사단의 대장이시거든요."

"그렇군. 알겠어. 방해해서 미안해."

강철을 베는 스킬이라, 훌륭하군. 꼭 배우고 싶었다. 내일 잠깐 왕성에 들러서 물어보기로 할까.

　다음 날, 나는 곧바로 왕성을 방문했다. 하지만 기사대장은 바쁜 몸이라면서 만나보지도 못하고 쫓겨나 버렸다. 하긴, 양산형 용사 취급이 어디 가겠어. 게다가 내 레벨은 아직 2에 불과했다.
　달리 방법이 없으므로 퀘스트를 받으러 모험가 길드로 향했다. 길드에서 그럭저럭 강해보이는 모험가를 발견했지만 차마 말을 걸기가 어려웠다. 뒤쪽에 몰래 숨어서 [감정]을 사용해 보았지만 레벨도 스킬도 보이지 않았다.
　……스킬 카피. 써먹을 방법이 없는 걸까?
　이럴 바에는 제대로 된 스킬을 배울 걸 그랬다.
　젠장.
　두고 보라고.

　해독초를 모아 오라는 채집 퀘스트를 받아서 마을 밖으로 향했다.
　한 뿌리당 1골드니 알로에 풀보다는 벌이가 좋았다.
　해독초는 금방 발견할 수 있었다. 차조기와 똑같이 생긴 약초였다.
　이대로라면 힘들게 전투를 하지 않아도 먹고살 수…… 안 되지. PK라는 변수를 생각하면 그건 안일한 생각이다.
　정신을 똑바로 차려야 한다.
　바로 그때, 뒤쪽에서 기척이 느껴졌다. 뒤를 돌아보니 작은 체구의 몬스터가 있었다. 손에 나무 곤봉을 든 고블린이었다. 일 대일이라면 해볼 만할 것이다.

만약을 위해 [감정] 스킬을 사용해 보았다.

〈명칭〉 고블린 〈레벨〉 2 〈HP〉 10
[해설]
인간과 닮은 모습을 한 몬스터.
신장은 다 자란 개체도 1미터 정도이며, 근력은 약한 편이다.
나쁘지 않은 지능을 갖췄지만 교섭은 통하지 않는다.
무리를 지어 행동하기도 하는데, 이 경우에는 조심할 필요가
있다.

설명을 보니 쉬운 상대였다. 아마도.

주변에 다른 고블린이 없는지 확인한 나는 주도권을 쥐기 위해
서 먼저 달려가 공격을 감행했다.

"이야아압!"

내가 우렁차게 외치며 숏 소드를 내리쳤다.

"으갸악!"

고블린은 나무 곤봉을 휘둘러 반격하려 했지만, 숏 소드에 가
슴을 베이며 뒤쪽으로 나동그라졌다.

"끼이익! 끼긱!"

고블린이 날카로운 이빨을 드러내며 몸을 일으켰다. 고통스러
워하는 건지 화가 난 건지 구분하기가 어려웠다.

슬라임보다는 확실히 강한 것 같군.

하지만.

"받아라!"

나는 숏 소드를 횡으로 휘둘렀다. 힘을 너무 준 나머지 손아귀에서 무기가 빠져나가 버렸지만, 다행히 그 전에 고블린을 베어낼 수 있었다. 쓰러진 고블린은 곧 연기가 되어 사라졌고, 그 자리에는 작은 송곳니가 남아 있었다.

이걸 모험가 길드로 가져가면 돈으로 환전해 준다. 액수는 소소하지만.

스테이터스를 확인해 보니 들어온 경험치는 3이었다. 슬라임 3마리에 해당하니 효율은 나쁘지 않았다.

"이참에 고블린을 사냥해 볼까……. 레벨도 빨리 올려두고 싶고."

고블린 무리를 만나면 조심해야겠지만 단독으로 움직이는 개체라면 충분히 쓰러트릴 수 있다.

길을 잃으면 큰일이므로, 나는 가도에서 너무 벗어나지 않도록 주의하면서 고블린과 해독초를 찾아다녔다.

"오."

찾았다. 이쪽에 등을 보이고 있는 고블린을 발견했다.

만약을 위해서 주변을 확인한 뒤, 소리를 죽여 접근했다.

"끼익?!"

제길, 발각되고 말았다. 하지만 선제 공격은 받아가겠어!

"하압!"

나는 기합을 토하며 검을 휘둘렀다. 이 검, 의외로 무겁다니까.

"갸아악!"

멋지게 명중했다. 그건 그렇고, 검술 스킬이 없는데도 능숙하게 검을 휘두르는 나 자신이 신기했다.

"쓰러트렸어!"

모든 게 순조로웠다. 나는 바닥에 떨어진 송곳니를 천 주머니에 집어넣고 다시금 고블린을 찾아나섰다.

"어라?"

문득 어디선가 여성의 목소리가 들려온 듯했다.

그래서 주변을 둘러봤지만 아무도 없었다. 조금 앞쪽에 우거진 덤불이 보이기는 했는데, 별로 다가가고 싶지 않았다.

"누구 없나요! 살려주세요!"

착각이 아니었다. 덤불 너머에 누군가가 있는 모양이었다. 괜히 휘말릴지도 모르니 신중하게 접근하기로 했다.

"헤헤, 올 사람은 아무도 없어."

"까아악!"

덤불 너머로 젊은 여성과 가죽 갑옷을 입은 두 명의 남자가 보였다. 이 남자들이 젊은 여성의 옷을 강제로 벗기고 있었다.

아무래도 불한당에게 노려진 모양이었다.

제8화
레이프

이 세상에는 경찰이 없으니 휴대폰으로 112를 부를 수도 없었다.

어쩔 수 없지.

아무것도 못 본 셈 치기로 했다. 음. 그러자.

히어로라면 개입해서 멋진 모습을 보여줬겠지만, 나는 히어로가 아니다.

뭐? 나더러 용사라고?

웃기는 소리다.

이 세계의 용사는 지나가던 모험가에게 바보 취급을 당할 정도로 약해빠졌다.

눈앞의 남자들은 허리에 칼을 차고 있었다. 레벨도 나보다 높을 것이다. 2대 1로는 도저히 승산이 없었다.

"그, 그만둬요! 아악!"

이런, 벌써 박아대기 시작했군.

저 남자들은 테크닉도 없는 모양이었다. 여성이 전희를 느끼도록 해주는 게 매너인데.

"앗, 앗, 앗! 으응!"

뒤에서 난폭하게 박아대는 남성과 저항하지 못하는 여성. 조금 더 앳되고 예뻤다면 좋았을 테지만 그렇다고 못생긴 여성은 아니었다. 나이도 젊은 편이었다.

"후우. 좋아, 교대다!"

벌써?!

"헤헤. 그러면 난 앞으로 해야지."

"싫어엇!"

남자가 정면에서 여성을 범하기 시작했다. 젠장, 이 각도에서는 가슴이 보이지 않는다.

옆쪽으로 이동해 볼까도 생각해 봤지만 발견되면 큰일이었다.

나는 덤불에 숨은 채로 눈앞의 상황을 지그시 바라보았다.

"후우, 꽤 좋았어."

너도 벌써 끝이냐…….

"흐흑…….''

"잘 들어. 병사한테 꼰지르면 가만두지 않을 거야. 알겠어?!"

"아, 알겠습니다. 말하지 않을 테니 목숨만은…….''

"좋아. 그럼 간다."

옷을 고쳐 입고는 아무 일도 없었다는 듯이 떠나가는 2인조.

뭐지, 여기는? 이런 세계였어?

아무나 막 범해도 되는 거야?

흐음.

나는 주위를 둘러보았다.

아무도 없다.

……관두자. 내가 좋아하는 타입도 아니고, 병사들에게 말하지 않는다는 보장도 없다.

저대로 내버려 두면 불쌍하니 지금 막 발견한 척을 하면서 마을까지 데려다주기로 했다.

나는 여성이 옷매무새를 고칠 때까지 기다린 다음 조심스럽게 다가갔다.

"저기……."

뭐라고 말을 걸어야 할까. 미리 생각해 놓지 않아서 말문이 막혔다.

"히익! 꺄악! 누, 누가 살려주세요!"

"어? 오, 오해입니다. 진정하세요. 저는 도와주러 온 사람이지 못된 짓을 하려는 게 아닙니다!"

경계하는 것도 무리가 아니었다. 섣불리 말을 건 것이 후회되었다.

"거기까지야!"

불현듯 낯익은 미소녀가 여성의 앞으로 뛰쳐나와 내 앞을 가로막았다.

직업 용사, 시라이시 세리나였다.

멋진 등장이었다. 하지만 상황이 좋지 않다.

"기, 기다려. 오해야."

"뭐가 오해라는 건데? 변명이라면 병사들 앞에서 천천히 들어줄게."

나는 그대로 용사 일행에게 연행당해 병사들의 엄격한 심문을 받아야 했다. 다행히 피해자였던 여성이 상황을 정확하게 파악하고 있어서 내가 범죄에 가담하지 않았다는 것을 증명해 주었다. 그렇게 나는 저녁 무렵이 되어서야 풀려날 수 있었다.

그 여성이 풋풋한 미소녀가 아니라서 정말 다행이다.

하지만 아무리 생각해도 납득이 되지 않았기에 곧장 주점으로 향했다.

주점에 도착하자 테이블에서 술을 마시는 시라이시 일행이 보였다. 나는 그들 앞으로 다가갔다.

"앗. 당신, 설마 도망쳐 나온 거야?"

"도망치긴 누가! 누명이라는 게 밝혀져서 풀려났을 뿐이야."

"뭐?"

"역시. 그래도 용사로 소환된 분이니까요. 저는 믿고 있었어요, 알렉 씨."

엘빈이 동정하는 얼굴로 말했다. 하지만 과연 본심은 어떨까? 워낙 위선자처럼 구는 녀석이라 좀처럼 신용이 가질 않았다.

"그보다 시라이시. 나한테 할 말이 있을 텐데?"

"윽, 미안해."

"하! 그게 다야? 자칫하면 감옥 신세를 질 뻔했다고!"

"하지만 무사히 풀려났잖아. 나는 아직도 의심하고 있거든?"

"이게……."

어떻게 하면 믿을 거냐고 말할까도 했지만, 저지르지 않은 행위를 증명하는 건 몹시 어려웠다.

"자자, 오해가 풀려서 다행이에요. 그 피해자 여성이 증언해 주신 거군요?"

엘빈이 물었다.

"그렇겠지. 직접 물어봐. 나는 범인이 아니니까."

"알았어. 그럼 믿어줄게."

"그 내려다보는 듯한 말투가 열 받네. 네 착각 덕분에 나는 하루 종일 심한 꼴을 당했다고."

"혹시 병사들한테 맞았어?"

"아니. 얌전히 털어놓지 않으면 거세해 버리겠다고 협박당했어."

"그랬구나. 사과할게. 이걸로 술이라도 한잔해. 내가 쏠게."

"그런 푼돈으로 대신할 일이냐? 그보다 너, 여고생이랬지?"

"윽. 좀 봐줘. 이곳 법률로는 15세 이상부터 음주 가능이래."

"참, 식사도 아직 안 하셨죠? 알렉 씨, 뭘로 하시겠어요?"

"아니. 난 너희들과 함께 식사할 생각 없어. 불쾌하거든. 그럼 간다."

원래 세계였다면 소송을 걸어서 위자료를 요구했을 것이다. 하지만 이쪽의 법 현실을 감안했을 때 그러기는 어려워 보였다.

시라이시는 예쁘기라도 했지, 엘빈이라는 이 녀석과는 상종할 마음이 안 들었다. 성격이 꽝이다.

여관에서 빵과 수프를 우걱우걱 먹어치운 나는 방으로 돌아가 침대에 드러누웠다.

"쳇. 오늘은 큰일 날 뻔했어."

하느님 감사합니다. 만약 그때 여성을 범했다면 지금쯤 철창행이었을 것이다. 미소녀가 아니라서 정말 다행이다.

그렇잖아도 곧바로 도와주지 않은 게 켕기던 참이었다. 감옥에 들어가지 않아서 솔직히 안심했다.

하지만 아무리 생각해도 그 2인조 강간마와 대치하는 것은 무리다. 나는 아직 약했다.

"그러고 보니 경험치는 어떻게 됐으려나."

경황이 없어서 확인할 겨를이 없었다.

곧바로 스테이터스 창을 열어 확인해 보니, 다음 레벨까지 필요한 경험치는 3이었다. 고블린 한 마리분이었다.

이 페이스라면 레벨 10까지는 간단히 올릴 수 있을 듯하다. 그때쯤이면 스킬 포인트 합계가 120 정도 될 것이다.

포인트 소비가 큰 스킬은 어렵더라도 적은 스킬이라면 잔뜩 익힐 수 있으리라.

다만 이런 스킬들은 막상 배워도 효과를 체감하기가 힘들어서 난감했다.

"응? 오오."

스킬들을 대충 둘러보고 있던 나는 새로운 스킬이 추가된 것을 발견했다.

[레이프 LV1] New!
[위협 LV1] New!
[엿보기 LV1] New!

[레이프]와 [위협]은 2인조의 스킬을 카피해서 생긴 듯했다. 생각보다 쉬운걸. 게다가 확률도 나쁘지 않았다.

[엿보기]는 원래 그 녀석들의 스킬인지, 아니면 내 행동을 통해서 습득하게 된 스킬인지 불분명했다.

어찌 됐든 써먹을 구석을 찾기 힘든 스킬이었다.

스킬을 배운다고 해서 달라지는 게 있기는 한가? 경험상 [종베기]와 [횡베기]는 스킬 없이도 무난하게 구사할 수 있었다. 스킬을 배우면 숙련도가 올라가는 걸까? 아니면 부가 효과가 생기는 걸까……?

나는 [해설]로 새롭게 얻은 스킬들을 확인해 보았다. 하지만 해당 행위를 그대로 설명했을 뿐, 딱히 새로운 정보는 없었다.

[레이프]를 다음 레벨로 올리기 위해 필요한 스킬 포인트는 4였다. 그리고 [위협]과 [엿보기]는 각각 2였다. 아무래도 레이프가 위협보다는 난이도 높은 행위다 보니, 이 부분이 포인트에 반영된 모양이었다.

그래서 나는 곧바로 [레이프]의 레벨을……올리지 않고, [기척 탐지]의 레벨을 2로 올렸다.

당연했다. 비전투용 스킬에 포인트를 할애할 여유는 없었다.

실제로 나는 [기척 탐지 LV1]을 배웠음에도 시라이시가 다가오는 것을 알아채지 못했다.

이 마을의 귀여운 미소녀를 찾아낸 다음에 배워도 늦지 않았다. 어흠.

이걸로 남은 스킬 포인트는 1. 다음 스킬은 레벨이 오르면 배우도록 하자.

어차피 내일이 되면 오를 테니까.

제9화
토끼 사냥과 붉은 보주

오늘도 평소처럼 모험가 길드의 게시판을 둘러보았다. 내가 받을 수 있는 퀘스트의 랭크는 F뿐이다. 제대로 된 퀘스트가 없었다.

"토끼 사냥으로 해볼까."

카운터로 가서 상세한 내용을 확인했다. 길드에서 내건 의뢰였기에 기한은 딱히 없었고, 제시된 개수의 모피를 모아서 가져가기만 하면 되는 듯했다. 일반적인 짐승이라면 해체 작업이 필요하겠지만 이 세계에서는 몬스터를 쓰러트리면 자동으로 소재가 드롭되어 모피와 고기로 나뉘는 듯했다.

나는 마을을 나와 토끼를 찾아 나섰고, 곧바로 발견하는 데 성공했다. 핑크색의 커다란 토끼였다. 몸길이는 1미터에 가까웠다.

강해 보이네, 이 녀석……

의뢰서에는 적정 레벨이 3 이상이라고 적혀 있었다. 1이 모자라기는 했지만 한 마리라도 쓰러트리는 데 성공하면 곧바로 레벨이 오를 것이다.

게다가 이 핑크 래빗의 모피는 한 장에 3골드에 팔렸다. 지금까지의 적들보다 단가가 높았다. 슬슬 가죽 갑옷도 필요했고, 돈도 모아두고 싶었다.

"가, 간다앗!"

토끼가 도망치기 전에 해치워야 했다. 큰 소리로 자신감을 북

돋은 나는 청동 검을 치켜들고 달려 나갔다.

그러자 토끼도 전투태세에 돌입했고, 힘차게 뛰어와 앞쪽으로 점프했다.

"끄악!"

가슴에 토끼의 박치기를 얻어맞은 나는 고통으로 인해 움츠러 들었다.

이 녀석, 역시 세다.

얌전히 고블린이나 잡으면서 레벨을 올릴 걸 그랬다.

하지만 이제 와서 후회해도 늦었다. 이 녀석은 나를 적으로 간주했으니 등을 보이고 달아나는 건 현명하지 못한 행동이다. 도 망칠 자신도 없었다.

"으랏차!"

나는 혼신의 힘을 담아서 검을 횡으로 휘둘렀다. 무기를 놓치지 않도록 손잡이를 양손으로 꽉 움켜잡는 것도 잊지 않았다.

간신히 일격은 맞추는 데 성공했지만, 두 번째 공격은 토끼의 재빠른 동작으로 빗나가고 말았다.

제길, 토끼 주제에 내 공격을 피하다니.

스피드, 아니, 명중률인가? 명중률을 보완할 스킬도 필요할 듯 하다.

스킬 포인트가 아무리 많아도 부족했다.

잠깐만.

혹시 이 녀석의 스킬도 훔칠 수 있지 않을까?

나는 [감정 LV3] 스킬을 사용했다. 원래는 처음 보는 적이 나타날 때마다 사용해야 하지만, 깜빡 잊어버리고 말았다.

〈명칭〉 빅 핑크 래빗 〈레벨〉 3
〈HP〉 12
[해설]
커다란 핑크색의 토끼.
신장은 1미터 전후로, 움직임이 빠르다.
성격이 흉폭하여 인간을 적극적으로 공격한다.

HP가 12라. 역시 고블린보다 강하다. HP도 문제지만 그 이상으로 성가신 점은 바로 민첩성이었다.

게다가 [감정]을 사용해도 이 녀석의 스킬은 확인할 수 없었다. 결국 헛수고로 끝나고 말았다.

"젠장!"

상당한 피해를 입고 말았지만 어떻게든 쓰러트리는 데 성공했다.

핑크색 모피가 드롭되었다.

[레벨이 1 올랐다!]
[레벨이 3이 되었다]
[방어력이 1 올랐다!]
[스피드가 3 올랐다!]
[최대 HP가 6 올랐다!]
[최대 TP가 2 올랐다!]

[스킬 포인트를 16 획득]

레벨이 올랐다.

스테이터스 상승치에 약간의 변동이 있었는데, 능력치는 고정된 수치가 아니라 랜덤으로 올라가는 모양이었다. 변동 폭이 크지는 않아서 대략적인 예측은 가능했다.

내 계산이 맞다면 토끼 한 마리의 경험치는 5였다. 슬라임 다섯 마리분. 고블린이 3포인트니 마리당 효율은 토끼가 좋았다.

그런데 레벨이 올라도 HP는 회복되지 않았다. 회복되지 않는 타입의 이세계인 듯하다.

회복이 되었다면 좀 더 과감하게 사냥할 수 있었을 것이다. 아니면 경험치를 조절해서 위험한 국면을 레벨 업으로 타개하는 것도 가능했을 텐데…….

"쳇, 토끼 위주로 사냥하는 건 무린가……. 아니, 잠깐. 약초가 있었지."

약초의 사용법은 길드 직원에게 배웠다. 나는 반신반의하면서 가지고 있던 알로에 풀을 입에 넣고 씹어 먹었다.

쓰다……. 알로에가 이런 맛이었던가?

"오? 몸이 편해졌어. 고통도 덜하고. 오호라……."

제대로 회복이 된 모양이었다. 혹시나 하는 마음에 스테이터스 창을 확인해 보니 HP가 가득 차있었다.

"좋았어!"

HP를 회복한 나는 스킬 리스트를 띄워 [운동신경 LV1]과 [동체시력 LV1]을 습득했다. 각각 5포인트가 소비되었다.

재빠른 적을 상대하려면 이처럼 운동 능력을 상승시켜 주는 스킬이 있는 편이 좋았다.

"흠. 예상대로 패시브 스킬이군."

검을 휘두르며 마음속으로 스킬명을 외쳐 봤지만 양쪽 모두 액티브 스킬은 아닌 모양이었다.

상시 발동형 스킬이라면 매번 사용할 타이밍을 고민하지 않아도 된다.

당장 큰 변화는 느껴지지 않았지만, 원래부터 운동과는 거리가 먼 인생이었으니 아직 체감하지 못했을 뿐일 것이다.

이럴 줄 알았으면 평소에 조깅이라도 해둘 걸 그랬다.

하긴, 이 세상에서도 딱히 할 생각은 없었다.

체력을 올리고 싶으면 스킬을 찍으면 되니까.

나는 다시금 토끼를 찾아 나섰고, 곧 발견하는 데 성공했다.

"으랴앗!"

토끼는 호전적인 성격이었기에 전투로 이어나가는 건 간단했다.

"좋아, 되겠어. 으악?!"

이번에는 피해를 받지 않고 쓰러트릴 작정이었으나, 결국 몸통 박치기를 허용하고 말았다. 토끼답게 도약력이 장난이 아니었다.

그래도 약초를 채집하면서 한 마리씩 꾸준하게 쓰러트려 나간 결과, 레벨을 추가로 2나 올릴 수 있었다. 하지만 한 가지 문제가 생겼는데, 토끼에게서 드롭된 고기를 더 이상 소지할 공간이 없었던 것이다. 그래서 스킬 리스트를 확인해 보니 [아이템 가방

LV1] 스킬이 있었다.

나는 10포인트를 소비해서 해당 스킬을 배웠다. 소지품을 이공간에 넣고 꺼낼 수 있기 때문에 굉장히 편리했다.

"응? 이건 뭐지."

12마리째 토끼를 쓰러트렸을 때, 붉은 구슬처럼 생긴 물건이 드롭되었다.

내가 원했던 건 모피였기에 약간은 실망스러웠다.

어쨌든 감정해 보기로 했다.

〈명칭〉 민첩의 보주 (소)
〈종류〉 능력 상승 아이템
〈재질〉 마석 〈중량〉 1
[해설]
사용하면 영구적으로 민첩을 상승시켜 주는 마석.
보주는 사용 후에 소멸된다.

오호라. 레어 아이템이로군. [레어 아이템 확률 업 LV4]을 가지고 있음에도 좀처럼 나올 기미가 없길래 쓰레기 스킬인 줄 알았건만.

이 아이템은 좋은 가격에 팔릴 것이라는 [예감]이 들었다.

지금은 약간의 능력치보다 쓸만한 방어구가 필요했다. 민첩이 1 올라봤자 어차피 티도 안 날 것이다.

모험가 길드로 가서 가격을 물어보기로 했다.

날이 저물기 시작했다. 사냥을 중지하고 마을로 돌아온 나는 길드에 토끼의 모피를 제출했다.

"호오, 신출내기 주제에 용케 이만큼이나 모았군."

길드 직원 아저씨가 나를 칭찬해 주었다.

"물론이지. 고블린을 사냥한 정도로 만족하는 녀석들과는 다르거든."

살짝 우월감이 들었다.

"아아, 그거 말인데. 다른 용사 일행은 오늘 토끼와 애벌레 몬스터를 사냥해 왔더군. 모피의 숫자도 자네보다 많았어."

"뭐라고?! 쳇, 그랬군."

"나쁜 말은 안 할게. 아직 레벨도 얼마 차이 나지 않으니 그 파티에 넣어달라고 해."

"거절하겠어. 나는 솔로가 편하거든."

"뭐, 좋을 대로 해. 하지만 솔로는 생존 확률이 낮다는 점만 알아둬."

"윽. 어쨌든 사양이야. 그것보다, 신…… 더벅머리 활잡이도 녀석들과 함께 있었어?"

"아니, 평소대로 세 명뿐이었어."

"흠, 그렇군."

신은 다른 곳에서 사냥이라도 하고 있는 걸까? 길드에도 가입하지 않고? 하긴, 걱정해 봤자 소용없는 짓이다.

"자, 보수인 105골드야. 받아."

커다란 동화 하나와 5엔 동전 크기의 황동화 다섯 닢을 받았다. 방어구를 사기에는 아직 부족하지만 열흘 치 여관비에 해당하는 큰 수확이었다.

"아, 맞다. 이 붉은 구슬을 얻었는데, 뭔지 알겠어?"

길드 직원에게 토끼로부터 드롭된 아이템을 보여주었다. 솔직하게 가르쳐 주면 그걸로 됐고, 나를 등쳐먹으려 든다면 다른 길드를 알아봐야 할지도 모른다.

"뭣이! 이건!"

직원 아저씨가 화들짝 놀랐다. 상당히 레어한 아이템인 듯하다. 무슨 말을 꺼낼지 묵묵히 기다려 보았다.

"용케도 발견했군……. 이건 능력치를 올려주는 보주야. 마법이나 약과는 다르게 레벨 업을 하듯 영구적인 효과를 지니고 있지. 뭐, 올려주는 능력치가 적어서 한두 개로는 체감하긴 힘들겠지만."

"이해했어. 그래서? 얼마에 팔리는데?"

"후우, 팔 생각인가……. 대부분의 모험가는 습득하자마자 써 버리거든. 덕분에 이 아이템을 본 게 몇 년 만인지. 팔면 값어치가 상당할 텐데…… 잠깐만 기다려 봐라. 보주를 수집하는 퀘스트가 있었거든. 한번 알아볼게."

듣자 하니 이 길드는 신용해도 괜찮을 듯했다. 이 아저씨만 믿음직한 걸지도 모르지만.

"보주 하나당 금화 한 닢. 즉, 일만 골드다. 보주의 색은 따지지 않는다는군. C랭크 의뢰지만 즉시 완료가 가능하니 네게도 특별히 수주를 허락해주지. 하지만 상인한테 팔거나 옥션에 붙이면 값이 더 나갈 거야."

일만 골드라.

입가가 씰룩거렸지만 최대한 쿨하게 행동하기로 했다.

"알겠어. 옥션에 대해서 알려줘."

"옥션은 모험가 길드와 상인 길드에서 달마다 개최되는 경매야. 경매라는 건……."

"그건 나도 알아. 언제, 어디서 개최되는데? 참가 자격도 필요해?"

"개최일은 길드마다 다르지만 모험가 카드만 있으면 누구라도 참가 가능해. 단, 귀중한 아이템을 출품해야 하지. 하지만 이 보주라면 문제없어. 마침 내일이 상인 길드에서 옥션을 개최하는 날이니까 자세한 건 그쪽에서 물어봐."

"이곳과 상인 길드 중에서 어디가 더 비싸게 팔릴까?"

"글쎄. 우리 쪽에서 취급하는 건 무기와 방어구, 소재, 모험용 아이템이 대부분이야. 반대로 저쪽은 마도구와 보석, 미술품까지 취급하는 만큼 규모가 크지. 함부로 판단하긴 어렵지만 아마도 상인 길드 쪽이 비싸게 팔릴 거다."

"정말 고마워. 상인 길드에 가서 물어볼게."

"그래. 장소는 아까 알려준 대로야. 우리는 너 같은 신입 모험가가 성장해 주면 그걸로 충분하니까 별로 고마워할 건 없어. 하지만 은퇴하기에는 아직 일러. 일만 골드를 다 써버리는 건 의외로 순식간이거든."

흥, 고작 숙박비 1000일 치 돈으로 은퇴할 리가 없잖아. 걱정이 지나치다고, 아저씨.

　나는 한 손을 들어 알았다는 제스처를 취한 뒤, 모험가 길드를
나왔다.

　상인 길드는 벽돌을 이용하여 제법 멋들어지게 지어져 있었다.
외관도 모험가 길드보다 말끔했다. 입구로 다가가자 두 명의 문
지기 병사가 무기를 거머쥐며 내게 물었다.

　"이봐, 상인인가?"

제10화
옥션

"아니, 모험가야. 옥션에 관해서 물어보러 왔어."

나는 두 병사에게 대답했다.

"그러면 모험가 카드를 보여주실까."

보안이 엄격하군. 나도 이러는 편이 안심이다.

"여기."

"음. 안에서 괜한 행동은 하지 마라."

"알고 있어. 물어볼 게 있을 뿐이야."

"그러면 들어가도 좋아."

그렇게 나는 상인 길드로 들어섰다. 카운터에는 일정한 간격으로 직원들이 앉아 있었는데, 상담을 구하러 온 상인들과 대화를 나누는 중이었다. 빈 카운터는 아직 없었다. ……순서를 기다리도록 하자.

홀에는 동그란 테이블과 의자가 배치되어 있었고, 마실 차도 내어주는 모양이었다. 안쪽에는 가죽 소파가 있었는데, 호화로운 금장식을 보아 VIP석인 듯했다. 차마 VIP석에 착석할 용기는 없었기에 비어있는 테이블에 앉으려던 찰나, 한 여성 직원이 내게 말을 걸어왔다.

"손님, 상인 길드에는 어떤 용무로 오셨나요?"

"아, 옥션에 출품하고 싶은 물건이 있거든. 자세한 이야기를 들으러 왔어."

"아하, 그러시군요. ……그런데 출품하실 물건이 뭔지 여쭤봐도 될까요?"

여성 직원이 감정하듯 나를 스윽 훑어보더니 물었다. 아무래도 잘못 찾아온 손님이라고 생각한 모양이었다. 여성 직원의 어두운 표정만 봐도 알 수 있었다. 흥, 이거나 보라지.

"이 보주를 팔 생각이야."

"앗! 실례했습니다. 그러면 안쪽으로 오시죠. 안내해 드리겠습니다."

오오, VIP로 취급해주는 듯하다. 이거 쑥스러운걸.

주변에 있던 몇몇 상인들이 나를 흘끔 쳐다보았다. 괜히 우쭐한 기분이 들었다.

"이쪽에 앉아서 기다려주세요. 금방 담당자분이 오실 겁니다."

"그래, 알았어."

나는 소파에 앉아 주변을 둘러보았다. 소파 옆에는 계단이 있었는데, 귀족으로 보이는 남자가 직원과 함께 내려오는 것이 보였다. 진짜배기 VIP는 위층을 사용하는 모양이다.

거만한 자세로 앉았으면 쪽팔릴 뻔했다.

"오래 기다리셨죠, 손님. 옥션에 보주를 출품하고 싶으시다고요."

이윽고 머리에 터번을 두른 남자 상인이 미소를 지으며 다가왔다.

"네, 이겁니다."

"호오, 보주가 확실하군요. 이 물건이라면 최소 금액은 5천 골드, 수수료는 판매 금액의 1할입니다."

"응? 모험가 길드의 의뢰를 보니 1만 골드에 매입하고 있던데."

아무리 그래도 절반은 너무 헐값이었다.

"맞습니다. 하지만 안심해 주십시오. 최소 금액은 어디까지나 형식적인 조항이니까요. 어지간한 비주류 상품이 아니면 최소 금액으로 낙찰받는 경우는 없다시피 합니다. 보주는 고레벨 모험가들께서 예약을 넣으실 정도로 인기가 많은 물건이고, 귀족분들도 미적 가치를 인정하여 관상용으로 수집하고 계십니다. 못해도 1만 골드는 받으실 수 있을 겁니다."

과연 사실일까? 구매자와 상인 길드가 담합해서 가격을 후려칠 가능성도 있었다.

"최소 금액을 변경해 줄 수는 없을까?"

"가능은 하지만 그렇게 되면 수수료가 두 배로 뛰어오릅니다. 그래도 괜찮으시겠습니까?"

"괜찮아. 1만 2천 골드로 부탁해."

"알겠습니다. 단, 판매자께서 최소 금액을 제시하실 경우 팔리지 않았을 경우에도 1할의 수수료가 청구됩니다. 그럴 가능성은 낮지만 말이죠."

"이런, 선불인가?"

"아뇨, 후불로 지불하셔도 됩니다. 그리고 고객님, 저를 신용해 주셨으면 합니다. 경매가 1만 5천 골드는 여유롭게 달성할 겁니다. 틀림없이 팔릴 겁니다."

"좋아, 믿을게. 대신에 팔리지 않는다면 수수료는 면제해 줘."

"알겠습니다. 그러면 1만 5천 골드를 밑도는 경우 제가 수수료를 전액 부담하겠습니다."

이 조건이라면 만족이다.

나는 양피지로 된 보관증을 건네받고 보주를 넘겨주었다.

"내일 저녁에 종이 울리면 길드 뒤쪽의 건물로 와주시길 바랍니다. 해당 건물이 저희 길드의 옥션 회장입니다. 방금 드린 보관증을 지참하면 무료로 입장하실 수 있습니다."

구경꾼이 가격을 올려치는 행태를 막기 위해서 참가비도 유료로 받는 듯했다.

내일이 기대되는걸.

얼마에 팔리려나.

다음 날. 평소보다 일찍 잠에서 깨어난 나는 여관 뒤쪽의 우물에서 세수를 했다.

옷도 새로 마련하고 싶었지만 빚을 지면서까지 겉모습에 신경쓸 필요는 없었다.

맛없는 빵과 수프로 아침 식사를 해결한 나는 조금 이르지만 토끼 사냥으로 시간을 때우기로 했다.

그런데 토끼를 찾아다니던 와중, 평원에서 새로운 몬스터를 발견했다.

"응? 저게 그 애벌레 몬스터인가?"

비록 움직임은 느리지만 크기가 거의 2미터에 달했다. 그 녀석들, 잘도 이런 몬스터와 싸웠구나.

사람보다 커다란 애벌레라니. 솔직히 좀 무서웠다.

일단은 [감정] 스킬을 사용해 보기로 했다.

〈명칭〉 빅 크롤러 〈레벨〉 4

〈HP〉 50

[해설]

커다란 녹색 애벌레.

몸길이는 2미터 전후로, 움직임이 느리다.

비선공형 몬스터.

레벨은 둘째 치더라도 HP가 상당하다. 은근히 애먹을 듯했다.
호전적이진 않으므로 먼저 공격하지 않는 한 습격해 오지는 않을
것이다.

가죽 갑옷을 얻기 전까지는 신중하게 행동하고 싶었다. 나는
애벌레와 싸우지 않고 자리를 떴다.

"젠장, 결국 안 나왔네."

오늘도 붉은 보주가 나오지 않을까 기대하며 토끼를 사냥했지
만, 역시 그 정도로 일이 잘 풀리지는 않는 모양이었다.

레벨 업에 필요한 경험치는 레벨을 올릴수록 많아지고 있었다.
그래도 전투에 익숙해진 덕분에 한 대도 맞지 않고 쓰러트리기도
하는 등 효율이 많이 상승했다.

레벨은 2가 올랐다.

마침 레벨도 올랐으니 사냥은 이쯤에서 중지하고 여관으로 돌
아가기로 했다. 굳이 판매자가 옥션에 참가할 필요는 없었지만,

이왕이면 경매 과정을 지켜보고 싶었다.

"오? 토끼의 스킬을 카피했네."

[점프 LV1]이 소지 스킬 목록에 추가되어 있었다. 몸통박치기용 스킬 같기는 하지만.

어제와 오늘을 합쳐서 백 마리 정도의 토끼를 사냥했는데, 카피 확률은 어느 정도인 걸까. 중간중간에 확인해 봤다면 좋았겠지만 전투와 필드 경계를 게을리할 수는 없었다.

스킬 포인트가 51이나 쌓여 있었기에 15포인트를 지불해서 [행운 LV4]를 습득했다. 옥션에서 가격이 오르기를 기대한 선택이었다.

나머지 36포인트는 천천히 고민해 보기로 했다.

아직 종은 울리지 않았지만 나는 일찌감치 옥션 회장으로 향했다.

"알렉 씨, 어서 오세요."

어제 대화했던 상인이 나를 발견하고 다가왔다. 이 남자의 이름은 메를로였다. 이상한 이름이라서 기억하기 쉬웠다. 내 보주는 다섯 번째로 출품된다는 모양이다. 보주가 팔리는 것만 확인하면 곧장 여관으로 돌아갈 예정이었다. 딱히 볼일도 없으니.

"이렇게 모여주셔서 감사합니다, 여러분. 상인 길드에서 주관하는 이번 달 옥션을 개최하겠습니다. 첫 상품은 무명의 화가가 그린 귀부인의 초상화입니다. 최소 낙찰 금액은 천 골드입니다. 경매 시작합니다."

"천백!"

"천이백!"

"천삼백!"

"자, 천이백 나왔습니다. 다른 분 있으십니까? 없으시군요. 저분께 낙찰되셨습니다."

생각보다 경쟁이 심하지 않았다. 괜찮은 걸까…….

"두 번째 상품은 이것, 고급스럽게 빛나는 황금빛 서진입니다. 멀리 계신 손님들은 알아보기 힘드실지도 모르지만 드워프 장인이 세공한 개구리 문양이 새겨져 있습니다. 단, 재질은 황동이니 오해 없으시길 바랍니다. 최소 낙찰 금액은 천 골드입니다. 경매 시작합니다."

"천백!"

"천이백."

"천이백, 다른 분 안 계신가요? 없군요. 그러면 천이백으로 낙찰입니다."

경매품은 사회자가 두드리는 나무 망치 소리와 함께 속사포처럼 팔려 나갔다. 불안해진 나는 옆에 서 있는 메를로에게 물었다.

"정말로 괜찮은 거야?"

"물론입니다. 옥션은 이제 막 시작되었을 뿐입니다. 초반에 출품되는 물건은 저렴한 것들이 대부분이고, 아직 손님들도 달아오르지 않은 상태니까요. 항상 시작은 이런 느낌입니다."

그렇다면 다행이지만, 경매가 달아오르지 않으면 내 물건도 최소 가격보다 고작 1, 2할 많은 금액으로 낙찰되어 버리는 게 아닐까. 메를로가 수수료를 대신 내준다고 말하긴 했으나 가급적이면 비싸게 팔고 싶었다.

아예 나도 옥션에 참가해서 분위기를 띄워보는 건 어떨까? 하지만 그랬다가 쓸데없는 물건이라도 샀다가는 낭패였다. 내 물건에 입찰해 볼까도 생각했으나, 판매자가 자신의 상품에 입찰하면 아무래도 문제가 발생할 수밖에 없었다.

"참, 알렉 씨. 자신의 상품에는 입찰할 수 없으니 주의해 주세요. 다른 상품에는 참가하셔도 무방합니다."

"알아. 그런 치졸한 짓은 안 해."

이어서 등장한 세 번째, 네 번째 미술품도 경매에 나온 것치고는 영 시원찮았다. 네 번째 상품은 구매자도 나타나지 않았다.

"팔리지 않은 상품은 어떻게 되지?"

"최소 낙찰 금액을 내려서 다른 날에 재경매를 하게 됩니다. 그나저나 어떻게 된 걸까요. 오늘은 선뜻 나서는 손님들이 많지 않군요."

평소와 다른 무언가를 느꼈는지 메를로가 주변의 손님들을 둘러보며 말했다.

"경매에 참가한 사람이 적은가?"

"아뇨. 오히려 평소보다 많은 고객분이 오셨습니다. 후반에 출품될 상품을 주목하고 계신 걸지도 모르겠네요."

"흠."

그건 지켜보면 알겠지.

"오래 기다리셨습니다. 오늘 최초의 주목 상품입니다. 붉게 빛나는 민첩의 보주, 사이즈는 소형. 최소 낙찰 금액은 1만 2천입니다. 경매 시작합니다."

"1만 5천!"

오오?!

"2만!"

"2만 5천!"

도대체 뭐가 어떻게 된 거지? 눈 깜짝할 사이에 금액이 올라갔다. 심지어 모험가 길드 의뢰에서 제시한 금액의 두 배 이상이었다.

메를로를 흘끔 쳐다보니 나를 향해서 싱글생글 웃고 있었다. 확실히 1만 5천은 여유롭게 넘는 금액이다.

"2만 7천!"

"2만 8천!"

"3만!"

금액은 계속해서 올라갔다. 그래도 3만쯤 되니 일반인들은 더이상 넘보지 못하는 눈치였다. 가격을 부르는 인원도 몇 명으로 좁혀졌다. 고급스러운 차림의 귀족, 강철 갑옷의 모험가, 상인으로 보이는 뚱뚱한 남자. 이렇게 세 명이었다.

"3만 2천!"

"3만 3천!"

"4만!"

""오오!""

이대로는 끝이 없겠다고 생각했는지 귀족이 단숨에 금액을 올렸다. 모험가는 어깨를 으쓱여 더 이상 참가할 의사가 없음을 표현했다. 반면 뚱뚱한 상인은 씁쓸한 표정을 지었다.

"자, 더 없으신가요?"

사회자가 뚱뚱한 상인을 바라보며 물었다.

"4만 2천!"

""오오.""

"4만 2천 나왔습니다."

"4만 5천!"

"……4만 7천!"

"5만."

굉장한걸, 저 귀족. 상인이 금액을 부를 때마다 가격을 확 올려 버렸다. 상대가 나빴다. 뚱뚱한 상인도 결국 당해내지 못하고 포기한 모양이었다.

"그러면 5만에 낙찰되었습니다!"

"축하합니다! 이야, 금액이 이 정도로 뛸 줄이야. 시세의 두 배는 되겠는걸요!"

메를로도 흥분한 듯 말했다. 오늘은 운이 좋았다. [행운] 스킬이 도움이 됐는지는 모르겠지만, 그래도 찍어두길 잘했다는 생각이 들었다.

"이제 난 뭘 하면 돼?"

"예. 구매자분의 지불 방식에 따라 다르지만 보통은 1주일 이내에 결제가 이뤄집니다. 수수료가 2할이니 알렉 님께서 수령하실 금액은 4만 골드가 되겠군요. 괜찮으시겠습니까?"

"알았어. 꽤 뜯겼네."

최소 낙찰 가격을 변경하지 말 걸 그랬다. 설마 이렇게 비싸게 팔릴 줄이야.

"그래도 다른 곳보다는 옥션이 낫습니다. 훨씬 더 비싸게 팔리니까요."

메를로가 상인다운 발언을 했다. 나도 그 말에는 동의하는 바였다.

4만 골드. 여관에서 4000일을 묵을 수 있는 돈이다. 일본 돈으로는 4천만 엔 정도일까?

하지만 이 정도로 들떠서는 곤란했다. 착실하게 가자, 착실하게.

제11화
노예를 충동 구매 해버렸다.

"그러면 알렉 씨, 나머지 절차는 저희한테 맡겨주세요. 돈이 들어오면 연락드리겠습니다. 보관증은 그때까지 잘 간수해 두시고요."

"알겠어. 응?"

관객들이 술렁거리기 시작했기에 나도 사회자가 있는 곳을 쳐다보았다. 이번 상품은 여자아이였다.

동물귀 미소녀가 쇠사슬에 묶여 있었다. 생김새는 축 처진 귀를 제외하면 평범한 인간과 다를 바 없었으며, 낡아빠진 옷을 입고 있었다.

"이봐…… 여기서 노예도 취급하는 거야?"

내가 메를로에게 물었다.

"예. 자주 출품되는 편은 아니지만요. 그나저나 상태가 나쁘군요. 병에 걸린 걸지도 모르겠습니다. 아마 팔리지 않을 것 같네요."

"으음……."

메를로의 말대로 바닥에 앉아있는 소녀는 어딘가 기운이 없어 보였다. 위생 상태도 좋지 않았다. 상품이라면 말끔하게 씻기고 예쁘장한 옷을 입혀서 내놓던가. 노예라서 저렇게 취급하는 건가?

"이 견인족 노예의 최소 가격은 3만입니다. 경매 시작합니다."

"비싸네."

"아뇨, 노예치고는 싼 편입니다. 여성 노예는 기본적으로 5만, 또는 10만을 호가합니다."

"그렇구나."

여성 노예는 밤일에도 이용되다 보니 고가에 거래되는 듯하다.

눈앞의 소녀도 자신의 처지에 절망했는지 멍하니 바닥만 쳐다보고 있었다.

"3만 1천."

"3만 2천."

다른 참가자들이 담담히 가격을 불렀다.

"3만 2천이 나왔습니다. 다른 분 안 계십니까?"

내게는 보주로 얻은 4만 골드의 대금이 있다. 따라서 입찰하지 못할 것도 없지만…….

안 돼, 관두자. 동정심이나 욕망으로 큰돈을 써봤자 나중에 후회하기 마련이다.

하지만 얼굴이 은근히, 아니, 상당히 내 취향인데…….

반면에 다른 참가자들은 별로 관심도 없는 눈치였다. 이상하다고, 너희들.

"일반 모험가도 노예를 살 수 있어?"

메를로에게 물었다.

"예. 오히려 모험가분들이 짐 운반이나, 전위에 세울 용도로 노예를 데리고 다닙니다. 수인은 전투도 능숙하고 말이죠. 혹시 관심이 있으시다면 노예상을 소개해드릴 수도 있습니다."

"흐음."

이성적으로 생각하면 메를로에게 노예상을 소개받아 제대로 된 노예를 구매하는 편이 나을 것이다.

하지만 나는 어째서인지 저 소녀가 신경 쓰였다.

뭐랄까. 반드시 사야만 한다는 직감 같은 것이었다.

에라, 모르겠다. 돈은 나중에 또 벌면 되지.

"3만 5천!"

그렇게 외친 나는 곧바로 후회했다. 3만 3천으로 부를걸. 하지만 이미 늦었다. 한 번 부른 금액을 철회하는 건 매너 위반이다.

"3만 5천이 나왔습니다. 더 없으신가요? 없으시군요. 이 모험가분께 낙찰되셨습니다."

"흠, 정말 괜찮으시겠어요? 말씀드린 대로 썩 좋은 노예는 아니거든요."

"나도 알아. 그보다 노예에 관한 주의 사항을 가르쳐 줬으면 하는데."

"예, 알겠습니다. 노예는 생물이기 때문에 잠자리와 식사를 마련할 필요가 있습니다. 이를 게을리하면 법적인 처벌을 받을 수도 있으니 주의하세요. 건강이 악화되었다고 약을 처방할 의무는 없지만, 노예가 죽으면 주변분들의 따가운 눈총을 받으실 수도 있으니 이 부분도 주의하시길. 시체를 처리하고 싶다면 여관 주인에게 물어보시면 됩니다. 청소부를 주선해 줄 겁니다. 묘지는……."

"이봐, 메를로. 나는 저 녀석을 죽일 생각이 없어."

어째 이상한 설명으로 빠지는 기분이 들었기에 메를로를 제지했다.

"이런, 실례. 노예는 왼팔에 각인이 새겨져 있습니다. 노예의 문장이라고 하지요. 이것이 새겨진 노예는 주인의 명령에 거스를 수 없습니다. 양도 절차는 저희가 진행해 드리겠습니다. 소유권이 이전되면 저 소녀는 당신의 명령을 듣게 될 겁니다. 단, 반항적인 노예도 존재하므로 결사의 각오로 저항하는 일이 없도록 주의를 기울일 필요가 있습니다."

"결사의 각오라고 했는데, 반항하면 사형에 처하기라도 하는 거야?"

"아아, 예. 사형에 해당하는 형벌도 분명 존재하지만, 각인이 새겨진 노예가 주인에게 반항하면 마법적 작용에 의해 고통을 받습니다. 억지로 고통에 저항하면 죽음에 이르기도 할 정도지요. 따라서 대부분의 노예는 반항적인 태도를 취하기만 할 뿐 주인을 공격하거나 명령을 어기지는 않습니다."

"흐음. 말 그대로 노예라 이거군."

"맞습니다."

"그러면 거래 장소로 안내해 줘."

"알겠습니다. 이쪽으로 오시죠."

별실로 안내받은 나는 의자에 앉아 차를 마시며 기다렸다. 그렇게 잠시 기다리자 방금 전의 견인족 소녀가 끌려 들어왔다. 저항은 하지 않았지만 취급이 거칠었다.

"그러면 알렉 씨, 이 소녀의 각인을 당신의 명의로 이전하겠습니다. 손을 내밀어 주세요."

"이렇게?"

나는 소녀의 왼팔에 손을 얹었다.

"예. 아프시겠지만 조금만 참아 주세요."

메를로가 침으로 내 손을 찔렀다. 흘러나온 피는 한 방울에 불과했지만 이걸로도 충분한 모양이었다.

흘러내린 피가 왼팔에 닿자 노예의 문장이 한순간 붉게 빛났다. 일종의 마법인가 보다.

"이걸로 알렉 씨가 이 소녀의 주인이 되셨습니다. 이건 소유권 증명서입니다. 저희 쪽에서 사본을 보관하고 있을 테니 분실하신다면 저희 길드를 찾아와 주세요."

"알았어. 대금은 내 보주를 판매한 금액에서 차감하는 걸로 할게."

"예. 그리고 노예에게도 세금이 부가됩니다. 납세일인 내년 3월에는 유의해 주세요."

"으, 그렇군. 알았어."

앞으로 저축을 게을리하면 안 될 듯하다. 세금을 면제받을 만큼 이 세계의 용사가 대우받고 있는 것도 아니고.

"이봐, 너. 이름이 뭐야?"

"………."

노예 소녀는 힘없이 고개를 숙인 채로 대답이 없었다.

"미나라고 하는 모양입니다. 미나, 이분이 네 새로운 주인님이셔."

메를로가 타일렀지만 이번에도 반응이 없었다. 이거 괜찮은 건가?

"가자, 따라와."

나는 미나의 손을 잡아끌었다. 그러자 순순히 따라왔다.

"배가 고프지? 여관에서 저녁부터 먹자."

"………."

대답이 없다. 말을 할 줄 모르나? 이런 녀석한테 3만 5천이나 들이붓다니……. 나는 바보인가.

일단은 여관으로 데리고 돌아가기로 했다.

"이런, 손님. 노예를 구입해 오신 겁니까?"

여관 주인이 대놓고 거북한 표정을 지었다.

"맞아. 뭔가 문제라도 있어?"

"말끔한 노예였다면 저도 불평을 하지는 않았겠지요. 벼룩이 들끓으면 곤란하니 안으로 들이기 전에 씻겨주실 수 있겠습니까?"

완전히 애완동물 취급이로군. 하지만 미나의 위생 상태는 그만큼 심각했다. 주인장의 말처럼 병이나 벼룩을 옮길 우려가 있어 보였다. 귀찮게 됐군…….

"그렇게 하지. 목욕물을 준비해 줘. 돈은 낼 테니까."

"알겠습니다. 그리고 방은 하나라도 여관비는 추가된 인원만큼 받을 겁니다."

"알았어. 이거면 됐지?"

나는 10골드를 지불했다.

"고맙습니다. 그러면 목욕물을 준비해 둘 테니, 방으로 가지 말고 헛간에서 기다려 주십쇼."

나는 미나를 헛간으로 데려가 목욕물이 준비되기를 기다렸다.

"참, 소개가 늦었지. 내 이름은 알렉이야. 잘 부탁해."

"…………."

후우. 완전히 무시당하니 정신적으로 지치는구나.

나는 미나를 유심히 관찰하였다. 축 처진 강아지 귀는 회색이었고, 단발 스타일의 머리카락도 마찬가지로 회색이었다. 꼬리도 달려 있었다. 과연 이세계로군. 그 외에는 인간과 전혀 다르지 않았다. 손가락도 다섯 개씩 달려 있었다.

입고 있는 옷은 더럽고 후줄근했다.

얼굴은 예뻤지만 눈이 죽어 있었다. 표정도 무표정했다.

"……!"

진짜인지 확인해 보고 싶었던 나는 살짝 꼬리를 만져보았다. 그러자 꼬리가 움찔하고 반응했다. 미나는 양손으로 꼬리를 감추며 나를 노려보았다.

"미안해. 나는 수인을 보는 게 처음이거든. 꼬리를 만지는 건 실례인가?"

미나는 불쾌한 듯이 이쪽을 노려보며 보일 듯 말 듯 고개를 끄덕였다.

"혹시 말하는 법을 모르는 거야?"

"……아뇨."

생기는 없지만 곱고 귀여운 목소리였다.

"뭐야, 말할 줄 알면 빨리 말하라고. 의사소통도 안 되면 어쩌나 하고 걱정했단 말이야."

"…………."

또 묵묵부답이군.

"네가 어떻게 노예가 되었는지는 묻지 않겠어. 이런저런 일이 있었겠지. 하지만 결과적으로 너는 내게 팔렸어. 앞으로는 내가 주인으로서 널 돌볼 테니까 필요한 게 있다면 말로 솔직하게 표현해. 까놓고 말해서 나는 여성이나 노예를 다룰 줄 모르거든. 말하지 않으면 대우도 좋아지지 않을 거야."

"어차피 제 처지는……."

"그러냐. 뭐, 마음에 들지 않는 부분이 있다면 먼저 말해줘. 억울하게 습격당하고 싶지는 않거든."

"노예는 각인이 새겨진 이상 주인에게 거스르지 못해요."

"마법으로 고통을 받는다고 했던가?"

"네. 저항할 수 없어요……."

미나는 얼굴을 찡그리며 깡마른 팔을 억눌렀다. 이미 그 고통을 경험해 본 듯했다.

"심한 꼴을 당한 거야?"

"…………."

하긴, 물어본다고 뭐가 달라지는 것도 아니었다.

그나저나 주인장은 언제 오는 거야. 어색해서 가시방석에 앉은 느낌이다.

연애 경험 제로인 내게 처음 보는 여자아이와 대화하기란 너무 가혹했다.

하지만 이럴 때를 위해서 존재하는 게 스킬이다.

무언가 좋은 스킬이 없는지 확인해 보기로 했다.

제12화
스킬로 미나와 대화하기

미나와 대화할 스킬을 배우고 싶었다.

해당하는 스킬을 찾을 수 있을지 걱정되긴 했지만, 다행히 머릿속에 떠오르는 게 몇 가지 있었다. 그러자 스킬 리스트도 자동으로 정리되었다. 편리한걸.

[짐승 조련] [노예 조련] [헌팅] [카운셀링] [통솔] [카리스마] [절대 복종] [어루만지기] [동료애] [인연 맺기] [독심술] [꼬시기] [진찰] [조합] [하렘 형성] [스킬 파티 공유화]

처음의 두 가지는 이해가 되지만 [헌팅]이라니. 아무리 봐도 사냥을 뜻하는 단어가 아니잖아. 나는 딱히 이 녀석을 헌팅할 생각이……. 그래도 뭐, 포인트가 1밖에 되지 않으니 배워두기로 하자. 무엇보다도 지금의 어색한 분위기를 견딜 자신이 없었다.

두 번을 배워서 [헌팅 LV2]로 레벨을 올렸다. [절대 복종]과 [독심술]도 확인해 봤지만 필요한 포인트가 너무 높아서 힘들었다. [카리스마] [통솔] [인연 맺기] [진찰]도 마찬가지였다.

현재 사용할 수 있는 포인트는 33.

포인트가 부족해서 배우지 못하는 스킬들은 제외한 뒤, 나머지 스킬을 포인트가 적은 순으로 나열해 보았다.

[어루만지기] [동료애] [짐승 조련] [노예 조련] [카운셀링] [꼬시기] [조합] [하렘 형성] [스킬 파티 공유화]

[어루만지기]의 경우, 추행범으로 몰려서 잡혀가는 건 아닐까 걱정이 되었다. 그래도 1포인트만 투자하면 되므로 배워두었다.

[어루만지기 LV1] New!

어루만지는 데 스킬까지 필요한가 싶지만 어쩔 수가 없었다. 나는 스킬에 의존하지 않으면 여자를 건드릴 용기도 없는 겁쟁이기 때문이다.

진정하자. 상대는 노예다. 약간은 음흉한 짓을 하더라도 용서받을 것이다. 이 세계에서 노예들이 받는 취급을 생각하면 이 정도는 대수도 아니다.

[동료애]는 제법 쓸만해 보였지만, 내 성향을 감안하면 이런 협조성 계열의 스킬은 시너지를 기대하기 힘들었다.

[짐승 조련]과 [노예 조련]은 비슷한 스킬일 테니 하나만 배워도 충분할 것이다. 양쪽을 전부 배워서 중복 효과를 기대해 볼 수도 있겠지만 당장은 [노예 조련]으로 만족하기로 했다. 미나가 수인이기는 하지만 말도 통하고, 지금으로선 얌전했다.

[노예 조련 LV1] New!

소비된 포인트는 2였다. 남은 포인트는 30이다.

[카운셀링]과 [꼬시기]도 서로 비슷비슷한 스킬 같아 보였다. 남자라면 [꼬시기]를 배워야 하겠지만 이번에는 별로 마음이 내키지 않았다.

[카운셀링 LV1] New!

아무래도 미나가 걱정되었기에 진지하게 골라야겠다는 생각이 들었다. 3포인트가 소비되었다.

[조합]은 용도를 짐작할 수가 없어서 배우길 관뒀다. 기분이 좋아지는 약이라도 조합하라는 건가? 아니면 미약으로 몸의 대화를……?! 하지만 수중에 쓸만한 약초가 있다면 모를까, 당장은 배워봤자 허사일 것이다.

[하렘 형성].

남자라면 당연히 배우고 싶은 스킬이었다. 하지만…… 현재로서는 놀고 있을 여유가 없었다.

레벨이 많이 오르고 노예가 늘어나면 배우기로 하자. 20포인트나 되는 비싼 스킬이었다.

[스킬 파티 공유화].

이거다.

이건 상당히 중요한 스킬이라고 내 육감이 말하고 있었다. 내가 습득한 [획득 스킬 포인트 상승 LV5]와 [획득 경험치 상승 LV2]를 공유할 수 있다면 그만큼 미나의 레벨 업 속도도 상등할 것이다.

다만 필요 포인트가 25나 되었다. 남은 포인트의 대부분을 투자해야 했다.

[스킬 파티 공유화 LV1] New!

……저질러 버렸다. 후회하지는 않지만, 만약 미나가 파티에서 이탈해 버리면 땅을 치고 통곡하게 될 것이다.

2포인트가 남았지만 여기까지만 하기로 했다.

자, 그럼…….

[헌팅 LV2]

[카운셀링 LV1]

[노예 조련 LV1]

나는 이상의 세 스킬을 사용해서 미나를 타일렀다.

"미나, 들어줘. 나는 네 주인이 되었지만 가급적이면 명령은 하지 않을 생각이야. 네가 싫어하는 짓을 하고 싶지도 않고, 이왕이면 사이좋게 지내고 싶거든. 그러니 일단은 지켜봐 줘. 2주 정도면 충분할 거야. 2주가 지나도 내가 신뢰하지 못할 주인이라고 판단되면 나한테 솔직하게 말해줘. 그때는 메를로한테 부탁해서 너를 반납하도록 할게. 알았지?"

행여나 "지금 바로 반납해 주세요!"라고 말하면 어쩌나 심장이 벌렁거렸다. 하지만 미나는 조금 생각한 뒤에 고개를 끄덕여 주었다. 휴우.

"손님, 목욕물을 데워 왔습니다."

여관 주인이 헛간으로 들어왔다. 맨손이라서 의아하던 찰나, 뒤쪽에서 건장한 체격의 두 남자가 커다란 대야를 들고 왔다. 두 남자의 팔을 보니 노예의 문장이 새겨져 있었다. 뭐야, 이 주인장도 노예를 부리고 있었잖아.

몸을 닦을 수건까지 준비해 준 건 고맙지만, 갈아입힐 옷이 없었다. 옷은 직접 사 입혀야 되는 모양이다.

"2골드입니다."

비싸네.

"여기 있어."

"예, 고맙습니다. 너희들, 이따가 한 번 더 물을 데워서 옮겨다 드려라."

여관 주인은 두 남자에게 당부한 뒤 떠나갔다.

"참, 갈아입을 옷이 필요하겠는걸. 얼른 가서 사 올 테니까, 미나는 욕조에 들어가서 씻고 있어."

"욕조? 아아, 저 대야 말이군요."

"맞아."

욕조라는 말은 일반적인 표현이 아닌 모양이었다. 뭐, 알아들었으면 된 거지.

"실례합니다!"

나는 곧장 옷 가게로 향했다. 하지만 영업시간이 끝났는지 문이 닫혀 있었다. 그래도 포기하지 않고 억지로 부탁한 끝에 가까스로 옷 한 벌을 구매할 수 있었다. 견인족 소녀용 의상이었는데, 꼬리가 빠져나올 수 있도록 엉덩이 부분에 구멍이 나 있었다. 속옷은 애들용 사각팬티였지만 일단은 넘어가기로 했다.

여벌 옷도 구입할까 했지만 나중에 미나가 스스로 고르는 편이 나을 것이다. 마음에 들지 않는 옷을 입어봤자 불만만 쌓일 테니까.

"미나."

"아, 아아, 네."

등을 돌린 채로 목욕 중이던 미나가 긴장한 듯 가슴을 가렸다.

"갈아입을 옷을 가져왔어. 여기다 둘게."

"고맙습니다."

내 노예이므로 목욕하는 모습을 당당하게 감상할 수는 있겠지만, 첫날이니 무리하지 않기로 했다. 게다가 미나도 노예라는 처지에 익숙하지 않은 눈치였다. 평범한 여자아이로 대하는 편이 좋을 것이다.

"그러면 나는 방으로 돌아갈 테니까, 목욕이 끝나면 여관 아저씨한테 방을 알려달라고 해."

"알겠습니다."

이윽고 방으로 돌아간 나는 침대에 누워 커다란 한숨을 내쉬었다.

뭐, 사버린 이상 어쩔 수 없지.

처음에는 미나의 무뚝뚝한 태도가 불안했지만, 딱히 반항적인 태도를 보여주지는 않았다. 어떻게든 잘 지낼 수 있을 듯하다.

"······생각보다 늦는걸. 앗! 설마 도망쳤나?!"

큰일이다. 감시를 붙여두는 걸 깜빡했어······.

아니, 잠깐만. 노예가 그렇게 간단히 도망칠 수 있다면 애초에 노예 제도가 성립하질 않을 것이다. 노예의 문장이 있으니 아마도 괜찮지 않을까.

혹시나 해서 밑으로 내려가 확인해 보니, 미나는 아직도 목욕 중이었다.

휴우.

안심한 나는 방으로 돌아와 다시 기다리기 시작했다. 잠시 후, 노크 소리가 났다.

"아, 미나야?"

"네. 목욕이 끝나서요."

"그래. 안으로 들어와."

"실례합니다."

"헉?!"

방의 램프가 어두워서 제대로 보이지는 않았지만, 완전히 다른 사람이 되어 있었다.

회색 머리카락은 새하얗게 물들어 있었다. 원래 머리색이 흰색이었나? 어째서 그렇게 더러워졌던 거지?

"저, 저기, 왜 그러시죠?"

"너, 머리가 흰색이었어?"

"네. 조금 날뛰는 바람에, 아니, 아무것도 아니에요."

날뛰었구나…….

"불만이 있다면 들어줄 테니까 일단 말부터 해줘. 아, 이런. 침대가 하나밖에 없네."

"괜찮아요. 바닥에서 자는 건 익숙하니까요."

"흐음. 아냐, 오늘은 미나가 침대를 쓰도록 해. 피곤할 테니까."

"아뇨, 그럴 수는 없어요. 노예가 주인을 놔두고 침대를 쓰다뇨."

"그러면 나하고 같이 잘래?"

"네?! 어, 저기, 그건……."

"역시 싫지?"

"아뇨…… 괘, 괜찮습니다……."

괜찮다는 말과는 달리 미나는 잔뜩 움츠러든 표정으로 시선을 돌리고 있었다.

"어쩔 수 없지. 가위, 바위, 보!"

이 세계에도 가위바위보가 존재하는지 미나는 가위를 냈고, 나는 주먹을 냈다. 내 승리다.

"내가 이겼으니까 바닥을 쓸게."

"네? 보통 이긴 사람이 침대를 쓰지 않나요?"

"됐으니까 올라가. 주인의 명령이야."

"……알겠습니다. 저, 고맙습니다."

다만, 나는 베개가 없으면 잠들지 못하는 체질이므로 담요와 베개를 빌려 바닥에 누웠다.

미나에게 담요가 없다는 점이 마음에 걸렸다. 내일 주인장에게 담요를 새로 받을지, 방을 하나 더 구할지 고민해 봐야겠다. 밤늦게 주인장을 깨우면 민폐이므로 오늘은 이대로 자기로 했다.

한창 잠들어 있던 와중, 침대에서 미나의 훌쩍이는 소리가 들려왔다.

마음이 무겁군.

하지만 이유는 묻지 않기로 했다. 물어봐서 어떻게 해줄 수 있다면 좋겠지만, 해줄 수 있는 일이 없다면 내 마음만 덩달아 침울해질 뿐이니까.

제13화
미나를 돌보다

"끄응……! 후우, 잘 잤다. 어라?"

어젯밤에 분명 바닥에서 잠들었건만 내가 일어난 곳은 침대 위였다.

어떻게 된 거지?

바닥을 쳐다보았지만 미나는 없었다.

"아, 깨어나셨군요, 주인님."

미나가 노크도 없이 방으로 들어왔다. 작은 대야에 물을 담아 온 모양이었다.

"미나, 어떻게 된 건지 알아? 난 바닥에서 잠들었는데."

"네. 아침에 일찍 눈이 뜨여서 주인님을 침대로 옮겨 드렸어요. 제멋대로 행동해서 죄송합니다."

"괜찮아. 그래도 무리해서 옮길 것까진 없어. 여자 몸으로는 쉽지도 않았을 텐데."

"아뇨. 주인님 정도의 체구라면 간단한 일이에요. 수인은 힘이 센 편이거든요."

"그래?"

"네."

"흐음."

"그러면 이걸로 얼굴을 씻으세요."

"응, 고마워."

"아뇨, 이 정도밖에 해드릴 수 있는 게 없는걸요. 콜록, 콜록."

"감기에 걸린 거야?"

어젯밤 목욕을 하고 제대로 말리지 않은 게 화근이 되었나?

"실은 지난주부터 몸 상태가 좋지 않아서……. 하지만 괜찮아요. 모험이든 던전이든 원하시면 언제든지 따라나설게요."

미나가 주먹을 치켜들며 억지로 건강한 척을 해 보였다.

"이보셔, 나는 몸을 혹사하면서 일하는 모험가도 아니고, 한동안은 던전에 들어갈 예정도 없어."

"그런가요?"

"맞아. 그보다 지난주부터 몸 상태가 별로라고……. 좋아. 아는 사람 중에 의사가 있으니 진찰해 달라고 하자."

"아, 아뇨. 저는 돈이 한 푼도……."

"걱정하지 마. 돈은 내가 지불할 테니까. 애초에 받으려고 하지도 않을 거야."

"그렇군요……."

미나는 반신반의하는 눈치였다. 그래도 코지마라면 분명 선처해 줄 것이다.

"대충 정해졌으니 아침이나 먹으러 갈까."

"알겠습니다. 아, 저는 청소를 하면서 기다릴……."

"바보야. 너도 같이 먹는 거야. 환자가 나으려면 식사를 해야지. 잘 들어, 미나. 네 첫 임무는 감기에서 낫는 거야."

"아, 알겠습니다. 노력할게요."

"그래. 최대한 안정을 취해."

"네……."

"참, 식욕은 있어? 혹시 토할 것 같다거나?"

"아뇨. 별로 기운은 없지만 식사는 가능해요. 먹을게요."

"좋아."

어제는 묵묵부답으로 일관해서 걱정했지만 원래는 또박또박 대답을 잘 하는 모양이었다. 오히려 나보다 착실해 보였다.

우리는 1층으로 내려가 여관 식당에서 아침을 먹었다. 여관 주인은 말끔해진 미나를 보고 기분이 좋았는지 치즈를 무료로 제공해 주었다.

"그러면 왕성으로 가자, 미나. 내가 아는 의사가 그곳에 있거든."

"알겠습니다. 이 은혜는 열심히 일해서 갚을게요."

"은혜니 빚이니 일일이 신경 쓰지 않아도 돼."

왜냐하면 너는 호감도 MAX가 목표인 공략 대상이거든. 나중에 몸으로 듬뿍 갚아주면 돼.

"그럴 수는 없어요."

아무래도 공략 난이도가 상당해 보이는군. 쉽게 넘어오는 애였다면 좋았을 텐데.

성으로 향한 우리는 코지마와의 접견을 요청했고, 한 객실에서 기다리라는 안내를 받았다.

"오셨군요, 알렉 씨. 무사해서 다행입니다."

이윽고 코지마가 모습을 드러냈다. 얼굴이 다소 야위어 보였다.

"보아하니 원래 세계로 돌아갈 단서는 찾지 못하신 모양이군요."

내가 말했다.

"예, 국왕 폐하의 허락을 받아서 이곳의 장서를 열람해 보았습니다. 하지만 과거에 용사가 활약했다는 이야기 말고는 아무것도 없더군요. 어쩌다 이렇게 된 건지, 원."

"그러게요."

심각한 얼굴로 동정하는 시늉을 했지만, 애초에 나는 원래 세계로 돌아갈 생각이 없었다. 그 안경 여신도 돌아갈 방법이 없다고 말했고.

"피곤하실 텐데 죄송하지만 환자를 좀 봐주실 수 없을까요?"

"알겠습니다. CT 촬영과 혈액 검사가 불가능해서 얼마나 도움이 될지는 모르겠지만, 한번 해보겠습니다. 중상을 입은 환자인가요?"

"아뇨. 지난주부터 기침이 나오고 몸에 기운이 없다고 하네요."

"아아, 이 여성인가요?"

"네."

"그러면 이쪽에 와서 앉아보세요."

"네. 콜록, 콜록."

코지마는 미나의 눈을 들여다보고, 가슴에 손을 대고 툭툭 두드리고, 입가로 귀를 가져가 호흡 소리를 확인했다.

"흐음."

"어떤가요, 선생님."

"열도 조금 있고, 기관지에도 염증이 살짝 있네요. 인플루엔자 또는 결핵이라는 건데……. 설비가 없어서 자세한 검사는 불가능하네요. 약품도 갖춰져 있지 않고요."

"그렇군요. 일단은 영양분을 섭취하고 안정을 취하는 게 좋을까요?"

"예, 맞습니다. 양치를 자주 하시고, 감염을 막기 위해서 마스크…… 아니, 천으로 입을 덮어주세요. 저도 제 나름대로 방법을 찾아보겠습니다."

"고맙습니다. 이거 받으시죠. 많지는 않습니다만."

"아뇨, 돈은 됐습니다. 처방전도 내드리지 못한걸요. 진보된 의료 지식이 있어도 기계와 약이 없으니 무력감만 느끼는군요."

"현대인이니 어쩔 수 없죠. 그런데 수입은 괜찮으신 건가요?"

"예. 제 의학 지식을 높이 샀는지 왕성에서 고용해 주시기로 했습니다."

과연. 이 왕국도 무능하지만은 않은 모양이었다. 코지마의 전문 지식이 유용하다는 것을 알고 있었다.

"그렇군요. 가능하면 레벨은 일찌감치 올려두시는 편이 좋습니다."

"몬스터를 퇴치하라는 말씀인가요? 하하, 저는 그런 쪽으로 소질이 없어서요. 케이지 일행도 매일같이 설득하러 찾아오더군요."

"알겠습니다. 오늘은 정말 감사했습니다."

이 이상 충고해 봤자 소용없을 것이다. 나도 다른 사람까지 돌봐줄 여유는 없었다.

"상태가 악화하면 다시 저를 찾아와 주세요. 이쪽 세계에도 쓸 만한 약품이 있는지 알아봐 두겠습니다."

"고맙습니다."

용건을 마친 뒤, 우리는 왕성을 나왔다.

"혹시 전 불치병에 걸린 걸까요······?"

"걱정이 지나쳐. 단순한 감기일 거야. 미나, 이쪽 세계에서는 병이 걸리면 보통 어떻게 해?"

"돈이 있는 사람은 약을 사거나 의사를 찾지만, 보통은 신전을 찾아가요."

"그러면 신전으로 가볼까."

"네. 그런데 헌금을 내야 해서······."

"비싼 편이야?"

"모르겠어요. 무거운 병일수록 비싸다는 말은 들었어요."

"뭐, 일단 가보자. 정 비싸면 다른 곳을 알아보면 되겠지."

"알겠습니다."

신전으로 향한 우리를 맞이한 것은 장엄하기 그지없는 건물이었다. 건물을 떠받치는 커다란 기둥들은 파르테논 신전을 연상케 했다.

살짝 압도되고 말았지만 마을 사람들이 평범하게 드나드는 것을 보고 나와 미나도 안으로 들어섰다.

건물 내부는 넓었다. 천장도 높았고, 소리를 내면 메아리치듯 울려 퍼졌다.

"치료는 어디서 받아야 하지······."

"저쪽이에요."

미나는 이곳을 방문해 본 적이 있는지 오른쪽 방향을 손가락으로 가리켰다. 중앙에서는 사제가 신자들을 모아놓고 설법을 하고 있었다.

복도를 걸어가자 몇 개의 방이 늘어서 있었는데, 붕대를 감은 부상자들이 안내를 받아 그곳으로 들어가는 것이 보였다.

"아무 데로 들어가도 되는 거야?"

"네. 비어있는 곳으로 가시면 돼요."

각각의 방에는 문이 달려있지 않았기에 확인하기란 어렵지 않았다. 우리는 환자가 없는 곳을 발견하여 안으로 들어섰다.

안에는 드세 보이는 중년의 대머리 사제가 있었다. 쳇, 운이 나쁘다. 미소녀 클레릭이면 좋았을 텐데.

포인트 값을 하라고, [행운 LV4].

"다른 데로 가자."

"잠깐 기다려! 자네, 내가 마음에 안 드나?"

"맞아요."

"천벌 받을 인간일세. 이렇게 보여도 나는 이 신전에서 베테랑 취급을 받는 몸이야. 감사히 여기지는 못할망정!"

"아, 네. 그러시군요."

실력은 아무래도 좋았다. 귀여운 클레릭이 보고 싶을 뿐이다.

"숫기 없는 사내구먼. 흠, 환자는 이 아가씨인가 보군."

"용케 아셨네."

"후후, 이쯤은 식은 죽 먹기지. 자, 아가씨. 옷을 벗고 거기 앉게나."

"잠깐. 굳이 옷을 벗어야 하나?"

"그건…… 물론이지. 환자의 증상을 정확하게 진단하기 위해서라네."

"그러면 역시 여자 사제한테 진찰하러 가는 게 좋겠어."

"어허, 기다리래도! 알았네. 옷을 입힌 채로 진찰하지. 고집 한번 강하군."

트집을 잡고 싶은 부분이 한둘이 아니었지만, 치료만 제대로 해준다면 아무래도 좋았다.

"그런데 헌금은 얼마나 받지?"

"글쎄다. 평범한 병이라면 5골드에서 100골드 정도지. 너희들은 돈도 없어 보이니 절반으로 깎아주마."

헌금을 깎아준다고 표현하다니. 성직자가 아니라 장사꾼 같아서 고맙다는 생각이 하나도 들지 않았다.

"12골드로 할게. 치료하지 못하면 돌려받을 거야."

"알았네, 알았어. 이보게…… 이 손은 뭔가?"

대답은 간단했다. 이 대머리 사제가 미나의 가슴을 움켜쥐려고 했기에 막아준 것이다.

"만지지 않고는 치료할 수 없는 거야? 하긴, 실력이 부족하다는 증거지."

"뭐라고! 그렇다면 내 실력을 똑똑히 보여주마! 흐읍! 으랴아앗!"

중년의 사제가 닌자처럼 두 손을 맞대며 기합을 넣었다.

"오?"

그러자 사제의 손에서 새하얀 빛이 흘러나와 미나의 몸을 감쌌다.

왠지 싫은걸. 중년의 아저씨한테서 흘러나오는 빛이라니. 손을 흔들어 떨쳐내 버리고 싶었다.

하지만 미나도 딱히 싫어하는 기색은 없었기에 참기로 했다.

"됐다, 후우. 잘 끝났다네."

"정말이야? 미나, 몸 상태는 좀 어때?"

"아, 네. 호흡도 편해졌고, 피로도 사라졌어요."

흐음. 효과가 있었던 모양이다.

"봤느냐, 애송아."

대머리 사제가 승리감에 젖은 표정으로 말했다.

애송이라는 소리를 들을 나이는 한참 지났는데. 어쨌든 인정할 건 순순히 인정하기로 했다.

"네. 의심해서 죄송합니다."

"그래. 이것도 인연인데 앞으로 이 아가씨가 다치거나 병에 걸리면 나를 지명하게. 음후훗."

이 자식, 미나를 노리고 있는 게 분명하군. 두 번 다시 올까 보냐.

"이만 가자, 미나."

"네."

우리는 신전을 뒤로했다.

"다음부터 저 인간은 피하도록 해. 웬만하면 다른 사제를 찾아가. 알았지?"

"네, 저도 그럴 생각이에요."

미나도 대머리 사제가 마음에 들지 않았던 모양이다. 굳이 충고하지 않아도 가드가 단단하군.

"이번에는 옷 가게로 가자, 미나."

어제 사다 주기는 했지만 아무래도 한 벌로는 부족했다.

"아, 네. 감사합니다."

옷 가게로 들어선 나는 미나더러 자유롭게 골라보라고 말했다. 하지만 미나가 가지고 온 것은 수수한 천 옷이었다.

"이걸로 괜찮겠어? 가격은 걱정할 필요 없어."

"괜찮아요. 원래부터 꾸미는 데는 별로 관심이 없는 편이거든요."

그렇다면 어쩔 수 없지. 언젠가 돈이 모이면 이것저것 사줄 날이 오겠지만, 기본적으로 화려함과는 거리가 먼 성격인 듯했다.

옷의 대금을 지불한 나는 미나가 사용할 주머니도 따로 구입해 주었다.

"다음은 무기인데……. 몬스터를 사냥해 본 적은 있어?"

"네. 약한 몬스터를 잡은 게 전부지만요."

미나는 몬스터 사냥에 딱히 거부감을 보이지 않았다. 다행이군.

"무기는 뭘 사용해?"

"숏 소드밖에 다뤄본 적이 없으니 그걸로 부탁드릴게요."

"그래. 얼마쯤 하려나."

"중고로는 50골드 정도에 팔았던 걸로 기억해요."

옥션의 대금이 들어오면 좋은 장비를 맞출 수 있을 테지만, 당장은 소지한 돈이 없었다.

"알겠어. 그럼 무구점에 가보자."

"네."

무구점으로 향한 우리는 40골드를 지불하여 가장 싼 숏 소드를 구입했다.

큰일이군. 아무래도 흥정 스킬을 배워둘 필요가 있어 보였다.

"다룰 수 있겠어?"

"네. 그런데 괜찮으시겠어요? 새로 들인 노예한테 무기를 쥐어 주셔도……."

"네가 나를 찌르지만 않으면 아무 문제 없어. 괜한 걱정은 하지 마."

"그, 그렇네요. 죄송합니다."

듣기로 모험가가 전투용 노예를 기르는 것은 일반적인 일이었다. 게다가 죽음의 고통이 족쇄로 작용하니 간단히 배신하지는 않을 것이다. 미나는 똑똑하고 생각이 깊은 아이다. 현재로서는 태도도 순종적인 편이고.

우리는 구입한 옷을 보관하기 위해서 여관으로 돌아간 뒤, 다시 밖으로 나와 토끼 사냥에 나섰다.

"저한테 맡겨주세요."

그렇게 말하며 앞으로 달려나간 미나는 토끼의 목에 숏 소드를 박아 넣었다. 움직임이 제법 훌륭했다.

"흠. 지금 레벨이 얼마야?"

"제 레벨은 9예요."

"헤에, 나보다 높은걸."

"그랬군요."

미나가 숏 소드를 움켜쥔 채로 말했다. 으으. 나는 무심코 뒷걸음질을 쳤다.

"앗, 거, 걱정하지 마세요. 주인님을 공격할 생각은 없으니까요!"

"응, 알았어. 다음 녀석을 잡아보자."

"네!"

토끼는 대부분 미나가 혼자서 처리했기에 육체적으로는 몹시 편했다. 하지만 경험치가 올라가는 모습을 지켜보니 막타를 친 사람이 가장 많은 경험치를 얻는 구조인 듯했다. 나도 가끔은 싸울 필요가 있어 보였다.

"와! 레벨이 올랐어요!"

"그래?"

나도 레벨이 1 오르긴 했지만 기대했던 보주는 나오지 않았다. 하긴, 레어 아이템이니.

"그럼 오늘은 이쯤에서 끝내자."

"알겠습니다."

우리는 환금을 하기 위해 모험가 길드로 향했다.

"환금 부탁해."

나는 고기와 모피가 가득 담긴 주머니를 카운터 위에 올려놓았다.

"오오, 알렉. 오늘도 순조로운 모양이군."

"그렇지, 뭐."

"그쪽의 견인족 아가씨는 네 동료냐?"

"맞아. 미나라고 해."

"흐음? 아아, 노예를 샀나 보군."

"맞아. 보주가 상당히 고가에 팔렸거든. 네 덕이야."

"잘됐네. 뭐, 혼자서 활동하면 부상을 입었을 때 위험하니까. 한 명이라도 데리고 다니는 게 나아. 그런데 피임은 제대로 하고 있는 거야?"

"뭐? 그건, 어……."

아직 하지도 않았다. 그건 그렇고, 이 세계에 피임 도구가 존재할 줄은 몰랐다.

"그러면 못써. 임신하면 한동안은 모험도 못 하게 돼. 여기 피임약이다. 미나, 매주 한 알씩 챙겨 먹어라."

"아, 알겠습니다……."

얼굴을 새빨갛게 물들이며 주머니를 받아드는 미나. 흐음, 자신의 역할을 제대로 이해하고 있는 눈치다.

그러면 얼른 여관으로 돌아가서…….

"도대체 무슨 생각이야?"

"우옷?!"

목소리가 들려와 뒤를 돌아보니, 시라이시가 팔짱을 끼고 서 있었다.

"알렉, 당신. 노예를 샀다면서? 제정신이야?"

"무, 무슨 상관이야. 내 행동을 너한테 일일이 지적받을 이유는 없어."

말은 그렇게 했지만, 저질러선 안 될 짓을 지적받은 기분이 들어서 심장이 벌렁거렸다. 진정하자. 이 세계에서 모험가가 노예를 들이는 건 지극히 일반적인 일이니까…….

"아니. 우리는 제대로 된 교육을 받고 자란 현대인이야. 그런데 당신은 어째서 이쪽의 몹쓸 제도에 편승하는 건데."

"그런 게 아냐. 혼자 활동하는 게 위험해서 동료를 늘렸을 뿐이야. 이상한 짓은 하지 않았어."

내가 말했다. 실제로 아직은 아무것도 하지 않았다. 오늘은 반드시 할 생각이지만.

"아, 그러서? 솔로로 활동한다고 할 때는 언제고."

"자자, 세리나. 다른 파티에는 참견하지 않는 게 좋아. 실제로 솔로 활동은 위험하잖아."

엘빈이 말했다. 쳇, 엘빈과 세리나는 벌써 반말로 대화하는 사이인가. 이 녀석들 파티에 들어가지 않길 잘했다. 자고 있을 때 옆 침대에서 이상한 소리라도 들려오면 나는 미쳐버릴 것이다.

"그래도……."

"그런데 굉장하다. 누나, 꼬리도 달려 있구나. 잠깐 만지게 해줘!"

케이지가 호기심에 못 이겨 미나의 대답도 듣지 않고 꼬리로 손을 뻗었다. 그러자 미나는 방향을 전환해 케이지의 손을 뻗었다.

"케이지. 수인의 꼬리를 만지는 건 실례되는 행동이니까 그만둬."

내가 말했다.

"어? 그렇구나……. 미안, 몰랐어. 헤헤."

"아니에요."

"미나, 혹시 이 녀석이 몹쓸 짓을 하지는 않았어?"

시라이시가 말했다.

"아뇨. 주인님은 잘 챙겨주고 계세요. 병도 치료해 주셨고요."

"아아. 그러고 보니 코지마 선생님이 기침에 잘 듣는 약초를 찾고 있었어."

이제는 필요 없다고 코지마에게 말해주러 가야겠다.

"신전에서 고쳤어. 아마도 마법이었을 거야."

내가 말했다.

"그래? 나는 세리나야. 이 녀석과 똑같은 세계에서 왔으니, 무슨 일을 당하면 나한테 말해."

"똑같은 세계?"

"아직 말하지 않았구나?"

"이래저래 정신이 없었거든."

애초에 말해 줄 필요성도 별로 느끼지 못했다.

"그렇다면 어쩔 수 없지."

환금도 끝났으니 더 이상 이곳에 남아 있을 이유는 없었다.

"그만 가자, 미나."

"아, 네."

"앗, 기다려. 윽……."

시라이시가 나를 멈춰 세우려 했지만 결국 붙잡을 이유를 발견하지 못한 듯했다.

로마에 가면 로마 법을 따르라고 했다. 마음에 들지 않으면 노예 해방이라도 하면 된다.

"저기, 주인님."

길드에서 나오자 미나가 복잡한 얼굴로 내게 물었다.

제14화

스킬 카피

"왜 그래?"

"같은 세계라는 게 무슨 뜻인가요?"

"아아. 나는 국왕이 소환 마법으로 불러낸 용사거든."

"아하……."

미나도 용사에 대해서 알고 있었는지 이해가 빨랐다.

"뭐, 딱히 신경 쓸 필요 없어. 저 녀석들이 너한테 귀찮게 굴면 무시해도 돼."

"저분들과는 사이가 좋지 않으신 건가요?"

"그렇지. 같은 세계의 인간이라 해봤자 처음 보는 사이거든. 별로 친하지도 않아."

"아아, 그렇게 된 거였군요. 알겠습니다."

미나가 납득한 듯 고개를 끄덕였다.

"헤에, 알렉 씨. 노예를 사셨군요?"

"윽."

익숙한 목소리가 들려와 고개를 돌렸다. 신이었다. 더벅머리는 그대로였지만 가죽 갑옷을 착용하고 있었고, 왼팔에는 장착식 보우건이 달려 있었다. 이 녀석, 장비가 상당해졌는걸.

"그렇게 됐어."

이 녀석도 노예의 문장을 아는지 미나가 노예라는 사실을 한눈에 알아보았다.

"궁금해서 그런데 노예를 구입하는 데 얼마나 드셨나요?"

"옥션에서 3만 5천에 입찰받았어. 상인 길드 쪽이었지."

"헤에. 옥션도 있구나. 그건 몰랐네요. 나중에 한번 가볼게요."

"대신에 노예가 출품되는 경우는 별로 없다더군."

"그렇군요."

"노예 상인이 있다고 하니 그쪽을 찾아가는 게 차라리 빠를 거야."

"아하, 고맙습니다. 저는 이만 실례할게요."

"그래."

3만 5천은 상당한 가격이건만, 저 녀석은 돈이 얼마가 들든 아무렇지도 않다는 표정이었다. 나처럼 보주라도 발견한 걸까?

"아는 사이인가요?"

미나가 물었다.

"그래. 저 녀석도 함께 소환된 용사야. 아침에 만났던 의사도 마찬가지고."

"아아, 그랬군요."

대화를 마친 뒤, 우리는 여관으로 되돌아왔다.

"후우……."

"……."

괜히 긴장되는걸. 미나도 나를 흘끔흘끔 쳐다보며 얼굴을 붉히고 있었다. 그렇고 그런 전개를 예상하고 있는 듯했다.

"하지만 그 전에."

"네?"

"먼저 네 능력치를 파악해 두자. 혹시 다른 사람의 스테이터스를 보는 것도 가능해?"

"아뇨. 가르쳐 줄 수는 있어도 직접 볼 수는……."

"그렇군."

일일이 받아 적으면 귀찮기는 하겠지만 동료의 스테이터스는 확인해두고 싶었다. 오늘은 미나의 말을 믿고 토끼 사냥에 참가시켰지만, 정확한 실력을 파악해 두지 않으면 위험했다.

"일단 거기에 앉아 봐."

"네, 네!"

내가 침대를 가리키며 말하자 눈에 띄게 긴장하는 미나. 귀여운걸.

"바보야. 아직 할 생각은 없어. 스테이터스를 확인하려는 것뿐이야."

"앗. 죄, 죄송합니다……."

미나는 부끄러워하며 고개를 숙였다. 귀여우니 잠시 내버려 두기로 했다.

우선은 내 스테이터스 창을 열었다. 머릿속으로 생각만 해도 눈앞에 나타나니 편리했다.

〈이름〉 알렉   〈레벨〉 9
〈클래스〉 용사/마을 사람 〈종족〉 인간
〈성별〉 남자   〈연령〉 42
〈HP〉 103/103   〈MP〉 42/42
〈TP〉 61/61   〈상태〉 보통

〈EXP〉305   〈NEXT〉55

〈소지금〉55

〈기본 능력치〉

〈근력〉24

〈민첩〉23

〈체력〉24

〈마력〉23

〈손재주〉23

〈운〉23

〈소유 스킬〉

[획득 스킬 포인트 상승 LV5] [획득 경험치 상승 LV2] [레어 아이템 확률 업 LV4] [손재주UP LV2] [감정 LV3] [근성 LV2] [해설 LV1] [예감 LV1] [스킬 카피 LV1] [클래스 체인지 LV1] [스킬 리셋 LV1] [매료☆ LV3] [약초 식별 LV1] [약초 채집 LV1] [기척 탐지 LV2] [레이프 LV1] [위협 LV1] [엿보기 LV1] [점프 LV1] [운동신경 LV1] [동체시력 LV1] [아이템 가방 LV1] [행운 LV4] [헌팅 LV2] [어루만지기 LV1] [노예 조련 LV1] [카운셀링 LV1] [스킬 파티 공유화 LV1]

[절륜 LV1] New!

[성희롱 LV1] New!

[구워삶기 LV1] New!

〈현재 스킬 포인트〉13

잠깐만. 이상한 스킬이 생겼는데?

이런 스킬을 배운 기억은 없다. 심지어 [절륜]이라니.

굳이 짐작 가는 부분이라면…… 그 대머리 사제인가.

스킬이 늘어났는데 기쁘지 않은 건 어째서일까.

딱히 스킬을 사용하지 않았는데도 카피된 걸로 봐서, [절륜] 스킬은 상시 발동되는 패시브 스킬인 모양이었다.

병균이 옳은 기분이다…….

"미나. 신전에서 나온 뒤로 나한테서 뭔가 달라진 점은 없었어?"

"네? 글쎄요, 딱히……."

"그 왜, 말투가 거북하다거나. 짜증이 난다거나."

"아뇨. 주인님은 평소 그대로세요."

"그래? 그럼 됐어."

그렇다면 그건 대머리 사제의 원래 성격인가. 스킬 레벨이 MAX인 걸지도 모르겠다.

이 스킬들은 더 이상 투자하지 않기로 했다. 어차피 밤일 말고는 써먹을 곳도 없으니.

참고로 〈기본 능력치〉는 레벨이 올라도 전혀 변하지 않았다. 나라는 캐릭터의 재능이자 한계라고 받아들이면 될 듯하다.

이렇게 보니 민첩의 보주도 상당히 쓸만한 아이템이라는 생각이 들었다.

또 한 가지 마음에 걸리는 점이 있었다. 내 능력치는 전반적으로 고른 편인데도 유독 MP의 상승이 더뎠다. 아니, 애초에 오르지를 않았다.

MP를 높이기 위해서는 특별한 훈련이 필요한 것일까? 어쩌면 마을 사람이라는 직업 때문인지도 몰랐다. 하긴, 어차피 당장은 마법을 쓸 일도 없었다.

어느 정도 레벨이 오르고 스킬이 갖춰지면 클레스 체인지도 고려해 봐야겠다.

국왕의 말에 따르면 전직은 신전이나 각 길드에서 가능하다는 모양이었다.

우선은 검사나 전사가 무방할 것이다. 웬만해서는 죽지 않을 정도로 강인해질 필요가 있었다.

레벨이 1 올랐기에 스킬 포인트에도 약간의 여유가 있었다.

나는 스킬 리스트에서 적당한 스킬을 찾아보았다.

지금 포인트로 배울 만한 스킬은⋯⋯.

오, 이게 좋겠다.

[파티 스테이터스 열람].

필요한 포인트는 10으로 높았지만, 미나가 쓸만한 스킬을 가지고 있다면 시연을 부탁해 카피해 볼 생각이었다.

습득. 스킬을 배우자마자 레벨이 MAX으로 표시되었다. 레벨업이 불가능한 스킬인 모양이었다.

이것으로 남은 포인트는 3이었다. 다음 스킬은 레벨을 올린 다음에 배우기로 하자.

그러면 바로 사용해 볼까.

〈이름〉 미나　　〈레벨〉 10

〈클래스〉 마을 사람 〈종족〉 견인족

〈성별〉 여자　　〈연령〉 18

〈HP〉 153/153　　〈MP〉 14/14

〈TP〉 32/32　　〈상태〉 보통

〈EXP〉 362　　〈NEXT〉 58

〈소지금〉 0

〈기본 능력치〉

〈근력〉 12

〈민첩〉 14

〈체력〉 10

〈마력〉 2

〈손재주〉 7

〈운〉 34

〈소유 스킬〉

〈파티 공유 스킬〉

[획득 스킬 포인트 LV5] [획득 경험치 상승 LV2] [레어 아이템 확률 업 LV4]

〈개인 스킬〉

[날카로운 후각☆ 레벨4] [민첩성UP LV2] [인내 LV4] [상황 판단 LV2] [청결 선호 LV4] [헌신적 LV3] [배짱 LV2] [직감 LV3] [얌전함 LV3] [운동신경 LV4] [동체시력 LV3] [기척 탐지

LV3] [행운 LV3]
　〈현재 스킬 포인트〉 14

　나보다 HP가 상당히 많구나. 체력 능력치는 내가 두 배나 높은
데……. 수인이라서 보정이 들어간 건가?

　〈파티 공유 스킬〉란에는 파티 스킬이 별도로 표시되었는데, 내
가 배운 스킬의 효과가 제대로 반영되어 있었다. 단, 파티 스킬
공유화와 연동되는 스킬만 적용되는 듯했다. 다른 개인 스킬은
공유가 불가능했다. 뭐, 그래도 이 정도면 충분했다.

　[날카로운 후각☆]은 일종의 고유 스킬인 모양이었다. 이건 카
피가 불가능해 보였다. 견인족 전용 스킬일 가능성이 높았다.

　그 외에 이렇다 할 스킬은 없었지만 [청결 선호], [헌신적], [인
내] 같은 스킬을 보유한 것으로 봐서 성품은 괜찮아 보였다. [얌
전함]도 나로서는 높게 쳐주고 싶었다. 굳이 배워야 한다면 [인
내] 이외에는 필요 없지만.

[인내 LV4]
[해설]
역경과 고난을 견뎌낸다.

　해설의 내용도 변변찮았다. 배워두면 손해는 없겠지, 뭐.

　[배짱]의 경우에는 습득해 두는 편이 좋을 것이다. [직감]과 [운
동신경]은 레벨이 꽤 높군. 하지만 카피한 스킬은 레벨이 1로 변

하는 데다, 이미 습득한 스킬이므로 나한테는 의미가 없었다. 쳇.

"미나. 네 스테이터스를 확인해 봐."

"스테이터스요? 알겠습니다. 스테이터스 오픈."

곧바로 실행에 옮기는 착한 아이다.

"머릿속으로 생각하면 자동으로 열려. 일일이 오픈이라고 말할 필요 없어."

"아, 죄송해요. 다음부터는 주의할게요."

"딱히 혼내려고 한 말은 아니고."

과연 미나한테는 자신의 스테이터스가 어떻게 보일까?

"아, 이건……."

"변화를 알겠어?"

"네. [획득 스킬 포인트 상승] 같은, 저한테 없는 스킬이 표시돼 있어요. 파티를 맺어서 스킬이 공유된 거군요."

"맞아. 다만, 이건 내가 습득한 [스킬 파티 공유화] 덕분이야. 다른 사람한테는 말하지 마."

쓸데없이 주변 사람들에게 내 스킬을 떠벌리고 다닐 필요는 없다. 언제 PK를 당할지 모를 일이니까. 같은 용사들도 예외가 아니었다.

단, 미나는 별개다. 노예라서 나를 거스를 수도 없거니와, 동료끼리는 오히려 서로의 정보를 자세하게 공유하는 편이 나았다. 그래야 수월한 연계가 가능했다.

"알겠습니다. 절대로 입 밖에 내지 않을게요. 설령 고문을 당하더라도……!"

무슨 상상을 했는지 비장하게 각오를 다지는 미나였다.

"아니, 그 정도로 심각한 비밀은 아니야. 마음 편하게 생각해도 돼."

"그런가요."

"이참에 이것도 얘기해 둘게. 나는 다른 사람의 스킬을 카피할 수 있어. 카피라는 건 흉내를 내거나 복제하는 걸 뜻하지. 아마 상당히 레어한 스킬일 거야."

"다른 사람의 스킬을 똑같이 흉내 낼 수 있다는 건가요?"

미나도 쉽게 믿지는 못하는 듯했다.

"맞아. 고유 스킬은 카피할 수 없고, 확률도 낮은 편이지. 게다가 습득한 스킬은 레벨이 1로 내려가 버려. 이렇게 다양한 제약이 존재하지만 잘만 활용하면 스킬 포인트를 크게 절약할 수 있어. 혹시 스킬 포인트가 뭔지는 알아?"

"네. 레벨이 올라가면 포인트를 받아서 새로운 스킬을 배울 수 있어요. 제가 이해한 게 맞나요?"

"맞아. 하지만 모르는 건 오히려 내 쪽이 많을걸. 이 세계에 소환된 지 얼마 되지 않았거든. 앞으로 문제가 생기면 네가 나한테 설명해 줘."

"네. 하지만 주인님이라면 괜찮을 거예요."

"그래. 일단은 네가 가진 스킬인 [민첩성UP]을 사용해 봐."

"알겠습니다. ……어……."

"아, 이런. 능력 상승형 스킬은 패시브 스킬이었지. 그러면 한 번 잽싸게 움직여 볼래?"

"네."

침대에서 일어선 미나는 페인트를 섞어가며 좌우로 도약했다. 발소리도 나지 않을 만큼 가볍고 날쌘 움직임이었다.

"흠."

나는 자신의 스테이터스를 확인해 보았다.

[민첩성UP LV1] New!

쉬운걸. 이렇게 빨리 배워지다니. [해설]에 따르면 성공 확률은 지극히 낮았어야 했다. [해설]의 신빙성이 의심되는 대목이다.

"이제 그만해도 돼. 네 [민첩성UP] 스킬을 카피했어."

"굉장하네요……. 저는 또래 수인들 중에서도 움직임이 느린 편이었거든요. 그래서 아버지의 특훈을 받아 겨우 이 레벨에 도달했어요."

"그랬구나. 하지만 스킬 포인트로 배우면 간단했을 텐데, 뭔가 이유라도 있어?"

"네. 민첩성은 별로 필요하지 않아 보여서……."

"몬스터와 싸우려면 민첩성은 높을수록 좋아. 한동안은 나와 모험을 하게 될 테니까 배우는 스킬도 여기에 맞춰 줘. 어떻게든 배우고 싶은 스킬이 있다면 나도 최대한 배려해 주겠지만, 목숨에 직결되는 문제잖아. 나 좋자고 하는 소리가 아니라 몬스터가 무서워서 하는 소리야."

"네. 알고 있어요. 다음부터는 주인님과 상담해서 결정할게요."

"그래, 부탁할게. 원하는 스킬이 생기면 그래도 말은 꺼내 봐."

"알겠습니다."

"그러면 다음은 [상황 판단] 스킬인데……. 미나, 지금이 어떤 상황이라고 생각해?"

"아, 네. 글쎄요……. 좋은 주인님을 만나서 노예 생활도 나쁘지만은 않다고 느꼈어요."

그러고 보니 이 녀석, 얼마 전까지는 대답도 하지 않았지. 노예가 되었다는 사실에 절망하고 있었던 모양이다.

"좋은 주인이라. 어떤 부분이 그렇게 보였는데?"

"대답하지 않는 저를 때리지도 않으셨고, 목욕도 시켜주시고, 옷도 사주셨어요. 식사도 제대로 대접해 주셨고요."

"뭐, 노예한테 하는 것치고는 과할지도 모르지만, 안식구를 들였다고 생각하면 당연한 거라고 생각해."

"아, 안식구 말인가요……. 노, 노력할게요."

미나가 고개를 숙이며 얼굴을 붉혔다. 안식구라는 단어가 무슨 뜻인지 아는 모양이었다. 나도 책에서나 본 단어기는 하지만.

그런데 정말 지금의 대화로 카피가 되었을까? 나는 스테이터스를 확인해 보았다.

[상황 판단 LV1] New!

이거 너무 쉬운걸. 하긴, 마을에서 스쳐 지나가는 정도로 카피 되는 편리한 스킬도 아니었지만.

아마도 파티원이라서 카피 확률이 올라갔을 것이다. 함께한 시간이 길기도 했고, 상대의 스킬을 확인한 다음에 행동을 한정시켜서 더욱 높은 확률이 확보된 걸지도 몰랐다.

"다음은 [인내], [직감], [배짱]인가……."

"이, 이걸 어떻게 보여드리죠……?"

이건 나도 고민되었다.

"정했다. 얼굴을 움직이지 말고 가만히 있어. 이얍!"

나는 미나의 얼굴을 주먹으로 때리는 척했다. 배짱을 시험하는 행위였다.

이후 스테이터스 창을 확인해 봤지만, 역시 이렇게 간단히 스킬이 카피되지는 않았다.

"배짱을 인정받으려면 더 위험한 행동을 해야 되는 걸까요? 검을 사용해 본다거나."

"하지만 검을 휘둘렀다가 다치기라도 하면 큰일이잖아."

"저는 괜찮아요."

"내가 안 괜찮아."

회복 마법을 사용할 수 있다면 시험해 봤을지도 모르겠다. 다시 그 대머리 사제를 찾아가느니 그만두는 편이 나았다.

"됐어. 이 스킬들은 나중에 배우면 돼. 그보다는 네가 습득할 스킬이 문제인데, 배우고 싶은 스킬이 따로 있어?"

"아뇨, 딱히……. 여태껏 스킬에는 별로 관심이 없었거든요. 죄송해요, 떠오르는 게 없네요."

"알겠어. 그렇다면 레벨을 올리기 전까지 한번 고민해 봐. 당장은 [아이템 가방 LV1]을 배워두기로 하자. 이렇게 이공간에 아이템을 수납할 수 있는 편리한 스킬이야. 짐을 무겁게 들고 다닐 필요가 없지."

나는 [아이템 가방] 스킬을 사용하여 허공에서 주머니를 꺼내 보였다. 필요 포인트는 10으로 높은 편이었지만 1레벨이라도 배워두면 모험이 훨씬 편해질 것이다.

"아아, 이야기는 들어봤지만 보는 건 처음이네요. 알겠습니다. 배웠어요."

"음, 잘했어."

확인을 위해서 미나의 스테이터스를 확인해 보니 [아이템 가방]이 추가되어 있었다.

이 녀석과는 잘해나갈 수 있을 듯하다. 다만 대등한 관계였다면 지금처럼 원만하게 대화를 나누지는 못했을 것이다. 나도 커뮤니케이션 스킬을 배워두는 게 좋으려나…….

제15화

어색한 두 사람

모험의 방침도 정했고, 스킬과 스테이터스에 관해서도 대화를 마쳤다.

이후 저녁 식사까지 마친 우리는 따로따로 목욕을 했다. 여관 주인은 "목욕을 매일 할 필요는 없어"라고 말했지만 오늘은 특별한 날이었다.

여관에 묵는 젊은 남녀가, 심지어 노예와 주인이 할 일이라고는 하나밖에 없기 때문이다. 물론 젊은 남녀라고 하기에는 내 나이가 40이었지만.

"⋯⋯⋯⋯."

"⋯⋯⋯⋯."

젠장, 너무 어색하다. 무슨 말을 꺼내야 할까. 미나도 오늘은 관계를 가질 것임을 눈치챈 듯했지만, 어떻게 운을 떼야 할지 막막했다. 동정이었던 기간과 살아온 세월이 동일한 나에게 남들 수준의 친화력을 기대하면 곤란했다.

"저, 저기요. 주인님."

결국 침묵을 견디지 못했는지 미나가 먼저 말을 걸어왔다.

"왜 그래?"

"실은 저, 경험이 없어서요. 처, 처음이에요⋯⋯. 죄송해요. 공부해 뒀어야 하는데."

"아냐, 무슨 소리를. 잘 들어, 미나. 처음인 건 칭찬받을 일이지 혼날 일은 절대로 아냐. 공부할 필요는 하나도 없어. 내가 오늘 확실하게 여자로 만들어줄게."

"아, 알겠습니다. 잘 부탁드려요……."

잔뜩 허세를 부려보았다. 하지만 솔직히 말하면 난 여자를 다루는 법을 모른다.

오히려 미나가 나를 남자로 만들어 줘야 했다.

하지만 미나도 우왕좌왕할 게 뻔하므로 내가 어떻게든 할 수밖에 없었다.

"어, 어흠. 계속 이렇게 있어봤자 밤만 새겠다. 시작하자."

"앗, 네."

우선은…… 옷을 벗겨야겠다. 알몸이 보고 싶기도 하고.

"가만히 있어."

"힉! 알겠습니다."

미나를 놀래키고 말았지만 손바닥이 날아오거나 하지는 않았다. 상의를 벗기려고 하자 미나도 내 의도를 알아챈 듯 두 팔을 들어 올렸다.

"오호, 이게 이 세계의 브래지어구나."

천을 두른 게 전부인 심플한 브래지어였다. 이쪽 세계의 기술력으로 현대적인 브래지어를 만들기엔 아무래도 무리가 있을 테니까. 귀여운 브래지어를 보지 못해서 살짝 실망했지만, 나는 포장지보다 내용물을 중시하는 편이니 문제될 건 없었다.

"가리지 마."

내가 말했다. 미나가 양팔로 몸을 숨기려 했기 때문이다.

"네, 네에……."

미나는 고개를 돌린 채로 부끄러워하며 팔을 치웠다.

오오. 노예 제도 만세.

"그러면…… 이 상태로 조금 만져볼게."

"그, 그러세요."

별로 큰 편은 아닌 미나의 유방을 양손으로 더듬거려 보았다. 형태를 확인하듯이.

귀는 강아지를 닮았지만 몸은 평범한 인간이었다.

"히익!"

"간지러워?"

"아, 네. 조금요."

"조금만 참아줘."

"전 괜찮아요. 히익!"

미나의 몸이 긴장으로 굳어졌다. 하지만 딱히 고문을 하는 것도 아니므로 [인내 LV4] 스킬을 지닌 미나라면 충분히 참을 수 있을 것이다.

"도저히 못 참겠으면 말해."

"아뇨, 정말 괜찮아요…… 흐응!"

살짝 만졌을 뿐인데도 민감하게 움찔거리는 미나. 내 손을 과하게 의식했기 때문일까. 아니면 원래부터 민감한 체질인 것일까.

"미나, 올해로 몇 살이야?"

"열여덟이에요."

열여덟 살이구나. 어쩐지 매사에 차분하더라니. 열다섯 정도면 더 좋았겠지만.

잠깐, 그러고 보니 스테이터스 창에 열여덟 살이라고 기재되어 있었다. 깜빡했군.

시라이시 세리나도 고등학교 3학년이라고 들었으니 비슷한 또래겠군. 하지만 정신연령은 세리나 쪽이 조금 더 낮아 보였다. 어디까지나 미나와 비교했을 때 그렇다는 말이지만.

열여덟 살 소녀의 가슴을 주무르는 사십 대 아저씨.

야겜이 생각나는 전개다.

"미나, 부탁이 있는데. 그만두라고 말하면서 저항해 볼래?"

"네? 저항이요?"

"응. 그만두세요, 선생님! 하고 말해봐."

"어……. 그, 그만두세요, 선생님……."

미나는 연기력이 부족한 편이군. 하긴, 다짜고짜 상황극 플레이를 요구한 내가 나쁘다.

"아무것도 아니야. 없었던 걸로 하자."

"아, 네……."

초심으로 돌아간 나는 얇은 천 위로 미나의 가슴을 문질러 나갔다.

"으응!"

"기분 좋아?"

"네, 네에…… 하윽! 아니, 그게, 잘 모르겠어요……."

꺼질 듯한 목소리로 자신의 말을 부정하는 미나.

"어허. 주인님한테 거짓말을 해도 된다고 생각해?"

"죄, 죄송합니다. 부끄러워서 무심코 거짓말을 해버렸어요. 용서해주세요."

"그래. 앞으로는 솔직하게 말하도록 해. 알았지?"

"아, 알겠습니다. 으응! 기, 기분 좋아요……."

손동작에 조금씩 힘을 더하자, 브래지어 너머로 미나의 젖꼭지가 부풀어 오르는 것이 느껴졌다.

그 젖꼭지를 살짝 꼬집어 주었다.

"히윽?!"

"참아."

"노, 노력해 볼게요. 하지만…… 흐윽!"

"힘들겠어?"

"조금…… 괘, 괜찮아요. 참을 수 있어요."

"도저히 못 참겠으면 솔직하게 말해줘."

"네……. 흐응, 앗, 끄응!"

미나의 가슴은 주무르면 주무를수록 부드러웠다. 이게 여자의 가슴이구나. 아무리 만져도 질리지가 않았다.

미나는 침대 시트를 움켜쥔 채로 눈을 질끈 감고 버티고 있었다. 그 표정이 참을 수 없이 흥분되었다. 나는 미나의 얼굴을 뚫어져라 관찰하면서 가슴의 부드러운 탄력을 만끽했다.

"벗길게."

다음 단계로 나아가야겠다고 생각한 나는 그렇게 말하며 브래지어를 벗겼다. 새하얀 피부에 피어난 분홍빛의 자그만 젖꼭지. 이상적인 젖꼭지였다. 커다란 유륜을 가진 여자는 내 취향이 아니었다. 진한 색도 문란하다는 이미지가 있어서 싫었다.

나는 젖꼭지로 손을 뻗었다.

"으응!"

"어때? 모르는 중년 남자한테 가슴을 유린당하는 심정은."

"주, 주인님은 모르는 사람이 아닌걸요. 싫지 않아요. 흐윽!"

"호오. 아는 사람이면 아무나 좋다는 말로 들리는데?"

"아, 아니에요. 주인님은 저를 친절하게 대해주셨는걸요."

"눈치 볼 거 없어. 너한테 친절하게 대해준 게 내가 처음은 아니잖아?"

"그건……."

"내가 쓸데없는 말을 해버렸군. 어쨌든 너는 노예니까 애무를 거부할 권리는 없어. 적당히 느끼는 흉내라도…… 아니다. 천장의 얼룩이라도 쳐다보고 있으면 금방 끝날 거야."

"천장의 얼룩인가요? 그런데 저, 솔직히 말하면 저도 이쪽에 관심이 있는 편이라……."

"오호. 자위를 해본 적이 있나 보네?"

"그, 그건……."

"말해."

"네. 가끔요."

"자위할 때와 비교하면 어때?"

"이쪽이, 주인님이 해주시는 쪽이 훨씬 기분 좋아요…… 으응!"

"오늘부터 자주 이렇게 봉사하게 될 거야. 이게 너한테 고통이라면 전투 노예로서 분발하는 수밖에 없겠지."

"아뇨. 이쪽으로도 도움이 되도록 노력할게요."

"훌륭한 마음가짐이야."

굳이 그렇게까지 할 필요는 없건만. 이것이 [헌신적] 스킬의 영향인가? 역시 나는 배우고 싶지 않았다.

나는 미나의 젖꼭지를 꼬집고, 만지작거리고, 잡아당기며 가지고 놀았다.

"으응, 앗, 하앗, *끄응*······!"

그럴 때마다 미나의 입에서 달콤한 숨소리가 새어 나왔다.

"아프면 말해."

"괘, 괜찮아요. 아무렇지도······ 흐아앙!"

"흐음? 이게 좋은가 보네."

나는 젖꼭지를 꼬집은 채로 강하게 잡아당겼다.

"히윽! 그, 그런가 봐요······."

"일단 침대에 누워봐."

"네."

미나를 드러눕힌 나는 양손을 뻗어 옆구리를 어루만졌다.

"응아앗! 흐윽!"

"간지러워?"

"네에. 그래도 기분은 좋아요······."

"후후, 그렇군. 좀 더 해줄게."

"앗, 네······!"

미나는 정말로 섹스에 흥미가 있는 모양이었다. 나도 미나의 몸에 흥미가 가득했다.

"하앗! 끄응."

미나의 배로 손을 가져가자 힘이 들어갔는지 복근이 드러났다. 부드러운 배도 좋지만 미나의 탄탄한 배도 매력이 있었다. 배꼽 주변은 잘록하게 들어가 있어서 최고였다. 이 밑은 과연 어떻게 되어 있을까.

나는 미나의 바지를 벗겼다.

"앗!"

"뭔가 문제라도?"

"아, 아뇨……. 계속해 주세요."

후후. 이게 미나의 팬티인가. 사각팬티라서 그런지 색기라고는 찾아볼 수 없었다. 이 세계에도 줄무늬 팬티나 레이스 팬티가 있을까……. 뭐, 벗기면 그게 그거다.

"아앗!"

"뭔가 문제라도?"

"아, 아뇨…… 없어요. 으으……."

미나는 얼굴을 새빨갛게 물들이며 눈을 질끈 감았다. 가엾긴 하지만 참으라고 하는 수밖에 없었다.

수인의 성기라서 혹시나 했지만, 다행히 인터넷에서 봤던 것처럼 인간의 성기와 동일했다.

어라? 털은 나지 않았군. 맨들맨들했다.

"미나, 수인은 음모가 자라지 않는 거야?"

"그, 그게……."

"응?"

"보통은 성인이 되기 전에 난다는 모양이지만, 어째선지 저는 자라질 않아서⋯⋯."

"그렇구나. 뭐, 오히려 잘됐어."

"그, 그러시군요. 으으⋯⋯."

이쪽도 연한 핑크색이었다. 도톰한 두 장의 꽃잎이 포개져 있고, 그 가운데가 축축하게 젖어 있었다. ⋯⋯어라?

"벌써 젖은 거야?"

"네?! 앗, 저기, 그게⋯⋯. 무, 무슨 말인지 모르겠어요!"

이 녀석, 의외로 알건 다 아는 모양이군.

"솔직히 말하라고 했을 텐데."

"아으⋯⋯. 모, 몰라요⋯⋯."

"이렇게 젖은 걸 보니, 사실은 기대하고 있었던 거지?"

"그, 그건⋯⋯. 네, 맞아요⋯⋯."

계속 모른다고 잡아뗐다면 일종의 강제 플레이가 가능했을 텐데. 미나는 손쉽게 꺾이고 말았다.

사실 인내심이 한계에 달한 것은 이쪽도 마찬가지였다. 나는 다짜고짜 미나의 사타구니로 손을 뻗었다.

"아아아앗!"

이런, 소리가 크다. 여관에는 다른 손님도 있는데.

나는 괜히 옆방이 신경 쓰였다.

에필로그
하나가 된 두 사람

"조금만 조용히 해 줘."

다른 손님들과 다투기 싫었던 나는 미나에게 말했다.

"아, 죄송합니다. 하지만 방음용 마법 도구가 놓여 있어서 괜찮을 거예요. 바깥에 소리가 새나갈 일은 없어요."

"어? 그런 거야?"

"네. 여관에서는 손님들이 소음 문제로 다투기 일쑤거든요. 그래서 웬만한 여관은 방음용 마법 도구를 채용하고 있어요. 저기에 있는 새까만 물건이에요."

"아하, 저건가. 여관 주인이 더 커다란 방으로 바꿔주길래 의아했는데 그런 뜻이었구나."

"네. 저희가 이렇게 될 걸 예상하고 강력한 방음이 갖춰진 방으로 바꿔주셨을 거예요. 아으……."

"후후. 뭐, 그렇다면 마음껏 소리 내도록 해."

"아, 알겠습니다. 하, 하지만 부끄러워서…… 흐아앗!"

젖은 꽃잎을 손가락으로 문지르자 미나는 참지 못하고 교성을 내질렀다.

"어른스럽지 못하네."

"죄, 죄송합니다."

"아니, 농담이야. 이왕이면 더 크게 내줘. 나도 그러는 편이 흥분되거든."

"네, 네에. 그런데 저는, 아앗! 소, 소리를 내고 싶지가…… 히으윽!"

"주인님의 명령이야."

"그, 그래도. 아으……."

"뭐, 싫으면 억지로 낼 필요는 없어. 후후, 대신에 더 기분 좋게 해주지."

"네? 아……."

나는 미나의 몸 위로 올라가 가슴을 핥기 시작했다.

"흐앗! 거, 거기는, 아앗!"

기분 좋은 듯했다. 그것도 상당히.

발기한 젖꼭지를 혓바닥으로 문지르면서 입술을 이용해 빨아들였다.

추릅 하고 소리가 났다.

"아, 안 돼요, 주인님! 제 가슴에선 젖이 안 나와요!"

"알고 있어. 그래도 기분 좋잖아."

"그, 그건, 히윽! 마, 맞아요. 너무 굉장해요, 아아!"

"후후. 그러면 오늘부터 매일 빨아줄게."

"아, 알겠습니다. 아앗!"

미나의 손이 시트를 더욱 강하게 움켜쥐었다. 하지만 나는 계속해서 미나를 몰아붙였다.

"흐앗! 히윽! 하아, 하아, 하아, 하아……."

미나가 몸을 떨었다. 아무래도 가볍게 가버린 모양이었다.

"갔어?"

"네?"

"절정에 달했냐고 묻는 거야. 오르가즘이라고 말하면 알아들으려나?"

"아, 아아……. 마, 맞을 거예요. 한순간 머리가 새하얗게 물들어서 아무 생각도 안 들었어요. 뭐라고 설명하기 힘든 기분이에요."

"그렇구나. 뭐, 괜찮겠지."

혹시나 해서 미나의 스테이터스를 확인했지만 HP는 줄어들지 않았다.

자, 진짜는 지금부터다.

나도 옷을 벗었다. 미나가 꿀꺽 침을 삼키는 소리가 들렸다. 마침내 때가 다가왔음을 느낀 것이리라.

우선은 미나를 침대맡에 제대로 눕혀주었다. 이어서 가느다란 손목을 베개 옆으로 옮긴 다음, 미나를 깔고 누워 몸 구석구석을 애무하기 시작했다.

"으응, 앗, 하윽, 아앗! 아아, 주인님……."

미나의 목소리가 점점 애처롭고 달콤하게 물들어 갔다. 충분히 달아오른 모양이다.

여관 조명에 비친 미나의 눈동자가 요염하게 일렁거렸다.

부끄러워하고는 있지만, 이건 분명 쾌락을 기대하는 암컷의 얼굴이다.

"아주 좋아, 미나."

문득 아직 키스조차 하지 않았다는 사실을 깨달은 나는 얼굴을 가까이 들이댔다. 손바닥이 날아올 것을 각오했지만 미나는 저항하지 않고 내 입술을 받아들였다.

"음, 쪼옥, 앗, 푸핫. 하읍."

그대로 딥 키스로 이끌고 간 나는 거칠게 혓바닥을 놀렸다. 부드러운 입술과 자그만 혓바닥. 얌전히 몸을 맡기던 미나는 곧 요령을 익혔는지 스스로 혀를 움직이기 시작했다.

"무리하지 않아도 돼."

"아, 알겠습니다……."

만약 본심을 속이고 내 비위를 맞춰주려 애쓰는 거라면 흥이 식어버리니까. 미나는 자책하는 표정을 지었는데, 과연 어느 쪽이었을까. 본심을 털어놓으라고 명령할 수는 있겠지만 미나가 솔직하게 대답하리라는 보장은 없었다. 게다가 고통의 마법이 발동하기라도 하면 불쌍하니 굳이 물어보진 않기로 했다.

"미나, 자세를 바꾸자. 네발을 짚고 내 쪽으로 엉덩이를 향해 봐."

"앗, 네. 이렇게 말인가요?"

"맞아. 흠. 생각보다 훌륭한걸."

엉덩이는 작은 편이었지만 형태가 좋았다. 군살도 없고 매끄러웠다. 그 한가운데에는 흥건히 젖은 음부가 나를 유혹하듯 번들번들 빛나고 있었다. 오오, 살짝 움찔거렸다.

"너, 너무 빤히 쳐다보지 말아주세요……."

"안 돼. 자신의 신분을 자각하도록."

"죄, 죄송합니다……. 아으."

굉장히 수치스럽겠지만 양보할 생각은 없었다. 나는 미나의 엉덩이를 만졌다.

"으응, 앗, 주, 주인님, 아앙, 아앗!"

"싫어?"

"아, 아뇨. 좋아요. 이상한 기분이 들기 시작했어요……. 아랫배가 욱신거려서, 저, 더는……."

슬슬 한계인 모양이다.

"하지만 아직이야."

"네? 꺄악!"

다시금 미나를 드러눕힌 나는, 미나의 양쪽 발목을 붙잡아 머리 위까지 들어 올렸다.

"이, 이런 자세는 싫어요."

뒤집힌 개구리 같은 자세가 되어버린 미나는 뚜렷한 저항의 의사를 표현했다.

"참아."

최고로 기분 좋은 경험을 시켜줄 테니까.

나는 미나의 움찔거리는 음부를 혀로 애무하기 시작했다.

"힉, 아앗! 아, 안 돼요! 거긴 더러운 곳이에요."

"아니. 하나도 안 더러워."

"더, 더럽지 않다니, 응, 아앙! 아, 안 돼앳!"

나는 저항하는 미나를 열심히 억누르며 혀를 계속 움직였다.

"히읙! 아앗, 힘이, 들어가질 않아…… 흐아앗!"

미나는 여전히 상당한 힘으로 저항하고 있었다. 이게 힘이 빠진 거라니. 평상시의 이 녀석이 전력을 다한다면 나 정도는 눈 깜짝할 사이에 제압할 수 있겠는걸.

별일 없겠지라는 생각에 손을 대기는 했다만, 수인 노예라고 함부로 대했다가는 호된 꼴을 당할지도 모르겠다. 미나가 온순하고 얌전한 녀석이라 다행이다.

"끄윽! 아아아앗!"

미나가 온몸을 부들부들 떨면서 소리를 질렀다. 그리고 축 늘어져 버렸다.

또다시 가버린 모양이었다.

자, 그럼.

"보나 마나 처녀일 테니 이 틈에 해버리는 게 좋겠지."

첫 경험은 아프다고 하니 기절한 사이에 처녀막을 뚫기로 했다.

"이런, 어디지."

안 보고 넣으려니 쉽지가 않았다. 손가락으로 위치를 확인한 나는 성기를 삽입한 뒤 손을 떼어냈다.

"우오옷. 이건……!"

따뜻하고 부드러웠다. 미지의 세계다. 자위 도구를 애용했던 사람이라면 별 감흥이 없을지도 모르지만, 난 손으로밖에 해본 적이 없었다.

제길, 이 정도일 줄이야.

너무 기분 좋잖아.

벌써 싸버렸다.

아아아…….

괜찮을 것이다. 미나는 피임약을 복용했으니 직성이 풀릴 때까지 박아대기로 하자.

"앗, 젠장."

그런데 허리를 당기다가 성기가 빠져버리고 말았다. 다시 한번 손으로 위치를 잡고 삽입한 나는 빠지지 않도록 조심스럽게 움직여 나갔다.

바로 그때 미나가 정신을 차렸다.

"으음…… 앗, 주, 주인님? 흐윽!"

"아파? 조금만 참아. 이제 곧 끝나."

"아, 네에. 히극, 흐앗!"

"그렇게 아파?"

나는 걱정된 나머지 움직임을 멈추었다.

"아, 아뇨. 아프긴 하지만, 하윽…… 기, 기분은 좋아요."

"그래? 후후, 그러면 이대로 계속할게."

"아, 안 돼요! 망가져 버려요! 아앗, 주인님, 아앙, 요, 용서해, 주세요, 아앗, 히윽!"

"우오옷! 크윽!"

미나의 질내가 강하게 조여왔다. 나도 더는 무리였다. 한계다.

"미나!"

"주인님…… 아아앗!"

나는 한계까지 치솟은 욕정을 미나의 뱃속에 분출시켰다. 평소보다 훨씬 많은 양의 백탁액이 벌컥벌컥 쏟아져 들어갔다.

갑자기 머릿속이 냉정해졌다.

일단은 성기를 뽑았다.

"미안해, 미나. 괜찮아?"

너무 지나쳤다…… 미나의 의견도 무시하고 끝까지 가버리다니. 그것도 처녀를 상대로.

최악이다. 나한테 염증을 느껴서 앞으로 잠자리를 거부하면 어쩌지? 미나가 남성 혐오에 빠지면 돌이킬 방법이 없었다.

"괘, 괜찮아요. 저, 이걸로 끝난 건가요?"

미나가 나를 끌어안은 채로 조심스럽게 물었다.

"그래. 오늘은 이쯤 해두자. 너도 처음이었지?"

"네. 죄송합니다. 뭘 어떻게 해드려야 할지 몰라서…… 앗."

나를 끌어안은 것이 무례하다고 생각했는지 미나가 황급히 손을 떼어냈다.

"바보야. 그대로 있어. 나도 네가 끌어안아 주는 게 좋으니까."

"그, 그러셨군요. 그, 그러면, 저기, 실례할게요."

미나가 부드러운 몸을 내게 밀착시켰다. 정말로 부드럽다.

"흐음. 이런 것도 좋은걸."

"네. 따뜻해요……."

다행히 미나는 내가 싫어진 게 아닌 모양이었다. 조금은 마음이 통한 기분도 들었지만 어쩌면 내 착각일지도 모른다. 사랑이 없는 섹스였던 걸까.

후후, 아무려면 어때. 앞으로는 매일같이 귀여워해 주겠어. 그래도 일주일에 하루 정도는 쉬게 해줘야지.

나는 미나를 두 팔로 끌어안은 채로 히죽거리며 잠자리에 들었다.

제1장 용사 세리나와의 대결

프롤로그

두 번째 밤

"끄으응!"

팔을 힘껏 뻗으며 기지개를 켰다.

새들이 지저귀는 소리가 들려오는 상쾌한 아침이다. 묘하게 몸이 가벼웠다. 그리고 어렴풋이 좋은 냄새가 났다.

무엇보다 두 팔에서 느껴지는 이 따스한 감촉.

"으음? 아아."

아무래도 미나를 끌어안은 채로 잠들어 버린 모양이다. 미나는 일찌감치 잠에서 깼는지 침대 위에서 내 얼굴을 빤히 바라보고 있었다.

"좋은 아침."

내가 말을 걸었다.

"앗! 아, 안녕히 주무셨어요."

"뭘 하고 있었어? 잠에서 깼으면 먼저 일어나도 돼."

"아, 그게……. 주인님의 품속이 기분 좋아서……."

"후후, 그래? 뭐, 그렇다면 얼마든지 있도록 해."

나는 미나를 꼭 끌어안았다.

"히앗! 네, 고맙습니다……."

또 하고 싶었지만 상대는 어제까지 처녀였던 소녀다. 상처가 나을 때까지는 참기로 했다.

한동안 미나를 끌어안은 나는 유혹을 뿌리치듯 몸을 일으켰다.

"아……."

"슬슬 준비해. 식사를 하고 모험에 나설 거야."

"알겠습니다."

미나도 곧 침대에서 일어나 옷을 입었다. 시트를 봤더니 피가 살짝 묻어있었다.

"주인님, 먼저 시트를 세탁해도 될까요?"

"굳이 그래야 되나? 여관 직원한테 시켜도……."

"안 돼요!"

미나가 엄청나게 심각한 표정으로 외쳤다. 딱히 서두를 필요도 없으니 미나에게 맡기기로 했다.

"아, 알았어. 마음대로 해."

"네."

그렇게 미나는 시트를 빨기 위해서 뒤뜰의 우물로 향했다.

미나가 돌아오기를 기다린 뒤, 우리는 아침 식사를 시작했다.

"죄송해요. 먼저 드시지 그러셨어요."

"아니야. 지금부터는 파티 동료니까 아침도 함께 먹어야지."

"네. 저기…… 감사합니다. 기뻐요."

"그래."

무심코 미나를 아내로 삼아서 이런 아침을 맞이하는 것도 나쁘지 않겠다는 생각이 들었다.

우리는 서로를 흘끔흘끔 쳐다보고, 후후 웃으며 묘하게 낯간지러운 시간을 보낸 뒤 모험가 길드로 향했다.

 자, 지금부터는 마음을 다잡을 필요가 있었다.

"오늘은 토끼 사냥 퀘스트로 가볼까."

"알겠습니다."

 우리는 의뢰를 확인한 뒤 마을 밖으로 나섰다.

"저쪽에 토끼가 있어요."

"좋아."

 미나의 뛰어난 후각 덕분에 사냥감은 금세 발견할 수 있었다.

 하지만 몇 차례의 전투를 경험한 나는 미나를 말려야만 했다.

"잠깐, 잠깐! 도대체 왜 그러는 거야."

"죄송합니다……."

 사실 이유는 알고 있었다. 나를 위해서 의욕이 앞선 나머지 무리하고 있는 것이다. 한시라도 빨리 사냥감을 해치우려고.

"네가 몬스터를 다 잡아버리면 내 레벨이 오르지 않아. 무엇보다 네가 부상을 입으면 나한테도 큰 손해야. 열심히 하는 건 좋지만 전투 스타일을 바꾸도록 해. 어제처럼만 하면 돼."

"알겠습니다."

 그래도 내심 기뻤다. 섹스를 한 뒤에 이렇게 분발한다는 건 나와의 생활을 받아들였다는 뜻이니까.

 아직은 위태로운 느낌도 들지만 적의 공격은 확실하게 회피하기 시작했으니 이쯤에서 만족하기로 했다.

 결국, 이날은 나도 미나도 레벨을 올리지 못했다. 이제 토끼는 레벨을 올리기에 너무 약한 걸지도 모르겠다. 그래도 스테이터스를 확인해 보니 경험치는 착실하게 쌓이고 있었다. 오늘은 다음 몬스터로 넘어가기 전에 미나와 팀워크를 맞춰본 셈 치고 사냥을 종료했다.

"이봐, 알렉. 상인 길드의 메를로라는 녀석이 대금을 받으러 오라더군."

"아아, 알았어. 고마워."

길드 직원이 메를로의 전언을 건넸다. 나는 토끼를 사냥해 나온 전리품을 환금한 뒤, 상인 길드로 향했다.

"마침 잘 오셨습니다, 알렉 씨. 구매자분께서 옥션의 대금 결제를 마치셨습니다. 바로 받아 가실 수 있습니다."

"그렇게 할게."

나를 길드 안쪽으로 데려간 메를로는 작은 주머니를 건네주었다. 안에는 은화 다섯 닢이 들어있었다.

"낙찰 가격은 5만 골드. 수수료가 1만 골드고, 이쪽의 노예 아가씨를 입찰하신 금액이 3만 5천 골드이므로 차감해서 5천 골드가 되겠습니다. 확인해 주세요."

"그래, 확실하게 받았어. 그런데 한 닢은 대동화로 바꿔줄 수 있을까?"

"알겠습니다. 바꿔드리죠."

그렇게 나는 동화를 건네받았다.

"그리고 노예 상인에 대해서 물어보고 싶은데……."

"예, 얼마든지요."

설명에 따르면 노예 상인도 종류와 규모가 제각각이었다. 내가 원하는 건 전투용 노예를 다루는 상인이었다. 그중에서도 어느 정도 규모가 있고 양심적인 업자를 소개받았다.

"아, 검사 길드였나? 괜찮다면 그곳이 어딘지도 소개해 줄 수 있을까?"

"그러죠. 참고로 검사 길드는 왕도에 하나밖에 존재하지 않습니다. 유파와 같은 자세한 정보는 그쪽에서 설명받는 편이 나으실 겁니다."

"알겠어."

장소를 안내받은 나는 감사의 인사를 남기고 상인 길드를 뒤로했다.

"저기, 주인님……."

"응? 왜 그래?"

"저, 저로서는 주인님을 모시기에 역부족인가요……."

미나는 내가 새 노예를 원하는 모습을 보고 자신이 버려질 것이라고 오해한 모양이었다.

"아아, 그렇지 않아. 파티 인원을 늘려볼까 했을 뿐이야. 우리 실력으로는 아직 불안한 부분이 있으니까."

"아하."

그제야 미나는 안심한 듯 보였다.

"말해두지만 너한테 불만 같은 건 없어. 팔아치울 생각은 더욱 없고. 오해하지 마."

"알겠습니다."

"슬슬 날도 저물었군. 장비는 다음에 맞추고 여관으로 돌아가자."

"네, 주인님."

우리는 여관으로 귀환해 저녁 식사를 해결했다.

그리고 방으로 돌아가니 막상 할 일이 없었다.

"저, 저기, 옷을 벗을까요?"

"아냐. 오늘은 관두자. 너도 아직 아플 테고."

"아, 괜찮아요. 약초를 먹었더니 다 나았어요."

"음…… 정말 괜찮겠어?"

"네."

"당장 하자!"

나는 춤을 추고 싶은 마음을 억누르며 미나의 옷을 벗겼다.

미나도 긴장은 했지만 두 번째다 보니 무섭지는 않은 모양이었다.

"아앗! 주인님! 주인니임!"

미나는 쾌감을 견디지 못하고 내 이름을 외쳤다. 나 또한 흥분해서 무아지경으로 허리를 흔들어댔다. 안에다 몇 번을 쌌는지 기억도 나지 않았다.

한참을 즐기고 나자 지쳤는지 잠이 오기 시작했다.

앞으로 언제든지 할 수 있으니 오늘은 이만 잠자리에 들기로 했다.

"오늘은 이쯤에서 끝내자. 어땠어?"

"저, 정말로, 굉장했어요……."

미나가 기진맥진한 목소리로 말했다. 후후, 그토록 가버렸으니 무리도 아니었다.

나는 미나를 끌어안았고, 미나도 내게 몸을 기댔다. 싫지 않은 눈치였다.

후후, 내일도 기대되는걸.

◇ ◆ ◇ ◆ ◇

다음 날. 메를로가 가르쳐 준 검사 길드를 방문해 보았다. 우락
부락한 전사들로 북적일 줄 알았건만, 카운터에 젊은 여성이 한
명 있을 뿐이었다.

"여기가 검사 길드라고 들었는데……."

"네, 검사 길드가 맞아요. 처음 오신 분들은 다들 당황하시더군
요. 저희 길드의 업무는 전직 안내와 스승 알선뿐이거든요. 그래
서 저처럼 검술의 소양이 없는 사람이 창구를 보고 있는 거고요."

"아하, 그렇군."

"손님께서는 어떤 용건으로 오셨나요?"

"글쎄, 스승을 소개해 달라고 할 생각이지만…… 곧바로 검사
로 전직하는 것도 가능해?"

"네, 가능해요. 다만 전직을 하더라도 갑자기 강해지거나 하진
않아요. 어차피 견습으로 시작하게 되거든요."

하긴 그렇겠지. 나도 그 부분은 납득했다.

전직 요금은 100골드. 토끼 사냥으로 목돈이 생긴 지금이라면
여유로운 금액이다. 나는 미나와 내 몫으로 200골드를 지불했다.

"그러면 안쪽으로 가실게요. 전직의 의식을 치러야 하거든요."

안내를 받아서 안쪽의 별실로 이동하자 백발의 노검사가 우리

를 기다리고 있었다. 근육이 우락부락했다.

노검사는 우리들을 보자마자 호쾌한 웃음을 지어 보였다.

제1화
검사 길드

"잠깐만. 검사로 전직하려면 시련을 통과해야 하는 건가?"

불안해진 나는 노검사에게 물었다.

"가하핫. 안심해라, 애송아. 이곳은 신에게 기도를 올리고 검에 맹세하는 장소다. 아쉽지만 시련처럼 즐거운 이벤트는 준비되어 있지 않아."

그렇다면 다행이지만. 그나저나 애송이라니. 하긴, 저 사람보다는 내가 젊으니까.

"알겠습니다. 잘 부탁드려요."

"좋아. 그러면 이 검을 높이 치켜들고 하늘에 맹세해라."

노검사 뒤쪽에 세워진 석상이 검의 신인 모양이었다. 나는 노검사의 말대로 검을 치켜들고 기도를 올렸다.

'그대의 소원을 들어주겠노라.'

어디선가 남성의 목소리가 들려왔다.

"음?"

"검술의 신의 목소리가 들렸나?"

"네. 그런 것 같네요."

"그렇다면 전직 완료다. 자신의 스테이터스를 확인해 보도록."

나는 노검사의 말대로 스테이터스를 확인했다.

〈이름〉 알렉   〈레벨〉 9

〈클래스〉 용사/검사 〈종족〉 인간

〈성별〉 남자　　〈연령〉 42

〈HP〉 113/113　〈MP〉 52/52

〈TP〉 61/61　　〈상태〉 보통

〈EXP〉 355　　〈NEXT〉 5

〈소지금〉 5254

　정말 클래스가 검사로 변했군. 게다가 HP도 10 증가했다. 하지만 근력과 같은 기초 능력치는 그대로였다. 무기와 방어구로 보정된 종합 능력치가 표시되지 않아서 섣불리 판단하긴 힘들지만, 레벨을 올리면 공격력에 보너스가 붙는 시스템이라고 생각하고 싶다. 아니면 곤란했다. 설마 전용 스킬만 가르쳐 주고 끝은 아니겠지? 현실에서 직업이 갖는 의미를 생각하면 스킬만 배우는 게 오히려 맞기는 한데……

　"전직을 하면 어떤 방식으로 강해지는 거죠?"

　고민하느니 물어보는 게 빠를 듯했다.

　"레벨을 올릴수록 검 솜씨가 능숙해질 거야. 전사보다 검을 휘두르는 속도가 빨라지고, 명중률도 올라가지. HP는 전사에 비해 떨어지지만 마법사보다는 훨씬 높은 편이고."

　흐음. 공격을 중시한 전위 직업인가.

　대충 예상했던 능력이었다. 앞으로는 검사로서 레벨을 올려나가자.

　미나도 검사로 전직시켰다. 마을 사람보다는 강한 클래스일 테니.

잠시 후, 다시 카운터로 돌아간 우리는 스승을 소개해 달라고 부탁했다. 검을 다루는 기본적인 방법 정도는 배워두는 편이 좋을 것이다.

"여러분을 제자로 받아주실 검사분들의 리스트입니다."

건네받은 양피지에는 검사들의 이름과 주소, 수업료가 적혀 있었다. 이곳에는 열 명 정도가 기재되어 있었는데, 양피지는 아직 세 장이 더 있으니 전부 40명쯤 될 것이다. 생각보다 많았다. 누구를 고르는 게 좋을까.

수업료는 1개월에 천 골드를 기준으로 책정된 듯했다. 3일에 백 골드, 하루에 50골드인가. 하지만 고작 사나흘 정도로 검술을 배우기는 어려울 것이다.

리스트 오른쪽에는 클래스 란이 존재했는데, B, C와 같은 등급이 매겨져 있었다.

"이건 평가 점수야? 아니면 모험가 랭크?"

나는 접수원에게 확인차 물었다.

"아뇨. 검사 길드에서 내부적으로 책정한 랭크입니다. 가장 낮은 F랭크 가장 높은 S랭크까자 존재하죠. C랭크 이상의 검사가 되면 제자를 받을 수가 있습니다. 이 리스트에서는 B랭크가 가장 높군요. 참고로 수수료를 지불하면 견습이라도 언제든지 인가 시험을 치르실 수 있습니다. 단, C랭크 이상의 승단 시험부터는 실전 시합이 추가되어 대전자분이 준비될 때까지 1주일가량을 기다리셔야 해요."

그렇다면 최대한 높은 랭크의 스승을 고르는 편이 좋겠군. 검술 실력만 출중하고 가르치는 건 서툰 스승도 존재하겠지만, 어차피 이 리스트로는 그런 사람들을 걸러낼 수 없었다.

그리고 시험은 한동안 보류해 두기로 했다. 나는 이제 막 전직한 생초보다. 시험을 치러봤자 돈만 날리는 짓이다. 제자를 받을 생각이 아니라면 랭크를 올려봤자 큰 의미는 없을 것이다.

"알렉 씨는 어떤 교육을 희망하시나요? 기초를 확실하게 다지고 싶다는 분이 계신가 하면, 최대한 빨리 스킬만 배우고 말겠다는 분도 계세요."

"음? 글쎄. 아무래도 기초를 다지는 편이 좋겠지. 누가 됐든 스파르타식 스승보다는 초보자한테도 친절하게 가르쳐 주는 스승이 좋겠어."

미소녀라면 더더욱 좋겠지만, 나한테는 미나가 있거니와, 검술 스승한테 그 정도까지 바라는 건 지나치다 싶기도 했다.

"그러면 웰버드 씨를 추천해 드릴게요. 커다란 도장을 운영하고 계셔서 초보자에게도 평가가 좋습니다."

"흠. 그럼 그 사람으로 부탁해. 친절하게 가르쳐 주는 사람 맞지?"

환불을 받는 불상사는 일어나지 않았으면 좋겠다.

"예, 물론이에요. 견습 검사분들께 엄격한 스승님을 추천해 드리면 금세 관두고 다른 직업으로 이직해 버리시니까요. 최대한 다양한 스승분들께 소개해 드리려고 애쓰고는 있지만, 저희 길드의 주 수입원은 승단 비용이라서요."

"그랬구나."

"물론 고랭크가 되면 그만큼 받을 수 있는 의뢰서가 늘어나 모험가로서 성공할 가능성이 높아지죠. 부자가 되신 분도 많아요. 그랑소드 왕국의 초대 국왕도 원래 검사였는데, 저희 길드에 소속되어 있었죠."

"헤에."

국왕이 되어 사치를 부려보고 싶기는 하지만 그만큼 귀찮은 업무도 많아지겠지. 애초에 신출내기 검사인 내가 고랭크의 검사가 되기는 쉽지 않을 것이다. 운동 신경도 둔한 편이고.

접수원에게 감사를 표한 나는 무기점과 방어구점으로 향했다. 돈이라면 충분했다. 게다가 갑옷 정도는 제대로 갖춰 입어야 우리를 가르치는 스승도 의욕이 날 것이다.

검술 도장의 수업료는 1개월에 천 골드. 1개월이면 검술의 기초는 배울 수 있겠지. 남은 예산은 4천 2백 골드 정도인가. 퀘스트를 수행하면 굶어 죽진 않는다는 건 경험으로 배웠으니 전부 무기에 투자하기로 하자.

무기점에 들어가자 우락부락한 주인이 묵묵히 나를 쳐다보았다. 일본이라면 웃지는 않더라도 "어서옵쇼" 정도는 말하는 게 보통이므로 살짝 위화감이 느껴졌다.

첫, 그러고 보니 흥정 스킬을 배우는 걸 깜빡했군. 어쩔 수 없지. 다음에 배우기로 하자.

무기점에 걸려 있는 숏 소드들을 감정 스킬로 하나씩 확인해 보았다. 재질이 같은 무기들끼리는 공격력이 비슷비슷했지만, 장식이 화려하면 공격력이 비교적 높게 책정되었다. 나는 가장 쓸만해 보이는 검을 집어 들고 카운터의 주인장에게 물었다.

"아저씨, 이 철제 숏 소드는 얼마야?"

"그놈은 오백 골드다. 다른 건 사백 골드야."

내가 고른 숏 소드가 백 골드 더 비싸군. 사백 골드 중에서 공격력이 높은 물건을 사는 게 이득이라는 생각도 들지만, 그래도 구입 가능한 범위 내에서 가장 강력한 무기를 사두기로 했다. 매번 무기를 바꿀 수도 없는 노릇이고.

"이걸로 부탁해."

그리고 나는 미나의 무기도 가지고 왔다.

"흐음, 돈은 충분한 건가?"

"이거면 되지?"

나는 주머니에서 은화 한 닢을 꺼내 들었다.

"그래, 충분하군. 중고로 쓰이던 청동 검보다는 확실히 좋은 무기다만, 검보다는 방어구를 먼저 맞추는 편이 좋아."

"아아, 그렇잖아도 다음에 들를 생각이야. 돈이 아직 남았거든."

"그렇군. 신출내기치고는 벌이가 짭짤한가 보구만."

이전에 미나를 위해서 구입한 청동 검은 20골드, 국왕에게서 받은 내 검은 100골드에 팔렸다. 내 검도 최하급 청동검인 건 마찬가지지만 중고가 아니라서 제값을 받은 모양이다.

다음으로 방어구점에 들른 나는 전부터 눈독을 들이던 철제 가슴받이를 구입했다. 이제 갑옷을 구입할 차례였다. 처음에는 가죽 갑옷을 구입할까 했지만 아무래도 철제 갑옷이 훨씬 든든해 보였다.

나는 감정 스킬을 사용해서 철제 갑옷 중 방어력이 가장 높은 물건을 골랐다.

"아저씨, 이건 얼마야?"

"천오백 골드다."

방어구점의 주인도 우락부락하고 말수가 적은 아저씨였다.

"이것도 똑같은 갑옷이지? 두 개 구입할게."

"흠, 돈은 있는 건가?"

"있대도. 이거면 되지?"

나는 은화 세 닢을 카운터에 올려놓았다.

"호오."

"저기, 주인님. 저는 가죽 갑옷으로도 충분한데……."

미나는 가격이 마음에 걸렸는지 내게 말했다.

"됐으니까 사양하지 마. 방어력은 이게 확실해."

"네, 네에."

"너희들, 크기를 맞춰야 하니 한번 입어봐라."

아, 그런가. 몸의 크기에 맞게 조정해야 하는구나.

역시 게임과 현실은 다르군.

하지만 걱정과는 달리 벨트의 조임을 조절하는 정도로 끝났다. 그래도 풀 플레이트 아머는 크기를 맞추기가 쉽지 않아서 아예 주문 제작을 한다는 모양이었다.

갑옷 밑에는 두꺼운 무명옷을 받쳐 입을 필요가 있었다. 이것도 별도로 50골드를 지불해야 했다. 안감이라고 부르는 모양이었다.

갑옷을 입어보니, 확실히 안감이 없으면 적의 공격을 받았을 때 상당히 아플 듯했다.

좀 더 두꺼운 안감이 없는지 물어보니, 너무 두꺼우면 더워서 땀범벅이 되기 일쑤라고 한다. 생각보다 까다롭군.

미나도 조정을 마치고 전보다 훨씬 검사다운 모습이 되었다.

이것으로 소지금을 전부 탕진했다. 하지만 장비에 투자를 소홀히 해서 몬스터에게 당하는 건 얼간이들이나 하는 짓이다. 그러니 불만은 없었다. 돈은 다시 벌면 된다. 레어 아이템 획득 스킬도 있으니.

무기점을 나온 우리는 접수원이 가르쳐 준 웰버드 검술 도장으로 향했다.

제2화
웰버드 검술 도장

"하나! 둘!"

"이야압!"

마을 외곽으로 이동한 우리는 담장으로 둘러싸인 건물 한 채를 발견했다. 제법 훌륭한 건물로, 바깥에서도 우렁찬 기합 소리가 들려왔다.

간판은 없지만 이곳이 분명해 보였다.

우리는 문을 열고 안으로 들어섰다.

중앙 정원에서 네 명의 젊은이가 청동 검을 휘두르고 있었다. 목도나 죽도를 사용할 줄 알았는데 아니었다. 하긴 이 세계에서는 실제로 몬스터와 싸워야 하니 당연하다면 당연했다.

"자네들도 입문 희망자인가?"

철 갑옷을 입은 갈색 머리의 남성이 우리에게 다가와 물었다. 이 녀석이 도장의 주인인가? 아니면 단순한 사범일지도 몰랐다.

"그렇습니다."

"그래. 수업료는 한 달에 천 골드, 일일 단위로 지불하면 하루에 50골드다. 하지만 제대로 배우려면 3개월 정도는 수업을 받는 게 좋아. 물론 너희도 금전적인 사정이 있을 테니 기한은 너희가 정해도 괜찮다."

"네. 그러면 먼저 50골드씩 지불할게요."

처음부터 1개월치를 지불했다가 힘들다고 관두면 아까우니까.

수강하지 않은 기간만큼 환불해 줄 것처럼 보이는 사람이지만, 그래도 2, 3일 정도 수업을 받아보고 판단하기로 했다. 애초에 한 달치 수업료도 만만한 금액은 아니었다. 나 혼자라면 몰라도 미나의 몫까지 지불하려면 지금 가진 돈으로는 모자랐다.

"알았다. 오늘 수업료는 후불로 해도 괜찮아."

수업만 받고 도망치면 어쩔 생각이지? 하긴, 지금 있는 제자들만으로도 먹고사는 데는 문제가 없어 보였다.

"어디 보자. 너희들, 검을 쥐는 법은 배웠나?"

"아뇨."

"그래. 그럼 그것부터 시작하자."

제대로 된 장비를 갖추고 왔음에도 이 사람은 우리들의 실력을 간파한 모양이었다.

"알겠습니다. 그 전에, 당신이 웰버드 씨인가요?"

"맞아. 이 도장의 주인이지. 평소에는 도장에서 직접 제자들을 가르치지만, 프리츠에게 대신 맡기는 경우도 있다네. 소개하지. 프리츠! 이쪽으로 와라."

웰버드가 안쪽의 건물을 향해 외치자 곧 천옷 차림의 청년이 다가왔다.

"부르셨나요, 선생님."

"그래. 여기 두 사람은 새로 입문한 제자들이다. 음, 이름을 아직 듣지 못했군."

"네. 알렉입니다."

"미나라고 합니다."

"잘 부탁해. 나는 이곳의 사범 대리를 맡고 있는 프리츠야."

"오늘은 첫날이니만큼 내가 가르칠 예정이다만, 만약 내가 자리를 비우면 프리츠, 네가 대신 가르쳐라. 아직 초보자들이다."

"네, 알겠습니다. 흐음."

프리츠는 무언가 납득이 안 된다는 듯이 나를 쳐다보았지만 곧 원래의 표정으로 돌아갔다.

"일부러 불러내서 미안했다. 업무로 돌아가도록 해."

"알겠습니다."

"그러면 자네들에게 검을 쥐는 법을 가르쳐 주지. 먼저 한 손으로 검을 휘두를 경우다. 이 경우에는 반드시 코등이의 바로 밑부분을 쥐어야 해. 이유는 나중에 가르쳐 주지. 이렇게 엄지가 위쪽으로 가도록 움켜쥐면 된다. 자, 본인의 검으로 직접 해봐라."

"네."

지도받은 대로 자루를 움켜쥔 나는 칼집에서 신중하게 검을 뽑았다.

"흐음, 조금 위태롭군. 발도 연습도 해두는 편이 좋겠어. 검을 뽑을 때는 왼손으로 칼집을 살짝 들어주면서 오른손을 쭉 뻗어라. 검을 일직선으로 뽑는 게 관건이야. 왼손이 너무 앞으로 나오면 자기 손가락을 벨 수도 있으니 주의해라."

"네."

나는 이번에도 지시대로 행동했다. 하지만 아직 동작이 어설펐다.

"좋아, 미나. 너는 저쪽에서 검을 휘두르고 있어라. 다른 제자들이 휘두르는 모습을 보고 똑같이 따라 하면 된다. 검을 놓치지 않도록 단단히 움켜쥐는 게 중요해. 주변에 사람이 없는지 확인하는 것도 잊지 말고."

"알겠습니다."

"알렉은 다시 해보자."

으. 나는 학습이 느린 편인가. 나는 다시 한번 검을 뽑았다.

그러자 웰버드가 내 팔을 붙잡고 위치를 조정해 주었다.

"왼팔의 위치는 여기다. 그리고 뽑을 때는 뒤쪽으로 약간 내리도록."

"이렇게 말입니까?"

"그래. 그걸 더욱 빠르게."

오른손으로 검을 뽑고, 왼팔은 뒤쪽으로 내리고. 동시에 하려니 은근히 어려웠다.

"후후, 어렵나 보군. 왼팔을 내리는 건 발도의 속도를 높이기 위해서다. 그러니 속도를 높이지 않으면 의미가 없어."

"아하, 그렇군."

어째서 왼팔을 내리는지 이해했으니 이번에는 속도를 높여보았다.

"그래! 방금 동작을 언제든지 신속하게 펼칠 수 있도록 연습해라. 납도를 하는 방법도 가르쳐 주지. 미나, 이쪽으로 와라."

다음으로는 왼손으로 칼집의 끝부분을 잡고, 뽑을 때와 다르게 비스듬히 집어넣는 방법을 배웠다. 이렇게 납도하면 검의 위치가 틀어지지 않는다고 한다. 그렇잖아도 납도에 실패해서 엄지를 베인 경험이 있었기에 이곳에서 배우길 잘했다는 생각이 들었다.

뽑고, 집어넣고. 뽑고, 집어넣고.

"좋아. 미나, 너는 이제 됐다. 다시 검을 휘두르고 있어라."

"네."

또 나만 맨투맨으로 남겨지고 말았다.

뽑고, 집어넣고. 뽑고, 집어넣고.

"저, 스승님. 굳이 저한테만 시간을 쏟으실 필요는……."

내가 말했다. 관심이 좀 과하다 싶었던 것이다.

"아아, 아직 위태로운 부분이 남아있어서 말이지. 초보자는 확실하게 가르쳐 주지 않으면 부상을 입기 십상이다. 다른 학생들도 각자 과제를 부여받고 다음 단계로 정진하고 있으니 걱정할 거 없다. 본인의 연습에 집중하도록."

"알겠습니다."

뽑고, 집어넣고. 뽑고, 집어넣고.

"저기요."

"뭐지?"

"아직도 계속해야 됩니까?"

"그래, 아직이다. 내가 됐다고 할 때까지 계속해라. 지루한 것도 이해하지만 확실하게 익혀두지 않으면 자기 손가락을 베게 될 거다."

"알겠습니다."

이쯤이면 충분하다고 생각하는데……. 앗, 실수했다.

"더 집중해. 칼집을 똑바로 봐라."

"네."

"아버지, 차를 끓여왔어요. 잠시 쉬다가 하시는 게 어떠세요?"

바로 그때, 금발의 여성이 찻잔이 놓인 쟁반을 들고 다가왔다. 충분히 젊어보이는 여성이었지만 차분한 태도를 보면 미성년자는 아닌 듯했다. 그렇다면 상당한 동안이었다.

"아아, 이오네. 그럼 휴식을 취하도록 할까."

우리는 툇마루에 앉아 찻잔을 건네받았다. 후우. 그래도 이 도장의 훈련은 받을 만하군. 꾸준히 다녀도 괜찮을 듯하다.

"두 분은 새로 오신 제자분들인가요?"

"알렉과 미나다. 후후, 두 사람 모두 신출내기치고는 장비가 준수한데, 귀족인가?"

"아닙니다."

"그런가. 뭐, 장비는 좋을수록 좋다. 장비도 실력을 가늠하는 척도지."

"쳇, 치사하게 돈으로 승부하다니. 장비는 좋을지 몰라도 실력은 내가 위일걸!"

중학생쯤 되어 보이는 꼬맹이가 내 장비를 질투한 듯 말했다. 실제로 부러워서 저러는 것 같으니 굳이 상대하지 않기로 했다.

"빌리, 실례잖니. 세상에 처음부터 강한 사람이 어딨어."

차를 가져온 이오네가 따끔하게 꼬맹이를 타일렀다.

"하지만 프리츠랑 이오네는 처음부터 강했다고 들었는걸?"

"그건……."

"뭐, 천부적인 재능을 지닌 사람도 존재하지. 하지만 너무 신경쓸 필요 없다. 단련하면 남부럽지 않을 만큼은 강해질 테니까."

웰버드가 말했다. 하지만 말투를 보아하니 내 재능으로 일류가 되기는 힘들 듯했다. 뭐, 재능이 없다는 건 알고 있었지만.

"단련한다고 될까, 이 아저씨? 근육도 없고, 나이도 검사가 되기에는 너무 늦었잖아."

건방진 꼬맹이 같으니. 나는 검술의 기본을 배우고 싶을 뿐이지, 검사를 목표로 하는 게 아니다.

"그렇게 말하면 못써, 빌리."

이오네가 다시 주의를 주었다.

"하지만 사실인걸."

"일찍 배울수록 좋지만 늦는다고 나쁠 건 없단다. 알렉, 목표로 하는 경지가 있나?"

"아뇨. 기본적인 검술만 배우면 됩니다."

"그렇다면 괜찮겠지. 반년만 배우면 숙달될 거다. 아니, 1년 정도인가."

이봐, 1년은 너무 길다고. 처음에는 3개월이라고 말했잖아.

"하하, 느리기는. 기초는 보통 3개월이면 돼. 우리는 2개월 만에 마스터했다구!"

"빌리, 성장 속도는 사람마다 다른 거다. 그리고 나는 타인을 바보 취급하는 제자를 둔 적이 없다. 넌 먼저 예의라는 걸 배워야겠구나. 검사가 되는 것보다 중요한 일이다."

"으윽."

오오, 굉장히 훌륭한 스승이다. 마음에 들었다.

"후후, 새로운 문하생이 들어와서 선배 노릇을 하고 싶었나 보네."

이오네가 놀리듯이 말했다.

"뭐어? 아니거든! 분명히 나는 선배지만! 그보다 이오네. 프리츠한테는 가보지 않아도 되는 거야?"

"어휴, 꼬맹이 주제에 어른들 흉내를 내기는. 그쪽에는 벌써 차를 돌리고 왔어."

두 사람의 대화를 들어보니 이오네와 프리츠는 사이가 좋은 모양이었다. 도장 주인의 딸과 젊은 사범 대리라. 나쁘지 않은 조합이로군.

나한테는 미나가 있으니 아무래도 좋았다. 미나가 더 미인…… 잠깐, 이오네도 상당한 미인인데. 그래도 미나는 섹스할 때 어떤 요구도 들어주는 착한 아이니 미나의 손을 들어주기로 했다. 평소에도 고분고분한 편이고.

이오네는 부끄럽다는 듯이 나를 흘끔거렸다. 하지만 단순히 부끄러워서 저러는 것일 뿐, 나한테 마음이 있을 리는 없었다.

"잘 먹었습니다."

나는 이오네에게 빈 찻잔을 돌려주었다.

"아니에요. 그러면 알렉 씨, 검술 연습 힘내세요."

이오네가 미소를 지으며 내게 말했다. 착한 여성이다. 다만, 미나를 내버려두고 나만 격려해 준 점이 조금 의아했다. 앗, 그건가. 내가 연습에서 생고생할 것을 알고 박애의 정신을 발휘한 건가. 젠장, 못 해 먹겠군.

나는 다시 넣었다 뺐다, 넣었다 뺐다를 반복하는 처지에 놓이고 말았다. 이게 섹스였다면 몇 번이라도 했겠지만 검이라서 금세 질리기 시작했다.

"알렉, 왼팔이 처지기 시작했다. 스피드도 떨어졌어. 처음에는 힘들고 지루하겠지만 발도와 납도는 기초 중의 기초다. 확실하게 배우고 넘어가자."

"알겠습니다."

나도 바보가 아니므로 그 정도는 이해하고 있었다. 언젠가 부자가 되면 모험가를 그만두고 미나와 행복하게 살아야지. 마왕이나 용사의 의무 따위는 시라이시와 엘빈한테 맡기라지.

"으윽!"

납도를 연습하던 와중 왼쪽 손가락을 살짝 베이고 말았다. 익숙해졌다고 생각해서 방심한 게 화근이었다.

"손가락을 내밀어 봐라."

"여기요."

"이오네! 약초를 가지고 와 주겠니!"

"앗, 아닙니다. 저한테도 있거든요."

"그런가."

"주인님, 여기요."

미나가 [아이템 가방]에서 약초를 꺼내 건네주었다. 약초를 짓이겨 손가락에 바르자 상처가 금세 아물었다.

과연 이 약초가 없었다면 모험가로 살아갈 용기를 낼 수 있었을까.

"호오. [아이템 가방]이라. 너희는 모험가 지망생인가?"

웰버드가 내게 물었다.

제3화

검술 도장의 딸

나는 스승의 질문에 고개를 끄덕였다.

"네. 그래서 일류 검사가 된다던가, 검으로 성공하겠다는 생각은 없습니다. 모험에 필요한 수준의 검술만 배우면 충분합니다."

"알겠다. 미나도 같은 생각인가?"

"네. 저는 주인님의 노예니까요."

"그렇군. 하지만 네게는 소질이 있다. 어떤가, 알렉. 동료 중에 일류 검사가 있다면 네 모험에도 도움이 될 텐데."

"괜찮습니다. 미나한테 더욱 높은 수준의 검술을 가르쳐 주셔도 상관없어요. 요금도 제대로 지불할 겁니다."

"그, 그럴 수는 없어요, 주인님."

"괜찮대도."

"후후. 노예라면 주인이 정한 방침에 따라야겠지. 뭐, 아직은 초보자니 먼 훗날의 이야기다만."

"그런가요."

미나는 아직도 납득하기 어려운 모양이었다. 하지만 미나가 강해지면 내가 편해지는 건 사실이다. 나중에 제대로 설득하기로 했다.

"흥. 여자를 싸우게 하고 자기는 뒤에서 꿀이나 빨다니. 난 그렇게 꼴사나운 녀석은 질색이야."

옆에서 연습을 하고 있던 빌리가 퉁명스럽게 내뱉었다. 이 자식, 적당히 하지 않으면 나도 슬슬 화내겠어.

"빌리 씨, 저희 주인님을 모욕하지 말아주세요. 모험가의 전투 노예가 앞장서서 싸우는 건 당연한 거예요."

미나가 울컥해서 말했다.

"아, 알았어."

"맞는 말이다. 그나저나 전투 노예였군."

으, 웰버드도 미나를 성노예라고 생각했던 모양이다. 실제로 밤마다 봉사해 주고는 있지만……

"미나는 후각이 좋아서 모험이나 사냥을 할 때 도움이 됩니다."

내가 말했다. 웰버드도 고개를 끄덕였다.

"그래. 수인, 특히 견인족은 후각이 뛰어난 편이지. 아아, 이오네. 미안하지만 더는 필요 없게 됐구나."

이오네가 건물 뒤쪽에서 모습을 드러냈다.

"그렇군요. 죄송합니다. 약초를 찾느라 시간이 걸렸어요. 오늘 아침에 도구점을 찾아갔는데 재고가 이것밖에 없다고 하네요."

이오네의 손에는 약초 세 장이 들려 있었다. 아무래도 시중에 풀린 약초가 부족한 모양이다.

"그랬군. 나중에 내가 모험가 길드에 의뢰를 넣어놓으마."

"앗, 아버지. 그거라면 제가 다녀올게요."

"알았다. 부탁하마."

"네. 그리고 빌리. 싸움은 안 된다고 했을 텐데?"

이오네가 허리에 손을 짚고 말했다.

"쳇, 알았어."

그렇게 시간이 흘러 점심이 되었다. 슬슬 배고프다는 생각이 들기 시작했을 즈음, 이오네가 빵이 가득 담긴 바구니를 들고 왔다.

큰일이다. 이러다 이오네한테 반해버리겠어.

"아버지, 점심을 가지고 왔어요."

"그래, 그러면 잠시 휴식이다."

"밥이다!"

"못써, 빌리. 손부터 씻고 먹어야지."

"됐어. 귀찮은걸."

"어휴. 알렉 씨, 손수건…… 아아."

이오네가 손수건을 가져와 주었지만, 마침 미나도 나를 위해서 손수건을 준비해 주었다.

나는 미나의 손수건으로 목과 얼굴의 땀을 닦고, 이오네의 손수건으로 손을 닦았다. 사용한 손수건은 두 사람에게 돌려주었다.

"고맙습니다."

"아니에요."

"맛있어! 이오네, 이 빵 평소보다 비싼 거네!"

"아, 응. 알렉 씨의 입에 맞으실까 싶어서."

"응? 어째서 이런 녀석을 신경 쓰는 거야."

"따, 딱히 그런 건 아니고. 오늘 처음 들어오신 분이잖아."

"이오네 양, 여기 식비."

"앗, 아니에요. 알렉 씨. 넣어두세요. 도장에서 제공하는 거니까 부담 갖지 마세요."

"들었지, 아저씨? 부담 가지라는 소리야."

"빌리이. 잘 알겠어. 오후에는 내가 대련해 줄게. 직성이 풀릴 때까지 말야."

"으, 으윽. 됐어. 오늘은 휘두르기 연습으로 만족할래."

"안 돼."

"후후. 뭐, 가끔은 괜찮겠지. 빌리한테는 딱 좋은 처방이다."

"에엑?! 스, 스승님!"

잠시 후. 이오네의 날렵한 연속 공격 앞에서 빌리는 금방 항복을 선언하고 말았다. 물론 이마저도 이오네가 적당히 봐준 것이겠지만. 대련하는 동안 빌리는 방어에만 급급할 뿐 제대로 된 반격조차 시도하지 못했다. 빌리가 허세뿐인 꼬맹이인 것일까, 이오네가 강한 것일까.

겉보기에 이오네는 차분하고 가냘픈 여성이었다. 하지만 검술 도장의 딸인 만큼 출중한 재능을 타고난 듯했다.

"하, 항복. 잘못했어, 이오네. 이제 봐줘!"

"그래. 이번에는 이 정도로 해둘게."

이오네가 칼집에 검을 꽂아 넣었다. 평상복임에도 상당히 절도 있는 모습이었다.

"어떻게 된 거냐, 빌리. 포기가 빠르구나. 스승을 부끄럽게 만들면 쓰나."

"봐주세요, 스승님. 이오네와 프리츠한테는 무슨 짓을 해도 이길 수 없다구요. 저 아저씨라면 해볼 만하겠지만."

"그래. 언젠가는 기회가 있겠지."

내가 빌리와 대련하는 건 언제쯤일까. 아직 납도도 제대로 못 하는 마당인데.

오?

"흠. 지금 납도는 훌륭했다. 잘했다, 알렉."

"네."

다시 한번 검을 뽑았다가, 집어넣어 보았다. 이번에도 성공했다. 속도도 이전보다 훨씬 빨랐고, 안정감도 있었다.

아무래도 이오네가 싸우는 모습을 보고 납도 스킬을 획득한 모양이다. 내가 가진 스킬 [스킬 카피]의 효과다.

"으. 저 아저씨, 갑자기 능숙해졌어……."

"웰버드 씨, 저한테 발도 시범을 보여주실 수 있을까요?"

내가 물었다.

"그러지. 진작에 보여줬어야 하는데 미안하게 됐군. 깜빡하고 있었다."

"정신 똑바로 차리세요, 스승님!"

"어휴, 빌리. 말버릇이 그게 뭐야."

"후후. 복습이다. 다들 잠시 연습을 멈추고 지켜보거라."

""알겠습니다.""

웰버드 몸에서 힘을 빼고 자세를 잡았다. 그러고는 하압! 하고 외치며 검을 뽑았다.

……빠르다!

아무것도 보이지 않았다.

"숙달되면 이 정도로 빨라질 거다. 이번에는 천천히 뽑을 테니

팔의 위치를 잘 보도록."

웰버드는 느리게 검을 뽑았고, 우리는 그 모습을 유심히 지켜보았다.

"좋아. 그러면 각자 따라 해 봐라."

"""네!"""

그렇게 다들 웰버드의 발도를 흉내 내기 시작했다. 나도 웰버드가 보여준 동작을 떠올리며 검을 뽑았다.

"오."

이전보다 훨씬 매끄럽게 뽑혀 나왔다.

"잘했다, 알렉. 요령을 잡은 모양이군."

"네. 왠지 모르게 알 것 같네요."

"그거면 됐다. 흐음, 상당히 고전할 줄 알았는데 생각보다 습득이 빠르군. 반년이면 충분할지도 모르겠어."

"고맙습니다. 말씀대로 검술은 꾸준히 배우는 거라고 들었습니다. 용건이 있어서 오늘은 이만 실례하겠습니다."

그렇지않아도 슬슬 지치기 시작하던 참이었다. 용건을 빌미로 삼아 이쯤에서 훈련을 종료하기로 했다.

"그런가. 알았다. 시간이 되면 언제든지 방문해도 좋다."

"네. 이건 오늘 수업료입니다."

"반나절만 배웠으니 오늘은 둘이 합쳐 50골드만 지불해도 된다."

"고맙습니다."

그렇게 미나와 나는 도장을 뒤로했다.

"주인님, 이제 어디로 가실 건가요?"

"모험가 길드로 가자. 이오네가 약초 수집을 의뢰했을 거야."

"저도 기억났어요. 어서 가죠."

모험가 길드를 방문하니 알로에 풀 100장을 수집해 오라는 퀘스트가 들어와 있었다. 나는 [약초 식별] 스킬을 레벨 2로 올리고, 미나에게 [약초 식별 LV1]과 [약초 채집 LV1]을 익히게 했다. 필요 스킬 포인트는 각각 1이므로 부담될 건 없었다.

성실하게 약초 채집에 매진한 결과, 우리는 저녁 즈음에 알로에 풀 100장을 모을 수 있었다.

우리는 길드로 돌아가 약초를 제출했다.

"여기 보수인 55골드다."

"고마워."

"너희들 장비라면 더 좋은 퀘스트를 받아도 될 거야."

"내일부터는 그럴 생각이야."

"그렇구만."

이후 여관으로 돌아간 우리는 저녁을 먹고, 섹스를 했다.

"흐앗, 주인님, 아아아앗!"

절정에 달한 뒤, 미나는 나를 끌어안고 누워 미소 지었다.

"다행이다."

"응?"

"저는 앞으로도 계속 주인님의 노예인 거죠?"

"글쎄. 네가 평민으로 돌아가고 싶다면 방법을 찾아볼게."

"앗, 아뇨. 그런 뜻이 아니라, 저기, 줄곧 함께하고 싶다는……."

"아아, 그래. 놓아줄 생각은 없으니까 안심해."

"네!"

다음 날, 우리는 다시 웰버드 도장을 찾아갔다. 오늘은 검을 휘두르는 훈련을 받을 차례였다.

검이란 건 생각보다 무겁다. 몇 번 휘두르기만 해도 힘에 부쳤다.

웰버드가 옆에서 주시하고 있었기에 게으름을 피울 수도 없었다.

백 번쯤 휘두르자 자세가 무너지기 시작했다.

"크윽."

"잘했다, 알렉, 미나. 너희는 잠시 쉬도록 해라."

""알겠습니다.""

이번에도 빌리가 시비를 걸 줄 알았지만, 우리를 쳐다보기만 했을 뿐 아무 말도 하지 않았다.

어제 이오네와의 대련이 효과를 본 걸까.

"모험가라서 그런지 두 사람 모두 검을 휘두르는 데 익숙하더군."

웰버드가 말했다.

"그런가요?"

"으음. 초보자라면 휘두르는 것만으로도 애를 먹지. 처음에는 잘해봐야 50번 휘두르는 게 고작이다."

"아하."

그때 마침 이오네가 차를 끓여 가져왔고, 우리는 그대로 휴식 시간에 돌입했다.

"알렉 씨, 약초 퀘스트를 받아주셨다고요. 고맙습니다."

이오네가 미소 지으며 말했다. 직원에게 의뢰를 받은 사람이 누구인지 들은 모양이었다.

첫, 입막음을 해둘 걸 그랬다.

"아니, 모험가로서 할 일을 했을 뿐이야. 신경 쓰지 마."

"하지만 채집 퀘스트는 벌이가 나빠서 맡는 사람이 적다고 들었어요."

"실력이 좋은 모험가라면 그렇겠지만 우리는 아직 신출내기니까."

"그런가요. 그래도……."

"장비만큼은 베테랑 모험가잖아."

"빌리!"

"우와, 무서워라. 칭찬한 거라구."

"칭찬이 아니거든?"

이럴 줄 알았으면 가죽 갑옷부터 입을 걸 그랬나? 하긴, 겉모습을 신경 써봤자 무의미한 짓이다.

죽으면 아무 소용 없으니까.

이 세계에는 부활의 신전 같은 것도 존재하지 않았다. 미나에게도 확인해 봤지만 역시나 없다는 말만 돌아왔다.

이오네가 가져다준 빵으로 점심을 해결하고 조금 더 연습을 이어나간 우리는, 어제처럼 양해를 구하고 도장을 빠져나왔다.

"알렉 씨!"

그러자 이오네가 우리를 따라 나왔다. 잊고 간 물건이라도 있나?

"무슨 일이야?"

"그게, 빌리 말인데요. 아직 어린애니까 너그럽게 봐주세요."

"아아, 그 꼬맹이 말이군. 딱히 악의가 있어서 그러는 건 아니 잖아. 별로 화 안 났어."

"그렇군요. 역시 어른이시네요."

"뭘."

하지만 용건이 아직 남았는지 이오네는 자리를 떠나지 않았다.

"어라? 뭐가 더 남았어?"

"아, 그게……."

"주인님, 이만 서두르죠."

미나가 말했다.

"응? 딱히 급하게 움직일 필요는……."

"하지만 서두르지 않으면 다른 모험가들이 퀘스트를 가로채 갈 지도 몰라요. 자, 어서요."

미나가 거듭해서 재촉해 왔다. 오늘따라 태도가 이상하군. 뭐, 괜찮겠지.

"알았어. 내일 또 보자고."

"앗, 저기!"

"응?"

"모험을 떠나시는 건가요?"

"맞아. 오늘은 크롤러를 사냥하러 갈 생각이야. 약초 채집이 아 니라."

"그러면 저도 데려가 주세요."

이오네가 말했다.

제4화

미나의 질투

검술 도장의 딸이 나더러 모험에 데려가 달라고 말했다.

"모험? 어째서?"

나는 납득이 되지 않아서 이유를 물었다.

"그게, 저, 모험가분의 검술을 견학하고 싶다고나 할까……."

"내 검술을 견학해 봤자 아무런 도움도 안 될 텐데."

"아, 아뇨. 으음…… 아! 검술이란 건 몬스터를 상대할 때 비로소 의미가 있으니까요!"

"알겠어. 그러면 먼저 웰버드 스승님의 허락을 받아 와."

"허락이요? 아버지라면 반대하지 않으실걸요?"

"그래도 허락이 없으면 안 돼."

이 세계에서 성인의 기준은 평민이 15세, 귀족은 더 낮은 14세였다. 따라서 이오네는 미성년자가 아니었다. 하지만 나라면 자신의 딸이 40대 독신 남성과 모험을 떠난다는 소리를 들었을 때 극구 반대할 것이다.

하물며 이오네는 남자에 대한 경계심도 약한 편이었다. 게다가 금발의 미녀다.

"알겠습니다. 그러면 바로 허락을 받아 올게요. 모험가 길드로 가시는 거죠? 그쪽이나 마을 입구에서 기다려 주세요! 금방 준비해 올게요."

"앗, 이봐."

말릴 새도 없이 가버렸다.

한가해서 저러는 걸까.

"으으……."

한편 미나는 떨떠름한 얼굴을 하고 있었다.

"왜 그래, 미나."

"으, 아무것도 아니에요. 그러면 출발하죠."

아무래도 이오네가 있으면 기분이 별로인 듯했다. 이상하군. 이오네가 누구한테 무례를 범할 사람은 아닌데.

"미나. 스승님의 딸이니까 마음에 들지 않는 부분이 있어도 네가 참아."

"아, 그, 그렇죠……. 죄송합니다."

"그런데 어떤 부분이 마음에 안 드는 거야?"

"윽, 그건……. 주인님은 이오네 씨를 어떻게 생각하세요?"

"응? 먹을 것도 가져다주고, 문하생도 잘 돌보는 좋은 사람이라고 생각해."

"아아……. 역시 마음에 드시나 봐요?"

"어라? 혹시 너, 질투하는 거야?"

"윽. 그, 그러면 안 되나요?"

당황하며 시선을 피하는 미나. 엄청 귀엽다.

"하하, 바보야. 확실히 미인이긴 하지만 나 같은 건 안중에도 없을걸."

"그렇지 않아요. 주인님한테 말도 자주 걸고, 모험에 데려가 달라고까지 한걸요. 뭔가 수상해요."

"흐음. 뭐, 나도 이상하다고는 생각하지만……."

하지만 나를 따라온다고 무슨 이득이 있는지 모르겠다. 용사라면 나 말고도 많이 존재한다. 검술 도장에 다니기 시작한 것도 어제가 처음이고, 딱히 원망을 산 기억도 없다.

"제, 제가 잔뜩 봉사해 드릴게요!"

"호오. 봉사는 고맙게 받겠지만 너무 걱정할 필요 없어. 아, 혹시 버려질까 봐 불안해서 그래?"

"네……."

"이 멍청아. 난 이오네보다 네가 훨씬 좋아. 내가 안고 싶은 사람은 너뿐이야. 그리고 만에 하나 이오네가 나한테 반했다 하더라도 너를 버리는 일만큼은 절대로 없어. 안심해."

"네."

미나의 대답에는 기운이 없었다. 그만큼 나를 맹목적으로 좋아해 준다는 말이니 고맙게 생각하기로 하자.

우리는 모험가 길드에 도착해 퀘스트를 확인했다.

크롤러 토벌은 10마리에 20골드였다. 보수는 적은 편이지만 10마리만 해치우면 되니 받아볼 만했다.

"기다리셨죠! 하아, 하아."

의뢰서를 읽고 있자니 갑옷 차림의 이오네가 숨을 헐떡이며 건물 안으로 들어왔다. 번쩍이는 강철 가슴받이가 인상적이었다. 나보다 장비가 좋군.

"그렇게 서두르지 않아도 기다려 줬을 텐데. 허락은 받아 왔어?"

"네. 별로 내키지 않는 눈치셨지만 마음대로 하라더군요."

자신의 딸을 그만큼 신뢰한다는 뜻이리라. 이상한 짓을 저지를 인물도 아니니.

"그러면 됐어. 지금부터 크롤러를 사냥하러 갈 거야."

"네! 아, 미나 씨도 잘 부탁드려요."

"저, 저야말로. 저는 노예니까 존댓말은 사용하실 필요 없어요."

마음에 들지 않는다고 말했으면서도 당황하는 미나.

"후후. 저는 이게 평소 말투랍니다."

"그렇군요……."

"그럼 출발하자."

"네."

마을 입구로 향하자 문지기 병사가 말을 걸어왔다. 내가 아니라 이오네한테.

"어쩐 일이냐, 이오네. 갑옷을 다 입고."

"잠깐 모험을 다녀오려고요."

"헤에. 알렉과 파티를 맺은 건가."

"네. 그럼 다녀올게요."

"그래, 조심하고."

"네."

이오네는 크롤러가 자주 출몰하는 장소를 알고 있는 모양이었다. 그곳에서 크롤러를 발견한 우리는 셋이서 한 마리를 상대했다.

"하앗!"

하지만 처음으로 마주친 크롤러는 이오네의 일격으로 허무하게 쓰러져 버렸다. 이대로는 나와 미나가 레벨을 올리기 힘들었다. 게다가 우리는 크롤러와 싸우는 방법을 익혀야 했다.

"잠깐만, 이오네. 다음 녀석은 우리가 쓰러트리게 해줘."

"알겠습니다."

이오네가 견학하는 동안 나와 미네가 크롤러를 상대했다. 우리는 크롤러의 등 뒤로 돌아가 검을 휘둘렀다.

하지만 제아무리 굼뜬 몬스터라도 공격을 당하면 난폭해질 수밖에 없었다. 나는 크롤러의 반격을 허용하고 말았다.

"우옷!"

"주인님!"

"진정해요! 큰 피해는 입지 않았어요. 크롤러는 목을 좌우로 휘두르니 움직이기 시작하면 거리를 벌리세요. 항상 뒤를 노리는 걸 잊지 마시고요."

이오네가 말했다.

"알았어."

우리는 이오네의 조언을 따랐다. 크롤러가 목을 휘두르면 거리를 벌려 공격 범위로부터 벗어났다.

체력이 많은 몬스터지만 요령이 생기니 거의 피해를 받지 않고 쓰러트릴 수 있었다.

하지만 이오네도 지켜보기만 하면 지루할 것이다. 우리가 두 마리를 쓰러트리면 이오네와 교대하여 한 마리를 쓰러트리는 식으로 사냥을 계속해 나갔다.

[레벨이 1 올랐다!]

[레벨이 10이 되었다]

[공격력이 5 올랐다!]

[방어력이 3 올랐다!]

[스피드가 3 올랐다!]

[최대 HP가 8 올랐다!]

[최대 TP가 3 올랐다!]

[스킬 포인트를 11포인트 획득]

[검사의 숙련도가 레벨 2가 되었다!]

[견습 검사 칭호를 획득했다]

"오."

레벨을 올렸더니 평소와 다른 메세지들이 표시되었다. 견습 검사 칭호라. 별로 고맙지는 않았다.

종합 레벨과는 별개로 검사 클래스에 해당하는 레벨과 숙련도가 존재하는 모양이었다.

아무래도 이 세계에서는 클래스 체인지를 한다고 획기적으로 강해지는 게 아니라, 이렇게 레벨을 올려야 능력치가 상승하는 모양이었다.

직업을 이것저것 옮겨 다니기는 어려울 듯하다.

"와, 대단해. 레어 스킬이 있으시네요."

이오네가 스테이터스 창을 바라보며 말했다. 본인의 스테이터

스인 걸까, 아니면 내 스테이터스인 걸까. [레이프] 같은 스킬을
보기라도 하면 큰일이다.

"이오네. 미안하지만 스킬을 보는 건 곤란한데."

"앗, 죄송해요. 제 스테이터스에 파티 공유 스킬이라고 표시된
게 있어서요."

"아아, 그거라면 상관없어."

현지인이 보기에 경험치 상승 스킬도 레어 스킬에 해당하는 모
양이었다.

스킬 획득은 안전한 장소에서 하라고 얼버무린 나는 이쯤에서
모험을 종료하기로 했다.

"다음에 또 데리고 와 주세요."

이오네가 말했다. 다음에도 동행할 수밖에 없을 듯하다. 이오
네가 나보다 훨씬 강하므로 딱히 불만은 없지만…….

그리하여 크롤러를 10마리 처치한 우리는 모험가 길드로 가서
환금을 진행했다. 크롤러의 토벌을 증명하는 부위는 더듬이였다.

오늘은 평소보다 일찍 여관에 도착했다. 다시 모험을 나가도
되겠지만 우선은 스킬부터 습득하기로 했다.

현재 남아있는 스킬 포인트는 나도, 미나도 12포인트였다.

정신을 집중해서 내게 필요한 스킬들을 나열해 보았다. 거래 관
련 스킬로는 [흥정] [가격 교섭] [파격 세일] [할인] 등등이 있었다.

[흥정]과 [가격 교섭]의 경우, 게임이었다면 당장 배웠겠지만
이곳에서는 내가 직접 흥정을 해야 하기에 별로 내키지 않았다.

일본인 특성상 자신의 이익을 위해서 상대방이 손해를 보도록 설득하는 건 상당한 스트레스다.

나머지 스킬은 [파격 세일]과 [할인]. 두 스킬이 어떻게 다른지 의문이었기에 [해설] 스킬을 사용해 보기로 했다.

[파격 세일]
[해설]
세일 중인 상품을 싼 가격으로 입수할 가능성이 UP.

[할인]
[해설]
거래를 하면 일정 확률로 할인이 적용된다.

흐음. 물건을 싸게 구입하는 건 동일하지만 [할인]은 어떤 상품이든 일관되게 적용되고, [파격 세일]은 일부 상품에만 높은 효과를 보이는 모양이다.

[파격 세일]이 낫겠다. 스킬명 자체도 배우면 이득인 기분이 들고, 할인을 받는다고 무작정 좋은 것만도 아닐 테니까.

그렇게 [파격 세일 LV1]을 습득했다. 필요 포인트는 5였다. 스킬 레벨을 올리려면 10포인트나 필요했기에 당장은 올리지 않고 두었다. 내 레벨이 오르면 그때 고민해 보기로 하자.

다음은 미나 차례였다.

"저, 주인님. 배우고 싶은 스킬이 있는데……."

"그래, 미나의 스킬이니까 미나가 원하는 걸 배우도록 해."

"네. 그러면 이거랑, 이거, 그리고 이것도⋯⋯."

어떤 스킬을 배웠는지 궁금해진 나는 [파티 스테이터스 열람 LVMAX] 스킬로 미나의 스테이터스를 확인해 보았다.

[펠라치오 LV1] New!

[애원하기 LV1] New!

[음식 제공 LV1] New!

제5화
미나의 애원하기

"어이."

미나가 얼굴을 빨갛게 물들인 채로 고개를 푹 숙였다. 본인도 잘못이라는 걸 아는 모양이었다.

"미나. 원하는 스킬을 배우라고는 했지만, 전부 비전투 스킬인 건 아무리 생각해도 너무했어."

"죄, 죄송해요. 다음에는 전투 스킬을 배울 테니까 용서해 주세요."

스킬 포인트는 6이 남아있으니 과소비라고 할 정도는 아니었다. 하지만 원하는 스킬을 배워도 정작 전투에서 죽어버리면 말짱 도루묵이다.

"그리고 펠라치오라는 말은 어디에서 배웠어?"

"사실 저도 뭔지는 잘 몰라요. 단지 머릿속에 문득 떠올라서……."

[직감 LV3] 스킬이 작용한 걸까? 아니면 내 무의식 속의 욕구를 알아채고…… 에이, 설마. [직감] 스킬일 것이다.

"알았다. 그럼 다시 사냥이나 하러 갈까. 가볍게 몇 마리만 잡고 돌아오자."

이대로 침대에서 뒹굴기 시작하면 완전히 타락해 버릴 것 같았다.

"알겠습니다."

하긴, 어차피 야한 스킬을 배우려면 레벨을 올려야 하고, 레벨을 올리려면 모험을 나가야 하겠지만.

역시 이오네가 없으니 시간이 많이 걸렸다. 크롤러를 네 마리쯤 해치우자 슬슬 날이 저물기 시작했기에 우리는 일찍 마을로 귀환했다.

"자, 미나. 배워버린 건 어쩔 수 없다. 아까운 스킬 포인트를 희생시켜 버렸으니, 열과 성을 다해서 내게 봉사하도록."

"여, 열심히 할게요."

오늘은 내가 먼저 알몸이 되었다. 나는 침대에 걸터앉아 미나에게 내 물건을 입에 물라고 지시했다.

"좋아. 그 상태로 스킬을 사용해 봐."

"네. 하읍, 우붑, 음읍!"

아직 어설프기는 했지만 미나는 자그만 혀로 내 물건을 핥아나갔다.

"크윽, 괜찮은걸. 잘하고 있어."

"네. 하음, 으읍, 추릅."

스킬을 사용해도 수치심까지 사라지지는 않는지 미나는 얼굴을 새빨갛게 물들인 채로 혀를 움직여 나갔다.

고간에서 시작된 쾌감이 등줄기를 타고 정수리까지 거슬러 올라갔다.

그리고 무엇보다 미나의 이 표정을 참을 수가 없었다.

"미나, 눈을 뜨고서 나를 올려다봐 봐. 그래, 그거야."

글썽이는 눈으로 나를 빤히 쳐다보는 미나. 행위는 계속되고 있었다. 아주 훌륭한 광경이다.

"그대로 계속 나를 바라봐."

"모, 못 하겠어요."

"뭐, 알겠어. 이번에는 입 전체를 사용해 볼래? 목구멍 안까지 넣어서 조이는 거야."

"알겠습니다. 하읍, 추븝, 읍, 읍!"

살짝 괴로웠던 것일까. 미나의 눈동자에 눈물이 맺혔다.

"무리할 필요는 없어."

"괜찮아요. 음, 읍, 추븝, 읍!"

"큭!"

나의 민감한 부분을 포착했는지 미나가 혀를 이용해 능숙하게 자극해 왔다. 이럴 때 보면 머리가 좋은 녀석이다.

"잘하고 있어……. 큭, 슬슬 한계다. 미나, 쌀 테니까 혀로 받아내 줘."

"네, 언제든지 상관없어요. 추릅, 추븝!"

가르쳐 주지도 않았건만 미나는 알아서 동작에 박차를 가하기 시작했다.

"크윽!"

"으읍! 읍?! 우읍! 콜록, 콜록!"

양이 워낙 많았기 때문일까. 아니면 몇 차례에 걸쳐서 사정한 탓일까. 미나는 정액이 목구멍으로 들어가 사레가 들리고 말았다.

"괜찮아? 괴로우면 편해지는 스킬을 배워도 괜찮아."

"아뇨, 괜찮아요. 콜록, 콜록."

"안 괜찮아 보이는걸. 기다려 줄 여유는 없어. 배워. 이건 명령이야."

"알겠습니다. 꿀꺽. 배웠어요. [삼키기]라는 스킬이에요. 덕분에 훨씬 편해졌어요."

"그래, 다행이다. 그러면 다시 한번…… 해달라고 말하면 싫겠지?"

"아뇨. 이번에는 제대로 할게요. 꼭 하게 해주세요."

"알았어."

그렇게 다시 한번 입으로 봉사를 받게 되었고, 미나는 정액을 전부 삼키는 데 성공했다.

"꿀꺽, 꿀꺽, 꿀꺽. 푸하!"

"잘했어. 착한 아이구나."

"네……. 방금처럼 하면 되는 건가요? 고칠 부분이 있다면 말씀해 주세요."

"어디 보자. 전반적인 방향성은 좋았지만, 싸기 직전에 최대한 빠르고 거칠게 움직여 줬으면 좋겠어."

"네. 명심할게요."

"좋아. 그러면 이번에는 그 스킬을 써봐."

"아, 알겠습니다."

미나는 내 말뜻을 알아들었는지 망설이면서도 [애원하기] 스킬을 사용했다.

"주, 주인님. 저에게 은총을 베풀어 주세요……."

얼굴을 빨갛게 물들이며 나를 올려다보는 미나. 평소에는 입에 담지 않는 말이니 무리도 아니었다.

여태껏 구석구석까지 보고 만진 사이건만, 그럼에도 부끄러웠는지 미나는 자신의 몸을 가리려 들었다.

"좋아. 부탁을 들어주지."

"고, 고맙습니다. 아앙, 응, 흐아앗!"

밤은 이제 막 시작되었다.

나는 상체를 숙여 미나의 몸을 뒤덮었다. 오늘 하루 미나를 철저하게 만끽하기 위해서.

제6화
도적

"하앗, 하앗, 하앗, 하앗!"

"흐앗! 아앗! 아앗!"

"미나, 팔을 더 올려."

"아, 알겠습니다!"

"아주 잘했어."

"으랴압!"

"흐윽!"

"으랏차! 으랴앗! 영치기 영차!"

여관에서 아침 식사를 마친 우리는 오늘도 웰버드 도장에서 검술 훈련을 받고 있었다.

오늘의 훈련 메뉴는 휘두르기였다. 그래서 하루 종일 검을 휘둘러야 했다. 지루했다. 팔도 아팠다.

어제도 휘두르기를 했기에 근육통을 예상했지만, 의외로 자고 일어나니 팔의 피로는 심하지 않았다.

"제 친구가 습격을 당해서⋯⋯."

"그랬군. 또 나타난 건가⋯⋯."

"블러드 섀도우 자식들⋯⋯."

이오네와 웰버드, 프리츠가 어두운 얼굴로 무슨 얘기를 속닥이고 있었다. 강력한 몬스터라도 출몰한 것일까. 신경이 쓰였다.

"최근에 무슨 일이 있었어?"

점심 시간에 내가 이오네에게 물었다.

"그게……."

이오네는 어째서인지 옆에 있는 빌리의 눈치를 보았다.

"도적단이 나타나서 마을을 한바탕 휩쓸고 갔어."

빌리가 말했다. 그렇군. 평범한 도적단이 아니라 살인과 강간을 일삼는 녀석들인 모양이다.

"도적단이? 여기는 왕도잖아?"

왕도의 치안은 제법 준수한 편이라고 알고 있었다.

"맞아요. 하지만 병사들이 달려오면 도적단은 이미 도망친 뒤라나 봐요. 그것도 한두 번이 아닌 모양이라……. 특이한 스킬을 보유하고 있는 걸지도 몰라요."

이오네가 복잡한 얼굴로 말했다.

"아하……."

병사들도 성가시게 됐군. 무슨 스킬인지는 모르지만 나도 배우고 싶었다.

"뭐, 너무 걱정하지 마. 도적단이 나타나면 내가 해치워 줄 테니까."

빌리가 밝은 목소리로 말했다.

"관둬, 빌리. 그 도적들은 강해. 절대로 혼자 덤비지 말고 어른을 부르도록 해."

이오네는 빌리가 걱정되었는지 심각한 목소리로 말했다.

"뭐? 나는 이미 어엿한 검사라구."

"무슨 소리야. 이제 막 기초를 마스터했을 뿐인 초보자면서. 좋아, 나한테 이기면 어엿한 검사로 인정해 줄게. 대련해 보자."

"으윽! 이, 이오네한테 이길 리가 없잖아."

당황하는 빌리. 웰버드는 그 모습을 지켜보며 말했다.

"후후. 뭐, 이오네한테 이기기란 쉽지 않지. 어엿한 검사라. C랭크로 승단하면 인정해 주마. 빌리는 조금 더 수행이 필요하겠군."

"네에? D랭크면 충분하잖아요……."

"안 돼. D랭크 정도는 여기저기 널려있어. 도적들도 가지고 있을걸."

"쳇. 안 진다니까 그러네."

"흠. 자신감이 있는 게 나쁜 건 아니다만……. 그러면 빌리, 미나와 대련해 봐라."

"오, 할래요. 이기면 어엿한 검사인 거죠?"

"이긴다면 말이지."

"잠깐만요, 아버지."

"걱정하지 마라. 미나, 빌리의 대련 상대가 되어 줄 수 있겠나?"

"네."

"봐주지 않아도 된다."

"쳇, 시작한 지 고작 3일밖에 안 된 녀석한테 제가 질 리 없잖아요."

글쎄, 과연 그럴까?

결과는 빌리의 아쉬운 패배였다. 기술이나 움직임은 나쁘지 않았지만 미나의 민첩성은 그 이상이었고, 힘도 우세했다.

"젠장! 초보자한테 지다니!"

"잘 알았지? 너도 아직 초보자야, 빌리."

"몰라! 더는 못 해먹겠어!"

"앗, 빌리!"

빌리는 검을 내동댕이치고 밖으로 뛰쳐나갔다. 전형적인 꼬맹이로군.

"이거 원, 저 녀석도 인내심이 부족하구만."

프리츠가 어깨를 으쓱였다. 늘 있는 일인가 보군. 그렇다면 내버려 둬도 알아서 돌아올 것이다.

"죄송합니다."

"사과할 거 없다, 미나. 오히려 현실을 보여주지 않았다면 혼자서 도적단을 처치하겠다고 나섰을 거다."

웰버드의 말대로였다. 빌리는 세상 물정이 어떻게 돌아가는지를 배울 필요가 있었다.

"이만 가보겠습니다, 스승님."

"그래. 모험가로서도 분발하길 바란다."

오전에는 검술을 배우고, 오후에는 모험을 하고. 그럭저럭 균형이 잡힌 듯했다.

나는 언제나처럼 모험가 길드로 향하여 게시판에 부착된 양피지를 살펴보았다.

"주인님, 도적단 두목한테 현상금이 걸려 있어요."

"천 골드라. 애매한걸."

F랭크 몬스터 토벌보다는 보수가 훨씬 좋았지만, 보주로 큰돈

을 번 나한테는 별로 매력적인 조건이 아니었다.

"애매한가요……?"

"생각해 봐. 도적단은 머릿수가 많다는 것만으로도 성가신 적이야. 포위나 기습을 당할 가능성도 있고."

"그렇군요……."

미나는 도적 퇴치를 희망하는 듯했지만 리스크가 너무 컸다. 이 세계의 도적들은 절대 만만치 않을 것이다. 심지어 왕도에서도 날뛰는 녀석들이다.

"게다가 찾아내는 것도 쉽지 않고."

"알겠습니다."

미나의 후각이 도움이 되기는 하겠지만, 후각을 활용하려면 한번은 도적이 휩쓸고 지나간 현장을 찾아가야 했다.

그러고 보니 병사 중에는 후각이 뛰어난 녀석이 없는 건가? 의문이군.

뭐, 아무래도 좋다. 나는 몬스터를 사냥할 것이다. 쓰러트릴 대상의 레벨이 분명하고, 한 마리씩 상대할 수 있으니 훨씬 안전하다.

"오래 기다리셨죠."

딱히 약속을 한 건 아니지만, 이오네가 갑옷을 입고 모험가 길드로 찾아왔다.

"아냐. 그러면 출발할까."

"네."

그렇게 우리 세 사람은 길드를 나섰다. 하지만 마을 밖으로 향하던 와중, 이오네가 문득 길가에서 발걸음을 멈추었다.

"왜 그래?"

이오네는 말없이 손바닥으로 우리를 제지했다. 이오네는 안쪽 골목을 예의주시하고 있었다. 우리는 이오네의 지시에 따라 자리에 멈춰 섰다.

"골목 안쪽에서 비명이 들렸어요."

"그래?"

"가보죠."

"이, 이봐."

이오네는 내가 말릴 새도 없이 골목 안으로 달려가 버렸다.

난감한걸. 그래도 이오네 정도의 실력자와 함께라면 크게 위험하지는 않을 테지.

가고 싶지는 않지만, 모른 체했다가 만일의 사태라도 생기면 웰버드가 분노할 것이다. 프리츠도 화를 낼 게 분명했다.

귀찮게 됐군.

나도 쓴맛을 다시며 이오네를 뒤따랐다.

모퉁이를 두 차례 꺾어 들어간 장소에서 이오네를 발견했다. 이오네는 멈춰 서서 건물 안의 기척을 살피고 있었다.

"주인님, 머릿수는 네다섯 명 정도. 성교를 하고 있어요. 피냄새도 나요."

미나가 작은 목소리로 말했다.

"그렇군. 어떻게 할까, 이오네."

"당연히 쳐들어가야죠. 하압!"

이오네는 문에다 대고 검을 휘두르더니 체중을 실어 냅다 들이

받았다. 문짝은 안쪽으로 날아가며 박살이 나버렸다. 굉장하군.

"앗! 뭐냐, 네놈들은!"

"문답무용!"

"미나, 기다려."

나는 이오네를 따라서 건물 안으로 들어가려는 미나를 멈춰 세웠다.

"하지만……."

"이오네의 방해가 될지도 몰라. 우리는 초보자야. 너는 나를 지키는 데 전념해 줘."

"그렇네요. 죄송합니다."

"으아악!"

안쪽에서 남성의 비명 소리가 들려왔다. 이오네가 베어버린 듯하다. 후, 다행이다.

"쳇, 도망쳐!"

문에서 가죽 갑옷을 입은 남자가 뛰쳐나왔다. 미나가 싸울 준비를 했지만, 내 지시가 있었기에 덤벼들진 않았다.

"윽, 놓치다니! 후우."

뒤이어 건물 밖으로 나온 이오네가 씁쓸한 표정을 지으며 우리를 흘끔 쳐다보았다. 하지만 불평은 하지 않았다.

"미안해. 상대의 실력을 몰라서 섣불리 나설 수 없었어. 우리가 부족한 탓이야."

"네, 알고 있습니다. 상당한 실력자들이었어요. 도적치고는 그렇다는 뜻이지만요."

"흠, 저게 블러드 섀도우 도적단인가. 이제 어쩔 생각이야?"

"제가 뒤를 쫓겠어요. 죄송하지만 경비 초소에 연락을 넣어주세요."

"알겠어."

이 정도는 맡아서 해야 했다. 나쁜 놈 취급을 받을 수 있으니까. 하지만 막상 초소까지 가려니 귀찮았다.

"미나, 경비 초소가 어디인지 알고 있어?"

"네. 다녀올게요."

"부탁할게."

말귀를 잘 알아듣는 녀석이다.

"흐흑……."

건물 안에서 여성의 울음 소리가 들려왔다. 강간을 당한 피해자가 아직 안에 있는 모양이었다. 이오네는 이미 범인을 쫓아가 버린 상태였다. 어쩔 수 없지. 말이라도 걸어보자.

"이봐, 괜찮아?"

섣불리 안으로 들어가지는 않았다. 이전에도 강간범으로 몰릴 뻔한 적이 있으니까.

안쪽의 여성은 상당히 겁에 질린 듯했다.

"안심해. 지금 내 동료가 병사들을 부르러 갔어. 이제 곧 구조대가 올 거야."

"……흑, 흐흑."

심한 부상을 입은 것일까. 아니면 심리적인 충격이 너무 컸던 것일까. 제대로 된 답변이 돌아오지 않았다. 나는 걱정이 된 나머지 안쪽을 들여다보았다.

윽, 도적 놈들. 살인까지 저질렀구나.

안에는 남편으로 보이는 남성이 피를 흘리고 쓰러져 있었다. 반라의 여성은 그 남성을 끌어안은 채로 울고 있었다. 이거 원…….

나한테 NTR 취향은 없다고.

우선은 병사가 오기를 기다리기로 하자. 나는 입구에서 물러나 등을 돌렸다.

그러자 눈앞에 시라이시가 있었다.

"헉!"

무심코 큰 소리를 내고 말았다.

"응? 당신, 이 집에서 뭘 하고 있었던 거야?"

"잠깐만, 오해하면 곤란해. 앗, 이봐!"

시라이시가 나를 밀치고 건물 안으로 들어갔다.

"하앗!"

"그만둬! 우와앗!"

이번에도 시라이시는 나를 범인으로 착각한 모양이었다. 다짜고짜 칼집에서 롱 소드를 뽑아 내게 휘두른 것이다!

나도 검을 뽑아서 막아내려 했지만 시라이시의 동작이 워낙 빨랐다. 황급히 왼팔의 스몰 실드로 방어를 시도했지만 이마저도 실패했다.

결국 왼팔에 공격을 허용하고 말았다. 타는 듯한 고통이 느껴졌다.

"아악!"

"이 쓰레기!"

"그러니까 오해라고! 크윽!"

나는 가까스로 검을 뽑아 시라이시의 공격을 받아내는 데 성공했다. 제길, 죽일 작정인가.

"사람 말을 들어!"

"듣고 싶지 않아!"

몸은 가녀린 주제에 힘은 나보다 강했다. 레벨 차이인가. 아무래도 도망치는 수밖에 없어 보였다.

"놓치지 않을 거야."

"우왓! 젠장!"

내 생각을 읽기라도 한 듯, 시라이시는 순식간에 나를 앞질러 퇴로를 차단했다.

"이봐요! 울지만 말고 이 녀석한테 설명을, 윽!"

"협박하는 거야? 그럴 순 없을걸!"

검을 휘둘러 훼방을 놓는 시라이시.

"에이잇! 네 동료들은 어디에 있어!"

이 녀석은 말이 통하지 않는다. 나는 시라이시의 동료를 찾아 주변을 두리번거렸다.

"걔, 걔네들이랑은 상관없잖아."

"응?"

무슨 일이 있었던 모양이다. 내부 분열이라도 일어났나? 그런데 왜 하필이면 이 타이밍인 거야.

왼팔의 고통이 심해져서 아래를 내려다보니 피가 철철 흐르고 있었다.

이건 정말로 위험했다.

"나는 범인이 아니야. 지금 미나가 병사들을 부르러 갔다. 조금만 기다려."

"어디서 거짓말을……."

"거짓말이 아니야. 일단 기다려 봐. 도망가지도 숨지도 않을 테니까."

"그럼 처음 봤을 때는 어째서 달아나려고 한 거야?"

"잠깐 물러났을 뿐이야. 저 여성의 알몸을 쳐다보기 미안했거든."

"뭐? 저기요, 이 녀석이 범인이죠?"

하지만 비탄에 빠진 여성은 시라이시의 질문에 대답하지 않았다.

"이쪽이에요! 앗!"

미나가 병사들을 데리고 돌아왔다. 휴, 살았다.

"윽."

"머, 멈추세요! 저분은 범인이 아니에요!"

병사들도 나를 범인으로 착각하고 공격하려 했기에 미나가 황급히 뜯어말렸다.

제7화
시라이시 세리나의 사죄

미나가 병사들에게 사정을 설명한 덕분에 나는 풀려날 수 있었다.

"미안해."

시라이시가 내게 머리를 숙였다. 현장에 남아있어 봤자 할 수 있는 것도 없었기에 내가 묵고 있는 여관으로 데리고 왔다. 이곳에서 천천히 잘잘못을 따져볼 생각이었다.

이참에 이 건방진 녀석한테 단단히 복수를 해줄 것이다.

왼팔은 시라이시가 가지고 있던 포션으로 회복되었지만, 이 정도로 수습될 일이 아니었다.

"후우. 미안하다는 말로 끝나면 경찰이나 재판소가 필요하진 않겠지. 상해죄에 살인 미수라고."

"그, 그건 당신이……."

"네가 멋대로 착각한 게 내 잘못이라고?"

"아뇨. 제 잘못입니다……."

"그렇지. 물론 그 자리에서 나를 범인으로 의심하는 건 이상한 일이 아니야. 추궁을 하든, 여성을 보호하기 위해 애쓰든 행동을 해야겠지. 하지만 먼저 상황부터 확인하는 게 정상 아닌가?"

"으……."

"내 말이 틀려? 너는 용의자로 보이는 사람을 발견하면 경찰에 신고도 하지 않고 다짜고짜 날붙이를 휘두르는 게 맞다고 생각해?"

다만, 이 세계에선 자신의 몸은 스스로 지키는 것이 기본이었다. 따라서 아무래도 행동이 과격해질 수밖에 없었다. 하지만 나는 피해자이므로 변명의 여지를 줄 생각은 없었다.

"일본이라면 당신 말이 맞지만……."

"그래. 이 세계의 법도로 따지자 이거지. 미나, 여기서는 이런 경우에 보통 어떻게 하지? 나는 살해당할 뻔했는데."

"영주님께 호소를 하셔도 되고, 모험가 길드에 진정서를 내서 처벌을 요구할 수도 있을 거예요. 하지만 눈에는 눈, 이에는 이. 그냥 단칼에 베어버리시죠. 저한테 명령만 내려주세요."

미나도 내가 다치는 바람에 상당히 화가 나 있었다. 당연했다.

하지만 죽이는 건 곤란했다. 나한테도 억울한 부분이 있기는 하지만, 사람을 죽이면 당연히 취조가 들어올 테고, 여론도 나한테 우호적이지 않을 것이다. 긁어 부스럼이었다.

나는 침울한 얼굴로 바닥을 내려다보고 있는 시라이시에게 말했다.

"목숨까지 뺏지는 않을게. 나는 이유도 없이 사람을 죽이는 야만인이 아니거든."

"큭."

"하지만 병사들은 이 이야기를 듣고 어떻게 하려나. 아마 감옥에 들어가겠지?"

"어?"

시라이시도 다소 불안해진 모양이었다.

"어떻게 할까 고민되네."

"알았어. 사과의 표시로 가진 돈을 전부……."

"와, 들었어, 미나? 이 녀석, 돈으로 해결할 생각인가 봐."

"양심이 없네요. 목숨을 노린 주제에."

"으윽."

이오네가 이곳에 있었다면 그냥 돈으로 해결하자고 말했을지도 모르지만, 그녀는 아직 도적을 찾아다니는 중이었다.

"……어떻게 해야 용서해 줄 건데?"

어떻게 하는 게 좋을까.

왼팔에 똑같이 상처를 내고서 "이걸로 비겼지"라는 결말을 내가 납득할 리 없었다.

돈이라면 언제든지 벌 수 있으니 제외다.

역시 여기서는 이 녀석을 능욕하는 방향으로 가야겠다. 생긴 것도 예쁘고.

"어디 보자. 그러면 네 몸으로 때워 주실까."

"어? 몸으로 때우라니……. 큭, 내가 파티에 들어가는 걸로 대신할 수는……."

"그래, 좋아. 어째서인지는 모르지만 너는 지금 혼자인 것 같으니까. 내 파티에 넣어주도록 하지. 단, 리더는 나다."

"으, 으윽. 그건 좀……."

"뭐, 강요할 생각은 없어. 하지만 시라이시, 너 혹시 나를 착한 사람으로 착각하는 건 아니겠지? 파티에 들어가면 조금 부려 먹히다 말겠지, 같은 속 편한 생각이라면 접어둬."

"나도 그럴 가능성은 적다고 생각하지만……."

"정답이야. 난 하마터면 죽을 뻔했어. 웬만한 성의로는 용서하지 않을 거야."

"그래서 어떻게 하라는 건데……."

"섹스다. 한 번만 범하게 해줘. 그걸로 봐줄게."

"뭐, 뭐어? 웃기지 마! 어째서 내가 그런 짓을 당해야 하는데! 사과하는 건 당연하지만 그렇게까지 할 이유는 없어."

"난 충분히 있다고 보는데. 뭐, 살인 미수로 잡혀가고 싶으면 마음대로 하고."

"윽……."

시라이시는 이 세계의 법률에 대해서 잘 모르는지 불안한 기색을 보였다. 뭐, 내 예상대로라면 흉악한 범죄는 아니므로 목숨을 앗아가지는 않을 것이다. 하지만 그 사실을 굳이 언급할 생각은 없었다. 이참에 제대로 겁을 주기로 하자.

"미나, 살인 미수는 이 나라의 법률로 얼마나 무거운 죄지?"

"중죄예요. 평민이라면 채찍질을 당하거나 감옥에 들어가요. 전과가 있으면 사형에 처해지기도 해요."

"호오."

"뭐……?"

"들었잖아. 관대하게 섹스 정도로 봐주겠다는 거야."

"잠깐만. 아무리 그래도, 으으, 섹스라니. 지나치잖아."

"그래? 그러면 내가 납득할 만한 합의안을 제시할 수 있겠어?"

미나가 나를 공격한 것은 사실이고, 이는 엄연한 범죄다. 나는 이 부분을 집요하게 파고들었다. 후후, 나한테는 [구워삶기] 스킬이 있다고.

"끄응…… 그러면 파티에 들어가서 며칠간 무보수로 일할게. 단, 성적인 행위나 범죄 행위에는 가담하지 않겠어."

"들었어, 미나? 마치 나를 범죄자 취급하듯이 말하고 있어, 이 녀석."

"반성이 부족하네요. 주인님은 훌륭한 분이세요."

"뭐어? 미나, 혹시 재한테 속고 있는 거 아냐?"

"속지 않았어요!"

"속인 적 없어. 무례한 녀석이네. 명예훼손이야."

"으, 미안합니다……"

"네 제안이 얼마나 뻔뻔한지 모르나 본데. 시라이시, 너는 자기를 습격한 남자가 실실 웃으면서 친구가 되자고 다가오면 수락할 거냐?"

"누가 실실 웃었다고 그래……요."

후후후. 자신의 입장을 파악하기 시작한 모양이군. 건방진 계집애.

"알아들었으면 내가 수락할 가치가 있는 보상을 해줘."

"물론 노력은 할 거야. 하지만 성행위를 요구하는 건 범죄잖아."

"범죄를 저지를 땐 언제고 정작 자신이 불리해지니까 도덕과 법률을 방패로 삼는거 봐. 상종 못 할 녀석이군."

"상종 못 할 녀석이네요."

미나도 적극적으로 나를 옹호해 주었다.

"으윽…… 정말로 미안해. 하지만 나쁜 뜻이 있었던 건……."

"참나. 나쁜 뜻이 없으면 다 용서받는 건가? 만약 내가 그때 방어에 실패했더라면 돌이킬 수 없는 일이 벌어졌을걸?"

"그, 그건 그렇지만 죽일 생각까지는……."

"뭐, 됐어. 나도 너를 죽일 생각은 없어. 같은 일본인이니까. 살인 미수로 고소하는 것도 관두겠어."

"……고마워."

"단, 살해당할 뻔한 공포와 나를 모욕한 대가는 제대로 받아낼 생각이야. 나도 성인군자가 아니라서 이대로는 분이 안 풀려. 섹스가 안 된다면 알몸 정도는 보여줘야겠어."

"왜 자꾸 그런 방향으로……."

"네가 싫어하는 짓이니까. 말해두지만 나한테는 미나가 있어. 너보다 훨씬 야한 몸을 가지고 있지."

가슴은 시라이시가 더 컸지만 일단은 그렇게 말해 두었다. 미나는 자랑스럽다는 듯이 가슴을 폈다.

"뭐? 설마 노예한테 손을 댄 거야?"

"합의 하의 관계다. 그렇지, 미나?"

"네. 그게 제 역할인걸요."

살짝 위험한 대답이었지만 적당히 넘어가기로 했다.

시라이시가 나를 노려보았다. 하지만 미나는 내 노예이므로 시라이시에게는 발언권이 없었다.

"나는 이 세계의 룰을 지켰을 뿐이야. 시라이시, 네 말대로 일본의 법대로 일을 해결한다면, 원래 세계로 돌아가서 살인 미수로 재판을 받아야겠지? 하지만 경찰은 아무런 증거도 확보할 수 없을 거야. 피해자인 나한테는 지극히 불리한 상황이지. 안 그래?"

"그건 그렇지만……. 잠깐, 결국 나한테는 유리한 상황이란 거 잖아."

"그럴지도 모르지. 하지만 어찌 됐든 현재로서는 불가능한 이야기야. 너 설마, 원래 세계로 돌아갈 때까지 사건을 보류해 달라고 부탁하려는 건 아니겠지?"

"뭐…… 가능하다면 그러고는 싶지. 하지만 네가 납득하지 않을 거잖아?"

"물론이야. 나도 질질 끌기는 싫거든. 빨리 해결하고 쉬고 싶어. 오늘 중으로."

"그건 너무 빠르지 않아?"

"그래서 불만이라도?"

"아뇨, 없습니다……."

"그러니 오늘 중으로 해결할 방법을 찾아보자는 거야. 섹스는 절대로 싫다 이거지?"

"당연하지. 그러니까 그건 범죄…… 으으."

"맞아. 범죄지. 살인 미수와 성관계 강요 중에서 뭐가 더 중범죄인지는 생각해 볼 문제겠지만……. 뭐, 범죄자는 자신의 죄보다 타인의 죄를 과장해서 말하는 법이니까."

"크윽."

"나도 피도 눈물도 없는 인간은 아니야. 조금 타협해 주지. 섹스는 하지 않을 테니까, 대신에 네 몸을 마음대로 만지게 해줘."

"뭐? 그게 그거잖아."

"아니. 삽입이 없잖아. 제일 중요한 부분을 양보해 주겠다는 거야. 네가 저항하지 않더라도 말야. 누구는 저항하지 않았다면 그 대로 살해당하고 말았겠지만."

"으…… 그러면 키스는 하지 않을 것. 시간은 1시간. 너는 알 몸이 되지 않을 것. 깨물거나 때리지 않을 것. 나도 알몸이 되지 않을 것……"

"잠깐, 잠깐. 조건이 너무 많잖아. 그리고 네가 알몸이 되는 건 기정사실이야. 이 정도는 감수해 줘야겠어."

"큭, 알았어."

오오, 진짜로 타협할 줄이야.

제8화
거래

"좋아. 그러면 네 조건대로 하지. 단, 도중에 나를 습격할 생각은 마. 만약 나를 공격하면 즉각 사살하라고 미나한테 말해둘 테니까. 알겠지?"

"약속할게. 대신 당신도 약속해. 내 처녀를 빼앗지 않겠다고."

"응? 너 처녀였어?"

"윽. 마, 맞아……."

시라이시는 실수를 했다는 듯이 고개를 돌렸다.

"뭐야. 처녀 딱지는 중학교 때 떼버린 줄 알았는데. 세리나라는 이름부터 절조가 없잖아."

"뭐?! 이, 이름이랑 무슨 상관이야!"

"그런가? 엘빈이나 케이지도 이름으로 막 부르던데."

"파티 동료니까 그렇지. 게다가 두 사람이 먼저 이름으로 부르라고 했는걸."

"크큭, 그러면 나도 이름으로 부르겠어. 괜찮겠지, 세리나?"

"그건 안 돼."

"어째서?"

"왠지 징그러워……."

너무하네. 하긴, 웬 아저씨가 친근하게 이름을 부르면 평범한 여고생으로서는 생리적인 혐오감이 들만도 했다.

"흥. 그래도 한 시간 동안은 이름으로 부르겠어. 이참에 연인

흉내라도 내볼까?"

"연인?! 우, 웃기지 마!"

"내가 봐도 무리기는 하네. 이 부분은 적당히 타협하기로 할까."

"엄청나게 어려운 조건을 내걸고서 양보해 준다는 듯이 말하는 거 그만둬."

"애초부터 네가 나를 베어 죽이려 들지만 않았으면 나도 이렇게 귀찮은 짓을 하지는 않았겠지. 이 세계에 경찰이 없는 걸 다행으로 알아."

"으......."

"아무래도 대충 합의점에 도달한 것 같군. 네가 굳이 처녀라고 주장한다면 존중은 해주겠어. 처녀막에는 손대지 않을게."

"진짜래도! 내가 뭐가 아쉬워서 거짓말을......."

"글쎄? 처녀인 척해서 동정심을 사려는 교활한 계획일지도 모르잖아. 나한테는 네 본심이 보이지 않으니까 무턱대고 믿기는 힘들어."

"그렇겠지. 후우......."

"그러면 슬슬 시작한다."

"어, 어어? 지금 바로?"

"당연하지. 너도 후딱 끝내고 돌아가고 싶잖아."

"그건 그렇지만...... 으으, 어디서부터 잘못된 거람......."

"나를 눈엣가시로 봤을 때부터야."

"딱히 그런 적은...... 끄응."

차마 부정하지 못하는군.

"얼른 벗어. 뭣하면 내가 벗겨줄까?"

"윽. 내가 벗겠어."

자존심이 강한 성격답게 스스로 갑옷과 옷을 벗기 시작하는 세리나. 나는 그동안 방문을 잠그고 돌아왔다.

"이, 있잖아. 정말로 전부 벗어야 해?"

"물론이야. 여태껏 너나 나나 전라를 전제로 이야기했을 텐데."

"그렇긴 하지만……."

"살인 미수! 벗어라! 벗어라!"

세리나가 벗기를 망설이자 내가 박자에 맞춰 외쳤다. 미나에게도 눈짓을 해서 나를 따라하게 만들었다.

""벗어라! 벗어라!""

"그, 그만 해! 유치하게."

"그러면 발가벗지 않아도 좋으니까 다음에 한 시간 더 만지게 해줄래?"

"싫어."

"그렇군."

"당연하지. 맨날 짓궂은 요구나 하고……. 일부러 날 괴롭히려는 건가……."

"됐으니까 얼른 벗기나 해. 벗는 시간은 카운트하지 않을 거다."

"시간은 어떻게 재려고?"

"그렇군. 따로 스킬이 존재할 거야. [시계] 스킬을 배워봐."

필요한 포인트는 1밖에 되지 않았다. 그마저도 없다면 레벨을 올려야 되겠지만.

"배웠어."

"좋아. 그러면 네가 다 벗은 시점부터 한 시간이다."

"알았어. 4시 25분까지네."

"그래. 가리지 말고."

"어, 어어? 큭. 알았어."

세리나는 가리고 있던 손을 치우고 스스로 알몸이 되었다. 범종 모양의 음란한 가슴을 가지고 있군. 허리도 잘록한 편이다.

"으으……."

미나는 세리나의 알몸을 보고 패배감을 느꼈는지 씁쓸한 표정을 지었다. 그래도 성격은 미나가 더 좋으니 낙담할 필요는 없다.

"좋아. 지금부터 네 빈약한 몸을 가지고 놀 거니까 침대로 와서 앉아."

"뭐? 딱히 빈약하지는……."

세리나는 투덜거리면서도 순순히 침대로 다가와 앉았다. 앉는 과정에서 가슴이 크게 출렁거렸다. 제길, 당장이라도 끌어안고 싶어지는 몸이다.

"그러면 만진다."

"아프지 않게 해."

"그 부분은 안심해. 나한테 그쪽 취향은 없거든."

"흥. ……큭, 으응!"

가슴을 부드럽게 만지자 상당히 민감한 반응을 보였다.

"호오."

"뭐, 뭐가."

"아냐. 그냥 민감하다고 생각했을 뿐이야. 나쁘지 않아."

"윽. 일일이 감상을 늘어놓지 마."

"싫어. 그건 약속한 조건에 없으니까 내 마음이야. 너도 어느 정도는 자유롭게 말해도 좋아. 단, 이건 나에 대한 사죄 행위라는 걸 명심해."

"그건 맞지만 딱히 원해서 하는 건 아니야."

"그래. 하여튼 원래 목적을 잊지는 마."

"네가 이상한 짓만 하지 않으면 그럴 생각이야."

"그럼 다행이고. 설마 깨물거나 하지는 않겠지?"

"네가 물지 않는다면."

"안 물어."

나는 애무를 계속했다.

"으응, 앗, 끄윽! 어, 어째서……."

"왜 그래?"

"만진 부위가…… 아, 아무것도 아냐."

"뭐, 스스로 주무르는 것보다는 훨씬 기분 좋잖아?"

"나, 나는 자위 같은 거 안 해!"

"흐음? 딱히 자위를 했다고 말한 적은 없는데. 하지만 거짓말은 못써, 세리나."

"으으……. 앗, 아앙, 잠깐만! 잠깐만 기다려 줘!"

"이번엔 또 왜?"

나는 몹시 불쾌한 목소리로 말했다.

"이, 이런 건 처음이라……. 펴, 평범하게 만지면 안 될까……."

"안 돼. 만지는 방식에 관해서는 교섭할 생각 없어. 네 몸을 다치게 하지는 않아. 이건 검에 베여서 죽을 뻔했던 나의 최대한의 양보야. 그 사실을 잊지 마."

"아, 알고 있어……. 그래. 칼에 베이는 것보다는 훨씬 낫겠……. 흐윽!"

"잘 아네. 뭐, 음란한 몸을 가진 어느 분께서는 만지는 쪽이 더 괴로울지도 모르지만."

"누, 누구 몸이 음란하다는 거야, 크윽! 음란한 건 네 손놀림이야."

"그럴지도 모르지. 그런데 너, 민감하긴 민감하구나."

"무슨, 큭……. 앗, 아앙!"

정말로 민감하다. 생각보다 재밌어질 것 같으므로 잠시 휴식을 주기로 했다. 미나는 숨을 집어삼킨 채 흥미진진한 눈으로 우리를 쳐다보고 있었다.

"하아, 하아. 이 정도일 줄은……."

"어쩔 수 없지. 중간중간 쉬는 시간을 줄게. 대신에 그만큼 늦게 끝나겠지만. 시간은 네가 재도 좋아."

"어? 내가 알아서 시간을 더하라는 거야?"

"그래. 일일이 재는 것도 귀찮으니까. 너도 납득하기 쉬울 테고."

"용서받고 싶으면 한 시간 더 연장하라고 강요한다거나……. 그런 식으로 악용하지 않겠다고 약속해 줘."

"알겠어. 들었지, 미나."

"네. 저희 주인님은 그런 비겁한 수법을 사용할 분이 아니세요."

"후우. 그러면 얼른 끝내 줘."

"그래. 1시간이 지나려면 한참 남았지만."

"큭. 앗, 으응, 응, 아앗, 그렇게 만지면, 흐윽!"

나는 자유롭게 세리나의 몸을 더듬었다. 10분 정도가 지나자 세리나의 민감한 부분들이 눈에 보이기 시작했다.

"잠깐! 스, 스톱!"

"또야? 어쩔 수 없군."

"이런 식으로 만지면 내 몸이 버티질 못해……."

"난 가급적이면 오늘 안으로 끝내고 싶은데."

"아, 알았대도. 큭…… 이제 괜찮아."

"좋아."

이번에는 취향을 바꿔서 젖꼭지를 만지작거렸다.

"꺄악! 아아앗! 히윽! 자, 잠깐만!"

"또야?"

"하, 하지만 지금, 젖꼭지를……."

"네 몸의 어디를 만지겠다고 정한 적은 없잖아. 다음에 한 시간 더 어울려 준다면 젖꼭지를 만지지 않고 넘어가 줄 수는 있어."

"그러면 그렇게 해줘."

"응?"

"50분 동안 버틸 자신이 없어."

"그래? 그럼 다음에도 잘 부탁해. 잊었다느니, 두 번은 싫다느니 하면서 떼먹지 않기다."

"알았다니까."

나는 약속한 셈 치고 엉덩이로 넘어갔다.

"거기에 네발로 서봐."

"윽. 서, 설마."

"허둥대지 마. 삽입은 안 할 거니까. 만지기만 할게."

"아, 알았어."

세리나는 내 말대로 네발 자세를 취했다.

"엉덩이를 더 들어."

"으윽."

"좀 더."

"이제 됐잖아."

"어쩔 수 없지. 그럼 만진다."

"큭, 앗, 히익! 설마 여기도?!"

"호오? 엉덩이도 민감한 모양이네."

"저, 전혀, 아앙, 기분 좋지, 히윽, 않거든! 민감하기는 누가, 아 아앗!"

군이 반박은 하지 않았다. 하지만 누가 보더라도 엄청나게 느끼고 있는걸, 뭐.

엉덩이를 시작으로 허벅지와 배를 어루만졌다. 중요한 부위는 일단 나중으로 미뤘다.

"하아, 하아, 하아……."

"이제 천장을 보고 드러누워 봐. 얼른."

"기, 기다려……. 몸이 말을 안 들어."

"너는 내가 기다려달라고 부탁했을 때 기다려 주지 않았잖아. 자, 빨리."

"꺄악!"

나는 세리나를 억지로 드러눕혀 자신의 입장을 자각하게 만들었다.

"크윽."

"이번엔 여기야."

"잠깐…… 으으. 마음대로 해."

"좋아. 언제까지 버티는지 보자고. 여기가 가장 느끼기 쉬운 부위야."

"거기는, 으앗, 앗, 힉! 아아앙!"

가운데 균열을 손가락으로 슥 훑자 세리나가 몸을 비틀었다.

"봐, 이렇게나 젖었어."

나는 손가락에 묻은 끈적한 점액을 세리나의 눈앞에 들이댔다.

"보, 보여주지 마. 이건, 그러니까, 오해야."

"뭐가 오해인데? 아니다, 굳이 캐묻진 않을게. 이제 40분 정도 남았으려나."

"어? 아직도 그렇게나……."

"약속은 약속이잖아. 평생 내 노예가 되겠다고 맹세하면 이쯤에서 용서해 줄 수도 있어."

"됐네요! 누가 넘어갈 줄 알고? 어차피 노예로 만든 다음에 범할 거면서."

"잘 아네."

"큭, 바보 취급이나 하고…… 앗, 멈춰!"

"응? 또 휴식 시간을 가지려고? 너무 기다리기만 하면 지루한데."

"약속했잖아…… 하아, 하아……. 이, 이제 됐어."

"오케이."

"으앗! 자, 잠깐!"

"이보셔. 그런 식으로 아예 만지지도 못하게 할 작정이야?"

"그건 아니지만, 윽, 하아, 하아…… 버겁단 말야……."

"그러면 한 가지 제안을 할게. 10분 정도 단축해 줄 테니까, 휴식 시간 없이 참아봐."

"어? 참으면 10분을 깎아주겠다는 거야?"

"그래."

"으으. 그러면 1분, 아니, 30초만."

"근성이 부족한 녀석이네. 좋아, 그렇게 하자."

"큭. 그것도 힘들단 말야……."

"우는 소리는 나중에 하고. 30초 동안은 휴식하지 않다. 참아내면 남은 시간을 10분 차감해 주겠어."

"알았어."

나는 세리나의 몸을 만졌다.

"으앗! 자, 잠깐만, 아앗! 안 돼! 끄윽, 더, 더는, 아, 아아앗! 히극!"

세리나는 크게 경련하더니 몸을 축 늘어뜨렸다. 완전히 가버린 모양이었다.

"세리나. 어이. 흠, 기절해 버렸나. 민감한 녀석일세. 일어나."

나는 기분 좋게 뻗어있는 세리나를 거칠게 흔들어 깨웠다.

"음…… 핫! 바, 방금 뭐였지?"

"안심해. 네가 기분 좋아서 멋대로 가버렸을 뿐이니까. 기절한

동안에는 아무 짓도 안 했어."

"저, 정말로?"

"넣었다면 네가 이물감을 느꼈겠지."

"온몸이 저려서 잘……. 윽, 아무것도 아냐."

"뭐, 됐어. 오늘은 이쯤에서 용서해 줄게. 원래는 아직 30분이나 남아있지만……."

"아, 알았어. 다음에 다시 하자."

"그래. 내일 여기로 와."

"어? 내일?"

"무슨 용무라도 있어?"

"그건 아니지만……. 좀 더 나중으로 미뤄줬으면 좋겠어."

"이유는?"

"으……."

"왕도에서 달아나기라도 하려고?"

"그런 생각은 안 했어."

"그러면 됐네. 볼일 다 끝났으니 옷 입고 나가."

"아, 알았다고. 윽, 몸이……."

"귀찮게 하기는. 미나, 옷을 입혀서 내쫓아 버려."

"네."

"앗! 잠깐만!"

"재수 없으면 지나가던 불량배한테 걸려서 몹쓸 꼴을 당할지도 모르겠네."

"그, 그만둬!"

흥. 너도 조금은 공포란 걸 맛봐라.

"내쫓았어요. 여관 앞이긴 하지만요."

"잘했어. 그러면, 미나."

"네. 잘 부탁드려요, 주인님……."

미나는 나와 세리나의 행위를 보고 인내심이 한계에 달한 상태였다. 나는 미나의 바람대로 내 물건을 삽입해 주었다.

에필로그
금단의 쾌락

다음 날, 우리는 언제나처럼 도장을 방문했다.

이오네는 도망친 도적들을 발견하지 못했다며 아쉬워했다. 어제 우리와 헤어진 이후로 날이 저물도록 수색을 계속했다는 모양이다. 하긴, 여성의 적이니 집착할 만도 했다.

나도 도적을 발견하면 병사에게 보고 정도는 할 생각이다.

오후에는 이오네와 함께 필드로 나가 크롤러를 사냥했다.

"저는 오늘도 도적을 수색해 볼 생각이에요."

"말리진 않겠지만 너무 깊이 파고들지는 마, 이오네."

"알겠어요."

그렇게 우리는 평소보다 일찍 사냥을 매듭지었다.

이오네는 도적을 수색하러 갔고, 나와 미나는 여관으로 돌아갔다. 여관에서는 세리나가 우리를 기다리고 있었다.

"호오, 놀랐어. 약속을 지킬 줄이야. 범죄자 주제에."

"큭, 뭐라고 말하든 상관없어. 오늘로 끝내줘."

"그럴 생각이야. 하지만 억울한 사람처럼 굴지는 마."

"잘도 말하네. 그런 짓까지 해놓고……."

세리나는 대놓고 혐오감을 내비치면서 심한 꼴을 당했다는 듯이 자신의 어깨를 문질렀다.

"주인님을 해칠 생각이라면 제가 상대해 드릴게요."

미나가 앞으로 한 걸음 나오며 말했다.

"후. 딱히 무슨 짓을 하겠다는 건 아니니까 안심해. 단지 크게 실망했을 뿐이야."

"흥. 이 세계로 넘어오자마자 주먹을 날린 범죄자가 뚫린 입이라고."

"크윽."

방으로 들어간 나는 침대에 세리나를 눕히고 갑옷을 벗겼다. 우선은 이 건방진 가슴부터다. 덥석 움켜잡고 마구 주물러 주마.

"응, 앗, 하앗!"

실컷 가버린 세리나는 몸을 꿈틀거리며 힘겨운 표정으로 신음 소리를 냈다.

"지금부터는 어제 못 채운 시간을 사용하겠어. 시간 계산은 네가 알아서 해."

기억이 맞다면 30분 남짓한 시간이었다.

"아, 알고 있어, 응, 아앙!"

귓불을 핥고, 살짝 깨물어주자 못 참겠다는 듯이 얼굴을 붉히는 현역 여고생.

어제보다 훨씬 만감한 부분을 만졌음에도 세리나는 휴식을 선언하지 않았다. 세리나의 가랑이 사이가 축축해지기 시작하고, 매끄럽고 건강한 피부에는 구슬 같은 땀이 뱄다. 하지만 신기하게도 꽃향기처럼 달콤한 냄새가 피어올라 유혹하듯 내 코끝을 간지럽혔다.

"하아, 하아, 아앗! 끄윽!"

40분 경과. 어라? 이 녀석, 사실은 나하고 섹스가 하고 싶었던 건가?

"이제 충분해. 넣어주마."

나는 바지를 내리고 세리나의 구멍에 삽입했다.

"앗! 잠깐! 이야기가 다르잖아!"

"영차."

"움직이지 말라고 했잖, 하윽!"

"미안. 내가 착각했나 보네."

하지만 여기서 그만두면 아까웠다. 나는 허리를 움직였다.

"으, 그러니까, 아앙, 움지, 움직이지 말래도! 나중에 죽을 줄 알아, 아앗!"

"아이고 무서워라. 하지만 봐봐. 내가 움직이는 게 아니라 스스로 움직이고 있잖아?"

"그, 그럴 리가, 아앙, 잠깐, 어째서, 저절로!"

사실은 내 움직임에 맞춰서 반응하고 있을 뿐이지만. 어쨌든 세리나의 질은 조임도 좋고 부드러웠다. 이게 흔히들 말하는 명기인가.

"그러면 슬슬 쌀게."

"뭐?! 아, 안 돼, 그건 안 돼! 아아앗!"

"간다. 잔뜩 쏟아부어 주지."

나는 내 물건을 안쪽 깊숙이 박아 넣고 욕구를 해방했다. 생각보다 성욕이 쌓여있었는지 흘러넘칠 정도로 무시무시한 양이 뿜어져 나왔다. 이 건방진 암컷을 완전히 굴복시키고 지배하고 싶

다는 수컷의 본능일까. 사정은 한 번으로 끝나지 않았다. 두 번, 세 번 맥동을 반복하며 다량의 액체가 부드러운 몸 안으로 쏟아져 들어갔다.

"으윽, 아아, 뜨거운 게…… 자, 잔뜩……. 크윽, 안 돼앳……!"

세리나는 몸을 부들부들 경련하면서 쥐어짜는 듯한 목소리로 외쳤다.

"으음? 너, 피임약은 먹고 왔을 거 아냐."

"먹고 오기는 했지만 어디까지나 보험이야. 정말로 안에다 싸다니, 이 짐승. 약이 얼마나 효과가 있을지도 모르는데."

"괜찮을 거야."

"신뢰가 안 가. 어, 어쨌든 이제 됐잖아. 빨리 빼."

"그래. 미안하게 됐다. 나하고 하고 싶은 것처럼 보였거든."

내 물건을 빼내자 세리나의 구멍에서 끈적한 백탁액이 흘러내렸다.

"어, 어째서 그렇게 되는 건데! 이 바보!"

얼굴을 새빨갛게 물들이며 화내는 세리나에게 내가 말했다.

"남은 시간이 10분이나 넘었는데도 멈추라고 하질 않았으니까."

"앗, 그, 그렇게나 지났었구나. 시, 시간을 보는 걸 깜빡했어."

세리나는 당황하면서 떳떳하지 못한 얼굴로 시선을 회피했다.

"그래? 어쨌든 미안하게 됐어."

"얌전히 사과하는 척하면서 사실은 일부러 넣은 거지? 곧바로 빼지도 않았잖아."

"네가 워낙 미인인 데다 명기라서 불가항력이었어."

"잘도 말하네……. 그만 나가라고 명령해 주면 고맙겠는데."

세리나가 나를 노려보며 말했다. 다리에 힘이 풀려서 움직일 수 없는 모양이었다. 뭐, 그렇게나 헐떡여 댔으니.

"내 방이지만, 뭐, 됐어. 미나. 목욕물을 준비해 줘."

"알겠습니다."

후환이 두려우니 이쯤에서 관두기로 했다. 침대 시트에 피가 묻어있는 것으로 봐서 처녀라는 말은 사실인 모양이었다.

그래도 왼팔의 고통과 죽을 뻔한 공포에 비하면 이 정도쯤이야.

다음 날. 세리나는 이날도 내가 묵고 있는 여관을 찾아왔다. 처음에는 나를 죽이러 온 줄 알고 식겁했지만, 나한테 할 이야기가 있다는 모양이었다.

"이야기란 게 뭔데?"

"나를 한동안 네 파티에 넣어줘."

"어째서? 엘빈이나 케이지는 어쩌고."

"실은……."

세리나의 설명을 들어보니, 방침의 차이로 다투는 바람에 일시적으로 파티가 해산되었다고 한다.

"그랬군."

"나 때문일 거라고 말할 줄 알았는데."

"딱히. 너도 파티의 일원이니 어느 정도 원인을 제공했겠지만, 같은 세계에서 소환된 인간일 뿐 결국에는 생판 남이잖아?"

"뭐, 그렇긴 하지만. 그래도 같은 용사로서……."

"본인이 용사라는 의식은 얼른 버리는 게 좋아. 이 세계에서는 아무런 쓸모도 없어."

"윽…….."

짚이는 부분이 있는지 세리나도 입을 다물었다.

"파티에 넣어줄 수는 있지만 리더는 어디까지나 나야. 그래도 괜찮겠어?"

"응. 어차피 나는 리더에 어울리지 않는 것 같고."

"글쎄."

이 녀석이라면 충분히 가능해 보이는데. 다만 엘빈도 리더 타입이고, 케이지도 리더가 되고 싶은 눈치였다.

"사람들의 의견을 하나로 모은다는 건 생각보다 어려운 일이야."

"케이지라면 확실히 힘들겠지만…… 엘빈도 그래?"

"엘빈은 말이 통하는 편이지만 불만이 쌓인 눈치였어. 신중하게 가고 싶은가 봐."

"뭐, 당연하지. 나도 그러니까."

"하지만 엘빈은 너무 신중하다고나 할까……. 반대로 케이지는 계속 앞장서려 들고. 그러다가 엘빈이 마법을 배우고 싶다고 말하면서 파티를 해산하자는 쪽으로 이야기가 흘러갔어."

"사정은 대강 알겠어. 좋아, 상황을 봐서 괜찮겠다 싶으면 너도 우리 파티에 넣어줄게."

"정말로?"

"처음부터 그럴 목적으로 찾아온 거 아니었어?"

"반쯤은 거절당할 각오로 오긴 했지만 말이지……. 그리고 이상한 조건은 내걸기 없기다? 매일 섹스를 한다거나."

"그런 말은 꺼낸 적도 없잖아. 그렇게 하고 싶었어?"

"이 바보! 웃기시네! 내가 뭐가 아쉬워서……."

분하다는 듯이 아랫입술을 깨물며 시선을 피하는 세리나. 하지만 얼굴은 불그스름하게 물들어 있었다. 하긴, 그만큼 가버렸으니 섹스에 흥미가 생겼을지도 모른다.

"훗. 그 이야기는 이쯤 하고. 우선 스테이터스를 확인하겠어."

사실은 이게 나의 진짜 목적이었다. 세리나는 미인이고 속궁합도 좋지만, 여전히 반항적이라서 위험한 녀석이었다. 이참에 이 녀석의 능력을 파악해 두고 싶었다. 하지만…….

"어라?"

[파티 스테이터스 열람] 스킬이 발동하지 않았다.

"미안하지만 남의 스테이터스를 엿보지 말아 주겠어? 파티원으로서 제 역할은 하겠지만, 아직 너를 전폭적으로 신뢰하고 있는 건 아니야. 그러니 내 손패를 보여줄 생각은 없어."

"쳇. 서로의 능력을 파악해야 팀원 간의 연계가 제대로 이뤄질 거 아냐."

"실전에서 합을 맞춰보면 되잖아."

"그렇게 말해놓고 실전에서 내 목을 따려는 거지?"

"아니. 내가 더 강하기는 하지만 미나가 있는 한 무리일걸. 그리고 너도 약속은 지키는 사람 같으니까…… 아니지. 마지막에는 결국 약속을 어겼는걸. 그냥 관둘까……."

"뭐든 좋으니 마음대로 해. 그러면 이 이야기는 이걸로 끝이군.

우리는 모험을 마치고 돌아오는 길이라 오늘은 이만 쉬겠어. 파티에 들어올 생각이 있으면 내일 오후에 마을 입구로 집합해."

"오전에는, 아아, 도장에 다닌다고 했지."

"정보 수집이 빠르네."

"맞아. 같은 용사로서 뭘 하고 있는지 신경이 쓰였거든……."

"헤에. 내가 또 누구를 습격할까 봐 의심한 건 아니고?"

"그, 그럴 리 없잖아!"

정곡을 찌른 모양이었다.

"억지로 믿으라고는 안 하겠지만 나한테 먼저 폭력을 행사한건 네 쪽이야. 미나한테도 봉사를 강요한 적은 없어."

미나가 고개를 힘껏 끄덕였다.

"정말로?"

"끈질기네. 나중에 미나한테 직접 물어봐. 우리는 지금부터 합의하에 러브러브 섹스를 할 예정이니 얼른 나가주실까."

"미나한테 못 물어보게 하려고 내쫓는 거 같은데."

"귀찮은 녀석일세. 그러면 15분 줄게."

"더 줘."

"뭐? 됐어. 다음에 저녁 식사 때라도 물어보던가. 나중에 봐."

"앗, 잠깐!"

미나가 기력이 다한 세리나를 방 밖으로 내쫓았다. 세리나도 미나의 독립적인 태도를 느꼈는지 별다른 저항 없이 방을 나갔다.

"이제 시작할까."

"네."

이후로는 미나와 섹스 삼매경.

"주인님, 하앙, 세리나 씨를 어쩌실 생각인가요?"

"글쎄. 뭐, 쓸만한 녀석이면 영입해야지. 일단은 상황을 지켜보기로 하자."

"알겠습니다. 아앙!"

다음 날. 오전에는 도장에서 훈련을 하고, 오후에는 세리나와 이오네를 데리고 필드에서 사냥을 했다.

"하압!"

"좋아. 대충 알았어."

우리는 팀워크를 확인하기 위해 전투를 치렀다. 별다른 문제는 없어 보였다.

"실력이 제법이시네요, 세리나 씨."

이오네도 세리나를 칭찬했다. 실제로 세리나의 움직임은 좋은 편에 속했다.

"후후, 고마워. 이오네 씨도 대단하던걸. 역시 검술 도장의 따님이야."

세리나도 미소를 지으며 이오네를 칭찬했다. 두 사람은 금세 팀워크를 이루었다.

그 이후로도 우리는 사냥을 계속했고, 날이 저물기 시작하자 마을로 귀환했다.

"있잖아."

여관으로 돌아가려던 찰나 세리나가 내게 말을 걸었다.

"뭔데?"

"나도 그쪽으로 여관을 옮길까 해서. 일단은 파티원이잖아."

"원한다면 그렇게 해. 빈방도 남아있을 거야."

"알았어. 고마워."

같은 여관을 쓴다면 연락을 주고받기 쉬울 것이다. 파티원 간의 연락이 원활해서 나쁠 건 없었다.

그렇게 우리는 저녁 식사를 함께하고 방으로 돌아갔다. 여기까지는 좋았으나, 어째서인지 세리나가 내 방으로 따라 들어왔다.

"무슨 용건인데?"

"그냥 친목을 다질 겸 이야기나 하려고."

"안 돼. 나는 미나와 섹스를 할 거야. 얼른 나가."

"그러지 말고."

세리나를 고집을 부리며 밖으로 나가지 않았다. 흥, 마음대로 하라지. 나는 무시하고 미나를 안았다.

"저, 저기, 주인님. 세리나 씨가 보고 있어요, 아앙!"

"저 엿보기범은 네가 나한테 억지로 안긴다고 의심하고 있어. 미나, 네가 나를 사랑한다는 걸 확실하게 보여줘."

"알겠습니다. 그럼 실례할게요…… 으응."

미나는 내 하반신에 걸터앉아 스스로 허리를 움직이기 시작했다.

"어? 어어? 자, 자진해서……."

세리나는 당황하면서도 관심이 있는지 뚫어져라 우리를 쳐다보았다.

우리는 신경 쓰지 않고 섹스에 매진했다.

"아앙! 주인님, 주인니임!"

행위에 몰입해 미나를 절정으로 보내버렸을 즈음, 나는 방구석에서 자위를 하고 있는 세리나를 발견했다.

"으응, 하앙, 으으, 앞으로 조금이었는데……."

"이쪽으로 와."

나는 세리나를 번쩍 들어서 침대로 옮겼다.

"꺄악! 머, 멈춰. 나는 그럴 생각이……!"

"유혹하는 걸로밖에 안 보였는데?"

"아, 아니야. 앗, 잠깐, 정말로, 안 되는데……. 흐앙, 지금 만지면, 끄으응!"

하지만 세리나는 저항하지 않았고, 나는 적당히 애무를 하다가 기회를 봐서 삽입했다.

"흐윽, 아아아…… 다시, 끄윽, 두꺼운 게, 하윽, 안으로 들어왔어."

"그리웠나 보네."

"그, 그렇지 않아. 그렇지 않은데, 흐응, 아앙, 이거, 안 돼앳."

"말은 잘해요. 자기 스스로 허리를 흔들고 있으면서."

"흐앙, 아, 아니야, 이거, 기분이 너무 좋아서, 하앗! 뭔가가, 하앙, 잘못됐어, 좋아하지도 않는 상대한테, 아앗, 빼줘어!"

세리나는 그렇게 말하면서도 스스로 허리를 흔들고, 내 물건을 옥죄어 왔다.

키스를 하자 순순히 응하기까지 했다.

"좋아하지도 않는 상대한테 느끼다니. 음란한 녀석이네. 자, 가버려. 내가 여자의 기쁨을 가르쳐 주지."

자세를 후배위로 바꾼 나는 [레이프] 스킬을 이용해 거칠게 박아주었다. 하지만 그럼에도 세리나는 쾌락을 느끼며 최후의 절정을 맞이했다.

"아니야, 절대로, 절대로 가버린 게, 아앙, 안 되는데, 어째서 기분 좋은 거야, 아앗, 흐아아앗!"

흥분한 것은 나도 마찬가지였다. 나는 세리나의 얼굴에 정액을 흩뿌려 철저하게 능욕해 주었다.

제2장 고귀한 도적

프롤로그

도적단의 정보

다음 날. 아침에 눈을 뜨니 옆에서 세리나가 서럽게 울고 있었다. 귀찮네.

"흐흑, 흑. 나, 이런 남자한테…… 최악이야……."

"흥. 그렇게 싫으면 파티를 해제하고 솔로로 활동하든 다른 파티로 가버리든 하면 되잖아. 나는 너한테 강요한 적 없어."

살해당할 뻔한 몫은 섹스 한 번으로 청산됐다. 이제 서로에게 빚은 없었다.

"하지만 이 파티, 의외로 활동하기 편한걸. 게다가…… 흑, 으아앙!"

"대체 왜 그러는데. 섹스에 빠지게 돼서 불만인 거야?"

"그, 그런 거 아냐. 나, 성관계는 결혼을 약속한 상대랑 하기로 정했단 말야. 크리스마스 이브라던가."

"아하. 그렇게 하면 되잖아."

"하지만 이미 너한테 처녀를 줘버렸는걸."

"굳이 처녀일 필요가 있나? 나는 처녀 말고는 안을 생각이 없지만, 별로 신경 쓰지 않는 남자들도 많이 있어."

"그건…… 그럴지도 모르지만."

"알았으면 비켜."

"앗."

세리나가 흠칫하며 가슴을 가렸다. 내가 또 덮칠 것이라 생각한 모양이었다.

"걱정하지 마. 낮에는 모험을 나갈 거니까."

"아……. 으, 자기 여자로 만들었으면 좀 더 상냥하게 대하란 말야."

"착각하지 마, 세리나. 너와의 약속은 파티를 맺는 데까지야. 연인이 된 기억도 없거니와, 너도 나하고 결혼을 전제로 사귀고 있는 건 아니잖아."

"다, 당연하지! 누가 너 같은 인간하고 결혼을!"

"그러니 나도 너한테 상냥하게 대해 줄 의무가 없다는 거야."

"으윽."

여관 1층에서 미나와 아침을 먹고 있자니, 세리나가 어색한 태도로 우리에게 다가왔다.

"안녕히 주무셨어요, 세리나 씨. 오늘은 스프가 굉장히 맛있어요."

미나가 상냥하게 말을 걸었다. 세리나가 우는 모습을 목격한 것이리라. 착한 녀석.

"그래? 그러면 잘 먹을게. 아, 정말이네. 맛있다."

보아하니 기분은 많이 회복된 모양이었다. 가벼운 녀석.

"이제 미나와 나는 도장으로 가겠어."

"알았어. 나는 조사할 게 있어서 왕성에 다녀오려고."

"그래라."

우리는 도장을 방문해 검술 훈련을 받았다. 다만, 이오네는 오늘 없었다. 아직도 도적들을 수색하고 있는 모양이었다. 불구대천의 원수라고 생각하는 건가.

"나는 잠시 대장간에 다녀오마. 뒤를 부탁한다, 프리츠."

"네, 스승님."

"자리를 비운 동안 성방 교회에서 방문하거든 적당히 쫓아내거라."

"알고 있습니다. 쓸모없는 돌멩이를 살 사람은 아무도 없으니 안심해 주세요, 스승님."

프리츠가 쓴웃음을 지으며 말했다. 평범한 돌멩이를 성스러운 돌멩이라고 우기면서 신실한 사람들한테 팔아치우는 건가. 돈 벌기 참 쉽군.

"그래. 그럼 다녀오마."

웰버드가 도장을 비우기는 했지만 어차피 하루 종일 휘두르기만 할 예정이므로 문제는 없었다. 사범 대리인 프리츠도 이곳에 남아있고.

애초에 휘두르기 정도는 혼자서도 가능했다. 그렇게 하면 수강료도 굳을 것이다. 다만, 이곳에 오지 않으면 훈련할 기분이 나지 않았다.

"자, 다들 잠시 휴식이다."

"후우. 지쳤다. 있잖아, 프리츠. 휘두르기 같은 건 관두고 대련하자, 대련! 알렉하고 붙어보고 싶어."

"안 돼. 스승님이 계실 때 부탁해 봐."

프리츠는 사범 대리답게 엄격한 태도로 말했다.

"쳇."

우리는 툇마루에 앉아 미나가 끓여다 준 차를 마셨다.

"응?"

프리츠가 나를 보고 있었다.

"알렉, 나중에 따로 할 이야기가 있는데, 괜찮을까."

"알았어."

그렇게 오전의 훈련을 마친 뒤, 나는 프리츠와 함께 도장 뒤편으로 이동했다.

"이야기란 게 뭐지?"

"이오네에 관한 일이다만……."

"아아, 그건가. 아직 도적을 쫓고 있을걸."

"맞아. 그래서 말인데, 너도 이오네한테 한마디 해줬으면 해. 현상금이 걸릴 정도로 위험한 녀석이야. 어떤 스킬을 가지고 있을지 몰라. 왠지 불길한 예감이 든다."

"직접 설득하지 그래? 일단은 나도 말해 보겠지만 과연 들어줄까."

"아니, 함께 사냥을 나설 정도잖아. 이오네는 네가 마음에 든 모양이다."

그 부분은 나도 동감했기에 어깨를 으쓱였다. [매료] 스킬이 통한 것일까.

"잘 좀 부탁할게. 그리고 나도 너한테 질 생각은 없으니 그렇게 알아둬."

다짜고짜 라이벌 의식을 불태우다니. 역시 이 녀석은 이오네를 좋아했나 보군. 검술로 승부하면 나한테 승산은 없겠지만, 아무래도 프리츠는 남자의 매력으로 승부할 작정인 모양이었다. 좋을 대로 하라지.

나도 웰버드가 무서워서 이오네한테 손을 댈 생각은 없었다.

주점에서 미나와 점심 식사를 먹고 있을 때였다. 누군가가 주점 안으로 뛰어 들어왔다.

"큰일이야! 질풍의 오손이 블러드 섀도우한테 당했대!"

"뭐? 정말이야?!"

"오손이라면 꽤 유명한 검사잖아."

그러고 보니, 검사 길드에서 보여준 리스트에 오손이라는 이름의 검사가 있었다. 내 기억이 맞다면 B랭크였을 것이다.

"무시무시하네. 기사단도 애를 먹는 눈치고. 이래서는 마을이라고 안심할 수도 없겠어."

"걱정하지 마. 놈들이 노리는 건 여자니까. 섣불리 손대지 않으면 당하는 일은 없을 거야."

그렇군. 좋은 정보를 얻었다. 쓸데없이 손대지 말기로 하자.

"너무 무서워, 달링."

"안심해, 허니. 내가 목숨을 걸고 너를 지켜줄게."

옆 테이블에서 못생긴 게이 커플이 염장질을 했다. 짜증이 치미는군. 누가 한마디 하라고! 도적단이 노리는 건 여자라고 했잖아!

"주인님……."

미나도 살짝 불안한 눈치였다.

"걱정하지 마. 너는 그 도적단의 냄새를 기억하고 있잖아?"

"네. 하지만 제가 걱정하는 건 이오네 씨예요."

"하긴, 프리츠한테도 부탁을 받았으니. 오늘 만나면 손을 떼라고 설득해 볼게."

"네."

오후에는 평소처럼 사냥을 나설 예정이었다. 식사를 마친 나는 주점을 나가기 전에 잠깐 스킬 포인트를 확인했다.

"컥……."

그런데 어느샌가 새로운 스킬이 습득되어 있었다.

[스카○로지 LV1] New!

그, 그만둬! 이게 대체 뭐야!

하필이면 이런 스킬이라니!

죽을 때까지 봉인할 거야!

하마터면 바닥에 엎드려 통곡할 뻔했다.

"주인님, 왜 그러세요?"

"아무것도 아니야……."

제길, 기분을 잡쳤다. 분명히 그 게이 커플의 스킬일 것이다. 하필이면 그 녀석들의 스킬이라는 점도 생리적으로 받아들이기 힘들었다.

우욱. 헛구역질까지 올라왔다. 식후에 이게 웬 봉변이람.

설령 미나가 상대라도 이 스킬을 사용할 생각은 절대로 없었다. 나한테 이런 성벽은 없다.

스킬을 지워버릴 방법은 없는 걸까?

[스킬을 리셋하시겠습니까?]

안 한대도. 만에 하나 모든 스킬이 리셋되어 버리면 포인트 절반을 손해 보는 셈이다.

"후우."

미나가 초췌해진 나를 걱정스러운 눈으로 쳐다보았다. 나는 그런 미나를 데리고 모험가 길드로 향했다.

"알렉 씨!"

"아, 이오네. 무슨 일이야?"

다급하게 달려오는 이오네를 보고 내가 말했다. 성가신 일이 아니라면 좋을 텐데.

"블러드 섀도우가 머물고 있는 장소를 찾았어요."

"뭐?"

"일망타진을 하고 싶은데, 알렉 씨도 협력해 주실 수 있을까요?"

"글쎄, 우리는 초보자라서……."

"협력할게요."

뒤쪽에서 세리나의 목소리가 들려왔다. 등장하는 타이밍 한번

기가 막히는군.

"멋대로 수락하지 마. 이 파티의 리더는 나야."

"하지만 마을에서 살인까지 저지르는 녀석들을 내버려 둘 수는 없잖아? 애초에 내가 너를 죽일 뻔한 것도 그 녀석들 탓인걸."

"아니, 그건 네 잘못이야. 책임을 전가하지 마. 리더의 권한으로 제명해 버린다."

"윽, 알았어……."

"알렉 씨, 망만이라도 봐주시면 안 될까요? 제발 부탁드려요."

이오네가 거듭 부탁해 왔다. 하지만 아무리 미인의 부탁이라도 이쪽은 목숨이 걸린 문제다. 간단히 수락할 수는 없었다.

"다른 모험가나 병사들한테 부탁하면 되잖아. 굳이 초보자인 우리들한테 부탁할 필요가 있나?"

"아뇨, 그럴 수는 없어요. 그들 중에 도적단과 내통하고 있는 자가 있거든요."

이오네가 소리 죽여 말했다.

"그렇군. 내통자라."

내통자가 있다면 병사나 현상금 사냥꾼들한테 붙잡히지 않고 왕도에서 범행을 지속하는 것도 납득이 됐다.

"수락해 주신다는……."

"아니. 상황은 알겠지만 상대는 B랭크 검사도 해치웠다 들었어. 그리고 이오네, 프리츠도 널 걱정하고 있어."

"그 부분은 저한테 생각이 있어요. 상대는 여자를 노리고 있으니 제가 미끼가 된다면 방심을 유발할 수 있지 않을까요?"

"미끼라니. 너무 위험해. 그렇게까지 해야겠어?"

"네. 더 이상 범죄자들이 제가 사는 마을에서 멋대로 활개 치게 놔둘 수는 없어요. 제 친구도 피해를 당해서 웃는 법을 잃어버렸어요. 다른 사람들도 그런 짓을 당한다고 생각하니, 도저히……."

이오네가 진지한 얼굴로 말했다. 말려도 소용없을 듯하다.

"알겠어. 그러면 협력하지."

"고, 고맙습니다!"

"잘 생각했어!"

"단, 전투에 참가하는 건 세리나 혼자야."

"뭐? 알렉, 남자로서 멋진 모습을 보여줄 생각은 없는 거야?"

세리나가 말했다.

"딱히. 적어도 검술 실력에 있어서는 네가 나보다 위니까 하는 말이야. 이건 게임이 아냐. 목숨은 하나뿐이지. 죽으면 거기서 끝이야."

"뭐, 알았어. 이오네, 나도 도와줄게."

"고마워요, 세리나."

"그럼 몸조심들 해. 가자, 미나."

"저, 주인님. 저도 이오네 씨를 도와드리면 안 될까요? 저는 후각이 좋으니 쓸모가 있을 거예요."

확실히 미나의 후각이라면 도움이 되겠군.

"말리지는 않겠지만 무리하진 마. 네 목숨은 내 거니까."

"네!"

미나가 참가하기로 한 이상 나도 도적단의 아지트가 어디인지 정도는 파악해 두고 싶었다. 우리는 모험가 길드에서 나와 여관에서 구체적인 작전 계획을 세웠다. 행여나 내통자가 엿들을 수도 있기 때문이었다.

"그러면 나는 프리츠를 불러올게."

"네. 부탁드려요."

실력자는 한 명이라도 많은 편이 좋았다. 프리츠는 탐탁지 않아 하겠지만, 반한 여자가 위험한 상황에 처했으니 거절하진 못할 것이다.

제1화

블러드 섀도우

유명한 검사마저 격퇴해 버린 도적단, 블러드 섀도우.

이오네는 그들을 혼내줄 생각으로 가득했고, 세리나와 미나마저 돕겠다며 나섰다. 썩 마음이 내키진 않지만 세 사람이 당해버리면 곤란하므로 나도 도울 수 있는 선에서는 도와줄 생각이다. 물론 전투 이외의 방법으로.

"상황은 이해했어. 하필이면 스승님이 안 계실 때 이런 일이 터지다니."

프리츠가 투덜거렸다. 하지만 시간이 촉박해서 어쩔 수 없었다. 이오네가 발견한 것은 도적단의 아지트가 아니라 현재 머물러 있는 장소니까. 언제 돌아올지 모르는 웰버드를 하염없이 기다릴 수는 없었다.

"위험해질 것 같으면 이오네한테 도망치라고 말해."

"그래. 그럴 생각이야."

프리츠는 곧바로 장비를 갖춰 입었다.

"어라? 어딜 가는 거야, 프리츠?"

"급한 용무가 생겼거든. 빌리, 내가 돌아올 때까지 다른 녀석들의 훈련을 지켜봐 줘."

"응, 맡겨 둬!"

프리츠는 빌리를 전력으로 생각하지 않는 모양이었다. 하긴, 꼬맹이니까.

상점가가 늘어선 동쪽 지구의 뒷골목. 이곳은 왕도지만 버니어 왕국의 규모가 작은 탓인지 뒷골목에 들어서자 인기척이 확 줄어들었다. 눈앞에서는 늙은 노인이 의자에 가만히 앉아있었고, 그 맞은편에는 한 남성이 돗자리 위에서 나무로 조각을 하고 있었다.

그리고 길바닥에는 개똥이 굴러다녔다. 누가 좀 치워.

"여기가 정말 맞아?"

나는 뒷골목에서 기다리고 있던 세리나에게 물었다.

"그래. 미나가 냄새로 확인했어. 틀림없나 봐."

세리나가 고개를 끄덕였다.

미나는 [날카로운 후각 LV4]를 보유한 견인족 수인이다. 미나가 틀림없다고 말했다면 믿어도 좋을 것이다.

"머릿수는?"

프리츠가 물었다.

"다섯 명이야."

"많은걸……."

미간을 찌푸리는 프리츠. 사범 대리인 프리츠도 미지수의 실력을 가진 적을 다수 상대하는 건 불안한 모양이었다.

"그래도 기습을 하면 어떻게든 될 거야. 내가 스킬로 도적 한 명의 능력치를 확인했는데, 레벨은 8밖에 되지 않았어."

"다른 녀석들도 똑같다는 보장은 없어."

내가 말했다.

"맞아. 하지만 도적이 레벨을 열심히 올렸을 것 같지는…… 쉿!"

세리나가 손으로 멈추라는 신호를 보냈다.

그러자 세리나가 주시하고 있던 건물 2층에서 삐걱거리는 소리가 들리더니, 누군가가 계단을 내려와 입이 찢어져라 하품을 했다. 이제 막 잠에서 깬 모양이었다. 눈매도 아직 졸려 보였다.

나는 스킬을 사용해 도적을 [감정]해 보았다.

〈명칭〉 도적E 〈레벨〉 9 〈클래스〉 도적
〈종족〉 인간 〈성별〉 남자
〈HP〉 52
[해설]
도적단 블러드 섀도우의 일원.
불량배.
나태한 성격. 때때로 선공을 함.

오, 레벨이 보였다.

여관 주인과 세리나에게 [감정] 스킬을 사용했을 때는 레벨이 보이지 않았다. 도적의 레벨이 나보다 낮아서 간파할 수 있었던 건가?

다만, 이 녀석의 HP는 내 절반도 되지 않았다. 레벨 차이가 1밖에 되지 않는데도 말이다. 부상을 입은 것 같지는 않으니 이것이 최대 HP라고 봐도 무방할 것이다.

같은 인간이라도 클래스와 기본 능력치에 따라 상당한 차이가 나는 모양이다.

"9레벨이야."

내가 작은 목소리로 말했다.

"해볼 만하겠네. 장비도 없어."

세리나가 고개를 끄덕이자 이오네는 말했다.

"세리나 씨는 골목길을 우회해서 도적들의 뒤를 노려주세요. 그동안 제가 주의를 끌고 있을게요."

"알았어. 조심해."

"나도 뒤쪽으로 돌아가지. 이오네, 무리하지 마."

"네."

세리나와 프리츠는 작전을 수행하기 위해 일단 뒷골목을 빠져 나갔다.

"저기요, 잠깐 괜찮으세요?"

이오네가 앞으로 나가 도적에게 말을 걸었다. 부자연스럽게 자신의 머리카락을 쓸어내리면서. ……저걸 유혹이라고 하는 건가?

"이오네 씨……."

미나조차 안쓰러울 표정을 지을 정도였다. 눈 뜨고 봐주기 힘들군.

"앙? 뭐야? 오오."

하지만 도적은 이오네의 가슴에 마음을 빼앗긴 듯했다. 하긴, 저 폭유라면 무리도 아니다. 갑옷 너머로도 존재감이 전해져 올 정도니.

"실은 갑갑해서……."

이오네도 도적의 시선을 알아챘는지 갑옷의 이음매에 손을 얹고 요염하게 만지작거리기 시작했다.

"오, 오오? 갑옷을 벗고 싶은 건가? 벗고 싶은 거구나! 내가 가슴을 마구 주물러 주길 바라는 거구나!"

"우후후……."

"이얍! 아니거든, 바보야!"

골목길을 돌아온 세리나가 뒤에서 검을 휘둘렀고, 프리츠도 찌르기로 협공을 했다. 도적은 그대로 무너져 내렸다.

"낙승이네."

세리나가 웃으며 윙크를 했다. 하지만 우리는 이제 고작 한 명을 쓰러트렸을 뿐이다. 그것도 기습으로.

나는 주변을 경계했다. 노인은 별다른 관심을 보이지 않았고, 조각을 하던 남자는 위험을 감지하고 도망친 모양이었다. 그 외에 사람은 없었다.

"이제 어쩌지?"

프리츠가 물었다.

"다른 도적들도 잠들어 있을지 몰라. 쳐들어가자."

"알겠다."

"네."

나는 미나에게 눈짓으로 따라가지 말라는 신호를 보냈다. 미나는 고개를 끄덕였다.

"내가 앞장서겠어."

프리츠가 발소리를 죽이며 계단을 올라갔고, 세리나와 이오네가 그 뒤를 따랐다.

잠시 후, 2층에서 도적의 것으로 추정되는 비명 소리가 울려 퍼졌다.

"뭐, 뭐야 네놈들은! 제길!"

"히익! 사, 살려줘! 으아악!"

무사히 해치웠나?

여기서는 내부의 상황이 보이지 않아서 기다릴 수밖에 없었다.

"위험해!"

세리나의 목소리가 들려왔다.

"꺄악!"

"이오네! 젠장!"

이, 이런. 실패한 건가?

나는 만약을 위해서 검을 뽑았다. 미나도 검을 뽑아 전투 태세에 돌입했다.

콰앙! 2층의 문이 화려하게 박살 나더니 거구의 남자가 모습을 드러냈다. 그는 도끼를 움켜쥐고 쿵쿵거리며 계단을 내려왔다.

"쳇, 아직 동료가 남아있었나?!"

나를 목격한 거구의 남자는 계단을 마저 내려와 자리에 멈춰 섰다.

"놓치지 않겠어!"

세리나도 2층에서 뛰어내렸지만 곧바로 공격에 나서지는 않았다.

나는 곧바로 이 남자에게 [감정] 스킬을 사용했다.

〈명칭〉 가르돈 〈레벨〉 ??
〈클래스〉 도적 〈종족〉 인간 〈성별〉 남자

〈HP〉 552

[해설]

도적단 블러드 섀도우의 일원.

불량배.

활동적인 성격. 적극적으로 상대를 공격한다.

"제길, 레벨이 안 보여."

"흥. 가르쳐 주마. 이 몸의 레벨은 34다."

"뭐라고?!"

이봐, 너무 강하잖아. 이쪽의 레벨은 10이라고.

나는 미나에게 공격하지 말라고 신호했다. 나 역시도 물러날 생각이었다.

"나를 막아서다니 건방지군. 네 스킬도 받아가마!"

남자는 그렇게 말하며 도끼를 움켜쥐지 않은 왼손을 내게 내밀었다.

이 자식……! [스킬 강탈]을 가지고 있구나!

"미나! 세리나! 너희 모두 물러나…… 크윽!"

"알렉!"

"주인님!"

아무 짓도 당하지 않았건만 몸에서 이상한 충격이 느껴졌다.

그런 건가. 큰일이다.

어떤 스킬을 빼앗겼는지는 모르지만 레어 스킬이라면 뼈아픈 손해다.

"헤헤헷, 네 녀석의 스킬을 빼앗았다. 이제 더는 이 스킬 사용하지 못하겠지."

과연. B랭크의 검사가 당할 만도 했다. 필살기를 빼앗기기라도 하면 단숨에 형세가 역전될 테니까.

세리나 이 바보 녀석. 엄청나게 위험한 녀석이 남아있었잖아!

"그나저나 이건 대체 무슨 스킬이지? 들어본 적이 없는데. 스카ㅇ로지?"

뭐야, 빼앗긴 스킬이 저거였구나…….

"가르돈, 한 가지 충고하지. 절대로 그 스킬을 사용하지 마. 반드시 후회할 거다."

나는 가르돈을 노려보며 말했다.

"흐헤헤. 그런 말을 들으면 사용할 수밖에 없잖아."

가르돈이 씨익 웃으며 말했다. 바보 녀석.

"응? 으응? 쿵쿵. 어디서 맛있는 냄새가…… 아, 아니야, 이 냄새는! 우왓, 그, 그만둬! 멍청아! 그건 먹는 게 아니라고! 히이이익! 제발 멈춰어!"

가르돈은 네발로 엎드린 자세가 되더니 길가로 다가갔다. 얼굴을 잔뜩 찌푸린 걸로 봐서 몸이 말을 듣지 않는 듯했다. [스카ㅇ로지] 스킬은 길가의 개똥도 '가능'한가 보군. 우웩.

"뭐 하고 있어, 세리나. 지금이야."

지금이라면 충분히 쓰러트릴 수 있을 것이다. 하지만 갑자기 공격당할 수도 있으므로 나는 다가가지 않았다.

"아, 알았어…… 하앗!"

창백한 얼굴로 질겁하고 있던 세리나는 정신을 차렸는지 가르
돈을 향해 검을 내리쳤다.

"크아악! 제길! 움직일 수가 없어……!"

"끈질기네……. 스타라이트 어택!"

세리나의 검에서 노란색의 별빛이 뿜어져 나왔다. 그리고 다음
순간, 가르돈은 숨을 거두었다.

허무하군.

방금 그게 세리나의 필살기인가?

제법 강력한걸.

당분간 세리나를 적으로 돌리는 건 관두기로 하자.

[레벨이 3 올랐다!]

[레벨이 13이 되었다]

[공격력이 10 올랐다!]

[방어력이 8 올랐다!]

[스피드가 9 올랐다!]

[최대 HP가 19 올랐다!]

[최대 TP가 12 올랐다!]

[스킬 포인트를 34포인트 획득]

막타를 치지 않았는데도 이 정도나 오르다니. 제대로 싸웠다면
큰일 났겠어…….

"세리나. 이오네는 어떻게 됐어?"

나는 2층이 신경 쓰여서 물었다.

"저 남자의 스킬에 당해서 그만……. 그래도 치명상은 아니야."

그 말을 듣고 안심했다.

이윽고 프리츠가 이오네를 업고 계단을 내려왔다. 이오네의 옆 구리에서는 피가 흐르고 있었다. 상당히 큰 상처다.

"쓰러트려 줬구나. 나는 이오네를 신전에 데리고 가겠어."

프리츠가 말했다.

"그래. 뒤처리는 우리가 해둘게."

"죄송해요……."

이오네가 사과했지만 딱히 원망할 생각은 없었다.

그래도 두고두고 죄책감을 느낄 인물이므로 [헌팅 LV2]와 [카운셀링 LV1] 스킬을 사용해 격려의 말을 건넸다.

"걱정하지 마. 다 끝났어."

고작 이거냐. 쓸모없는 스킬 같으니. 별로 기대도 안 했지만.

"네……."

"주인님, 저는 병사를 불러올게요."

"그래. 부탁해."

미나는 병사를 부르러 경비 초소로 달려갔다.

"……있잖아, 어째서 그런 스킬을……."

마음에 걸렸는지 세리나가 물었다.

"아무 말도 하지 마. 어쩌다 우연히 배웠을 뿐이야. 본의가 아니었어."

"그렇구나. 난, 저기, 그런 플레이는 무리라서……."

"어쩌다 얻은 거라니까! 나한테도 무리라고, 그건!"

"알았어. 휴우. 다행이다."

세리나가 가슴을 쓸어내리며 말했다. 일반적인 플레이라면 상관없는 모양이다.

살짝 건방진 구석은 있지만 몸매가 좋으니 봐주기로 하자. 적당히 어울려 주겠어.

"난 생존자가 있는지 찾아보고 올게."

"그래."

세리나는 도적들이 머물러 있던 2층으로 향했다.

한가하다.

하지만 시체 처리를 거들어 줄 생각은 없었다.

그런데 그때, 한 대의 고급스러운 마차가 눈앞에서 정차했다.

흑돼지 문장이 마차와 묘한 위화감을 불러일으켰다.

이윽고 마차에서 뚱뚱한 중년의 남성이 내려왔다.

귀족인가 보군.

엮이면 귀찮아질 듯하니 무시하기로 했다. 게다가 이 녀석의 번들거리는 머릿결이 생리적인 거부감을 불러일으켰다.

내가 자리를 뜨려고 하자, 귀족이 내게 말을 걸었다.

"이봐, 뭘 하고 있나. 가르돈을 불러라."

"가르돈이라면……."

"네 두목 이름이다."

아무래도 이 녀석은 나를 도적단의 일원으로 오해하고 있는 모양이다.

　길바닥에 시체가 두 구나 굴러다니고 있는데 아무것도 눈치채지 못한 건가?

제2화
리오트 남작

도적단 블러드 섀도우의 두목, 가르돈을 쓰러트렸으니 사건은 마무리된 줄 알았다.

그런데 웬 뚱뚱한 귀족이 나타나 가르돈을 불러오라 말하고 있었다.

아무래도 불길한 예감이 들었다.

"본 적이 없는 얼굴인데, 신입인가?"

뚱뚱한 귀족이 내게 물었다.

"네, 그런데요."

내 직감이 맞다면 여기서는 부정하지 않는 게 좋을 듯했다. [예감 LV1] 스킬도 있으니 믿어보기로 했다.

"그럼 기억해 둬라. 나는 리오트 남작. 네 고용주다."

도적을 고용했다고? 도적인지 모르고 고용했을 가능성도 배제할 수는 없지만……

"그렇군요. 제가 실례를 저질렀네요."

"그래. 어서 가르돈을 불러와라. 다음 의식까지 기다릴 수가 있어야지. 오늘은 유부녀와 하고 싶은 기분이야. 크크큭."

황당한 녀석일세. 이 녀석도 블러드 섀도우의 일원인 모양이다. 게다가 플레이 취향도 악랄하기 그지없다.

"알렉, 문제없어. 도적단은 전멸했어."

2층에서 내려온 세리나가 제지할 새도 없이 말했다. 게다가 내 이름까지 언급해 버렸다.

"뭐, 뭐라고?"

"누구야? 이 사람."

"리오트 남작. 도적단의 고용주인데, 성범죄 동료인가 봐."

"뭐어?!"

"이, 이게 어떻게 된 거냐! 윽, 저기에 쓰러져 있는 건 가르돈이 잖나! 제길. 네놈들, 현상금 사냥꾼이렷다? 마차를 출발시켜라! 지금 당장!"

남작이 도주하기 시작했다. 여기서 놓치면 나는 죽은 목숨이다.

"세리나! 마부를 해치워!"

"아, 알았어."

나는 마차에 올라타려는 남작에게 검을 휘둘렀다.

"크악! 이, 이 자식. 평민이 귀족에게 상처를 입히면 사형이다! 알고 있느냐!"

"물론 잘 알지. 그래서 이렇게 입막음을 하는 거잖아."

"뭐?! 머, 멈춰! 돈이라면 얼마든지, 크헉!"

그것이 남작의 마지막 말이었다. 남작의 새끼손가락에 끼워진 백장미 모양의 반지가 흘러내린 피로 붉게 물들었다.

후, 죽었나.

사람을 죽여본 건 처음이었다. 기분이 썩 좋지는 않군.

"어쩔 거야, 이거……."

세리나가 어찌할 바를 모르고 물었다.

"우리는 남작을 습격한 도적을 쓰러트린 거야. 남작의 상처를 치료하려 했지만 아쉽게도 한발 늦고 말았다, 라는 거지."

"글쎄. 솔직하게 말하는 편이⋯⋯."

"안 돼. 그러면 위험하다고 내 직감이 말하고 있어. 게다가 상대는 귀족이야. 우리가 아무리 용사라도 봐주지 않을걸. 설령 이녀석이 유죄라 하더라도 말야."

나도 이 세계의 형벌에 대해서 자세히 알지는 못했다. 하지만 귀족이라면 평민을 노리개로 삼아도 큰 죄를 받지 않을 가능성이 컸다. 반대로 나는 무저항인 귀족을 살해한 몸이다.

남작에게 내 얼굴과 이름이 알려진 이상, 도주를 허용한다면 남작은 틀림없이 보복해 올 것이다. 나를 살인 용의로 심문하는 병사들에게 "보복당할까 봐 두려웠어요"라고 털어놓는다고 정당방위가 성립될 리도 만무했다.

"정말? 하긴, 그런가⋯⋯. 귀족제 국가니까. 이곳은⋯⋯."

어느 쪽이든 선택의 여지가 없었다. 게다가 이 뚱뚱한 귀족은 도적과 짜고 여자들을 겁탈하고 다니는 쓰레기다. 차라리 죽는 쪽이 세상을 위한 길이었다.

"세리나. 은화 가진 거 있어?"

"어? 응, 있기는 한데."

"그러면 하나만 줘봐."

나는 세리나에게 은화를 받아 멍하니 앉아있는 노인의 손에 쥐여 주었다.

"입막음 비용이야. 알겠지?"

노인은 씨익 웃으며 엄지를 치켜들었다. 멍한 척하는 걸로 한 꽤 두둑하게 챙겼군.

이 자를 신용해도 괜찮을지는 나도 자신이 없었지만, 사건과 무관한 노인을 죽이면 잠자리가 뒤숭숭해질 게 뻔했다.

나는 모험가 길드에서 도적 두목 가르돈과 부하들에게 걸려 있던 현상금 1400골드를 수령했다.

이번에 도적단 토벌에 참여했던 것은 프리츠를 포함해 다섯 명. 인원수대로 공평하게 나누자 내게 들어온 금액은 280골드에 불과했다. 하지만 현상금을 받은 것만으로도 감지덕지였다.

한편, 리오트 남작가에서는 남작의 원수를 갚아준 데 대하여 보답하고 싶다며 면담을 요청해 왔다. 하지만 나는 겸손하게 거절해 두었다.

남작가에서는 아무것도 눈치채지 못한 모양이지만, 그래도 쓸데없이 엮이고 싶지 않았다.

다음 날, 나는 언제나처럼 검술 도장으로 향했다.

"어서 와라, 알렉. 안으로 들어가서 이야기를 좀 나눴으면 하는데."

웰버드가 나를 안으로 불러들였다. 딸인 이오네를 위험에 빠트려 잔소리를 하려는 모양이다. 생각이 제대로 박힌 인물이므로 누구처럼 다짜고짜 검부터 휘두르지는 않을 테지만, 그래도 긴장되었다.

"미나, 그렇게 경계할 거 없다. 나는 너희에게 고맙다는 말을 하려는 것뿐이니까."

"아. 실례했습니다, 스승님."

"그래. 앉아서 차부터 들지. 대략적인 이야기는 이오네와 프리츠에게 들었다. 이번 일에 부정적이던 너를 이오네가 억지로 끌어들였다더군. 미안하게 됐다."

머리를 숙이는 웰버드

"아닙니다. 고개를 드세요, 스승님. 세리나, 아니, 저희 파티원들도 적극적으로 관심을 보였거든요."

"하지만 가르돈은 상당한 실력자라고 들었다. 며칠 전 토벌에 나섰다가 실패했던 오손이 내 동문이었거든. 같은 스승 밑에서 검을 배웠던 사이지. 그 오손이 당했다고 들었을 땐 간담이 서늘해지더구나. 내가 있었다면 말렸을 텐데. 내 딸이지만 겁이 없어서 큰일이야."

"이오네의 상태는 어떤가요?"

"상처가 아직 다 낫지는 않았지만 큰 지장은 없다. 2, 3일 안정을 취하면 괜찮을 거다."

프리츠가 신전에 데려갔다고는 하지만, 이쪽 세계에서는 상처 회복이 상당히 빠른 편이구나. 그리고 보니 약초의 효과도 굉장했다.

"네가 없었다면 이오네도 도적들에게 몹쓸 꼴을 당했겠지. 이번 일을 교훈으로 삼아서 좀 더 신중한 아이가 되었으면 좋겠군. 고맙다, 알렉."

웰버드가 다시금 머리를 숙였다.

"아뇨, 고개를 드세요. 가르돈을 쓰러트린 건 세리나입니다. 저는 별로 한 게 없어요."

"하지만 파티의 리더는 너라고 들었다. 한 걸음이라도 헛디뎠다면 파티에서 사망자가 발생했을지도 몰라. 나를 생각해서 그랬겠지만, 앞으로는 이오네가 무리한 부탁을 하더라도 받아들이지 않아도 된다."

"네, 그러겠습니다."

"그래. 보답이라 하기에는 뭣하지만, 앞으로 너희 두 사람의 수강료는 받지 않으마. 앞으로도 이오네를 잘 보살펴다오."

"알겠습니다."

"그나저나, 내 딸아이가 검술 초보인 네게 관심을 보이는 게 신기하단 말이지. 모험가라면 제자 중에도 몇 명이나 있었는데 말이야……."

그건 [매료☆ LV3] 스킬 덕분입니다, 아버님. 말하면 저를 베어버리실 것 같으니 비밀로 하겠습니다.

"주인님은 병에 걸린 저를 사들여 치료해 주신 훌륭한 분이세요."

미나가 자랑스럽게 말했다. 뭐, 병을 치료해 준 건 사실이다. 흑심이 가득하긴 했지만.

"그런가. 일부러 병에 걸린 노예를 사들이다니, 존경할 만한 사내구나. 좋아! 그러면 오늘의 훈련을 시작해 볼까."

""네.""

우리는 훈련을 위해 마당으로 나왔다.

"오, 알렉! 들었어! 블러드 섀도우를 쓰러트렸다면서! 굉장한데!"

빌리가 눈을 반짝이며 달려왔다. 만약에 이 녀석이 그 자리에 있었다면 쓰러트린 방법에 대해서 온갖 비난을 했을 것이다.

"아마도."

"아마도는 또 뭐야. 네가 해치웠잖아. 캬, 멋있어!"

"빌리. 와서 줄부터 서라. 이야기는 훈련이 끝난 뒤에도 얼마든지 들을 수 있잖아."

프리츠가 성실한 성격답게 말했다.

"쳇. 너무하네. 잠깐 정도는 괜찮잖아."

"안 돼. 스승님, 오늘도 잘 부탁드립니다!"

""잘 부탁드립니다!""

"그래. 그럼 시작하지."

훈련을 마치고 점심을 먹은 뒤, 나는 미나와 세리나를 데리고 토끼 사냥에 나섰다.

토끼를 한 마리 쓰러트리자 세리나가 말했다.

"있잖아, 우리 실력이면 이런 몬스터를 사냥하는 것보다 던전에 들어가는 게 낫지 않을까? 남쪽에 초보자용 동굴이 있다고 들었어. 그러는 편이……."

효율이 좋다 이건가. 안전이 담보되지 않은 효율 따위 개나 주라지.

"안 돼. 도적단과의 전투를 벌써 잊었어? 레벨이 30을 넘는 녀석과 만나서 하마터면 파티에 사망자가 나올 뻔했다고."

"그건…… 알겠어. 미안해. 네 말대로야, 알렉."

세리나가 진지한 얼굴로 사과했다. 제대로 반성하고 있는 모양이었다.

그렇게 우리는 열심히 토끼를 사냥해 나갔다.

"오! 나왔다, 붉은 보주!"

[행운] 스킬을 1 올려서 MAX로 만든 보람이 있었다.

[레어 아이템 확률 업 LV4] 스킬은 다음 레벨로 넘어가는 데 필요한 포인트가 무려 500이라서 포기할 수밖에 없었다.

"응? 아아, 보주가 나왔구나."

반응을 보니 세리나도 한두 개 정도 획득한 적이 있는 모양이었다.

"이건 내가 맡아두겠어. 옥션에 출품할 거다."

나는 작은 주머니에 보주를 소중히 넣어두었다.

"아하, 팔려고? 얼마에 팔리는데?"

"저번 경매에서는 5만에 팔렸어. 수수료로 1만이나 지불했지만."

"가격이 꽤 나가네. 나도 사용하지 말고 챙겨둘 걸 그랬나."

이후로도 사냥을 이어나갔지만 더는 아무것도 나오지 않았다. 역시 고가의 레어 아이템은 쉽게 드롭되지 않는 모양이다.

그래도 사냥을 계속하다 보면 언젠가는 또 나올 것이다.

메를로의 말에 따르면 밤일 전용 노예는 10만에서 15만 골드 사이라는 모양이었다. 앞으로 보주를 두 개만 더 획득하면 거래가 가능했다.

어차피 미나한테는 식사와 장비만 제공하면 되고, 세리나한테는 전투원을 보충하기 위해서라고 둘러대면 낙찰금 분배를 미뤄도 용납해 줄 것이다.

후후.

새로운 노예를 영입할 생각에 기대감이 부풀어 오르는구나.

"좋아. 오늘은 이쯤 하고 저녁이나 먹으러 가자."

"그래, 알았어."

"네, 주인님!"

우리는 부자가 된 기분을 느끼며 주점에서 호화로운 식사를 주문했다. 그렇게 식사를 마치고 여관으로 돌아가려던 때였다.

"꺄악!"

"윽."

주점을 나서기가 무섭게 작은 소녀와 부딪치고 말았다. 나는 멀쩡했지만 소녀는 뒤쪽으로 벌러덩 나동그라졌다.

로브를 뒤집어쓰고 있어서 얼굴은 잘 보이지 않았다.

"괜찮아?"

"괘, 괜찮아요. 죄송합니다!"

급한 용무라도 있는지 소녀는 죄송하다는 말을 남기고 곧바로 달려가 버렸다.

"뭐가 저렇게 급한 걸까."

"그러게요……."

세리나와 미나도 신경이 쓰이는 눈치였다. 그렇지만 다친 사람은 없으니 됐다. 다른 사람의 사정 따위 내가 알 바 아니다.

여관으로 돌아온 나는 장비를 풀고 침대에 걸터앉았다. 스킬을 점검하기 위해서였다.

[소매치기 LV1] New!

또 새로운 스킬이 늘어났다. 이번에도 나의 [스킬 카피 LV1]이 발동한 모양이다.

그런데 그때 문득 불길한 생각이 들었다. 나는 혹시나 하는 마음에 보주가 든 주머니를 확인해 보았다.

주머니가 사라져 있었다.

"제길! 그 망할 꼬맹이!"

제3화

리리

소매치기당했다.

어렵게 획득한 레어 아이템을.

나란 인간이 어린 소녀라는 이유로 방심하고 말았다.

허나!

이쪽에는 [날카로운 후각☆ LV4] 스킬을 가진 견인족 소녀, 미나가 있다.

"쫓을 수 있겠어, 미나?"

"물론이에요, 주인님."

내가 묻자 자신만만하게 고개를 끄덕이는 미나.

듬직한 노예다.

"그 아이, 일주일 정도는 목욕을 하지 않은 것 같더라고요. 냄새가 지독했어요. 오늘도 상하기 직전의 음식물 쓰레기를 뒤적거렸을 거예요."

"그, 그래? 듣고 보니 가엾네……."

세리나가 동정심을 느낀 듯 말했다. 하지만 나의 노예 하렘 계획을 방해한 녀석에게 자비란 없다.

방금 전에 배운 [스팽킹 LV2] 스킬로 단단히 혼쭐을 내주겠어.

우리는 마을의 불빛에 기대어 밤길을 걸어갔다.

떠들썩한 주점을 지나쳐 뒷골목으로 들어가자, 우리 세 사람의 갑옷 소리만이 절그럭절그럭 울려 퍼졌다. 주민들은 이미 잠에 든 모양이었다.

"가까워요."

미나가 뒤를 돌아보며 속삭였다.

"좋아. 여기서부터는 신중하게 가자."

"그래. 적은 한 명뿐이니까."

세리나가 말했다. 이 녀석도 기척을 탐지하는 부류의 스킬을 보유하고 있는 모양이다.

그 꼬맹이 하나라면 어렵지 않게 붙잡을 수 있을 것이다.

다른 건물들로부터 멀찍이 떨어진 장소에 지붕이 무너져 내린 폐가가 하나 세워져 있었다. 예전에는 그럭저럭 훌륭한 건물이었던 모양이다.

폐가의 뒤뜰로 숨어든 우리는 숨을 죽이고 벽 뒤에 대기했다.

"이야, 별거 아니네. 설마 보주를 가지고 있을 줄이야. 그 아저씨도 생긴 것치고는 제법인걸. 그래 봤자 완전히 무방비하긴 했지만. 귀중품을 호주머니에 집어넣고 다니다니, 그냥 얼간이야, 얼간이. 아하핫."

지금이라도 실컷 떠들어라, 꼬맹아.

내가 눈짓하자 세리나가 퇴로를 차단하기 위해 정문으로 이동했다.

"이걸로 침대를 살까? 아니지, 우선 비가 새는 것부터 고쳐야 해. 욕조도 들여놓고 싶고……."

어라? 방금 이 녀석, 대야가 아니라 욕조라고 말했다. 이 세계에서 욕조는 상류 계급의 전유물이라고 세리나가 투덜거리는 것을 들은 적이 있다.

뭐, 그런 건 아무래도 좋다.

지금쯤이면 세리나도 정문에 도착했을 것이다.

"가자, 미나."

"네."

나보다 운동 신경이 좋은 미나를 먼저 보내고, 나는 그 뒤를 따라갔다.

"누구야?!"

우리의 기척을 느낀 모양이지만 이미 늦었다.

상대는 나이프를 들고 돌파하려 했지만 미나가 다리를 휘둘러 가볍게 넘어뜨렸다. 미나는 넘어진 소녀의 등을 억눌러 완벽하게 제압한 뒤, 나이프까지 빼앗아 버렸다.

"잘했어, 미나. 세리나도 이제 됐어."

"응. 별거 없었네."

딱히 동료가 있어 보이지는 않았다. 설령 있다고 하더라도 기척 탐지가 가능한 세리나와 뛰어난 후각을 지닌 미나가 있으면 기습을 당할 일은 없을 것이다.

"자, 나한테서 훔친 물건을 돌려주실까."

내가 넘어진 소녀의 후드를 벗기며 말했다. 촛불의 빛이 약해서 확실하진 않지만 머리카락은 핑크색인 듯했다. 이쪽 세계에서 파란색 머리카락을 본 적은 있지만 핑크색은 처음이었다.

"훔친 물건이라니? 으윽?!"

여기까지 와서 시치미를 떼다니. 나는 건방진 꼬맹이의 얼굴에 펀치를 먹여주었다.

"아, 알렉! 상대는 여자라구!"

세리나가 나를 비난했다.

"그게 어쨌는데. 남녀평등 펀치야."

"뭐어? 정말 그러고도 용사야……?"

"딱히 시켜달라고 한 적은 없어. 어쩌다 보니까 되었을 뿐이지."

"어휴. 그리고 너도 다른 사람의 물건을 훔치면 안 돼. 얼른 돌려줘."

"흥. 살아남기 위해서 훔치는 게 뭐가 나빠?"

반성의 기미가 없군.

"어, 어어? 뭐가 나쁘냐니……."

"당연히 나쁘지. 움직이지 못할 정도로 몸이 불편한 것도 아니잖아. 마을 밖에서 약초를 모으면 생활하는 데는 문제가 없을 텐데."

"그건 모험가 카드가 있는 사람이나 할 수 있는 소리지. 나한테는 없어."

"어째서?"

세리나가 물었다.

"그건……."

"물어볼 것도 없군. 과거에 범죄를 저질렀거나, 의뢰에 실패해서 압수당했거나 둘 중 하나겠지. 자업자득이다."

"크윽!"

내가 말하자 소녀는 분한 듯 입술을 깨물었다. 예상이 얼추 적중한 듯했다.

"자, 내놔. 지금이라면 처녀막과 스팽킹 정도로 용서해 줄 테니까."

"무슨 소리야, 알렉!"

"주, 주인님……."

세리나는 둘째치고 미나까지 정색하게 만들고 말았다. 어쩔 수 없지.

"어쨌든 돌려주면 용서해 주마. 자, 얼른."

"흥. 이미 나한텐 없어."

"뭐? 쳇. 미나, 이 녀석을 발가벗겨."

"네."

미나가 로브를 벗겼지만 소녀는 저항하지 않았다. 심지어 안쪽은 노팬티였다. 속옷 정도는 챙겨 입으라고.

게다가 더러워서 그런지 털이 하나도 없는데도 전혀 흥분되지 않았다.

"자, 조사하고 싶으면 얼마든지 해봐. 벌써 써버려서 돌려줄 방법이 없지만 말야."

제기랄! 그새 아이템으로 사용해 버린 건가!

배를 걷어차 버릴까 했지만 그런다고 보주가 돌아오는 것이 아니니 관두었다. 어차피 내일 사냥하다 보면 한 개 정도는 나올 테니까.

나는 체념하며 물었다.

"네 이름은?"

"리리아나 폰 발렌시아. 부르기 힘들 테니까 리리라고 불러."

"응? 귀족이야?"

"글쎄? 적어도 지금은 아니야."

리리가 자조적인 목소리로 말했다. 정말로 귀족이었던 모양이다. 망해도 제대로 망했군.

"후우. 미나, 먼저 돌아가서 여관 주인한테 목욕물을 준비해 달라고 말해줘."

"네! 주인님!"

내가 리리를 돌봐줄 생각이라는 걸 눈치챈 것일까. 미나는 기뻐하며 고개를 끄덕이더니 여관으로 달려갔다.

"리리, 거래다. 얌전히 따라오면 목욕물과 내일 먹을 밥을 보증하지."

"……무슨 짓을 시키려고? 청부 살인이라면 사양하겠어."

"토끼 사냥을 거들게 하려는 것뿐이야. 너한테 돈을 버는 방법을 가르쳐 주지. 4만 골드를 벌어서 갚을 때까지 내 지시대로 일해줘야겠어."

"4만 골드라니, 무리야……."

"네가 생각하는 만큼 어렵지는 않아. 뭐, 어차피 거부권은 없어. 세리나, 데리고 가."

"알았어. 자, 여관으로 가서 목욕부터 하자. 여자아이라면 몸을 깨끗이 해야지."

"흐윽……."

자신의 처지를 비관한 것일까, 아니면 세리나의 상냥한 목소리에 마음이 약해진 것일까. 리리는 눈물을 글썽이며 순순히 우리들을 따라왔다.

"손님, 가급적이면 깨끗한 노예를 데려와 주세요."

여관으로 돌아가자 주인 아저씨가 투덜거렸다. 나도 그러고 싶다.

"저 녀석은 노예가 아니야. 뭐, 다음부터는 조심할게."

"부탁드립니다."

미나에게 리리를 맡겨놓고 방으로 돌아간 나는 침대에 앉아 기다렸다. 살짝 기대되는걸.

"알렉, [스팽킹]이란 건 무슨 스킬이야?"

세리나가 옆자리에 앉으며 물었다.

"궁금하면 옷을 벗어봐. 가르쳐 줄게."

"어? 지금?"

"그래. 어차피 그 녀석들이 씻으려면 시간이 꽤 걸릴 테니까."

"으음……. 아, 알았어."

이미 수차례 알몸을 보여준 탓인지 세리나는 별로 저항하지 않았다.

"응, 아앗, 아앙."

처음에는 평범하게 가슴을 애무하면서 몸을 풀어주었다. 그런 다음, 침대에 네발을 짚고 엎드리게 만들었다.

"그러면 시작한다."

"아, 알았어."

우선은 엉덩이를 가볍게 때려주었다. 찰싹.

"꺅!"

"이게 스팽킹이야."

"그, 그렇구나……."

"어땠어?"

나는 세리나에게 스팽킹이 마음에 드는지 물어보았다.

"그, 글쎄……."

"뭐, 한 번으로는 실감하기 힘들겠지. 조금 더 시험해 보자. 아 프면 말해."

"아, 알겠어. 꺅, 아흑, 자, 잠깐만, 조금만 더 상냥하게, 아앙!"

서로 아직 흥분할 단계는 아니었지만, 이 녀석의 엉덩이를 찰 싹찰싹 두드리고 있으니 은근히 재밌었다.

"어때? 좋은 거야, 아니면 싫은 거야. 본인의 기분 정도는 알 거 아냐."

"그게, 아앙! 큭! 굴욕적이고, 싫은데, 이거, 아아앙!"

결국 좋다는 뜻인가.

"이거 큰일인데. 여고생으로서 창피하지도 않아? 스팽킹을 당 하면서 범해지는 게 좋다고 같은 반 애들한테 말해봐라. 완전 정 색할걸."

"그, 그건……. 따, 딱히 좋지는 않아."

"거짓말 마."

찰싹!

"아앙!"

"애초에 말야. 다른 파티에서 쫓겨난 주제에 이 파티에 남아있는 이유가 뭐야? 나한테 이런 짓을 당하는 게 좋아서 나가지 않고 버티는 거지?"

"아, 아니야. 어디까지나 같은 용사로서…… 꺄악!"

이번에는 [매도 LV1] 스킬을 습득해서 사용해 보았다.

"솔직히 말해. 이렇게 나한테 음란한 짓을 당하는 게 좋은 거지? 용사에다 여고생인 주제에 터무니없는 변태로군."

"크윽……! 하, 하지만 어쩔 수 없잖아! 너한테 몹쓸 짓을 당할 때마다 심장이 벌렁거리고 아랫배가 욱신대는걸! 우와앙!"

"울지 마. 짜증 나니까. 그것도 결국에는 성벽일 뿐이야. 네가 좋아하는 후배위로 박아줄 테니까 엉덩이나 들어."

순순히 명령에 따르는 세리나. 나는 [레이프 LV1] 스킬을 사용하여 세리나의 구멍에 물건을 삽입했다.

"앗, 끄윽, 이러면, 안 되는데…… 아앙!"

"어때. 좋아하지도 않는 아저씨한테 후배위로 박히면서 사랑이 없는 섹스를 하는 기분은."

"그, 그건……. 마, 말하지 않을 거야, 아앙!"

"얼굴이 새빨갛게 물들 정도로 좋은 주제에. 미나도 기겁하면서 '저렇게 변태 같은 사람은 처음 봤어요'라고 하더라."

"어? 거, 거짓말, 아아앙!"

뭐, 거짓말이 맞지만.

"자, 제대로 조여봐. 철저하게 개발해서 일본으로 돌아갈 무렵에는 스스로 다리를 벌리고 헐떡이게 만들어 줄 테니까. 그 모습을 실시간으로 찍어서 중계해 주마. 네 학교 친구들이 동영상을 돌려 보면서 수군거리겠지."

"그, 그건 안 돼앳, 흐아아아앗!"

이것이 결정타였는지 몸을 꿈틀꿈틀 경련하며 절정에 달하는 세리나.

"저, 주인님……. 목욕, 끝났는데요……."

미나가 쭈뼛거리며 보고해 왔다.

그 옆에서는 리리가 얼굴을 새빨갛게 물들인 채로 이쪽을 바라보고 있었다.

제4화
혼내주기, 실패

한번 해볼 목적으로 리리를 데려왔건만, 벌써부터 세리나와의 행위를 보여준 것은 실수였다. 세리나의 반응이 마치 싫어하는 것처럼 보였기에 더더욱.

일단 해명은 해두기로 했다.

"리리, 오해하지 마. 세리나하고는 합의 하의 관계다."

이런 꼬맹이가 합의의 뜻을 알고는 있을까. 걱정이다.

"구, 굳이 설명할 거 없어. 아무리 봐도 연인 사이인걸."

"헤에. 그래?"

그제야 나는 리리의 모습을 제대로 확인할 수 있었다. 미나에게 빌린 옷을 입고 있었는데, 사이즈가 커서 헐렁헐렁했다. 내일 이 녀석한테도 옷을 사줘야겠다.

머리카락은 선명한 핑크색이었다. 엄청 길지는 않지만 귀를 덮을 정도는 되었다. 크고 투명한 눈동자와, 작은 입술, 귀여운 코가 맞물려 상당히 앳된 얼굴을 자아냈다. 체형도 상당히 작은 편에 속했다.

하지만 나이는 내 생각보다 많은 모양이었다. 섹스에 흥미가 있는지 이쪽을 흘끔흘끔 쳐다보고 있었다.

"미나. 세리나를 자기 방으로 데려다줘."

"알겠습니다."

미나는 이런 상황에서도 충실하게 움직여 주었다. 기특한 녀석. 나중에 듬뿍 귀여워해 줘야지.

기절한 세리나에게 옷을 입힌 미나는 그대로 세리나를 번쩍 들쳐 업고 방을 나갔다.

"윽……."

불안한지 뒷걸음치는 리리.

"거래다, 리리. 이 침대에 올라오기만 하면 내일 밥을 배불리 먹여주지. 아니, 잠깐만. 지금 바로 빵과 치즈를 주마."

나는 가방에서 간식으로 먹으려고 남겨둔 빵과 치즈를 꺼냈다.

"앗, 저, 정말? 거기로 올라가기만 하면 주는 거야?"

"그래. 약속할게."

"으음……. 분명 거짓말일 거야. 속으면 안 돼, 리리."

"이보셔. 파티를 맺으려면 우선 너하고 내가 신뢰 관계를 형성해야 하잖아. 네가 나한테 마음을 허락하면 그때 덮칠 거니까, 지금은 안심하도록 해."

"잠깐! 결국 덮칠 생각이잖아!"

"뭐, 딱히 너한테 몹쓸 짓을 하겠다는 소리는 아니야. 너를 한 명의 여자로 인정해 주겠다는 거지."

"꿀꺽. 이, 일단은 알았어……."

"자, 어떡할래? 이래 봬도 제법 고급스러운 치즈야."

"머, 먹을래!"

식욕이 경계심을 압도했는지 리리는 곧 침대 위로 올라왔다. 작고 가느다란 팔다리가 인상적이다.

"받아."

"아아, 오랜만의 빵과 치즈!"

여관에서 아침마다 공짜로 나오는 빵과 치즈를 저렇게까지 맛있게 먹으니 조금 불쌍하게 느껴졌다.

"여기에 물도 있으니까 서두르지 말고 천천히 먹어."

"하읍! 꿀꺽!"

내 말은 듣지도 않는군. 빵과 치즈를 입에 넣기가 무섭게 먹어치운 리리는 황홀한 표정을 지어 보였다.

"마, 맛있었다……."

"그래? 다행이네."

"응!"

"그러면 다시 거래다."

"또, 또 뭔데……."

"걱정하지 마. 방금 전의 거래는 이미 끝났으니까. 양쪽 다 약속을 지킨 덕분에 아무런 문제도 없었어. 이건 새로운 거래야."

"꿀꺽. 내, 내가 뭘 하면 돼?"

"대화가 빠른걸. 알몸을 보여주면 내일 아침으로 따뜻한 스프에다 방금 전의 치즈를 추가해 줄게."

"어? 알몸……? 하, 하지만, 스프가, 으으……. 제대로 먹을 수 있는 스프야? 상하지 않았고?"

"바보야. 여관에서 손님한테 내놓는 평범한 스프라고. 상했을 리가 있나. 맛있을 거야."

"아, 알았어. 이건 다 스프를 위해서야. 아버지, 어머니, 죄송합니다……."

리리가 옷을 벗고 가슴을 가렸다. 남들처럼 수치심을 느낄 줄은 아는 모양이었다.

"약속과 다르잖아, 리리."

내가 나지막이 말했다.

"나는 알몸을 보여달라고 말했어. 손으로 가리면 안 되지."

"으…… 아, 알았어. 이러면 돼?"

리리는 얼굴을 빨갛게 물들이며 손을 치웠다. 오오…….

리리의 미성숙한 육체가 전부 드러났다. 아직 성장 중인 유방에는 자그만 돌기가 살포시 놓여져 있었다.

"훌륭해, 리리. 아주 훌륭해."

"으으. 별로 대단할 것도 없는 몸이라고 생각하는데."

"바보야, 좀 더 자신감을 가져. 피부도 하얗고 부드러운걸."

나는 그렇게 말하며 손을 뻗었다.

"앗! 아, 안 돼. 만질 거라면 새로운 거래 조건을……."

"오오, 그랬지. 알았어. 그러면 네게 새로운 옷을 사줄게. 이거면 어때?"

"위아래에 속옷까지 전부 사주는 거다?"

"물론이지. 단, 평민 옷이야."

"응, 그건 알고 있어. 나는 이제 왕족도 아닌걸……."

"응? 너, 귀족이 아니라 왕족이었어?"

"앗, 아, 아무것도 아니야. 귀족이야."

"뭐, 캐묻지는 않겠어. 거래는 성립인가?"

"으, 으응."

내가 손을 뻗자 리리는 무서운지 눈을 꼭 감았다. 남자의 손길을 허락해 본 적이 없는 것이리라.

그 사실이 나를 흥분시켰다.

"이쪽으로 와."

나는 [카운셀링 LV1] 스킬과 [헌팅 LV2] 스킬로 상냥한 말을 건네면서 리리를 가까이 끌어당겼다.

"앗……."

나를 무서워하고 있는 것 같으니 한동안 아무것도 하지 않고 안아주었다.

"따뜻해……."

긴장이 풀어진 것일까. 굳어있던 리리의 몸이 이완되었다.

"그러면 만질게."

"아, 알았어."

리리가 승낙했다. 나는 리리의 가냘픈 어깨를 어루만지고, 등을 부드럽게 쓸어주었다.

"으응, 핫, 아앙."

이것만으로도 느껴버린 것일까. 리리가 달콤한 숨소리를 토해냈다.

"다음은 여기야."

나는 양손으로 자그만 엉덩이를 붙잡아 문질러 주었다.

"꺄악, 앗, 아앙, 뭐, 뭐야 이게? 흐윽!"

리리가 몸을 움찔하며 말했다. 미지의 감각에 당황한 모양이다.

"그게 바로 남자의 손길을 허락한다는 거야. 이쪽도 만져줄게."

"아…… 그, 그만."

가슴을 만지려고 하자 리리가 겁을 먹고 팔로 앞을 가렸다.

"가리면 안 되지. 손을 치워. 약속했잖아. 스프를 먹기 싫은 거야?"

먹을 걸 인질로 삼아서 어린 소녀를 협박하다니. 나도 갈 데까지 갔구나라는 생각이 들었다.

"으. 머, 먹고 싶어."

"그러면 어떻게 해야 하는지 알고 있지?"

"으으…… 이러면 돼?"

"그래, 잘했어. 기분 좋을 테니까 기대해."

"따, 딱히, 아앙, 히익, 앗, 거, 거기는, 아앗!"

늑골 위쪽의 봉긋한 가슴을 손가락으로 어루만지자 리리가 움찔, 움찔 하고 반응했다. 몸집은 작지만 민감했다.

나는 분홍색 젖꼭지를 혓바닥으로 핥아준 다음, 그대로 빨기 시작했다.

"히익, 아앙, 그만, 핥으면, 안 돼앳."

"참아. 스프에 계란도 넣어줄게."

"저, 정말로?"

"그래. 정말이야."

계란 값 정도야 공짜나 다름없다. 내일 메뉴는 달걀 스프로 정해졌군.

"아, 알겠어……."

부끄러운지 고개를 숙이고 시선을 회피하는 리리.

"착한 아이네."

젖꼭지를 번갈아 빨면서 허리와 엉덩이를 어루만지고 있자니, 리리의 숨소리가 거칠어지기 시작했다.

"하아, 하아, 모, 몸이, 왠지 이상해."

"괜찮아. 내 물건을 받아들일 준비가 되었다는 뜻이니까."

"준비?"

"그래. 이걸 말하는 거야."

"아, 아앗……."

리리는 불끈 치솟은 내 물건을 보더니 꿀꺽 군침을 삼켰다. 개인적으로는 좀 더 순진한 반응을 기대했건만. 리리도 이 정도의 지식은 있는 모양이었다.

"그럼 다음은 이쪽이야."

나는 혓바닥을 리리의 하반신 쪽으로 가져갔다.

"어?! 거, 거기는, 아앗, 거기는, 안 돼, 안 된대도!"

부끄러운지 몸을 비틀며 도망치려 하는 리리. 하지만 나는 양손으로 리리의 발목을 단단히 움켜쥐고 놓아주지 않았다.

"조금만 참아. 아침 메뉴에 고기도 추가해 줄게."

개인적으로 이 여관의 고기는 비린내가 강해서 별로였다. 하지만 리리는 왠지 고기를 좋아할 것 같다는 생각이 들어서 말해 보았다.

"자, 잠깐만. 고기보다는 과일이 좋아."

"알았어. 그렇게 하지."

거래 성립이다. 나는 리리의 맨들맨들한 가랑이를 집요하게 핥아주었다.

"힉, 아윽, 아앗, 끄윽! 히으으윽!"

꿈틀거리는 리리의 구멍에 혓바닥을 넣고 움직이자, 리리가 애원해 왔다.

"부, 부탁이야, 알렉, 용서해 줘. 더는 못 참겠어…….'

"그러면 슬슬 끝내기로 할까. 몸에서 힘을 빼."

나는 리리의 균열에 물건을 가져다 대고 천천히 들이밀기 시작했다.

"아, 아앗, 자, 잠깐만. 이, 이런 게, 들어갈 리 없어!"

"걱정하지 마. 아프지는 않지?"

"아프지는 않지만…… 그, 그래도."

충분히 풀어주었으니 리리의 몸도 준비가 되어있을 것이다. 나머지는 각오의 문제였다.

"나를 믿어. 행복하게 만들어줄게."

나는 [구워삶기 LV1]을 사용했다.

"아, 알았어. 끄윽……!"

우선은 물건을 깊숙한 곳까지 박아 넣은 다음, 천천히 움직여 나갔다.

"흐앙, 아윽, 하앙, 으웃, 앗, 하웅!"

머리를 좌우로 휘두르며 밀어닥치는 쾌락에 필사적으로 저항하는 리리.

그 기특한 모습이 귀여운 나머지 무심코 내 동작까지 커지고 말았다.

"흐앗, 힉, 아, 안 돼앳, 너무 좋아서, 힉! 아아앗!"

리리가 먼저 절정에 달했다. 하지만 나는 계속해서 허리를 움직였고, 뒤늦게 사정을 시작했다.

"앗. 스팽킹을 한다는 걸 깜빡했다……."

행위가 전부 끝난 뒤에야 당초의 계획이 떠올랐다. 하지만 괜찮다. 리리와 나는 궁합이 좋은 편이었다. 또 언젠가 기회가 있을 것이다.

리리는 내 품안에서 기분 좋게 잠들어 있었다. 나는 그런 리리의 머리카락을 쓰다듬어 주면서 잠을 청했다.

제5화
승단

얼굴에 퍽퍽 발길질을 당하며 깨어난 나는 그 자그만 발을 붙잡았다.

"이, 이거 놔!"

핑크색 머리 소녀의 발가벗은 하반신이 눈앞에 펼쳐져 있었다.

"적당히 해, 리리. 밥을 먹고 싶은 거 아니었어?"

"으, 맞아. 하지만 고작 달걀 스프 한 접시에 내 순결을 바치다니……!"

"거래에 응한 건 너야. 원망하려면 네 처지를 원망해. 고귀한 집안에 태어나지만 않았다면 딱히 비관할 일도 아니잖아."

일어날 때마다 발길질에 당할 수도 없는 노릇이므로 [구워삶기 LV1]을 사용했다.

"그건…… 으, 으음."

평민으로 태어나 보질 않았으니 반박할 방법이 없겠지.

나는 리리가 고민하는 사이 침대에서 내려왔다.

"아침이나 먹으러 가자. 그다음에는 세리나한테 부탁해서 옷을 맞춰달라고 해. 오후부터는 나와 함께 움직일 거다."

"꿀꺽. 나, 나한테 무슨 짓을 시키려고?"

"이상한 기대 하지 마, 바보야. 평범하게 사냥만 할 거야. 네게 합법적인 돈벌이 방법을 가르쳐 주마."

"어? 사냥은 좀……."

"쓰레기를 뒤지거나 위험한 녀석한테 소매치기를 하는 것보다는 훨씬 나을걸."

"윽……. 후우, 알겠어."

둘 중에서 무엇이 더 싫은지는 불명이지만, 본인의 생활에 진절머리를 느낀 것은 분명해 보였다.

어쨌든 내 보주를 꿀꺽한 대가를 치르기 위해서라도 열심히 일해줘야 했다. 나는 자선사업가가 아니니까.

검술 도장으로 향하자 이오네가 씩씩한 모습으로 우리를 맞이했다.

"그동안 걱정을 끼쳐드려서 죄송해요."

"아니, 딱히 걱정하지 않았어."

"후후, 그런가요. 아쉽네요. 프리츠는 잠도 안 자고 간호해 줬는데."

토라진 건지, 나를 비꼬는 건지 이오네가 미소를 지으며 말했다. 옆에서 쑥스러워하는 프리츠가 괜히 불쌍했다.

"그러면 프리츠한테 고마워해. 이제 움직여도 괜찮은 거야?"

"네. 전투에도 참여할 수 있어요. 오후부터는 다시 함께할게요."

"그래."

프리츠가 모험에 따라나서겠다고 말할까 봐 걱정되었지만 프리츠는 검술 실력을 기르고 싶은지 한결같이 연습에 매진하고 있을 뿐이었다. 도적에게 패배하여 이오네가 부상을 당하자 자신의 미숙함을 통감한 모양이었다. 성실한 녀석.

하긴, 잘생긴 프리츠라면 여자 문제로 고생할 일도 없을 것이다. 문하생 중에도 프리츠를 연모하는 주근깨 소녀가 한 명 있었다. 이 아이는 내 [매료☆ LV3] 스킬의 영향력을 받지 않는 모양이었다. 그럭저럭 미인이기는 하지만 내 타입이 아니기 때문일까.

"그러면 오늘 수업을 시작하지."

""네!""

웰버드 사범이 온화한 목소리로 수업의 시작을 알리자, 문하생들의 씩씩한 함성이 훈련장에 울려 퍼졌다.

검을 휘두르고 자세를 교정받은 뒤, 프리츠와 이오네를 포함한 상급자는 두 명씩 짝지어 대련을 시작했다. 미나도 그쪽 그룹에 배정되었다.

반면에 나는 하염없이 검을 휘둘러야 했다. 이 지겨운 휘두르기는 언제쯤 끝나려나.

"알렉, 잠깐 이쪽으로 와보거라."

웰버드가 나를 불렀다. 훈련에 진지하게 임하지 않았기 때문일까.

"네."

"나와 대련을 해보자."

"대련이요?"

웰버드가 직접 지도해 주려는 모양이었다. 하지만 문하생들이 지켜보는 가운데 대련을 하려니 썩 내키진 않았다.

"너희들도 휴식을 취하면서 보고 있어라."

""네, 스승님.""

"본보기를 보여주려는 거야, 분명."

빌리가 팔짱을 끼고 멋대로 지껄였다.

"자, 알렉. 어디부터 공격하든 상관없다. 전력으로 덤벼봐라."

"네. 그럼 가겠습니다."

내 레벨과 실력으로는 웰버드의 상대가 되지 않는고. 그러니 여기서는 진심으로 붙어보기로 했다.

우선은 검 손잡이를 단단히 움켜잡았다. 검을 놓치면 위험한 건 둘째치고 문하생들의 놀림거리가 되어버릴 것이다.

나는 움켜쥔 검을 힘껏 휘둘러 웰버드에게 공격을 감행했다.

하지만 내 검은 채앵, 하는 금속음과 함께 간단히 튕겨나 버렸다. 나는 그 반발력을 요령껏 이용하여 검을 치켜들었고, 그대로 다시 한번 공격을 시도했다. 단, 이번에는 힘을 빼고 휘둘렀기에 연속 공격으로 이어나갈 수 있었다.

하지만 웰버드는 어디를 노려도 모조리 막아내 버렸다. 이 사람이 적이 아니라서 정말로 다행이다. 물론 적이었다면 온갖 함정과 술수를 동원해서 상대했겠지만.

"좋아, 그러면 이번에는 내 쪽에서 가지."

"네? 그, 그건 좀."

웰버드가 움켜쥔 것은 날이 없는 연습용 검이었다. 하지만 그래도 재질은 강철이다. 맞으면 무사하지 못할 것이다.

나 같은 초보자를 다치게 할 리는 없다고 생각하면서도, 가슴을 졸이면서 웰버드의 공격을 방어해 나갔다. 오른쪽, 오른쪽, 왼쪽 상단, 그리고 다시 파고들어 오른쪽.

"오오?"

빌리가 이상한 소리를 냈다. 내가 막아낼 줄 몰랐던 모양이다. 파고드는 공격은 어느 정도 예상하고 있었기에 방어가 가능했다.

하지만 그때, 웰버드가 마지막으로 날카로운 찌르기를 구사했다. 이것만큼은 나도 어찌할 수가 없었다.

"졌습니다."

"음, 잘했다. 알렉. 혼자서 연습한 건가?"

"네? 아뇨, 딱히 연습한 적은 없습니다."

"그렇다면 몬스터를 상대하면서 요령을 익힌 모양이군. 승단을 축하한다. 오늘부터 너는 랭크는 E의 검사다. 반년이 걸릴 거라고 말해놓고 미안하게 됐구나. 이렇게 빨리 성장할 줄은 미처 몰랐다. 너라면 일류 검사를 목표로 해볼 수도 있을 거다."

칭찬을 받았다. 보나 마나 모르는 사이에 검술 계열의 스킬을 카피한 것이겠지.

스테이터스를 확인해 보니, 아니나 다를까 [검술 LV1] 스킬을 습득한 상태였다.

아쉽지만 [스킬 카피 LV1]로 카피한 스킬은 모조리 LV1로 다운되기에 고레벨 스킬 습득에는 맞지 않았다.

상급 검사를 목표로 하려면 검술 계열 스킬에 상당한 포인트를 투자해야 했다. 너무 고지식한 방식이라서 나와는 맞지 않았다.

"아뇨. 전에도 말씀드렸지만 모험가로서 필요한 정도의 실력만 갖추면 됩니다."

괜히 웰버드의 의욕을 부추겨 스파르타식 교육을 받게 되면 큰일이므로, 나는 적당히 사양해 두었다.

"크윽, 알렉이 멋있어 보이다니. 일류 검사를 목표로 하란 말야!"

"빌리. 남한테 이래라저래라 하기 전에 자기 실력부터 키워."

이오네가 말했다. 웰버드도 고개를 끄덕였다.

"맞는 말이다. 다른 사람의 성장에 자극을 받는 건 좋지만, 자신의 목표를 잊어선 안 된다."

목표라. 좋아, 10만 골드를 모아서 노예 상인을 찾아가 보자!

훈련을 마치고 점심을 먹기 위해 음식점으로 향했다. 그러자 세리나와 리리도 마침 그곳에 있었다.

"왔구나, 알렉. 이거 봐. 리리한테 옷을 사줬어."

"그래. 제법 볼만해졌군."

귀여운 반팔 원피스. 하의는 움직임에 방해가 되지 않는 미니스커트였다.

"흥."

리리는 불만스럽게 고개를 홱 돌렸다. 그래도 도망치지만 않는다면 상관없었다.

"그러면 토끼를 사냥하러 가겠어."

곧 합류한 이오네를 포함하여 나, 미나, 세리나, 리리까지 총다섯 명이서 토끼 사냥에 매진했다.

이 인원으로 토끼를 한 마리씩 사냥하자니 효율이 너무 나빴다. 하지만 멤버를 분산시키면 [스킬 파티 공유화 LV1]과 [레어 아이템 확률 업 LV4]의 효과를 받지 못해 어쩔 수가 없었다. 이 공유화 스킬의 레벨을 올리면 괜찮을 것이라는 느낌도 들지만, 레벨 2로 올리는 데 50 포인트나 필요하므로 도박을 하고 싶지는 않았다.

[파티 스테이터스 열람 LVMAX]를 이용하여 리리의 스테이터스도 확인해 보았으나, 종합 레벨 3으로 보잘것없었다. 이 지경이니 사냥 대신 쓰레기나 뒤지는 것도 납득이 되었다.

심지어 보유한 스킬마저도 대부분 쓰레기 스킬이었다. 이쯤 되니 살짝 불쌍해졌다.

〈개인 스킬〉
[자기중심적 LV3] [불운 LV1] [불행 LV1] [야뇨 LV1] [매너 LV1] [고귀한 혈족☆ LV5] [쓰레기 뒤지기 LV2] [소매치기 LV2] [도주 LV2]

어째선지 [야뇨] 스킬이 존재했지만 다른 파티원한테는 비밀로 해두기로 했다.

문제는 [불운 LV1]이었다.

[행운] 스킬을 익히게 해서 상쇄할 필요가 있어 보이었다. 나까지 이 녀석의 불운에 휘말리는 건 사양이었다. 보주의 드롭률이 하락할 테니까.

"자, 리리. 어서 막타를 쳐. 아직도 많이 남았어."

"으으, 어째서 내가 이런 짓을……. 에잇! 으악!"

나이프의 리치가 짧아서 공격에 애를 먹는 모양이었다. 하지만 어차피 리리는 근력이 부족해 검을 휘두를 수도 없었다.

게다가 리리의 최대 HP는 18밖에 되지 않아서 토끼의 공격도 상당히 위협적이었다. 그래서 틈틈이 약초로 회복시켜 줘야 했다. 우리는 토끼를 적당히 공격한 뒤, 불상사가 없도록 지켜보면서 리리에게 진상했다.

"레벨이 올랐어."

"좋아. 그러면 [행운] 스킬을 배워봐. 배우는 방법은 알고 있어?"

"응. 어라? 스킬 포인트가 왜 이렇게 많지. 에라 모르겠다."

리리가 눈을 감고 스킬을 습득했다. 나도 확인해 보기로 했다.

〈개인 스킬〉

[자기중심적 LV3] [불운 LV1] [불행 LV1] [야뇨 LV1] [매너 LV1] [고귀한 혈족☆ LV5] [쓰레기 뒤지기 LV2] [소매치기 LV2] [도주 LV2]

[행운 LV3] New!

"흐음."

내 지시에 순순히 따라준 건 좋지만, 정작 [불운] 스킬은 사라지지 않았다.

"어라. [불운 LV1] 스킬은 그대로네."

세리나가 말했다. 이 녀석도 [파티 스테이터스 열람]을 배운 건가?

10포인트나 허비되니 가급적이면 다른 스킬을 배우길 원했건만. 하지만 배워버린 이상 어쩔 수 없었다.

"앗, 잠깐! 멋대로 남의 스킬을 훔쳐보면 어떡해!"

리리는 [야뇨] 스킬을 들키는 게 싫었는지 얼굴을 새빨갛게 물들이며 도망치려 했다.

"멈춰."

내가 리리를 붙잡았다.

"이거 놔!"

"훔쳐봐서 미안해, 리리."

쓴웃음을 지으며 사과하는 세리나. 나는 세리나를 쏘아본 다음 말했다.

"리리. 조금만 있으면 내 레벨이 올라갈 거야. 그러면 네 스킬을 지워줄 수 있을지도 몰라."

"어? 정말?"

제6화
의외로 쓸만한 스킬?

리리의 스킬을 정말로 지울 수 있을지 확신은 없었다. 하지만 왠지 가능할 것 같다는 생각이 들었다. 내게는 [예감 LV1] 스킬이 있으니까.

"미나. 주위를 경계해 줘."

"네, 주인님."

원래 필드 위에서 장시간 대화를 나누는 건 권장할 만한 행동이 아니다.

몬스터에게 기습을 당할 우려가 있기 때문이다.

하지만 이대로라면 리리가 달아날지도 모르니 자세하게 설명해 두는 편이 좋아 보였다.

"먼저 말해두자면, 제일 확실한 방법은 네가 [스킬 리셋]을 배우는 거야. 20포인트나 들기는 하지만."

"응? 배울 스킬 목록에 없는데."

"나는 있어."

리리한테는 없고 세리나한테는 있다는 건가.

배우지 않은 스킬들은 포인트가 부족해도 목록에 표시된다. 그렇다면 레벨이 부족하던가, 직업이 다르기 때문이라고 추측해 볼 수 있었다. 어쩌면 용사 전용 스킬인 걸지도 몰랐다.

"그러면 내가 레벨을 올리는 대로 [파티 스킬 리셋 LV1]이나 [파티 스킬 삭제 LV1]을 배워서 네 스킬을 지우는 방향으로 가야겠네."

불현듯 두 가지의 스킬이 머릿속에 떠올랐다. 필요한 포인트는 각각 30과 20이었다. 필요 포인트 자체는 [파티 스킬 삭제]가 더 적지만 [파티 스킬 리셋]을 배우면 포인트가 환원되니 이쪽이 오히려 이득이다.

"잠깐만. 그 스킬은 알렉의 포인트를 써서 배우는 거지?"

리리가 의아한 얼굴로 확인했다.

"맞아."

이미 나는 자신의 스킬을 리셋할 수 있는 [스킬 리셋 LV1]을 배우고 있으니 원래라면 필요 없는 스킬이었다.

"그런데 어째서……."

"너는 한동안 나를 위해서 사냥을 해야 하니까. 도중에 [불운] 스킬이 발동돼서 죽기라도 하면 잠자리가 뒤숭숭해져."

그럴듯한 명분을 대기는 했지만, 실제로는 이 녀석이 내 보주를 빼앗았기 때문이다. 뼈 빠지게 일해서 다 갚을 때까지는 놓아줄 생각이 없었다.

"그, 그래? 고, 고맙…… 아, 몰라! 아무것도 아냐! 마음대로 하셔!"

쑥스러웠는지 감사하다 말고 소리를 빽 지르는 리리. 다루기 참 쉽군. 나한테는 [매료☆ LV3] 스킬이 있으니 착실하게 함락시켜 주지.

한편 세리나는 쑥스러워하는 리리를 보며 미소 지었다.

"후훗. 하지만 나한테는 [파티 스킬 리셋]이 안 보여. 사람마다 배울 수 있는 스킬이 다른가 봐."

나와 같은 용사인 세리나도 배울 수 없다는 건가. 그렇다면 [스킬 리셋]을 배워야만 습득이 가능한 파생 스킬일지도 몰랐다. 하긴, 어차피 파티원 중에서 한 명만 배우면 충분한 스킬이다. 게다가 누군가가 내 스킬을 지워버릴 걱정도 없었다.

"그러면 나만이라도 배워둘게. 이 이야기는 우리만의 비밀이다. 다들 알겠지?"

내가 일행들에게 당부했다.

"그래, 알았어."

"알겠습니다."

"네! 주인님."

"응."

토끼로는 레벨이 오르지 않았기에 숲으로 들어가 '마운트 에이프'라는 몬스터를 사냥하기로 했다.

이오네의 말에 따르면 이 근방에서 가장 레벨이 높은 몬스터라는 모양이었다.

레벨이 낮은 리리가 상대하기는 위험한 몬스터였다. 그래서 일단 마을로 돌려보내 여관에서 대기하게 했다.

"위에 두 마리가 있어요!"

미나가 [날카로운 후각☆]으로 적을 포착했고, 일행들은 그 즉시 전투태세에 돌입했다.

"우호호!"

한 마리가 나뭇가지를 타고 바닥으로 내려왔다. 생긴 건 작은 고릴라로군. 털은 회색이다.

"하아앗!"

"으갸악!"

세리나가 곧장 검을 휘둘러 대미지를 입혔다. 세리나는 그대로 끝장을 내버리려 했고, 나는 그런 세리나를 멈춰 세웠다.

"기다려, 세리나! 내가 마무리를 하기로 했잖아."

"앗, 미안. 깜빡했어."

스킬을 배우기 위해서 먼저 내 레벨을 올릴 예정이었다.

"핫! 이얍!"

"받아랏!"

다른 한 마리는 이오네와 미나가 상대하고 있었다. 저쪽도 여유가 있어 보이는군. 하지만 그렇게 생각한 순간……

"우호, 우호, 우호!"

마운트 에이프가 두 손을 자신의 가슴을 쾅쾅쾅 두드리기 시작했다. 뭐지? 위협하는 건가?

"조심하세요! 동료를 부르고 있어요!"

이오네가 외쳤다. 쳇, 어서 쓰러트리지 않으면 귀찮아지겠군. 이런 정보는 사전에 알려주면 좋았을 텐데.

"이랴앗!"

내가 검을 내질렀지만 마운트 에이프는 가뿐히 회피해 버렸다. 웰버드처럼 되지는 않는군. 하지만 나는 곧바로 자세를 바로잡은 뒤, 덤벼드는 적에게 카운터를 작렬시켜 쓰러트렸다. 좋아, 할만하군.

"꺄악!"

뒤쪽에서 세리나의 비명이 들려왔다. 뒤를 돌아보니 세리나는 바닥에 쓰러진 채로 마운트 포지션을 강요당하고 있었다. 이게 몬스터 이름의 유래인가.

"우호호호호호!"

"저리 가!"

호오. 마운트 에이프 녀석, 허리 놀림이 상당하군.

"적당히 해! 스타라이트 어택!"

세리나가 필살기를 사용해 마운트 에이프를 쓰러트렸다.

"으으, 최악이야."

"삽입당했어?"

"안 당했어!"

"그럼 됐네."

"되기는 뭐가 돼……."

마지막 남은 한 마리는 내가 쓰러트렸다. 획득한 경험치는 세 마리를 합쳐 66. 제법 쏠쏠한 경험치원이었다.

"세리나. 앞으로 스타라이트 어택은 금지야. 네가 일격으로 쓰러트리면 다른 사람한테 경험치가 안 들어와."

내가 리더로서 지시를 내렸다. 정당한 이유였다.

"응? 그래도 위험한 상황에서는 사용해도 되지?"

"그래. 다만 HP가 아슬아슬할 때의 이야기야."

"으, 알았어."

방심할 만한 몬스터는 아니었기에 우리는 마운트 에이프가 머릿수를 늘리지 못하도록 확실하게 쓰러트려 나갔다.

"우호호호호!"

"꺄악! 알렉, 빨리 해치워!"

"알았어. 그런데 이놈들은 왜 너만 노리는 걸까?"

"알 게 뭐야!"

이대로 가다가는 세리나의 분노가 폭발할 듯 보였다. 그래서 우리는 내 레벨이 오른 시점에서 사냥을 종료하기로 했다.

이후 여관으로 돌아간 나는 곧바로 새로운 스킬을 습득했다.

[머신건 바이브 LV1] New!

[파티 스킬 리셋 LV1] New!

[머신건 바이브]는 마운트 에이프가 가지고 있던 스킬이다. 이번에도 스킬 카피가 발동한 모양이었다. 섹스할 때 시험해 봐야지.

나는 새로 습득한 스킬을 [감정]해 보았다.

[파티 스킬 리셋 LV1]

[해설]

파티원이 소지한 스킬 1개를 파티원의 동의하에 초기화할 수 있다.

환원되는 포인트는 절반.

단, 스킬 레벨 1에서는 파티원 한 명당 하나의 스킬에만 적용

가능.

레어 스킬과 고유 스킬은 삭제 불가능.

또한, 고레벨 스킬은 삭제되는 대신 레벨이 1 다운된다.

어느 정도 예상하기는 했지만 스킬 레벨 1로는 제약이 많았다. 스킬 레벨을 올리려면 60포인트나 필요하므로 당장은 이대로 사용할 수밖에 없었다.

"리리, 현재로서는 하나의 스킬밖에 삭제할 수 없어. 어떤 스킬을 삭제할지는 네가 선택해."

"그럼…… '야'로 시작하는 스킬을 지워줘."

"알겠어. 내 레벨이 6 정도 오르면 2개 정도 더 지워주마."

"응."

[리리의 스킬 [야뇨 LV1]을 리셋하시겠습니까?]
[예]

머릿속에서 전자음이 울려 퍼졌다. 음, 이세계니까 깊게 생각하지 않기로 했다.

"어때, 리리."

"앗! 저, 정말로 사라졌어……. 와아! 신난다!"

"잘됐네, 리리."

"응! 고…… 고마워."

얼굴을 빨갛게 물들이며 다른 곳을 쳐다보는 리리. 그래도 고맙다고 말했으니 너그럽게 봐주기로 했다.

다른 멤버들도 스킬 포인트가 쌓여있었기에 의논을 통해서 몇 개의 새로운 스킬을 습득했다.

제7화
유품

저녁 식사가 끝난 후. 미나와 행복한 시간을 보내려던 찰나, 리리가 내 방으로 찾아왔다.

"리리. 네 방이라면 따로 잡아줬잖아."

"응. 그게 아니라…… 저기……."

"거래를 하자고?"

"으……."

리리가 시선을 피하며 고개를 끄덕였다.

섹스에 푹 빠진 모양이다. 딱히 거절할 이유는 없었다.

"좋아. 미나, 미안하지만 다음에 하자. 오늘은 세리나의 방에서 쉬도록 해."

"알겠습니다. 저, 내일은……."

"알았어. 잊지 않고 상대해 줄게."

"고맙습니다. 그러면 편히 쉬세요, 주인님. 리리 씨도요."

"아, 응."

"리리한테는 반말로 해도 돼, 미나. 파티원끼리는 다 평등하니까. 아니, 서열상으로는 리리가 아래인가."

"잠깐! 왕족인 나한테 노예보다 아래다니, 너무하잖아."

리리가 화냈다. 역시 왕족이었군.

"네?!"

"호오, 어느 나라의 왕족이지?"

"그, 그건······."

"이 나라는 아닐 테고. 그렇지?"

만약을 위해서 물어보았다. 한 나라의 왕녀가 자국에서 쓰레기를 뒤지거나 소매치기를 하고 다닐 리는 없을 테지만.

미나가 있으면 털어놓기 힘들지도 모른다는 생각에 나는 손짓으로 미나를 퇴실시켰다.

"맞아."

리리가 대답했다.

"그래. 그럼 됐어. 네가 본인의 나라로 돌아가고 싶다면 도와주겠지만, 우선은 나한테 진 빚을 갚는 게 먼저야."

"돌아갈 생각 없어. 이미 멸망한 나라거든. 기란 제국의 병사가 쳐들어와서······."

"그렇군."

나한테는 차라리 잘된 일이었다. 함부로 현역인 왕족에게 손을 댔다가는 사형감이니까.

"그러니까, 저기····· 이 파티에 남아있게 해줘."

"걱정하지 마. 파티에 들어온 이상 확실하게 부려먹을 생각이니까. 다짜고짜 내쫓지는 않을 테니 안심해."

이미 나는 리리를 파티의 전력으로서 계산에 넣고 있었다. 그래서 원거리 무기인 슬링샷까지 구입해 장비해 주었다.

체격상 전위에 서는 건 무리겠지만 후방 지원과 아이템을 줍는 역할이라면 1인분을 할 수 있을 것이다.

그리고 내 취향의 문제도 있었다. 파티에 로리 캐릭터가 하나는 필요했다.

"응. 고마워……."

처녀를 빼앗은 상대에게 고맙다고 말하는 리리. 쉬워도 너무 쉽잖아.

"이리 와."

"꺄악."

나는 리리를 안아서 침대에 올려놓았다. 그리고 옷을 벗기기 시작했다.

"부, 부끄러워."

제 발로 여기까지 찾아와 놓고 부끄러워하다니, 아주 훌륭했 다. 이래야 흥분이 되지.

"후후. 포기해, 리리. 이참에 섹스란 게 뭔지 제대로 가르쳐 주마."

"돼, 됐어. 평범하게 해줘."

"안 돼. 스스로 물고 빨게 될 때까지 철저하게 개발해 줄 거야."

"으, 좀 더 멀쩡한 남자한테 붙잡힐 걸 그랬어……. 훌쩍."

"울지 마. 보기 싫으니까. 4만 골드만 갚으면 언제든지 떠나도 상관없어. 그때쯤이면 레벨도 오르고 스킬도 일취월장했을 테니, 혼자서도 생활해 나갈 수 있을 거다."

"아……."

지금은 내가 살짝 좋은 녀석으로 보였겠지. [헌팅 LV2]와 [카 운셀링 LV1], 그리고 [구워삶기 LV1] 스킬의 위력이다.

예상대로 리리는 저항을 그만두었다. 리리의 속옷을 벗긴 나는 자그만 분홍색 젖꼭지를 만지작거리기 시작했다.

"앗, 끄응, 그렇게, 만지작거리면, 하응!"

몸을 비틀어 도망가려는 리리를 단단히 붙잡고 끈질기게 자극해 나갔다.

"아윽, 응, 앗, 아앗."

리리의 몸이 움찔움찔 경련하기 시작할 즈음, 나는 리리에게 딥 키스를 건넸다. 리리의 작은 혀를 빨면서 긴장을 이완시켰다.

"쪽, 아앙, 앗, 으응, 하윽."

처음에는 싫어하던 리리도 쾌락에 물들었는지 점차 적극적으로 변하기 시작했다.

"아……."

이번에는 하반신 차례다.

"앗, 거, 거기는."

아직 저항감이 남아있는지 리리가 내 머리를 치우려 들었다. 하지만 나는 개의치 않고 가랑이 사이로 입을 가져갔다. 귀여운 균열 속에 잠들어 있는 작은 돌기를 혀로 자극하자, 리리는 곧바로 절정을 맞이했다.

"힉! 흐아아아앗!"

그 이후로도 혀를 이용하여 리리의 몸에 쾌락을 주입해 주었다. 그때마다 리리는 몸을 움찔움찔 경련하고, 비명을 내지르며 쾌락의 심연 속으로 빠져 들어갔다.

"리리, 일어나."

나는 기절한 리리를 깨우기 위해 작은 엉덩이를 찰싹찰싹 때려 주었다.

"꺄악?!"

"못된 아이한테는 벌을 줘야겠지."

"버, 벌이라니, 아앙!"

다시 한번 리리의 엉덩이를 찰싹 때렸다. 아프게 하면 이 녀석이 섹스를 싫어하게 될 테니 적당한 힘 조절은 필수였다.

한 번 어루만진 뒤, 찰싹. [스팽킹 LV2]를 얕보지 말라고.

"잠깐, 아앗, 엉덩이는 때리지, 히으윽!"

시트를 움켜쥐고 부들부들 몸을 떠는 리리. 과연 어느 쪽일까? 아픔 때문은 아닌 듯했다.

"솔직히 말해. 아픈 거야, 기분 좋은 거야."

"으으, 조금 아프긴 하지만, 기분 좋아……."

양쪽 다란 뜻이군.

"그렇다면 조금 더 해주마."

하지만 엉덩이가 새빨갛게 물들도록 두드릴 생각은 없었다. 고통을 주는 취미는 없으니까.

나는 엉덩이뿐만 아니라 가랑이 사이의 민감한 부분도 가볍게 두드려 주었다.

"힉! 끄윽!"

리리가 눈물을 글썽이며 외쳤다. 조금 아팠나 보다.

"미안해. 이제 그만할게."

"흑, 너무해……. 쓰다듬어 줘."

"알았어, 알았어."

나는 리리의 엉덩이와 고간을 살살 어루만져 주었다. 리리도 기분이 좋아졌는지 곧 숨을 헐떡이기 시작했다.

"아앙, 앗, 그거, 좋아, 더 해줘어."

그 나이에 스스로 애원해 오다니. 소질이 있구나.

"좋아. 그럼 넣어줄게."

나는 정상위로 삽입을 시도했다.

"앗, 으, 으응, 히읙, 으으, 들어오고 있어……."

몸을 파르르 떨면서 쾌락의 침공을 견디는 리리.

"움직일게."

"앗, 앗, 앗, 아앙!"

리리의 리드미컬한 신음 소리가 울려 퍼졌다. 문득 머릿속에 한 가지 스킬이 떠오른 나는 곧바로 사용해 보기로 했다.

[머신건 바이브 LV1]

"아아아아아앗! 흐아앗!"

리리가 단숨에 절정에 달해버렸다. 하지만 나는 하다가 만 기분이었다. 이 스킬은 피날레를 장식하는 용도로 사용하는 게 적당할 듯하다.

이후에도 기승위부터 후배위까지 리리가 지칠 때까지 만족시켜 주었다.

그렇게 교육이 전부 마무리되고, 리리는 나를 끌어안은 채로 행복하게 잠들어 있었다. 앞날이 기대되는군.

다음 날. 얼굴에 퍽퍽 발길질을 당하며 깨어난 나는 그 못돼먹은 발을 붙잡았다.

"그만해, 리리."

"흥이다! 어제 나를 괴롭힌 복수야."

"딱히 괴롭히려고 그런 건 아니야. 너도 기분 좋았잖아?"

"그건……. 그래도 나는 쓰다듬고 상냥하게 하는 편이 더 좋아."

"알았다. 다음에 한번 생각해 볼게."

아직 교육이 부족한 듯하다. 단단히 길들여 줘야겠군.

아침 식사를 하러 식당으로 가니, 세리나가 싸늘한 눈으로 내게 인사를 건넸다.

"다음에는 네 상대도 해줄 테니까 화내지 마."

"화, 화내기는 누가……. 리리한테 너무 심한 짓을 시키면 안된다?"

"알아. 심하게는 안 했으니까 걱정하지 마. 그렇지, 리리?"

"흥."

"완전히 미움받고 있네, 뭘. 그런데 리리, 네가 가진 [고귀한 혈족] 스킬 말인데……."

세리나가 진지한 목소리로 물었다.

"그게 왜?"

"리리는 귀족인 거지? 괜찮겠어? 살던 집으로 돌아가지 않아도."

"으."

스프를 뜨던 리리의 손이 멈췄다.

"됐어. 이 녀석은 지금 돌아갈 장소가 없거든."

"그렇구나. 미안해, 눈치 없이 캐물어서."

"괜찮아."

"그런데 너, 도망쳐 나오면서 돈이 될만한 건 하나도 챙기지 않은 거야?"

"당연히 챙겼지. 하지만 나를 호위하던 기사랑 메이드가 도적한테 당해서 전부 빼앗겨 버렸어. 나 혼자 어떻게든 도망치긴 했지만……. 흐흑."

괴로운 기억이 떠올랐는지 울음을 터트리는 리리. 미나가 위로하듯 리리의 등을 쓰다듬었다.

"블러드 섀도우도 그랬지만, 정말 열받는 녀석들이네."

세리나가 말했다.

"앗! 그 이름! 내 호위를 죽인 것도 그 녀석들이야!"

"어? 그랬어? 흐음, 그렇다면 우리가 네 원수를 갚아준 셈이 되는 건가."

세리나가 살짝 놀라면서 말했다.

"아직 놈들이 전멸했다고 장담할 수는 없어."

현상금이 걸린 가르돈을 쓰러트리기는 했지만, 우리는 아직 블러드 섀도우라는 조직의 전모를 모른다.

문득 나는 놈들과 한패였던 귀족을 떠올리고 리리에게 물었다.

"있잖아, 리리. 네 가문의 문장이 뭐였어?"

"백장미인데?"

"호오."

"백장미라면…… 리오트 남작이 새끼손가락에 끼고 있지 않았어? 하얀색 반지 말야."

세리나도 눈치를 챈 모양이었다. 잠깐 봤던 걸 이렇게 기억해 내다니. 눈썰미가 좋은 건지, 관찰력이 뛰어난 건지. 그러면서 나를 도적으로 착각하고 죽이려 들었으니, 정말로 이해하기 힘든 여자다.

"어? 장미 모양의 하얀색 반지? 그건 우리 어머니가 유품으로 남겨주신 일족의 상징인데. 나한테는 정말로 소중한 물건이야. 원래는 내가 목숨을 바쳐서라도 지켜냈어야 하는 건데……."

리리가 고개를 푹 숙였다.

"바보야. 네가 왕녀라면 반지보다 목숨을 더 소중히 해야지. 게다가 네 어머니도 네가 죽기를 바라지 않으셨을 거야."

어차피 왕국은 멸망해 버렸다. 반지보다는 리리가 이 세상에 남겨지는 편이 훨씬 나았다.

"어?! 와, 왕족……?"

세리나는 리리가 이 정도의 신분일 줄 몰랐는지 경악하는 눈치였다. 하긴, 놀라는 것도 무리가 아니었다. 리리한테서 기품이라고는 조금도 찾아볼 수 없으니.

"그 하얀 반지를 어디서 봤어? 반드시 되찾아야 해."

리리가 평소와 다르게 진지한 태도로 물었다. 하지만 나와 세리나는 꿀 먹은 벙어리처럼 서로의 얼굴만 쳐다볼 뿐이었다.

제8화
용사, 메이드를 스토킹하다

리리가 도적에게 빼앗겼다는 반지는 리오트 남작이 소유하고
있었다.

그러고 보니, 리오트 남작의 마차에는 못생긴 흑돼지 문장이
내걸려 있었다. 이래저래 어울리지 않는 반지라고는 생각했지만,
설마 그런 사연이 있었을 줄이야.

굳이 반지의 위치를 추측해 보자면 리오트 남작의 묘지 밑에 있
거나, 저택에 있거나 둘 중 하나일 것이다.

솔직히 말하면 남작가와는 별로 엮이고 싶지 않았다. 도적단과
도 이어져 있고, 내가 남작을 살해한 장본인이기도 하기 때문이다.

"어떻게든 되찾아 줄 수 없을까? 남작 가문의 사람한테 사정을
잘 설명하면……."

나는 세리나의 말을 가로막았다.

"당치도 않은 소리 마. 그 상황을 뭐라고 설명할 건데. 잘못하
면 이번에 입막음을 당하는 건 우리 쪽이야."

귀족이 도적단과 작당하여 여자를 사냥하고 다녔다는 추문을
남작가 인간들이 좋게 여길 리 없었다.

"그건 그렇지만……. 도난품이라고 둘러대면 되지 않을까?"

"마찬가지야. 도난품을 돌려받으려면 먼저 리리의 소지품이라
는 걸 증명해야 하겠지. 그건 더 위험해."

리리는 멸망한 나라의 왕녀다. 음흉한 계획에 이용하려는 인간

들이 한 다스로 존재할 게 분명했다.

청렴하고 정의로운 용사라면 리리를 도와 국가를 부흥시켜 줬을지도 모르지만, 나는 이미 리리의 몸에 손을 대버렸다.

게다가 리리도 기란 제국에 반기를 들어가면서까지 왕녀로 돌아가고 싶지는 않을 것이다. 애초에 그만한 기개가 있는 인물도 아니었다.

지금도 풀 죽은 얼굴로 입을 다물고 있었다.

"그래도 조사 정도는 해봐도 괜찮겠지."

"정말?!"

리리가 외쳤다.

"그래. 어쩌면 유산을 분배하는 과정에서 어딘가로 팔렸을지도 몰라. 그렇다면 굳이 신분을 증명하지 않아도 돈을 모아서 살 수 있겠지."

"일리가 있네. 그러면 곧바로 조사해 보자."

"세리나. 주점에서 물어보고 다니거나 하지는 마. 눈에 띄면 안 되니까."

우리는 모험가들 사이에서 얼굴이 알려진 편이었다. 세리나가 미인이니 더더욱 그랬다.

용사가 남작의 반지에 관해서 캐고 다닌다는 사실은 최대한 숨겨야 했다.

"알았어. 그럼 코지로 선생님한테 물어볼게. 그 사람은 왕성의 자료실에 자유롭게 드나들 수 있는 모양이니까. 그리고 리오트 남작의 저택이 어디에 있는지도 알지 않을까?"

그 의사 말이군······. 코지로도 우리 세계에서 소환된 용사이기는 하지만, 왕성에 틀어박혀 있으니 다른 모험가들에게 정보가 누설되지는 않을 것이다.

"좋아. 우리는 평소대로 토끼를 사냥하면서 돈을 벌고 있을게."

"응, 알았어."

이후 세리나가 코지로로부터 리오트 남작의 주소를 얻어왔다. 하지만 이날은 토끼 사냥을 마저 속행하기로 했다.

덕분에 작은 보주 하나를 획득할 수 있었다. 겸사겸사 마운트 에이프도 사냥하여 레벨을 하나 더 올려두었다. 이것으로 스킬 포인트에도 여유가 생겼다.

다음 날. 검술 도장을 쉰 우리는 리오트 남작의 저택으로 향했다.

"여기야."

세리나가 안내를 받아 도착한 리오트 저택은 왕도의 고급 주택가에 세워져 있었다. 높은 담장이 저택을 둘러싸고 있었다.

"들어가지 않는 거야?"

세리나가 내게 물었다. 세리나는 교섭이나 폭력 행사 등으로 반지를 돌려받을 생각인 모양이었다. 하지만 상대는 귀족이다. 일이 그렇게 간단히 풀릴 것 같지는 않았다.

나는 일행에게 기다리라고 지시한 뒤, 잠시 도움이 될만한 스킬을 찾아보았다.

자동으로 필터링이 적용되며 머릿속에 몇몇 스킬들이 떠올랐다.

[아부하기]

[사기]

[강습]

[숨어들기]

[속옷 도둑]

흠. [속옷 도둑]이라.

방금 떠오른 기술들 중에서는 [아부하기] 다음으로 포인트가 저렴했다. 그럼에도 4포인트나 잡아먹는군.

하지만 나는 납득할 수 있었다. 막상 저지르려면 용기가 필요한 행위이기 때문이다.

나는 곧바로 [속옷 도둑 LV1] 스킬을 배우……지 않고 [아부하기 LV1] 스킬을 배웠다.

당연했다. 속옷을 훔쳐봤자 아무런 도움도 되지 않는다.

[숨어들기]도 마찬가지다. 귀족의 저택에 숨어드는 것은 현실성이 없다.

"알렉, 지금 이상한 스킬을 배우려고 하지 않았어?"

세리나가 추궁해 왔다. 이 녀석, 내가 배우려는 스킬 목록이 보이는 건가?

하긴, 정말 그랬다면 속옷 도둑이라는 스킬을 직접 언급했겠지. 화도 더 불같이 냈을 것이다.

은근히 감이 날카롭단 말이지.

나는 모른 척 태연한 목소리로 대답했다.

"아니. [아부하기]라는 스킬을 배운 게 다야."

"그래? 뭐, 귀족을 상대로는 그게 좋을지도 모르겠네. 앗, 누가 밖으로 나왔어."

메이드복 차림의 여성이 이쪽으로 걸어오고 있는 것이 보였다.

"다들 숨어."

내가 황급히 말했다.

"응? 어째서……?"

저 메이드에게 말을 걸어서 귀족과 교섭을 시작하는 것이 가장 일반적인 방법이겠지만, 우리의 교섭 카드는 '민첩의 보주 (소)' 하나뿐이다.

이걸로는 뭔가 부족하다는 느낌이 들었다.

그렇다고 며칠 동안 토끼를 사냥하기도 귀찮았다. 내가 리리한 테 그 정도까지 해줄 의리는 없었다.

"세리나. 네가 보기에 이 보주로 반지를 되찾을 수 있을 것 같아?"

"흐음. 잘 모르겠어. 일단 교섭을 해보면 되지 않을까?"

"그러면 안 되겠군. 우리가 반지를 원하는 것처럼 보이면 바가 지를 씌우려 들 수도 있어. 상대는 그 탐욕스러운 남작의 관계자 야. 머리를 써, 머리를."

"윽. 그러면 어떻게 하려고."

"저 메이드를 미행해 보자."

나는 그렇게 말한 뒤, [스토커 LV1] 스킬을 새로 배웠다. 3포인 트가 소비되었다.

세리나가 나를 무시무시한 얼굴로 노려보았지만, 딱히 질책하지는 않았다. 이건 어디까지나 모험에 필요해서 배웠을 뿐이다. 여자를 미행하려고 배운 게 아니다.

마침 눈앞의 메이드가 미인이기는 했지만 그것과는 아무런 상관이 없었다.

"주인님, 저는 주인님이 어떤 취향을 가지셨어도 함께하겠어요……!"

미나가 옆에서 작은 목소리로 나를 응원했다. 이 바보, 멋대로 [파티 스테이터스 열람]을 배운 모양이다.

10포인트나 함부로 써버리다니. 나중에 스팽킹으로 혼내 줘야지.

"어떻게 하는 짓마다 이런 식이람."

세리나가 작은 목소리로 말했다. 하지만 그 와중에도 몸을 숨기는 걸로 봐서 미행에는 동참할 모양이었다.

쳇, 어차피 받아줄 파티도 없는 주제에. 앞으로도 약점을 파고들어서 듬뿍 귀여워해 주마.

"좋아. 쫓아가자."

리리는 어머니의 유품과 관련된 일이기 때문인지 묵묵히 고개를 끄덕이고 따라왔다. 이오네도 여기까지 따라오긴 했지만 내가 먼저 돌려보냈다. 프리츠나 웰버드를 적으로 돌리고 싶지 않았기 때문이다.

"장을 보러 가려는 건가?"

"아마도 그렇겠지."

메이드는 장바구니를 들고 가까운 상점으로 향했다.

상점 주인과 두런두런 대화를 나누며 물건을 구입한 뒤, 메이드는 음식을 파는 노점으로 다가갔다. 노점에는 다양한 음식이 있었고, 메이드는 한동안 고민하다가 당고를 주문했다.

행복한 얼굴로 당고를 먹으며 걸어가는 메이드.

"설마 가문의 돈으로 계산한 건 아니겠지?"

세리나가 말했다. 하지만 메이드도 저 정도 봉급은 받을 것이다. 세리나의 말이 사실이라면 협박 재료로 활용할 수는 있겠지만 당고 하나로는 너무 약했다.

뒤이어 메이드는 옷가게와 악세서리점을 들여다보았다. 이건 장보기와는 무관한지 아무것도 사지 않고 둘러보기만 할 뿐이었다.

"이러는 게 정말 의미가 있을까?"

"글쎄. 불만이면 먼저 여관으로 돌아가던가."

세리나가 지루함을 호소했다. 하지만 원래 정보 수집은 지루한 법이다. 딱히 스토커 행위가 재밌어서 이러고 있는 건 아니었다.

메이드는 젊은 남자가 지나쳐 갈 때마다 그쪽을 힐끔거렸다. 청순한 얼굴과 다르게 밝히는 편인가? 이 부분은 마이너스다.

"어째서 용사인 내가 스토커처럼 숨어다녀야 되는 건지……."

투덜거리면서도 열심히 따라오는 세리나.

메이드는 드디어 저택으로 돌아갈 생각이 들었는지 방향을 전환해 좁은 길목으로 들어섰다.

기억이 맞다면 저 앞은 인적이 드문 뒷골목으로 이어져 있다.

찬스다.

제9화

용사, 에로 스킬로 활약하다

리리의 반지를 되찾기 위해 남작가의 메이드를 미행하고 있는 우리들.

바로 그때, 메이드가 우리 쪽을 돌아보더니 전력으로 내달리기 시작했다.

"쳇, 들켰나. 붙잡아."

"네! 주인님."

"큭, 이건 어디까지나 반지를 위해서……!"

"자, 잠깐만! 무슨 짓을 하려고!"

세리나가 화들짝 놀라 외쳤다. 딱히 붙잡아서 몹쓸 짓을 하려는 건 아니었다.

[헌팅 LV2]를 이용해 말을 걸어보려고 했을 뿐이다.

메이드를 섹스로 복종시켜서 반지를 훔쳐 오게 만드는 전개를 상상했나 본데, 내 테크닉으로 그게 가능할 리 없잖아.

하지만 다음 모퉁이를 꺾어져 들어간 그때, 메이드는 운 나쁘게도 누군가와 부딪쳐 넘어지고 말았다.

"꺄악!"

"칫! 아프잖아. 어디에 눈을 달고 다니는 거야, 이 계집이!"

불량해 보이는 삼인조 남자였다. 이곳은 왕도라면서 치안이 정말 나쁘군.

"죄, 죄송합니다. 서두르고 있어서요. 앗!"

메이드는 그대로 떠나려고 했지만 남자에게 팔을 붙잡히고 말았다.

"멋대로 부딪쳐 놓고 그냥 가려고?"

예상대로 이 녀석들은 순순히 보내줄 생각이 없는 모양이었다.

"멈춰! 부딪친 정도로 호들갑 떨기는! 그 사람도 사과하고 있잖아!"

세리나가 멋지게 앞으로 나섰다. 실수했다. 방금 그 대사를 내가 했으면 메이드의 호감도가 올랐을 텐데. 타이밍을 놓쳤다.

"아앙? 나한테 불만을 지껄이다니, 배짱이 제법이군 그래."

"저 계집, 얼굴은 아직 어리지만 몸매는 쓸만한데."

"헤헤. 이 메이드에 견인족 계집까지 합치면 딱 세 명이구만."

남자들이 의미심장한 미소를 지었다.

"그 사람을 놔줘! 안 그러면, 하아앗!"

세리나가 그렇게 말하며 남자들을 향해 검을 휘둘렀다.

"으아악!"

방금 공격은 도대체 뭐람. 다른 남자들도 이 황당한 상황에 동요했다.

"이, 이봐! 공격하기 전에 놔줄 틈이라도 줘야…… 크악!"

"젠장! 이 여자, 완전히 미쳤어. 제정신이 아니야! 으아악!"

도망치려던 마지막 한 명도 미나가 해치워 버렸다. 젠장, 내가 활약할 여지를 남겨두란 말이다.

"괜찮아?"

나는 [헌팅 LV2]를 사용해 홀로 남겨진 메이드에게 손을 내밀었다.

"힉!"

이러면 나도 상처받는데. 설마 나를 저 삼인조의 동료라고 생각하는 건 아니겠지?

"풉. 이제 괜찮아. 자, 일어나."

나를 본 세리나는 웃음을 터트리며 메이드를 일으켜 세웠다.

"주인님, 병사들에게 알리고 올게요."

"알겠어, 미나. 부탁해."

이윽고 두 병사가 찾아와 사정 설명을 요구했다. 하지만 이 메이드가 남작가의 사용인이라는 사실을 듣고는 갑자기 정중해졌다.

삼인조 남성은 곧바로 죄인으로 취급되어 처리되었고, 우리도 무죄로 풀려날 수 있었다. 역시 이 세계의 신분 제도는 무섭구나.

"도와주셔서 정말로 감사합니다, 알렉 씨."

메이드가 감사를 표했다. 이름은 카렌이라고 한다. 나는 다시 한번 [헌팅 LV2] 스킬을 사용해 보았다.

"아니, 고마워할 것 없어. 그런데 잠깐 저쪽 술집에서……."

"죄송합니다! 슬슬 돌아가지 않으면 혼나서요. 실례할게요!"

카렌은 고개를 홱 숙여 인사하고는 부리나케 달려갔다.

흐음.

땋은 머리에 주근깨가 인상적인 메이드 소녀. 겉모습은 순박한 편이었다.

내 취향의 미인이라면 당연히 [매료☆LV3]이 적용될 줄 알았건만. 이 스킬은 즉효성이 없는 건가?

"후후, 차였구나."

세리나가 굉장히 흐뭇해 보이는 얼굴로 말했다.

"너 말야. 리리를 위해서 반지를 되찾아 줄 생각이 있기는 한 거야?"

"물론이지. 너야말로 평범하게 남작가를 방문하면 됐잖아."

"그러게. 하지만 곧 날이 저물 거야. 내일 다시 오자."

"알았어."

여관으로 돌아가 저녁을 먹고 있자니, 놀랍게도 카렌이 우릴 찾아왔다. 사복으로 갈아입기는 했지만 메이드복과 큰 차이는 없었다.

"안녕하세요."

"아, 카렌. 우리가 이곳에 있다는 걸 용케 알았네."

"네. 모험가 길드의 직원분과 아는 사이라서요. 가르쳐 달라고 부탁했어요."

개인 정보 관리가 엉망이군. 하지만 전화가 없는 세상에서 이 정도도 허락되지 않는다면 여러모로 불편하겠지.

"저녁은 먹었어?"

"앗, 아뇨. 아직이요……."

"그래? 아저씨, 1인분 추가."

"1인분 추가요."

"내가 쏠게. 먹으면서 이야기하자고."

"와, 고맙습니다. 잘 먹을게요."

"카렌 씨, 한 가지 조언해 줄게. 남자가 밥값을 대신 지불할 때는 흑심이 있다는 거니까 조심하는 게 좋아."

세리나가 옆에서 쓸데없는 소리를 했다.

"아, 그, 그렇군요……."

"이상한 소리 마. 밤도 늦었는데 우리가 식사하는 동안 공복인 채로 기다리게 놔두면 딱하잖아."

나는 그럴듯한 이유로 반론을 제기했다.

"그렇다고 네가 밥값을 대신 지불할 필요는 없잖아."

"당연히 있지. 나는 용사고, 돈이 많으니까."

"그래? 그러면 내가 대신 지불해도 되겠네."

"넌 안 돼."

"어째선데……."

이 메이드는 내 사냥감이니까.

"그보다 카렌. 우리한테는 무슨 용건이지?"

"저, 그게, 딱히 용건이 있어서 왔다기보다는, 제대로 감사의 말씀을 드리지 못한 것 같아서요. 죄송합니다."

"별로 신경 쓰지 않아도 되는데. 하긴, 인간으로서 도움을 받았을 때 고마움을 표하는 건 당연한 거지만."

"뭔 소리래?"

시끄럽다, 세리나.

"당연해요."

"당연해."

미나와 리리는 내 편이었다.

"뭐, 아무래도 좋아. 그런데 카렌 씨, 혹시 리오트 남작이 착용하고 있던 반지를……."

"자, 음식 나왔다. 오래 기다렸지."

여관 주인이 훌륭한 타이밍에 음식을 가져다 주었다.

"고맙습니다. 맛있어 보여요."

"세리나, 그런 진지한 이야기는 나중에 해도 되잖아."

"어? 그래도……."

"이 파티의 리더가 누구지?"

내가 물었다.

"윽. 너잖아."

"알고 있으면 됐어."

"와. 파티 리더셨군요."

"그래, 맞아."

나를 바라보는 카렌의 눈빛에 존경심이 깃들기 시작했다. 그러자 세리나가 의아한 얼굴로 말했다.

"리더라고 해서 대단할 것도 없잖아. 벼슬도 아니고."

"인식이 그 모양이니까 네 파티가 해산된 거야."

내가 정론으로 받아쳤다.

"윽."

"파티원들은 각자 다른 목적을 지니고 있어. 전투 스타일과 기호도 다 다르지. 파티원에게 관심을 갖고 배려하는 건 중요한 일이야."

내가 생각해도 아주 훌륭한 발언이다.

옆에서 고개를 끄덕이는 미나. 리리는 미간을 찌푸렸지만, 내가 테이블 밑에서 다리를 걸어차자 황급히 고개를 끄덕끄덕 움직였다.

"나한테도 관심을 갖고 배려해 줬으면 좋겠는데."

토라졌는지 입술을 삐죽 내밀면서 고개를 돌리는 세리나.

"알았어. 주인 아저씨, 여기서 가장 고급스러운 술을 가져다 줘."

"헤헤. 그러면 이걸 추천하지."

여관 주인이 실실 웃으며 핑크색 병을 내밀었다.

"윽, 이거 레이디 킬러라고 불리는 술이잖아. 다른 걸로 줘."

세리나가 또 쓸데없는 소리를 내뱉었다.

"앗, 실은 제가 좋아하는 술이라서요. 이걸로 부탁드려요."

카렌은 세리나의 충고에도 불구하고 이 술을 골랐다.

"어? 아니, 그래도."

"세리나. 나중에 잔뜩 귀여워해 줄 테니까 지금은 얌전히 협력해 줘."

내가 세리나의 귓가에 대고 상냥하게 속삭였다.

"윽. 아, 알았어…… 약속한 거다?"

"그래."

이후로는 간단했다. 적당히 모험 이야기를 들려주면서 술을 건네자 카렌은 금세 취해서 말수가 많아졌다.

"아하하. 기분 좋네요, 히끅. 백장미 모양의 반지라고 하셨죠. 주인 마님께서 착용하고 계세요. 히끅. 마음에 드셨나 봐요."

반지의 소재는 파악했지만, 반지가 남작 부인의 마음에 들었다는 건 좋지 못한 소식이었다.

최악의 경우, 돈을 아무리 들이부어도 양보하지 않을 가능성이 있었다.

"그건 우리 어머니 유품인데……."

살짝 취했는지 리리가 쓸데없는 말을 꺼냈다.

"내가 어떻게든 해줄게, 리리. 너는 이만 쉬어. 너무 취했다."

"응. 알았어."

그래도 리리가 나를 신용해 준 덕분에 별일 없이 넘길 수 있었다.

"이제 충분히 마셨지? 나머진 내가 마실게."

세리나가 그렇게 말하며 카렌의 컵을 빼앗았다.

"앗. 세리나 씨, 너무해요!"

"완전 헤롱헤롱한 상태면서 뭘. 오늘은 그만 마시는 게 좋아."

딱 좋게 취했군.

"카렌. 설 수 있겠어?"

"틀렸어요. 못 서겠어요. 아하하."

"알겠어. 주인 아저씨, 여기 여관비 1인분."

"잘 받았어. 그나저나 은근히 인기가 많구만, 알렉. 씀씀이도 좋고."

"글쎄. 미나, 옮겨다 줘."

"네, 주인님."

나는 나보다 힘이 센 미나에게 부탁해 카렌을 2층으로 옮겼다.

"아……."

방으로 들어가자, 메이드인 카렌이 내 침대에 누워 이쪽을 바라보고 있었다. 빨갛게 달아오른 얼굴로.

파티원은 전부 설득했으니 방해꾼을 걱정할 필요는 없었다.

제10화

메이드와 남작 부인

"독신 남성의 방에 들어왔으니 그만한 각오는 됐겠지? 카렌."

내가 합의를 구하기 위해서 물었다. 여기까지 데리고 온 건 나지만.

"가, 각오는 됐어요. 잡아먹어 주세요."

역시 예상했던 대로 처녀는 아니군.

그 변태 남작의 메이드니 당연했다.

몸도 상당한 수준으로 개발되었을 것이다.

성병에 걸리기라도 하면 큰일이므로 일단 [감정] 스킬을 사용해 보았다.

〈이름〉 카렌   〈레벨〉 4
〈클래스〉 메이드 〈종족〉 인간
〈성별〉 여자   〈HP〉 85
[해설]
리오트 남작의 메이드.
평민.
음란한 성격으로, 굉장히 적극적임.

으음. 이것만으로는 병에 걸렸는지 판단이 불가능했다.

그래서 나는 [감정 LV3] 스킬에 9포인트를 투자해 [감정 LV4]

로 만들었다.

출혈은 크지만 정보란 소중한 것이다. 결코 낭비가 아니었다.

무엇보다 성병에 걸리고 싶지 않았다.

나는 다시 한번 [감정]을 시도했다.

〈이름〉 카렌 〈연령〉 18

〈레벨〉 4   〈클래스〉 메이드

〈종족〉 인간 〈성별〉 여자

〈HP〉 85/85 〈상태〉 건강

[해설]

리오트 남작의 메이드.

버니어 왕국의 평민.

음란한 성격으로, 남성에 대해서 굉장히 적극적임.

좋아. 건강 상태는 문제없군. 조금 더 연상인 줄 알았는데 열여덟 살이었나. 베리 굿!

"슬슬 시작해 볼까?"

"네. 아, 입으로 해드릴까요?"

펠라치오를 제안해 오길래 일단 시켜보았다.

"그럼 실례할게요. 하읍, 음, 읍, 추릅, 어떠신가요?"

"오오, 상당히 능숙한걸."

"우후후. 잔뜩 혼나면서 연습했거든요. 하지만, 추릅, 알렉 씨의 물건이 굉장히 커서, 으읍, 생각보다 어렵네요."

"난 괜찮으니까 계속해 줘."

"네. 읍, 읍, 읍, 하읍, 추릅!"

이쪽을 올려다보면서 규칙적으로 입을 움직이는 카렌. 도저히 18세라고는 여겨지지 않는 혀 놀림과 흡인력에 나는 금세 싸버리고 말았다.

"크윽."

"꺄악! 아앙, 하앗, 와, 굉장해요. 아직도 나오고 있어요. 와……."

"이번엔 네 차례야."

"네, 네에."

나는 카렌의 옷을 벗기고 가슴을 주물렀다.

"으응! 아앙, 아, 거기, 좋아요!"

"굳이 연기를 할 필요는 없어."

"아뇨, 정말로, 아앙, 저, 민감한 편이라서, 으응!"

리오트 남작도 보는 눈이 있군. 이어서 기승위를 시켜보니, 카렌이 적극적으로 움직여 줘서 상당히 좋았다.

"이렇게 민감하면 남작이 죽고 나서 쓸쓸했을 텐데, 안 그래?"

"글쎄요. 남자는 적당히 구하면 되고, 의식도 상당히 부담되거든요."

"의식?"

"네. 보름달이 뜨는 밤에 모두가 모여서…… 앗. 아, 아무것도 아니에요."

"말해."

"으으. 귀족과 성직자들의 난교 파티 같은 거예요."

"헤에."

다들 인생을 즐기고 있군. 하지만 난 별로 관심이 없었다. 남자들의 알몸을 봐야 한다는 것부터가 싫었다.

"알렉, 끝났으면 나도 괜찮을까?"

그때 세리나가 안으로 들어왔다.

"그래. 카렌, 이만 옆방에서 자도록 해."

"네. 알겠습니다."

메이드라서 그런지 고분고분했다.

"내가 방해했어?"

"아니. 약속은 지켜야지. 오늘은 상냥하게 해줄게."

"아, 아픈 건 없기다?"

"알았어. 걱정 마."

"정말일까……."

세리나는 아직도 나를 의심하는 눈치였다. 하지만 매일 괴롭히기만 하다가 잠든 동안에 목이라도 따이면 큰일이다.

세리나는 미인인 데다 감도도 좋고, 전투 능력도 뛰어나니 앞으로도 동료로 삼고 싶었다.

"하음."

우선은 가벼운 키스로 시작한 뒤, 딥 키스로 이어나가며 세리나의 옷을 벗겼다.

"음, 하앗, 앗, 끄으윽."

여전히 전신이 성감대 같은 녀석이다. 나는 세리나의 몸을 반대로 돌려 뒤쪽에서 젖꼭지를 주물러 주었다.

"히익, 꺄악, 앙, 하앙! 앗, 거, 거기, 좋아……."

쾌락을 주체하지 못하고 몸을 꿈틀거리는 세리나. 나는 그런 세리나를 부드럽게 끌어안으며 혓바닥으로 애무해 나갔다.

"응, 앗, 하윽, 아앙, 흐윽!"

혓바닥을 하복부로 가져가자 세리나가 갈라진 목소리로 외쳤다.

"아, 아, 거긴, 안 돼, 아앗, 아앙! 아아앗!"

하지만 그 내용과는 달리 세리나의 목소리에는 기대감이 깃들어 있었다. 나는 혓바닥을 이용하여 애무를 반복했고, 그때마다 세리나의 헐떡이는 숨소리는 달콤한 신음 소리로 바뀌어 갔다.

"앗, 거기, 그곳, 좋아, 아앙, 더 해줘, 히윽, 아앙, 흐앙, 아아앗!"

몸을 부들부들 떨면서 절정을 맞이하는 세리나. 평소보다 빨리 달했군.

"으으, 부탁해. 이제 넣어줘. 못 참겠어……."

"그러지."

평소 같았으면 애태워 줬겠지만, 오늘은 세리나의 요구에 따르기로 했다.

"아, 응, 응, 아앙, 응, 아앗, 안 돼, 이렇게 상냥하게 대하면, 나, 가버려엇!"

내 몸을 끌어안은 채로 절정에 달한 세리나는 만족한 표정으로 눈을 감았다.

카렌과도 실컷 즐겼기 때문에 나도 오늘은 충분했다. 나는 세리나를 껴안으며 머리를 쓰다듬어 주었다.

다음 날. 잠에서 깨어나니 카린의 모습이 보이지 않았다. 여관 주인이 말하길 아침 일찍 집으로 돌아갔다고 한다.

나는 도장으로 출발하기 전에 스킬을 확인해 보았다. 이번에도 새로운 스킬이 늘어나 있었다.

[교차 정상위 LV1] New!

교차 정상위는 또 무슨 체위지?

사용해 보면 알겠지. 나중에 미나에게 시험해 보기로 했다.

오전에 도장에서 훈련을 한 뒤, 오후에는 남작가를 방문했다. 하지만 상대는 귀족 가문이다. 다섯 명이나 되는 인원이 우르르 몰려가면 모양새가 나쁠 수도 있었다. 그래서 노예인 미나는 이오네, 리리와 함께 토끼 사냥을 하기로 했다.

결과적으로 남작가를 방문한 것은 세리나와 나, 이렇게 둘뿐이었다.

"그러면 이쪽에 앉아서 기다려 주십시오. 마님을 모셔오겠습니다."

우리는 등이 굽은 노집사의 안내를 받아 응접실에서 기다렸다.

"이곳 안주인은 어떤 사람일까? 상냥한 사람이라면 좋겠는데."

세리나가 물었다. 하지만 상대는 그 리오트 남작의 부인이다.

"기대하지 않는 게 좋아. 뚱뚱한 요괴일 가능성도……."

"뭐어?"

이윽고 응접실의 문이 열리더니 은발의 미소녀가 안으로 들어왔다.

깜짝 놀랐다.

설마 이토록 가냘픈 여성일 줄이야.

심지어 젊었다. 세리나보다 연하였다.

하지만 무표정한 태도가 모처럼 예쁜 생김새를 반감시키고 있었다.

남작 부인은 오른손에 백장미 모양의 반지를 끼고 있었다. 장신구는 그것이 전부였다.

메이드인 카렌은 마님이 반지를 마음에 들어 했다고 말했다. 아무래도 교섭이 쉽지만은 않을 듯하다.

"제가 남작 부인 에일리아입니다. 제게 할 말씀이 있으시다고요."

"아, 네. 귀한 분을 나오시게 만들어 죄송합니다. 저는 시라이시 세리나. 모험가입니다."

교섭은 세리나에게 맡겨두었다. 대인 친화력도 나보다 나은 편이고, 흥정 스킬도 가지고 있는 모양이었다.

"제 남편을 습격한 도적을 쓰러트려 주신 분이라고 들었습니다."

"네. 목숨까지 지켜드리지 못해 죄송스러울 따름입니다. 사실 오늘은 그 오른손에 착용하신 반지에 관해 부탁드릴 것이 있어서 왔습니다."

"이 반지 말인가요?"

남작 부인이 자신의 오른손을 내밀었다.

"네. 구체적인 내용은 밝히기 어렵지만 그 반지가 저희의 모험에 필요한 물건이라서요. 혹시 양보해 주실 수 없으실까요? 물론 상응하는 대가를 준비해 왔습니다."

세리나가 단도직입적으로 용건을 말했다.

"모험에……. 하지만 저는 이 반지가 마음에 들었어요. 이유는 모르겠지만 이걸 보면 마음이 안심이 돼요. 다른 곳을 알아봐 주세요."

"그러시군요……."

간단히 거절당하고 말았다.

아무래도 정공법으로는 어려워 보였다. 나는 [구워삶기 LV1]을 사용하기로 했다.

"이런 말씀을 드려 죄송하지만, 사실 그 반지는 저주받았습니다. 가진 자를 불행하게 만드는 반지죠."

물론 거짓말이었다. 다만, 실제로 리오트 남작은 반지를 착용한 채 죽음을 맞이했다. 설득력은 충분할 것이다.

"예? 그랬군요. 저도 이 반지를 착용하고 있으면 지금의 생활을 끝낼 수 있겠네요."

남작 부인은 죽는 것이 두렵지 않다는 듯 담담한 목소리로 말했다. 남작을 사랑한 나머지 자신의 삶을 비관해서…… 아니, 그건 아닐 것이다. 그래도 일단은 물어보기로 했다.

"혹시 남작님의 유품이라서 간직하고 계신 건가요?"

그러자 남작 부인의 표정이 처음으로 변화했다. 미간을 찌푸리며 불쾌한 심정을 드러낸 것이다.

"설마요. 저는 남편을 증오하고 있었어요. 남편은 가난한 자작가의 칠녀로 태어난 저를 하녀처럼 취급했죠. 그 남자는 매일 밤마다 싫어하는 저를 상대로…… 아아, 어쨌든 사랑하지는 않았습니다."

정략결혼이라기보다는 원치 않는 시집살이에 가까웠나 보군.

"그랬군요. 혹시 똑같은 반지를 가져온다면 교환해 주실 수 있겠습니까?"

내가 조건을 내걸었다.

"으음……. 형태와 색이 완전이 동일하다면요."

"저희가 한번 알아보겠습니다. 그리고 제 고향에는 이런 말이 있습니다. 웃는 자에게 복이 온다. 부인처럼 아름다운 분께서 웃으신다면 유력한 귀족으로부터 혼담 제의가 들어올지도 모릅니다."

내가 생각하기에도 낯간지럽기 짝이 없는 대사였다. 그래도 [헌팅 LV2] [카운셀링 LV1] [아부하기 LV1]을 총동원한 결과물이었다.

"예? 누가 저 같은 여자를……."

"적어도 저는 부인 같은 여성분과 결혼하고 싶습니다."

이것도 거짓말이었다. 하고 싶다고는 생각하지만 결혼까지 생각하지는 않았다.

"무, 무슨…… 이만 물러나 주세요. 평민 주제에 무례하군요."

남작 부인이 동요하며 말했다. 하지만 화가 난 눈치는 아니었다. 오히려 기쁘기라도 한 듯 얼굴을 붉히고 있었다.

"맞아. 도대체 무슨 소리를 하는 거야. 제 일행이 괜한 말씀을. 죄송합니다."

"그러면 이만 실례하겠습니다."

우리는 그대로 남작가를 뒤로했다.

"후우. 설마 미망인까지 꼬실 줄이야. 정말로 저 사람하고 결혼하고 싶은 거야?"

"그럴 리가. 스킬을 사용해서 설득하려다가 그렇게 됐을 뿐이야."

"수상한데. 엄청난 미인이었잖아."

"네가 더 미인이야."

나는 세리나를 가볍게 놀려주었다.

"어?! 쓰…… 쓸데없는 소리. 기쁘긴 하지만. ……실제로는 누가 더 미인이라고 생각해?"

"흐음. 역시 네 쪽이지. 표정도 풍부하고."

"아아, 그러고 보니. 어딘가 우울해 보였어."

"자, 그러면 비슷하게 생긴 반지를 찾으러 가자."

"응. 괜찮은 물건을 발견하면 좋겠다. 나는 세공사를 수배해 볼게."

"알았어."

우리는 백장미 모양의 반지를 찾기로 했다.

에필로그
반지와 보상

우리는 상점가를 돌아다니며 백장미 모양의 반지를 찾았지만 성과는 없었다.

보석이 달려있거나, 아무 장식도 없는 반지가 대부분이었다.

"장미가 달린 반지는 없습니까? 귀족이 착용할 만한."

고급스러운 보석상에 들어간 나는 점잖은 말투로 물었다.

"귀족이 착용할 만한 반지라. 문장을 새긴 반지를 말씀하시는 겁니까?"

"맞아요, 그겁니다."

"그건 저희가 마음대로 제작할 수 없는 물건입니다. 전부 주문 제작으로 이뤄집니다."

"아하, 그렇군······."

마음대로 제작할 수 없다는 말은 반지가 신분을 증명하는 역할도 수행한다는 뜻이리라. 생각보다 구하기가 쉽지는 않을 듯했다.

"혹시 세공사를 소개해 주실 수 있습니까?"

"죄송하지만 세공사가 어디에 있는지는 가르쳐 드릴 수 없습니다."

"알겠습니다. 그럼 이만."

나는 포기하고 가게를 나왔다.

"어떻게 됐어?"

리리가 물었다.

"문장을 새긴 반지는 마음대로 만들 수 없다고 하네."

"그렇구나……."

"뭐, 찾아보면 방법이 있을 거야. 그러니 주눅 들지는 마."

"응!"

결국에는 돈이 문제였다. 돈만 있으면 보석상을 매수해서 세공사를 소개받든, 주문 제작을 하든 활로가 트일 것이다.

나는 리리와 미나, 이오네를 데리고 토끼 사냥에 나섰다. 세리나는 어딘가로 가버렸으니 방치해 두기로 했다.

이날도 보주를 하나 얻기는 했지만 이걸로 충분할지 의문이다.

그런데 저녁 무렵, 세리나가 툭 내뱉듯이 말했다.

"반지 말인데, 왕가 직속 세공사한테 부탁해 놨어. 3일이면 완성될 거래."

"뭐? 정말이야?"

"응. 금속 변형 스킬을 가지고 있다나 봐. 완벽하게 재현하는 건 불가능해서 깎아낼 필요는 있다고 하지만."

"편리한걸……. 하지만 반지가 어떻게 생겼는지 알고?"

"내가 그림으로 그려서 건네줬으니 괜찮을 거야. 치수도 정확하게 쟀고."

"의외로 재능이 많구나, 너……."

"의외라는 말은 빼."

하지만 문장이 새겨진 반지는 주문 제작도 마음대로 불가능하다고 들었는데 어떻게 의뢰한 걸까. 세공사의 소재도 용케 파악했군.

"그런데 어떻게 설득했어?"

"그, 그런 건 아무래도 좋잖아!"

왜 화를 내지? 얼굴도 새빨갛게 물들어 있고. 뭐, 반지를 얻을 수 있다면 그걸로 됐다.

"세리나, 저기, 고마워."

리리가 시선을 피하며 세리나에게 감사를 표했다.

"고맙긴 뭘."

이후, 모험가 길드의 옥션에서 보주를 1개 팔아 3만 골드가 수중에 들어왔다. 반지 제작비는 1만 골드지만 세리나의 흥정 스킬로 7천 골드에 성사되었다.

대신에 세리나는 파티의 인원수만큼 보수를 칼같이 나눠서 건네주었다. 내 몫은 6천 골드였다.

쳇…… 다시 솔로로 돌아갈까.

"그럼 이제 남작 부인한테 가자."

"알았어."

이리하여 나와 세리나는 다시금 남작가의 저택을 방문했다.

"반지를 가져오셨다고 들었어요."

"네, 여기 있어요."

세리나가 반지를 내밀었다.

"아, 놀랍네요. 정말 똑같아요."

"네. 그러니 이걸 착용하시는 게 좋아요. 저주가 걸려 있지 않으니까요."

"그렇군요. 알겠습니다. 교환하도록 하죠."

"고맙습니다."

이것으로 용건은 끝났다. 미인인 남작 부인을 남겨두고 떠나자니 아쉬웠지만, 상대는 귀족이다. 섣부른 짓은 금물이었다.

"그럼 이만 실례하겠습니다."

"잠시만요."

"네? 왜 그러세요?"

"아뇨, 그쪽의 알렉 씨한테 용건이 있어요. 당신은 먼저 돌아가셔도 괜찮습니다."

"어……. 그러면 저도 용건이 끝날 때까지 기다릴게요."

세리나는 내가 걱정되었는지 말했다.

"아뇨. 평민이면 평민답게 잠자코 돌아가세요."

"네, 네에?"

"난 괜찮으니까 먼저 돌아가, 세리나."

"알았어."

"그래서 용건이란 건……."

"일단 따라오세요."

용건이란 게 도대체 뭘까. 이제 와서 남편의 최후가 궁금해진 것도 아닐 테고. 반지를 교환한 것도 이쪽이 감사받을 일은 아니었다.

블러드 섀도우 도적단이 안에서 대기하고 있다면 일이 심각해지겠지만, 그런 분위기는 아니었다. 설령 그렇다 하더라도 내가 여기서 당하면 다른 일행들이 가만히 있지 않을 것이다. 남작 부인이 그 정도 판단도 못 하는 인물 같지는 않았다.

방으로 들어가자 남작 부인이 문을 잠갔다.

남에게 들려주고 싶지 않은 이야기라도 있는 것일까.

나는 남작 부인이 운을 떼기만을 기다렸다. 하지만 부인은 고개를 숙인 채 아무런 말도 하지 않았다.

"부인?"

"저, 저하고 결혼하고 싶다고 하셨죠?"

"아하, 그런 거였군."

이번에도 [매료☆ LV3] 스킬이 활약해 준 듯하다. 얼굴을 빨갛게 물들이고, 손을 만지작거리는 걸 보면 틀림없었다.

"차를 내올 테니 저하고 조금만 대화를……."

질질 끄는 건 사양이므로 곧바로 [헌팅 LV2]를 사용했다.

"대화보다 더 좋은 걸 하지 않으시겠어요?"

나는 그렇게 말하며 남작 부인의 뺨에 손을 얹었다.

"앗, 하윽, 무, 무슨 짓을…… 무, 무례한, 으응……."

[레이프 LV1]도 사용해서 강제로 키스를 했다.

손바닥이 날아오면 납작 엎드려 사과할 생각이었지만, 다행히도 부인은 저항하지 않고 키스에 응해주었다.

혀 놀림이 제법 훌륭했다. 처녀가 아니라서 아쉽기는 하지만, 이 정도의 미인이라면 허용 범위다.

이런, 깜빡했다. 우선 성병이 있는지부터 확인해 둬야지.

〈이름〉 에일리아 〈연령〉 18

〈레벨〉 1　　〈클래스〉 귀족

〈종족〉 인간　〈성별〉 여자

〈HP〉 24/24　〈상태〉 건강

[해설]

리오트 남작 부인. 미망인.

버니어 왕국의 귀족.

착실한 성격. 소극적임.

문제없을 듯했다. 착실한 성격이라는 부분도 마음에 들었다. 아마도 남작 이외의 남성과는 관계를 가지지 않았을 것이다.

레벨이 1인 걸로 봐서는 온실 속의 화초처럼 살아온 모양이다.

이번 기회에 젊은 미망인을 맛보는 것도 나쁘지 않겠지.

검은색 드레스에 손을 얹어 가슴을 주무르고, 스커트 너머로 엉덩이도 만져주었다.

"으응! 머, 멈추세요…… 아앙!"

나는 에일리아를 벽으로 몰아붙인 뒤 드레스를 찢었다.

"앗! 아, 안 돼요. 아직 상중인데 이런 짓을…… 으응!"

"말하지 않으면 아무도 몰라."

"그, 그래도, 신께서 보고 계세요."

신 같은 건 없다고 받아치려 했지만, 생각해 보니 이 세계에는 신이 있었다. 하지만 그 무책임한 안경 여신이라면 합의된 관계로 벌을 내리지는 않을 것이다.

"얼마든지 보라고 해."

"네?! 하앙! 이, 이러면, 안 되는데…… 으응!"

내게서 도망치려던 에일리아의 손이 근처의 꽃병을 떨어트렸다. 꽃병이 깨지며 커다란 소리가 났다.

"마님! 괜찮으신가요!"

이윽고 젊은 남자의 목소리가 들려왔다. 나는 긴장하며 움직임을 멈추었다. 문밖에 경비를 배치해 두었던 건가? 알아채지 못했다.

이거 위험한데…….

이대로 에일리아가 바깥에 도움을 요청한다면 전투가 벌어질 것이다.

응접실 안쪽에도 문이 있기는 했지만, 밖으로 이어져 있는지는 불명이었다.

나는 한쪽 팔로 에일리아를 끌어안은 채 반대쪽 손을 허리의 검으로 가져갔다.

긴장되는 순간.

"괘, 괜찮습니다. 물러가세요."

에일리아는 도움을 요청하는 대신 경비를 물려 보냈다.

인기척이 멀어지자 나도 안도의 한숨을 내쉬었다.

"후우."

"그러면 합의한 걸로 알겠어."

"차, 착각하지 마세요. 이건 당신이 죽을 죄에 처하는 게 불쌍해서…… 꺄악!"

나는 에일리아를 번쩍 안아 들고 응접실 안쪽으로 향했다. 아니나 다를까 안쪽의 문은 침실로 이어져 있었다.

"남자를 침실로 불러들여 놓고 착각이라니."

"그, 그럴 의도는, 아앙!"

나는 에일리아를 침대에 넘어트린 뒤, 입고 있는 옷을 전부 벗겨 나갔다.

"아, 안 돼요, 이 짐승! 아앗!"

에일리아는 옷을 붙잡으며 저항했지만 부질없는 행동이었다.

마지막으로 남아있던 속옷까지 빼앗은 나는, 에일리아의 가느다란 발목을 붙잡고 가랑이 사이를 핥기 시작했다.

"아앗! 앗, 아앙! 하, 핥으면 안 돼요! 아흐윽!"

"벌써 이렇게 흥건한데 무슨 소리야. 기대하고 있었지?"

나는 [매도 LV1] 스킬로 불량배처럼 말했다. 실제로 하는 짓도 불량배나 다를 바 없었지만.

"저, 전혀요, 아앙! 아, 안 돼요! 부탁해요, 남편의 저택에서, 이런 짓을······."

"딱히 바람을 피우는 것도 아니잖아. 좋아하지도 않는 녀석을 위해서 정조를 지킬 필요는 없어."

"그, 그래도, 앙, 아앗!"

에일리아의 몸이 움찔거리기 시작했다. 충분히 달아오른 모양이니 나도 옷을 벗기로 했다.

"아······. 그, 그렇게 커다란 게, 드, 들어갈 리 없어요······."

내 하반신을 쳐다보며 눈을 동그랗게 뜨는 에일리아.

"괜찮아."

"네? 자, 잠깐만요!"

기다릴 생각은 없었다. 나는 곧바로 물건을 삽입했다.

"아앙! 끄윽……! 아아……."

황홀한 표정을 짓는 에일리아. 뭐야, 벌써 개발이 끝난 건가.

"에일리아. 이전에 '매일 밤마다 싫어하는 저를……'이라고 말했던 거 기억나지? 하지만 사실은 네 쪽에서 유혹했던 거 아냐?"

"아, 아니에요! 그런 적은 단 한 번도…… 아앙! 하윽! 아아……."

"솔직하게 말해."

"마, 말했잖아요. 유혹 같은 건…… 하윽, 안 돼, 움직이지 마세요. 그 이상 움직이면, 정말로…… 아앙!"

"어떻게 되는데?"

"하윽, 으으…… 마, 말할 수, 없어요……."

그건 그렇고 상당한 명기였다. 내가 움직이는 타이밍에 맞춰서 저절로 조임의 세기가 조절되었다.

그러고 보니 얼마 전에 [교차 정상위 LV1]이라는 스킬을 습득했었지. 이참에 시험해 보기로 했다.

"앗, 그건."

에일리아는 이것이 무엇인지 아는 듯했다. 체위 스킬이 발동되자 에일리아는 옆으로 누워서 다리를 활짝 벌렸고, 나는 똑바로 서서 에일리아의 한쪽 다리를 붙잡았다. 그리고 그대로 허리를 흔들어 나갔다.

"생각보다 별거 없네."

훨씬 더 음란한 체위일 줄 알았는데.

"이, 이런 자세는, 창피해요, 아앙!"

부끄러워하는 에일리아가 귀여웠기에 이대로 조금 더 계속하기로 했다.

"슬슬 쌀게."

"조, 좋아요, 얼마든지, 하앙! 앗! 앗! 아앗! 가요! 간다앗!"

간다는 말은 남작에게 배웠겠지. 이 부분은 살짝 아쉬웠다.

"다음은 후배위로 하겠어."

"아…… 네, 그, 그러죠."

자진해서 엉덩이를 뒤로 내미는 에일리아.

"아주 좋아."

"으응, 응, 응, 아앙, 끄응!"

시트를 움켜쥐며 버티는 에일리아의 모습이 나를 흥분시켰다. 나는 움직임에 박차를 가했다.

"아앗, 끄윽, 안 돼앳, 너무 거칠어요, 흐아앗."

"버틸 수 있잖아."

"아, 안 돼애애앳! 아아앗!"

에일리아는 커다란 교성을 내지르더니 몸을 축 늘어트렸다. 하지만 아파하는 기색은 없었다.

"이번엔 기승위로 하자."

"네, 네에……."

에일리아는 이번에도 자진해서 내 몸에 올라탔다.

"호오."

"흐윽, 응, 응, 으응!"

이제는 아예 혼자서 몸을 움직이기 시작하는 에일리아. 궁금해서 그대로 내버려 둬 보았지만 생각만큼 능숙하지는 않았다. 나보다 본인이 먼저 흥분한 눈치였다.

테크닉은 세리나와 미나가 더 낫군.

"좋아. 이제 됐어."

이번에는 내 쪽에서 움직여 주었다.

"하윽, 아앙, 앗, 더는, 더는 안 돼요! 하윽, 그만, 가, 가버려, 아아!"

나는 에일리아의 민감한 부위를 중점적으로 공략해 주었다. 에일리아는 기다란 은발을 흩날리며 기쁨에 몸부림쳤다.

"아앗, 거기! 좋아요, 거기, 거기예요! 아앗! 좋아아!"

마지막으로 나는 [머신건 바이브 LV1]을 사용했다.

"아아아아아앗!"

에일리아는 몸을 부들부들 떨면서 황홀한 표정으로 기절해 버렸다.

오늘은 나도 마음껏 해서 만족스러웠다. 나는 에일리아를 껴안으며 머리를 쓰다듬어 주었다.

"못된 사람……."

에일리아가 손가락으로 내 배를 어루만지며 중얼거렸다. 이 녀석도 귀여운걸.

그때 노크 소리가 들려왔다.

에일리아는 긴장했는지 몸을 움찔했다.

"사모님, 성방 교회의 사제분께서 찾아오셨습니다."

문밖에서 노집사가 말을 걸었다.

"후우. 몇 번을 권유하든 저는 의식에 참석할 생각이 없습니다. 그렇게 전하고 내쫓으세요."

"예. 그러겠습니다."

"의식?"

궁금해진 내가 물었다.

"네. 교회가 달마다 주최하는 의식이에요. 겉으로는 귀족들을 초대하는 만찬회라고 알려져 있지만…… 보름달 밤에 다수의 남녀가 알몸으로 관계를 치른다는 모양이에요."

카렌이 말했던 그 의식이었군.

"그런 의식에는 참석도 하기 싫어요."

에일리아가 진심으로 싫다는 듯이 말했다. 난교 파티라. 나도 그쪽에는 흥미가 없다.

"그래? 뭐, 거절해도 괜찮다면 거절해 버려."

"네."

우리는 옷을 갖춰 입고 현관으로 이동했다.

"저, 저기……. 나, 나중에 또 놀러와 주실 건가요?"

에일리아가 머뭇거리며 내게 물었다.

"그래. 물론이야."

일주일에 한 번, 아니, 일주일에 두 번씩은 이곳을 방문하기로 하자. 결정!

제3장 던전

프롤로그

용사들의 정보 교환

우리는 며칠에 걸쳐서 토끼를 사냥해 4개의 보주를 획득했다. 팔면 10만 골드는 가볍게 넘을 것이다.

세리나와 노예를 살지 말지로 다투기는 했지만, 내가 리더이므로 노예를 우선시하기로 했다. 당연했다.

다만, 제대로 된 가격에 환금을 하려면 옥션이 개최되는 날까지 기다려야 했다. 그렇다고 미리 노예상인을 찾아가기는 싫었다. 마음에 드는 노예를 점찍어 뒀는데 나중에 왔더니 팔려버린 상태라면 기분이 더러울 테니까.

즐거움은 후일로 미루기로 하고, 한동안은 레벨 업에 매진하기로 했다. 배우고 싶은 스킬이 많이 있었다.

게다가 리리의 [불운]과 [불행]도 아직 지우지 못했다. 그러려면 [파티 스킬 리셋 LV1]의 스킬 레벨을 올려야 하는데, 필요한 포인트가 60이나 되었다. 그래도 이것만 해결하면 다양한 스킬을 배워볼 생각이었다.

우리는 레벨을 올리기 위해 숲에서 마운트 에이프를 사냥했다. 덕분에 나와 미나는 2레벨이 올랐고, 리리는 무려 5레벨이 올랐다.

리리는 [행운] 스킬을 최대치까지 올렸고, 그러고도 스킬 포인트가 남아서 [회피]와 [어그로 감소]를 배웠다. 또한 [체력 상승]도 배우게 했다.

리리는 파티원들 중에서 HP가 가장 낮았기 때문이다. 스킬을 배웠는데도 아직 100을 넘기지 못했다. 내 절반이다.

죽기라도 하면 큰일이니 생존에 도움이 되는 스킬을 우선적으로 배우게 했다.

〈새롭게 획득한 리리의 스킬〉
[행운 LV5] 레벨 업!
[회피 LV3] 레벨 업!
[어그로 감소 LV2] 레벨 업!
[체력 상승 LV5] New!

리리는 이미 나한테서 훔친 보주의 대금을 치렀지만 계속 파티원으로 활동하기로 했다. 본인도 자신감이 붙기 시작한 것 같고.

〈새롭게 획득한 미나의 스킬〉
[아군 보호 LV3] 레벨 업!
[펠라치오 LV3] 레벨 업!

미나에게는 [아군 보호] 스킬을 새로 배우게 했다. 반사 신경과 체력이 뛰어난 미나가 파티원을 지키면 괜찮겠다는 판단에서였다.

다만, 세리나는 [펠라치오]의 레벨이 올라간 점을 두고 나를 나무랐다. 내가 노예를 함부로 취급한다고 여기는 모양이었다. 미나는 미나대로 "제가 원해서 골랐어요. 주인님을 위해서 당연한 거예요!"라고 강하게 주장했기 때문에 상황이 복잡해졌다.

한편, 원래부터 레벨이 높았던 세리나와 이오네는 레벨의 변동 없이 그대로였다.

"좋아, 오늘은 여기까지 하자."

"네!"

"알았어."

"그래요."

"응!"

일단 여관으로 돌아간 우리는 장비를 풀고 식당에서 저녁을 먹었다.

"있잖아, 알렉. 노예를 사는 것보다 좋은 장비를 맞추는 편이 안전하지 않을까."

세리나가 미련을 버리지 못하고 말했다.

"또 그 이야기냐. 장비는 노예를 산 다음에 맞추면 되잖아."

안전을 중시하는 건 나 역시 마찬가지다. 좋은 장비로 더욱 강력한 적을 쓰러트리고, 그렇게 번 돈으로 새로운 노예를 구입하고. 완벽해.

"그래도."

"마음에 안 들면……."

"알았어. 네 결정에 따를게. 리더니까."

"잘 생각했어. 하지만 세리나, 본인의 돈으로 장비를 맞추는 건 자유야."

"알아. 하지만 강철보다 뛰어난 재질의 장비는 가게에서 구하기 어렵거든. 나도 옥션이나 노려볼까?"

"마음대로 해."

"으. 물론 그럴 거야."

"아주머니, 와인하고 치즈 추가."

"주문 받았어요."

"이쪽에는 토끼 고기 스프를 부탁해요."

"알았어요."

"토끼 고기 같은 걸 잘도 먹네."

이쪽 세계의 고기들은 냄새가 강한 편이었다. 게다가 토끼를 먹는 건 심리적으로도 부담스러웠다.

"왜? 꽤 맛있는데. 영양소도 풍부하고."

"영양소? 거기서 더 성장할 필요는 없다고 보는데."

내가 세리나의 가슴을 쳐다보며 말했다. 여전히 커다란 가슴이다.

"어딜 쳐다보는 거야! 어휴, 변태 아저씨 같으니라고……."

"아주머니, 저도 토끼 고기 스프 주세요!"

가슴이 커지고 싶었던 것일까. 미나가 세리나와 똑같은 메뉴를 추가했다. 뭐, 저녁 메뉴 정도는 마음대로 시키게 내버려 두자.

"리리도 열심히 먹어 둬."

"왕변태."

리리가 쏘아붙였다. 네 경우는 체력을 키우라는 뜻이라고.

"이거, 알렉 씨 아니신가요."

바로 그때, 식당으로 들어온 한 무리의 파티가 내 옆에서 멈춰섰다.

"응? 아아, 신이군."

더벅머리 자체는 낯이 익었지만 장비가 전부 강철 재질로 바뀌어서 알아보지 못했다. 이 녀석도 순조롭게 모험을 해나가고 있는 모양이다.

하지만 난 다른 용사들이 어떻게 지내든 전혀 흥미가 없었다.

다만, 한 가지. 이 녀석의 뒤쪽에는 우락부락한 호(虎)인족 남자와, 가슴이 커다란 고양이귀 소녀, 그리고 로리 체형의 마법사가 서 있었다.

이 녀석, 노예를 세 명이나 구입한 건가?

물론 오전 시간을 검술 훈련에 투자하고 있기는 하지만, 나도 상당히 빠른 속도로 돈을 벌고 있었다. 그런 나보다도 부자라니. 어떤 방법으로 벌고 있는 것일까.

"보세요. 알렉 씨 덕분에 그토록 원하던 고양이귀 노예를 살 수 있었어요. 앞으로도 도움이 될만한 정보가 있다면 알려주세요, 헤헤."

신이 실실거리며 웃었다. 정보 수집에 여념이 없는 모양이었다.

"너야말로. 벌써 노예가 셋이라니, 돈을 꽤 벌었나 본데."

"아아, 아뇨. 여기에 계신 글렌 선생님은 용병이세요. 뭐, 애완용으로도 따로 두 마리를 기르고 있지만요."

전투에 참가하지 않는 밤일 전용 노예를 말하는 거군.

"돈을 어떻게 벌었길래?"

"그건 말씀드릴 수 없어요. 기업 비밀은 존중해 주셔야죠."

어깨를 으쓱이며 미소 짓는 신.

이 자식, 열 받네. 자기는 정보를 요구해 놓고 내놓는 건 아무것도 없잖아.

"뭐, 대신에 오늘은 제가 쏠게요. 아, 그리고 서쪽 탑에 관한 정보를 교환하지 않으실래요?"

"서쪽 탑?"

"네. 가보신 적 없나요?"

"뭐 하는 곳인데, 거기는."

내가 되묻자 신이 이상한 표정을 지었다.

"뭘 하는 곳이냐니……."

"서쪽에도 던전에 있어."

세리나의 말을 듣고 나서야 이해가 되었다.

"아아, 던전이었군. 미안하지만 던전 공략은 아직이야."

"네? 그런데도 용케 돈을 모으셨네요. 뭐, 이렇게 되면 시간 낭비인가……. 글렌 선생님, 돈을 건네드릴 테니 저 녀석들한테 밥이나 먹여주세요."

"알겠다."

호인족 남자가 동화를 받아 들더니 비어있는 테이블로 향했다. 고양이귀 소녀와 로리 마법사도 호인족 남자를 따라갔다.

"그리고 이건 알렉 씨 파티에 드리는 겁니다."

작은 동화가 한 닢인가. 그래도 10골드면 이곳의 음식값으로 충분했다.

"고마워, 신."

세리나가 감사를 표했다.

"별거 아니에요. 헤헤."

그대로 자리를 뜨려는 신에게 세리나가 말을 걸었다.

"신, 너도 같이 먹다가 가지 그래?"

"아아, 저는 대중 음식점이 아니라 귀족 레스토랑에서 먹을 생각이라서요. 그쪽이 훨씬 맛있거든요. 시라이시 씨도 같이 가실래요? 제가 한턱낼게요."

"아니, 사양할게."

"그렇군요. 아, 그런데 시라이시 씨. 다음 달 보름달이 뜨는 밤에 교회에서 만찬회가 있을 예정이에요. 같이 가지 않으실래요?"

"어, 글쎄……."

세리나는 고민이 되었는지 나를 바라보았다.

"관둬. 성방 교회에서 주최하는 만찬회라면 난교 파티가 열릴 거야."

"에엑?"

"아하, 헤헤헤. 그랬군요. 미처 몰랐어요. 그러면 방금 부탁은 없었던 걸로 할게요. 이만 가보겠습니다."

신은 히죽히죽 웃으며 떠나갔다. 분명히 알고서 권유한 것이리라.

"저질."

신이 보이지 않게 되자 세리나가 질색이라는 듯이 말했다.

"어딘가 기분 나쁜 녀석이던데. 두 사람이랑 아는 사이야?"

리리가 물었다.

"저 애도 용사 중 한 명이야."

"맞아."

"그래도 예전에는 저 정도까진 아니었는데. 인성까지 삐뚤어진 것 같아서 걱정이야."

"이쪽에서 지내다 보면 이래저래 변하기 마련이지. 우리가 걱정한다고 달라질 건 없어."

다만, 상대방이 전투력에서 앞서가게 놔두는 건 곤란했다. 신 녀석, 세리나에게 성적으로 관심이 있는 듯 보였다. 그러니 같은 파티원인 나를 방해꾼으로 여겨도 이상하지 않았다.

정했다.

"세리나. 내일은 던전에 가겠어."

"헤에. 내가 가자고 할 때는 관심도 주지 않았으면서. 뭐, 알았어. 서쪽 탑으로 갈 거지?"

"아니, 네가 저번에 말했던 남쪽의 초보자용 동굴로 갈 거야."

"그래? 하긴, 이참에 던전의 감각을 익혀두는 것도 나쁘지 않겠네."

"맞아. 그리고 신 녀석한테는 주의하도록 해."

"응. 알았어."

하긴, 세리나도 세리나 나름대로 경계하고 있을 테지.

본인이 용사라는 생각도 이제는 많이 옅어진 듯 보였다. 몬스터와 싸우면서 심경의 변화를 맞은 걸까? 아니지, 몬스터 사냥은 용사의 취미이자 본분 같은 거니까.

그렇다면 무엇이 세리나를 바꾼 걸까?

모르겠다.

나는 치즈를 먹으면서 한 손으로 세리나의 엉덩이를 만지려 했지만 세리나가 손을 쳐내는 바람에 실패했다. 나를 가볍게 쏘아보는 세리나.

솔직하지 않은 녀석이다.

제1화

남쪽 동굴

오전에는 평소처럼 검술 도장에서 땀을 흘리고, 오후에는 남쪽 동굴로 발걸음을 옮겼다.

세리나의 설명에 따르면 이곳은 초보자용 던전으로, 길드의 추천 레벨은 10 이상이라는 모양이었다. 현재 우리 파티의 평균 레벨은 17 정도니 여유롭게 공략할 수 있을 것이다.

장비도 다른 모험가들보다 좋은 편이었다.

"리리, 마법의 랜턴을 사용해 봐."

"응."

동굴 안은 어둡기 때문에 횃불과 같은 광원이 필요했다. 여기에 돈을 아끼면 안 되겠다고 판단한 나는 4천 골드를 주고 최고급 랜턴을 구입했다.

횃불은 기본적으로 소모품이고, 화상을 입을 우려도 있다. 하지만 이 마법의 랜턴은 전혀 뜨겁지 않았다. 그리고 훨씬 밝았다.

덕분에 몬스터를 조금이라도 더 빨리 포착할 수 있었고, 함정도 발견하기 쉬웠다. 안전에 직결되는 요소에 돈을 아끼면 목숨이 위험해지는 법이다.

"와, 엄청 밝다."

리리가 놀라서 말했다. 다만 실제 밝기는 형광등 정도로, 눈부시다기보다는 부드러운 느낌의 빛이었다. 이 랜턴으로 구입하길 잘했다는 생각이 들었다.

"각자 위치는 아까 정했던 대로야."

선두는 후각이 좋은 미나, 그 뒤에는 전투 능력이 뛰어난 세리나와 이오네. HP가 낮은 리리는 중앙을, 나는 최후미를 맡았다.

뒤에서 기습당할 가능성을 감안하면 그나마 합리적인 진형이었다. 다른 멤버들도 불만은 없는 모양이었다.

"네! 출발할게요!"

미나가 씩씩하게 동굴 안으로 들어갔다. 너무 앞서가지 말라고 주의를 줄까 했지만 괜한 걱정이었다. 미나는 동굴 안을 둘러보더니 자리에 멈춰 서서 우리를 기다렸다.

"헤에. 그림자가 거의 없네."

세리나가 리리의 뒤쪽을 바라보며 말했다. 원리는 모르겠지만 마법의 랜턴은 동굴의 바닥과 천장을 낱낱이 비춰주었다. 사각이 사라진 건 환영할 만한 일이었다.

동굴의 폭은 3미터 정도였고, 높이도 비슷했다. 바위로 이루어진 천연 동굴로, 바닥은 마른 흙으로 이뤄져 있어 걷기 편했다.

그대로 길을 따라가자 두 갈래로 나눠진 갈림길이 나왔고, 우리는 왼쪽을 선택해 나아갔다.

그러자 다시 한번 갈림길이 등장했다.

"이거 맵핑도 해야 되는 건가?"

내가 자리에 멈춰 서서 말했다.

"필요 없어. 나한테 [오토 맵핑] 스킬이 있거든. 이 동굴의 지리는 전부 기록해 뒀어."

세리나가 대답했다.

"알았어."

만약 세리나와 떨어지게 되면 그때는 다른 누군가가 맵핑 스킬을 배우게 해야겠다.

"주인님, 이 너머에 무언가가 있어요. 머릿수는 셋 정도."

미나가 냄새를 맡으며 말했다.

"그래. 신중하게 가자."

우리는 검을 뽑아 들고 천천히 앞으로 나아갔다. 그리고 동굴의 모퉁이를 돌아 들어간 그때.

"끼긱!"

불현듯 세 마리의 몬스터가 모습을 드러냈다. 붉은 안광을 지닌 갈색의 인간형 몬스터였다.

흉측한 얼굴과 기다란 손톱, 아래턱의 기다란 송곳니는 도깨비를 연상시켰다. 하지만 체구는 작았다.

"코볼트야. 걱정 마. 고블린과 비슷한 수준의 몬스터니까."

세리나가 차분한 태도로 말했다. 그렇다면 상대할 만하겠군.

"에잇!"

"이얍!"

"얍!"

전위의 세 사람이 각각 한 마리의 코볼트를 맡아서 처치했다. 전부 일격이었다.

다만, 갑작스러운 움직임으로 랜턴의 불빛이 정신 사납게 변화했다.

"리리, 랜턴을 들고 있는 동안에는 아이템을 줍지 않아도 돼.

미나한테 맡겨."

"알았어."

나는 드롭된 마석을 주우려는 리리에게 말했다. 랜턴이 이리저리 흔들려 밝기가 불안정해졌기 때문이다.

"세리나, 이 마석은 얼마에 팔리지?"

"이건 보주가 아니라서 대단한 금액은 못 받아. 이 크기라면 하나에 10골드 정도일걸."

"그렇군. 그래도 커다란 건 비싸게 팔리는 거지?"

"맞아. 하지만 이 동굴에서 그만한 마석은 나오지 않아. 강력한 적이 없으니까."

신은 강적을 쓰러트려 돈을 벌고 있는 것일까. 하지만 그건 아닐 것 같다는 예감이 들었다. 처음 봤을 당시의 그 녀석은 허름한 장비를 착용하고 있었다. 레벨도 낮고 솔로였던 그 녀석이 강적과 싸우기는 힘들었을 것이다.

"주인님, 보물상자가 떨어져 있어요."

미나가 보물상자를 발견한 모양이었다.

"호오."

"미안하지만 이곳의 보물상자는 다 거기서 거기야."

세리나는 그렇게 말했지만 보물상자를 발견하면 열고 싶어지는 법이다.

20센티미터 정도 크기의 자그만 금색 상자. 묘하게 화려하군.

"이거, 상자째로 팔면 돈이 되지 않을까?"

내가 문득 생각나서 말했다.

"힘들걸. 던전에서 나오는 보물상자는 한 번 열면 곧 사라져 버리거든."

"그렇군."

"사라지지 않는 상자도 있지만, 돈이 안 돼서 도구점에서도 매입해 주지를 않아."

세리나도 도구점에 보물상자를 들고 간 적이 있는 모양이다.

"그래도 이 보물상자는 꽤 화려하네. 난 나무 상자랑 강철 상자밖에 본 적이 없거든."

레어 아이템의 예감이 들었다.

"미나, 네가 열어봐."

"네, 주인님. 맡겨주세요. 설령 바닥이 꺼지거나 창이 튀어나오더라도……!"

"알렉, 좋아하는 여자한테 위험한 짓을 시킬 생각이야?"

"착각하지 마. 우리 중에서는 미나의 운 능력치가 가장 높아. 그뿐이다. 네 운이 34보다 높다면 말리진 않겠어."

"앗, 그렇게나 높구나. 나는 25인데."

세리나도 나보다 조금 높군. 마음에 안 든다.

"저는 18인데, 다들 상당히 높으시네요. 평범한 사람은 7에서 10 정도거든요. 용사라서 그런가?"

이오네가 말했다. 정말 그럴까? 다른 용사들도 나처럼 웹게임으로 리세마라를 했다면 높은 편일 것이다.

미나가 조심조심 보물상자를 열었다.

사실 이 초보자 전용 동굴에는 바늘 함정밖에 존재하지 않았다. 세리나가 가르쳐 준 정보였다. 바늘에 찔려도 치명상으로 이어지지는 않는다고 한다.

빰빠라♪ 빠라라라라, 빰빠♪

갑자기 어디선가 팡파레 소리가 울려 퍼졌다.

뒤이어 보물상자에서 금색 램프가 튀어나오더니, 다시 흐릿해지며 사라져 버렸다.

"꺄악! 뭐, 뭔가요, 주인님?"

"세리나."

"으음, 미안. 나도 이런 건 처음이라 잘 모르겠어. 청동 램프를 발견하면 스킬 포인트가 들어오는데, 어쩌면 비슷한 걸지도 몰라."

세리나의 추측이 맞을 것이다.

이제야 납득이 갔다. 레벨 1에 배울 수 있는 [차원참]의 필요 포인트가 5000에 달해서 의아했는데, 레벨 업 외에도 스킬 포인트를 얻을 방법이 존재한다면 습득이 불가능한 건 아니었다.

"그런 건 빨리 말해야지. 내가 포인트를 모으고 있다는 걸 알고 있었잖아."

"미안해. 하지만 지금까지 한 번밖에 본 적이 없는걸. 획득한 포인트도 2밖에 안 됐고. 그래서 레벨을 올리는 편이 더 효율적이라고 생각했어."

"그렇군. 이오네, 세리나, 잠시 주변을 경계해 줘."

"네."

"알았어."

나는 스테이터스 창을 열어 스킬 포인트가 늘어났는지 확인해 보았다. 만약 미나의 스킬 포인트만 늘어났다면 앞으로는 내가 보물 상자를 열어야 할 것이다.

알렉
〈현재 스킬 포인트〉 135

"오, 100포인트나 들어왔군."

기존에 남아있던 35포인트에서 정확히 100이 늘어나 있었다.

이걸로 8레벨치의 스킬 포인트를 획득한 셈이었다. 최근 레벨이 오르면서 획득하는 스킬 포인트의 양이 조금씩 늘었기에 7레벨치일지도 모르지만, 중요한 문제는 아니었다.

이왕 줄 거라면 1만 포인트씩 뿌려도 좋을 텐데. 그래도 없는 것보다는 훨씬 나았다.

"헤에, 굉장하네. 파티원 전원이 다 받은 건가?"

"그건 나중에 천천히 확인해 봐도 돼. 그러니 경계를 늦추지 마, 세리나."

"오케이."

나는 곧바로 [파티 스킬 리셋 LV1]의 레벨을 올렸다. 필요한 포인트는 60이었다.

[파티 스킬 리셋 LV2] 레벨 업!
알렉
〈현재 스킬 포인트〉 75

다음 레벨에는 120포인트나 필요했기에 이 이상은 올리지 않을 생각이었다.

이어서 [감정]으로 스킬을 확인해 보았다.

[파티 스킬 리셋 LV2]
[해설]
파티원이 소지한 스킬 3개를 파티원의 동의하에 초기화할 수 있다.
환원되는 포인트는 3분의 2.
단, 스킬 레벨 2에서는 파티원 한 명당 1년에 하나의 스킬에만 적용 가능.
레어 스킬과 고유 스킬은 삭제 불가능.
또한, 고레벨 스킬은 삭제되는 대신 레벨이 2 다운된다.

대강 이해했다. 1년에 한 번밖에 리셋할 수 없는 점은 불편했지만, 그래도 리리의 불필요한 스킬은 이번에 전부 지워버릴 수 있었다.

[불운 LV1] 삭제!
[불행 LV1] 삭제!

두 스킬이 우리한테 피해를 입히기 전에 후다닥 지워버렸다.

대신에 다음 스킬 획득은 나중으로 미루기로 했다. 던전 안이기도 하고, 시간도 많이 잡아먹을 테니까.

"미나. 우선은 함정 해제 계열의 스킬만이라도 배워 놔."

앞으로도 운 수치가 높은 미나에게 보물상자를 열게 할 생각이었다.

"네. 주인님."

다른 일행들도 잠깐 시간을 내서 스킬 포인트를 체크했다. 그 결과, 파티원 전원이 100포인트를 획득한 것이 확인되었다.

스킬은 던전에서 나간 다음에 배우기로 합의한 뒤, 우리는 계속해서 앞으로 전진했다.

제2화
동쪽의 지하 신전

그 이후로도 2시간가량 동굴을 돌아다녔지만 수확은 약초 6장과 해독초 1장이 전부였다.

금색의 램프는 더 이상 나타나 주지 않았다.

대량의 스킬 포인트를 얻어서 기분은 좋았지만, 전리품이 너무 초라해서 이 던전은 그만 졸업하기로 했다.

이곳의 몬스터는 코볼트와 박쥐가 전부였기에 경험치도 제대로 오르지 않았다.

우리는 일단 여관으로 귀환했다.

"세리나, 조금 더 난이도가 높은 던전을 알려줘."

"동쪽 평원에 지하 신전이 있어. 길드의 추천 레벨은 15니까 우리한테 딱 맞을 것 같아."

"좋아. 그러면 한번 가보자."

다시 마을을 나온 우리는 도중에 마주친 크롤러들을 무시하며 동쪽으로 향했다. 목적지에 도착하는 데까지는 30분 정도가 걸렸다.

우리의 눈앞에는 종교적인 장식이 새겨진 돌기둥이 세워져 있었다. 던전의 입구였다. 그 외에는 바닥에 잡초가 자라나 있을 뿐 아무것도 없었다.

"후우. 잠깐만 쉬자."

체력은 아직 여유롭지만 오랫동안 걷다 보니 정신적으로 피로했다. 나는 적당한 바위를 발견해 걸터앉았다. 영차.

"벌써? 운동 부족이네."

"아뇨, 세리나 씨. 주인님은 절륜하세요."

미나가 자랑스럽게 말했다. 옆에서 이오네가 듣고 있건만.

"저, 절륜? 뭐, 그건 그렇지만……."

"미나. 쓸데없는 소리는 하지 마."

이오네가 몇 초 동안 굳어졌다가 먼 곳을 쳐다보았다. 듣지 못한 척을 하기로 결정한 모양이었다.

"죄, 죄송합니다, 주인님."

"어휴. 너를 위해서 한 말이잖아, 알렉. 조금 더 상냥하게 대해 주란 말야."

"괜찮아요. 주인님은 이미 충분할 정도로 상냥하신걸요."

"이게 충분한 거라니……. 알았어. 그럼 앞으로 열심히 돈을 모아서 평민으로 만들어 달라고 하자."

"네. 고맙습니다."

나는 수통의 물을 한 모금 마시고 자리에서 일어났다.

"그럼 출발하자."

지하 신전의 문을 통과하자 아래로 이어지는 계단이 나타났다. 그리고 계단 끝에는 T자형 갈림길이 우리를 기다리고 있었다.

"왼쪽부터 가보자."

5센티미터 크기의 블록을 쌓아서 지어진 통로였다. 통로의 폭은 2미터, 높이는 3미터 정도였고, 동일한 형태의 통로가 좌우로 꺾어지며 복잡한 미로를 형성하고 있었다.

"뭔가가 있어요!"

"블랙 슬라임이야."

새까만 슬라임이 흔들흔들 움직이고 있었다.

"강한 편이야?"라고 세리나에게 물어보려던 나는, 자신이 [감정] 스킬과 [해설] 스킬을 보유하고 있다는 사실을 깨달았다.

곧바로 사용해 보았다.

〈명칭〉 블랙 슬라임 〈레벨〉 12

〈HP〉 63/63   〈상태〉 보통

[해설]

검은색의 슬라임.

성격은 약간 공격적. 적이 가까이 다가오면 선공한다.

타격 기술로는 피해를 입히기 힘들다.

평범한 슬라임보다는 강하지만 우리의 상대는 아니었다.

"정면에서 덤비지 말고 진행 방향의 반대쪽을 노려. 점액을 분출하니 주의하고."

슬라임을 상대로 고전해 본 기억이 있는 나는 파티원들에게 주의 사항을 전달했다.

"알았어. 하지만 이 정도는 대단한 몬스터도 아냐."

세리나는 앞으로 달려가 블랙 슬라임에게 롱 소드를 내리쳤다.

푹찍, 하는 소리와 함께 슬라임이 부르르 몸을 떨었다. 하지만 아직 해치우지는 못한 모양이었다.

"저한테 맡겨주세요!"

측면에서 달려온 미나가 슬라임에게 숏 소드를 휘둘렀다. 미나의 검이 슬라임의 몸통을 베고 지나가자 슬라임은 새하얀 연기로 변해 소멸했다.

"잘했어."

"네!"

하지만 드롭된 아이템은 없었다.

"뭐, 됐어. 계속 가자."

지하 신전은 제법 넓은 편이었다. 하지만 우리가 있는 층의 지도를 메우는 데는 한 시간 정도밖에 걸리지 않았다.

"다음 층으로 가는 계단밖에 안 남았어."

세리나가 말했다.

시계 스킬을 이용해 시간을 확인해 보니 오후 4시였다. 날이 저물기 전까지 조금 시간이 남았다.

"지하 2층이 어떤 곳인지만 대충 확인하고 귀환하자."

"알았어."

우리는 계단을 내려가 통로를 나아갔다. 그러자 우측에 커다란 방으로 이어진 입구가 등장했다.

"주인님, 안쪽에 뭔가가 있어요. 이 냄새는…… 젊은 여자네요."

"혼자인가 봐."

미나와 세리나가 스킬로 내부의 상황을 알려주었다.

"좋아. 들어가 보자."

내 취향의 미소녀라면 잘 구워삶아 봐야지. 하지만 그렇게 생각하기도 잠시.

"……저기서 뭘 하는 거지?"

안으로 진입한 뒤, 내가 물었다.

"그, 글쎄요? 뭘 하는 걸까요?"

"함정에 걸린 게 아닐까?"

세리나가 말했다.

"아니. 나는 여기서 휴식을 취하고 있을 뿐이다."

엘프로 보이는 은발의 여기사가 우리의 말을 부정했다. 하지만 여기사의 앞쪽 벽면에는 음흉하게 웃고 있는 얼굴 모양의 양각이 새겨져 있었고, 여기사는 그 조각상의 입에 두 팔을 집어넣고 있었다.

조각상 위에는 '그대, 내 입에 손을 넣어라. 그리하면 지고의 보물을 하사하리니. 탐욕은 언젠가 네 몸을 파멸시킬지어다'라는 문구가 새겨져 있었다.

딱 봐도 교훈을 얻으라고 만들어 둔 함정이었다.

그나저나 지능이 높은 엘프가 이런 함정에 걸리다니……. 귀가 뾰족할 뿐, 사실은 다른 종족인가?

"심정은 이해하지만 저걸 휴식이라고 하기에는 좀……."

리리가 미심쩍다는 듯이 말했다.

팔의 위치가 낮은 탓에 여기사는 상당히 꼴사나운 자세를 강요받고 있었다.

본인은 자존심을 지키기 위해서 저러는 것이겠지만, 저 상태로 몬스터에게 당하면 그만큼 한심한 죽음도 없을 것이다.

"저희가 도와드리죠."

이오네가 상식인으로서 제안해 왔다. 나도 딱히 불만은 없었다. 하지만 여기사를 함정에서 빼내기 위해 다가가려던 찰나.

"다, 다가오지 마! 이건 내 수행이기도 하다. 쓸데없는 참견은 삼갔으면 좋겠군."

고집이 강한 녀석이다.

"알겠어. 이만 가자, 얘들아."

"어? 그래도……."

"기사님께서 저렇게 말씀하시잖아. 수행을 방해하면 못쓰지."

상대는 솔로로 활동하는 모험가로 보였다. 그래도 장비는 온통 강철로 도배되어 있으니 고작 슬라임에게 당하지는 않을 것이다.

"괜찮다. 내 걱정은 마라."

여기사가 태연한 목소리로 말했다. 자세는 여전히 꼴사납지만.

"경계를 늦추지 마. 다른 사람보다 자기 목숨을 걱정해."

함정이 있는 방에서 나온 뒤, 내가 분위기를 다잡기 위해 말했다. 다들 아직도 방금 전의 여기사가 마음에 걸리는 눈치였다.

"그래. 맞는 말이야."

세리나는 의외로 순순히 동의하며 앞으로 나아갔다.

"음…… 킁킁."

불현듯 미나가 자리에 멈추더니 냄새에 집중하기 시작했다.

"왜 그래, 미나."

"그게……."

"사소한 거라도 좋아. 마음에 걸리는 게 있으면 말해봐."

"네. 어디선가 꽃향기 같은 달콤한 냄새가 나는데, 무슨 냄새인지 모르겠어요."

"그래? 뭐, 세상에는 네가 모르는 꽃도 있겠지. 신경 쓰지 마."

"네, 주인님."

미나가 빙그레 웃으며 말했다. 기뻐 보이는군. 딱히 칭찬한 것도 아니건만…….

약간의 위화감이 느껴졌지만, 이곳은 던전이다. 언제 어디서 적이 튀어나올지 몰랐다. 쓸데없는 일로 집중력을 흐트러트리지 않는 편이 좋았다.

나는 복도 반대편을 주시했다.

"뭔가가 있어. 슬라임 같아."

"또 슬라임인가…….."

슬라임은 경험치도, 드롭되는 아이템도 시원찮은 몬스터였기에 의욕이 팍 식어버렸다. 다만 이번에 등장한 슬라임은 방금 전의 슬라임과 색이 달랐다.

"핑크색…… 희귀한 색이네요. 처음 봤어요."

이오네가 말했다. 하지만 이오네는 모험가가 아니라 검사다. 주변 지역에 모르는 몬스터가 있어도 이상하지 않았다.

"형광색이야. 왠지 기분 나쁘네."

세리나가 말했다. 하지만 내 눈에는 예쁜 젤리나 잼처럼 보였다.

처음 보는 몬스터이므로 [감정]을 사용해 보았다.

〈명칭〉 핑크 슬라임 〈레벨〉 22

〈HP〉 263/263   〈상태〉 보통

[해설]

핑크색의 수상한 슬라임.

성격은 약간 공격적. 인간 여성에게 특히 적극적. 달콤한 냄새를 풍긴다.

타격 기술로는 피해를 입히기 힘들다.

천 옷을 녹이는 산성액을 분출하지만 인체에는 무해하다.

응? 어째서 여성한테 적극적이라는 거지.

게다가 천옷을 녹인다니…….

"조, 조심해! 이 슬라임, 알렉처럼 음흉한 몬스터야!"

세리나도 [감정] 스킬을 사용했는지 일행에게 경고를 건넸다.

"우와. 위험해. 절대로 가까이 다가가지 말아야지."

일부러 겁먹은 시늉을 하는 리리. 내가 리리를 쏘아보자 리리는 후훗, 하고 웃었다.

"여기는 저한테 맡겨주세요."

이 파티에서 최강의 전투력을 지닌 이오네가 앞으로 나섰다. 도적 가르돈에게는 아쉽게 패하고 말았지만, 실력은 확실하니 맡겨보기로 했다.

"알겠어. 조심해."

"네."

정신을 통일하기 위해서인지 자세를 잡고 심호흡을 하는 이오네. 이윽고 단숨에 슬라임과의 거리를 좁힌 그녀는 검을 수평으로 휘두르며 외쳤다.

"수조검, 치도리!"

이오네는 그대로 슬라임을 베고 지나가 멀찍이 떨어진 위치에 멈춰 섰다.

""오오.""

일격에 해치워 버렸다. 역시 대단하군.

"굉장해, 이오네. 제법인걸!"

"아뇨. 상대는 슬라임인걸요."

이오네가 겸손을 부리며 미소 지었다.

"세리나, 여기에는 슬라임밖에 없는 거야?"

"아니, 그렇지 않을걸. 하지만 많기는 하네."

"차라리 서쪽 탑을 공략하는 게 나으려나."

"글쎄. 신과 경쟁하는 것도 좋지만, 길드에서 추천 레벨을 확인해 두는 편이 좋아."

"그래. 물론 그럴 생각이야."

슬슬 날이 저물 시간이므로 우리는 지하 신전에서 나가기로 했다.

제3화
음란한 엘프?

분위기는 그럴듯하지만 슬라임의 비율이 높고, 아이템의 드롭률도 처참한 지하 신전.

우리 파티는 적당한 선에서 탐색을 종료하고 지상으로 향했다.

"응, 흐윽, 하앙……. 그, 그만…… 그만둬…… 크윽!"

왔던 길을 따라서 되돌아가던 우리의 귓가에 신음 소리가 들려왔다.

엘프 여기사가 함정에 빠져 오도 가도 못하던 바로 그곳이었다.

"이 소리는……."

세리나가 나를 돌아보며 말했다. 애매한 표정을 짓는 걸로 봐서 본인도 눈치를 챈 모양이었다.

"뭐, 우리는 모험가야. 일단 같은 모험가로서 상황은 보러 가겠어. 그래서 도와줄 수 있다면 도와주고, 그렇지 않다면 버리고 갈 거야. 다들 알겠지?"

나는 리더로서 파티의 방침을 설명했다.

"어? 버리고 가는 건 좀……."

세리나가 비난하듯 나를 바라보았다. 하지만 그건 세리나 혼자뿐이었다. 다른 멤버들은 고개를 끄덕여 찬성의 의사를 표시했다.

"세리나 씨, 당연한 거예요. 모험가는 목숨을 잃을 각오로 던전에 발을 들이죠. 만약 도움을 주는 사람까지 위험해질 만큼 가망이 없는 상황이라면, 남한테 도움을 바라서도 안 되고, 도와줘서도 안 돼요."

이오네가 엄격한 말투로 말했다.

"도움을 바라면 안 된다는 건 이해하지만, 도와주면 안 될 것까지는 없잖아?"

"아뇨. 도와줄 수 없는 상황에서 억지로 구하려 들면 사망으로 이어지는 경우가 많아요. 이건 남을 도와주는 행위라기보다는 자기 자신을 죽이는 행위에 가깝죠. 통계적으로 봐도 결국에는 사망자가 늘어나는 선택지예요. 그러니 도와주는 것을 당연하게 생각하시면 안 돼요."

이오네의 말대로 이 세계에서는 매일같이 던전에서 사망자가 나오고 있었다. 게임과 다르게 죽기 전으로 되돌아갈 수도, 부활할 수도 없는 것이다.

그렇기 때문에 자신의 목숨은 스스로 지켜야 한다는 철칙, 또는 윤리관이 생겨난 것이리라. 물론, 마을에서 주민들이 도적에게 습격당하는 것과는 다른 차원의 문제였다.

위험을 무릅쓰기 때문에 모험가라고 불리는 것이며, 각오가 없는 자들은 처음부터 던전에 발을 들이면 안 되는 것이다.

"으……."

"그래도 피 냄새는 나지 않으니 이번에는 괜찮을 거예요."

미나가 온화하게 웃으며 세리나를 달래주었다.

"세리나. 이건 파티의 리더로서 양보할 수 없는 철칙이야. 받아들일 수 없다면 이 파티에서 나가줘. 네 의사를 존중하니까 하는 말이야. 물론, 도와줄 수 있다면 나도 도와줄 생각이야."

나도 미인 엘프를 죽게 내버려 두고 싶지는 않았다. 얼빠진 행동은 너그럽게 눈감아 주기로 하자.

"알겠어. 아직 마음에 걸리는 부분은 있지만, 논리 자체는 타당하다고 생각해."

"흥. 타당하다고 '생각한다'라. 세리나, 여차할 때 발목을 붙잡지 않겠다고 약속해라. 파티의 리더는 파티원 전원의 목숨을 짊어지고 있어. 나는 누구한테 미움받기 싫다는 안일한 생각으로 파티원을 죽음으로 몰아넣는 실수를 범하진 않을 거야."

"알겠어. 약속할게."

이번에는 세리나도 납득한 모양이었다.

"알렉, 너한테는 의외로 리더의 자질이 있는 걸지도 모르겠네."

세리나가 다시 봤다는 듯이 나를 쳐다보았다. 하지만 누구나 진지하게 생각하면 다다를 수 있는 결론이다. 그러니 의외라는 말은 빼라고.

"그러면 가볼까. 미나는 안을 확인하고, 이오네는 퇴로를 확보해. 미나가 도망치라고 신호를 보내면 일제히 계단까지 퇴각하겠어."

나도 위험한 상황은 아닐 것이라 생각하지만, 예행 연습이라 여기고 진지하게 임하기로 했다.

"네. 알겠습니다, 주인님."

"알겠어요."

"구해줄 수 있을 것 같으면 돌입할게."

"그래. 단, 미나에 판단에 따라야 돼. 알겠지?"

"알았어."

세리나의 대답을 확인한 뒤, 미나가 안쪽을 살폈다.

"내 [에너미 카운터]에 따르면 몬스터는 총 7마리야."

스킬을 사용한 세리나가 작은 소리로 말했다. 약간 부담이 되는 숫자다.

"주인님, 전부 슬라임이에요. 도울 수 있을 것 같아요."

"그래. 안으로 들어가서 잠시 상황을 살피자. 세리나는 절대로 손대지 마."

이 분위기라면 세리나도 내 지시를 어기기 힘들 것이다.

"잠깐만! 처음부터 관전시킬 생각으로 그 일장연설을 한 거야?"

묘하게 감이 날카로운 녀석이다.

세리나를 어떻게 구워삶을까 고민하는 사이, 안쪽에서 익숙한 목소리가 들려왔다.

"드, 들어오지 마! 나는 괜찮다!"

"너한테는 그런 말을 할 권리가 없어. 이곳은 네 사유지가 아니니까."

나는 당당하게 안으로 들어섰다. 세리나도 재빨리 안으로 들어와 내 시야를 가리려 했지만, 손을 뻗으려다 그럴 필요가 없다는 것을 깨닫고 그만두었다.

쳇, 강철 갑옷은 그대로인 건가. 슬라임에게 옷이 다 녹아버려서 알몸으로 몸부림치는 광경을 기대했건만.

그랬다. 눈앞의 은발의 엘프는 조각상에 팔을 집어넣은 채로 핑크 슬라임에게 휘감겨 있었다.

"도와줄 필요 없다. 이것도, 으응, 수행의 일환…… 아앙!"

몸을 크게 움찔거리는 음란한 엘프 여기사. 도대체 무슨 수행이길래.

"딱히 도와주고 싶지는 않지만 저대로 내버려 두면 죽을지도 몰라."

세리나는 어이가 없다는 듯 팔짱을 끼고 말했다.

"하지만, 하아, 하아, 큭, HP는 전혀 줄어들지 않았다."

"슬라임의 성분이 몸에 좋지는 않을 텐데……. 나중에 피부병이 생겨도 괜찮아?"

"그건 곤란하지만, 큭, 빠지질 않아……."

여기사는 조각상에서 팔을 빼려고 안간힘을 썼지만 도저히 빠지지 않는 모양이었다.

"어쩔 수 없지. 가서 도와줘."

흥미를 잃어버린 나는 턱짓으로 미나와 세리에게 지시를 내렸다.

온몸에 휘감긴 슬라임을 해치운 뒤, 미나와 세리나는 여기사의 두 팔을 붙잡았다.

"하나, 둘에 갈게."

"네."

"하나, 둘!"

"아야야야얏! 기, 기다려!"

엘프가 비명을 질렀다.

"아파? 안쪽이 어떻게 되어있는데."

"손목이 돌 사이에 끼어버린 상태다."

"흠. 비틀어도 안 돼?"

"소용없다. 돌려봤지만 빠지지 않더군. 봐라."

엘프는 자신의 팔을 비틀어 보였다.

"이상하네. 빠질 것처럼 보이는데……."

리리가 말했다. 아마도 절묘한 위치에 끼어버린 것이겠지.

"잘은 몰라도 흉악한 함정은 아닐 거야."

내가 지적했다. 손을 뺄 방법이 없다면 교훈이고 뭐고 그냥 위험한 함정이다.

정말로 위험한 함정이라면 모험가 길드에 보고가 올라갔을 테고, 자연스럽게 세리나와 이오네도 이것이 위험한 함정이라는 정보를 접했을 것이다.

"아니. 이렇게 질 나쁜 함정은 태어나서 처음이다."

엘프가 말했다.

"안쪽에 스위치 같은 건 없어?"

세리나가 괜찮은 아이디어를 냈다.

"스위치라…… 혹시 이건가. 단지 손을 빼는 게 목적이라면, 이걸 이렇게 원래 자리로…… 됐다."

철컥, 소리와 함께 함정이 해제되었다.

자신의 손을 빼낸 엘프 여기사는 아쉽다는 듯이 한숨을 내쉬었다. 그러고는 다시 구멍에 자신의 손을 집어넣었다.

"잠깐만요!"

"무슨 짓이야!"

"어, 어째서?"

"어이."

나조차도 그 행동에는 놀랄 수밖에 없었다. 두 번이나 똑같은 방식으로 해제가 가능하다는 보장은 없었다.

"흠. 스위치 위에 작은 보물상자가 올려져 있다만, 손으로 잡으면 팔이 빠지지 않게 되어있군."

"혹시나 해서 묻는데. 당신, 여태껏 그걸 붙잡은 상태로 팔을 빼려고 했던 거야?"

"……사소한 건 신경 쓰지 마라."

""에엑?""

"어흠. 내 이름은 실비 와로이 아타마. 도움을 주어서 고맙다."

결국 포기한 것인지, 이 탐욕스러운 여기사는 자리에서 일어나 감사를 표했다.

"우와, 무식해 보이는 이름이다."

"리리. 다른 사람의 이름을 바보 취급하면 못써."

"맞는 말이야. 이름을 가지고 놀리면 안 돼. 그러면 실비, 목숨의 은인까지는 아닐지라도 우리는 곤란에 빠진 너를 도와줬어. 상응하는 대가를 지불해 주실까."

모험가의 룰에 따라서 내가 말했다.

"음. 이것도 인연인가. 딱히 이쪽에서 부탁하진 않았다만, 저기에 떨어져 있는 동화를 주지. 은화는 안 돼."

동화를 다 해봤자 대단한 금액은 아니지만 일단은 리리에게 주우라고 지시했다. 그동안 랜턴은 미나에게 들게 했다.

"실비, 은화를 한 닢 건네주면 주머니를 하나 내줄게."

내가 거래를 제안했다.

실비는 슬라임에게 모든 천 재질의 아이템이 녹아버린 상태였다. 주머니 역시 마찬가지였다. 따라서 은화를 들고 돌아다니려면 쉽지 않을 것이다.

"알렉! 악덕 장사꾼 같은 제안은 그만둬."

"동감이다. 주머니는 기껏해야 100골드밖에 안 할 텐데."

"알렉 씨……."

이오네까지 부탁하는 얼굴을 했기에 공짜로 주기로 했다.

"알겠어, 알겠어. 그냥 가져가."

나는 실비에게 텅 빈 주머니를 건네주었다.

"그래, 고맙다."

"우리는 이만 돌아가겠어."

"잠깐 기다려."

실비는 아직도 무언가 용건이 있는 모양이었다.

"또 뭔데."

"마을로 돌아갈 거라면 내가 호위해 주지."

"핫, 호위해 달라는 말을 착각한 건 아니고?"

"뭣하면 실력을 시험해 볼 텐가?"

실비가 검을 뽑았다.

"관두는 편이 좋아요. 알렉 씨보다 훨씬 강한 분이세요."

이오네는 검을 뽑는 모습만으로 실비의 실력을 파악한 모양이었다.

"그러면 관둘게. 부탁해, 실비."

"음, 맡겨 둬라. 최근, 이번 달부터였나. 이 근방에서 사망하는 모험가가 늘고 있다. 너희도 조심하는 게 좋아."

함정에 빠졌던 장본인이 설교를 하다니. 너야말로 조심하라고 말하고 싶었지만 꾹 참았다.

"모험가들이 죽었다고? 지상에서 말야?"

세리나가 신경이 쓰였는지 물었다.

"아니, 던전에서다."

"근처에 시체 같은 건 없던데⋯⋯."

"슬라임이 있기 때문이지. 게다가 고블린과 코볼트들도 뼈와 갑옷을 모으는 습성이 있어서 시체가 잘 남지 않아. 고작해야 고인의 유품 정도지."

실비가 말했다.

"응? 그러면 어떻게 죽은 사람이 늘어났다는 걸 아는 거야?"

리리가 물었다. 아마도 모험가 길드나 문지기가 오가는 사람들을 기록한 덕분일 것이다.

"모험가 길드에서 행방불명자에 관한 정보를 보내 왔다. 그리고 주변 던전의 조사와 순찰을 강화하고 싶다는 의뢰가 기사단에 들어왔거든. 나는 대장에게서 명령을 받아 이곳으로 파견되었지."

"아하⋯⋯."

"그래서? 짚이는 바라도 있어?"

내가 가장 중요한 부분을 질문했다.

"아니. 레어 몬스터에게 습격당했던가, 흉악한 트랩에 걸렸던가. 둘 중 하나가 아닐까 싶기는 하다만⋯⋯."

단서조차 붙잡지 못했는지 실비가 말끝을 흐렸다.

그렇다면 아무리 고민해 봤자 시간 낭비다. 안 그래도 던전은 위험한 요소로 가득하기 때문이다.

저레벨 몬스터라 하더라도 한 방에 우글우글 몰려있으면 주의가 필요하다.

"여기서 꾸물거려 봤자 소용없겠지. 서두르자."

이곳은 던전이다. 죽은 사람이 늘어났다는 이야기를 듣고 느긋하게 있을 수는 없었다.

우리는 곧장 마을로 귀환했다.

제4화
서쪽 탑

던전에서 돌아온 우리는 주점에서 저녁 식사를 해결했다. 식사비는 실비가 대신 지불해 주었다.

그리고 다음 날 아침, 우리는 서쪽 탑을 공략하기 위해 여관을 나섰다.

실비가 조사를 도와달라고 요청해 왔지만 단칼에 거절했다. 정보 제공 정도는 해줄 생각이지만 자원봉사는 사양이다.

실비는 네가 그러고도 용사냐며 나를 도발했지만 안정적인 보수가 보장되지 않는다면 타협의 여지는 없었다.

[타격 내성] New!
[로션 플레이] New!

그리고 어느새 스킬 카피가 발동되었는지 슬라임의 스킬을 획득한 상태였다. 다만 [타격 내성]이 레어 스킬이 아니라는 점이 마음에 걸렸다. 이 말은 [참격 내성]을 갖춘 적도 상당수 존재한다는 뜻이다. 성가시게 됐군.

우리 파티에는 검을 사용하는 인원밖에 없었다. 검이 통하지 않는 적에게 얼마나 피해를 가할 수 있을지 불안했다.

리리의 슬링샷은 위력이 낮기에 견제 정도의 효과밖에 없었다.

누군가가 도끼를 장비해 준다면 좋겠지만, 모처럼 검술 스킬을 배워놓고 무장을 바꾸는 것도 아까운 짓이다. 애초에 클래스부터가 검사다. 세리나 역시 마찬가지였다.

"그런데 실비, 어째서 우리를 따라오는 거야?"

나보다 뛰어난 실력을 지닌 검사가 등 뒤에 찰싹 붙어서 따라오니 기분이 영 찝찝했다.

하지만 은발의 엘프는 태연한 얼굴로 내 질문에 대답했다.

"어제 너희가 서쪽 탑으로 가겠다고 내게 말했잖아. 마침 나도 그곳을 조사하러 가려던 참이었을 뿐이다."

"굳이 우리하고 같이 행동할 필요는 없잖아."

"그건 그렇다만…… . 여행은 함께하는 사람이 많을수록 좋다지. 가는 길에 습격을 당하면 도와줄 테니 든든하게 생각해라."

"까다롭게 굴 거 없잖아, 알렉. 실력도 확실하고. 파티에 넣어주자."

세리나가 또 세상 물정 모르는 소리를 내뱉었다. 아마도 실비가 기사단 소속이라는 것을 듣고 도움이 되고 싶다는 용사 근성이 발휘된 것이리라.

여기서는 확실하게 말해두는 것이 좋겠군.

"파티를 맺을 생각은 없어. 그리고 실비, 네가 습격당해도 우리는 널 돕지 않을 거야. 그래도 괜찮겠지?"

"물론이다. 내가 멋대로 따라갈 뿐이다. 도움은 바라지 않아."

"알렉, 다 좋은데 서로 싸우지는 마."

"네 입에서 싸우지 말라는 말이 나오다니."

"뭐어? 으⋯⋯."

세리나의 입을 다물게 만든 뒤, 우리는 숲으로 들어섰다.

숲은 시야가 나빠서 주변의 소리에도 주의를 기울여야 했다.

"우호, 우호."

"마운트 에이프가 근처에 있나 봐. 어떻게 할래?"

세리나가 내게 물었다.

"사냥하자. 딱히 서두를 필요도 없으니까."

"응, 알았어."

두 마리의 에로 고릴라가 실비를 덮쳤지만, 실비는 마운트 포지션을 당하기 전에 상대를 도륙해 버렸다.

역시 실력이 상당하군.

"쳇, 불공평해. 왜 나만⋯⋯."

세리나가 황당한 불평을 늘어놓았다. 하지만 아무리 나라도 어제 처음 만난 사람에게 마운트 포지션을 당해달라고 부탁하기는 힘들었다. 그러니 포기해.

숲을 빠져나오자 실비가 손가락으로 앞을 가리켰다.

"보이는군. 저게 서쪽 탑이다."

"호오⋯⋯."

"헤에⋯⋯."

올려다보는 이를 압도하는 거대한 탑이 우뚝 세워져 있었다.

왕도에서는 이 탑이 보이지 않았는데, 아마도 중간에 산을 끼고 있기 때문일 것이다. 창문의 개수로 따지면 높이는 20층 건물 정도인가. 하지만 폭이 100미터를 가뿐히 넘었기에 위압감이 대단했다.

탑의 전체적으로 원기둥 형태를 하고 있었고, 벽은 구리색의 벽돌로 이루어져 있었다. 1층 중앙에는 여닫이 형태의 철문이 보였다.

"이 탑은 버니어 왕국에서 세운 건가?"

내가 실비에게 물었다. 중세 유럽의 기술로 이만한 탑을 짓기는 어렵지 않을까 싶었던 것이다.

"아니. 이 탑은 300년 전 이 나라가 세워지기 전부터 존재해 왔다. 기록을 더듬으면 신화 시대까지 거슬러 올라간다더군."

"굉장하네. 도대체 누가……."

"신이 지었겠지. 어떤 신인지는 나도 모르지만."

"멍하니 쳐다본다고 바뀌는 건 없지. 안으로 들어가자."

내가 마음을 다잡으며 말했다. 이대로는 계속 감상해 버릴 것 같았기 때문이다.

"하긴, 그렇지."

"알겠다."

"“네.”"

"응."

우리는 1층의 철문 앞에서 진형을 정돈했다. 선두는 미나와 실비가, 양측에는 세리나와 이오네가, 중앙은 리리가, 최후미는 내가 맡았다.

그렇게 우리는 탑 안으로 발을 들였다.

"역시 미로구나."

세리나가 내부의 통로를 바라보며 말했다. 예상은 했지만 이곳도 미궁 형태의 던전인 모양이었다.

안쪽 벽도 벽돌로 이루어져 있었지만 색이 회색이었다. 통로의 폭은 3미터 정도. 그 통로가 저 멀리까지 이어져 있었다.

통로의 중간중간에는 여러 갈래의 분기점이 존재했고, 그곳이 어디로 이어져 있는지는 현재로선 알 수 없었다.

"10층까지라면 내가 길을 안내해 줄 수 있어."

실비가 말했다. 하지만 이 탑에 익숙해지기 위해서는 1층부터 낱낱이 탐색해 나가야 했다.

"길은 우리가 정해. 위험한 함정이 보이면 그때만 알려줘."

"알겠다."

"우선 왼쪽으로 가보자."

"네, 주인님."

"알겠어."

우리는 왼쪽으로 방향을 꺾어 나아갔다. 그러자 곧 미나가 검을 뽑아 들었다.

"고블린의 냄새예요."

"세 마리야."

"알았어. 이대로 나아가자."

처음 고블린이라고 들었을 때는 낙승을 예상했었다. 하지만 이곳의 고블린들은 전부 철로 된 갑옷이나 방패를 장비하고 있었다.

미나의 검이 방패에 튕겨나자 고블린은 곧바로 반격을 시도했다. 나는 간담이 서늘해졌다.

"하앗!"

하지만 미나는 민첩하게 몸을 움직여 공격을 회피한 뒤, 그대로 고블린의 뒷목에 칼을 꽂아 넣었다.

"캬악?!"

고블린은 한순간 경직된 뒤 바닥에 털썩 허물어졌다. 나머지 두 마리는 실비와 이오네가 이미 쓰러트린 상태였다.

"다친 사람은 없지?"

내가 확인했다. 피해를 입은 사람은 아무도 없었다.

"강철 갑옷을 입은 고블린도 있었어. 가죽 갑옷이라면 본 적 있어도……."

세리나가 바닥에 떨어진 강철 갑옷을 검 끝으로 쿡쿡 찌르며 말했다. 고블린은 이미 연기로 변해 사라졌기에 내용물은 텅 비어 있었다.

녹슬어 있는 것으로 봐서 드롭된 아이템 같지도 않았다. 아마도 이곳에 도전했던 모험가가 착용했던 갑옷일 것이다.

"이곳의 적은 다른 곳보다 강하다. 주의하도록."

실비가 말했다. 마음을 단단히 먹는 게 좋을 듯하다.

모험가 길드에서 제시한 이 던전의 추천 레벨은 25. 나와 미나는 아직 레벨이 8 정도 부족했다. 다만, 최하층에서부터 점점 강해지는 구조이므로 힘에 부치기 시작하면 이전 층에서 레벨 업에 매진할 예정이었다.

1층의 적은 고블린과 슬라임뿐이었다. 갑옷과 방패에 공격이 가로막혀 성가시긴 했지만 강적이라고 말할 정도는 아니었다.

던전 탐색을 시작하고 3시간이 지났을 무렵, 나는 잠시 밖으로 나가 점심 식사를 하자고 제안했다.

"마침 근처에 작은 방이 있다. 문이 달려있으니 그곳에서 휴식을 취하면 안전할 거야."

우리는 실비가 알려준 작은 방으로 들어가 문을 닫았다. 신기하게도 고블린들은 이 문을 열지 못한다는 모양이었다.

모든 층에는 이러한 휴게소가 존재한다고 한다.

우리는 가방을 풀고 빵과 스프로 간단하게 점심을 해결했다.

"이 탑의 최상층에는 뭐가 있어?"

나는 빵을 씹으며 실비에게 물었다.

"매드 오크라고 불리는 보스 몬스터가 있다. 녀석은 보스방에서 나오지 않으니 다가가지만 않으면 문제 될 건 없어."

"강해?"

"강하지. 내 실력으로도 놈은 힘들다. 대장은 한 번 쓰러트린 적이 있다고 들었어. 수년에 한 명꼴로 토벌하는 인간이 나타나긴 하더군."

듣자 하니 몇 번이고 부활하는 타입의 보스인 모양이다.

"도전해 볼까?"

세리나가 나를 놀리듯이 물었다.

"바보 같은 소리 마. 아직 길드의 추천 레벨에도 도달하지 못했잖아. 보수도 별거 없을 테고."

"아니. 보스가 드롭하는 아이템은 제법 값어치가 있는 물건이라 들었다. 하지만 도전했다가 목숨을 잃는 파티도 많으니 포기하는 게 무난한 선택이겠지."

실비의 말대로 목숨만큼 소중한 것은 없다. 도전할 마음이라도 생기려면 적어도 실비보다는 강해져야 할 것이다.

바로 그때, 리리가 몸을 꼼지락거리기 시작했다.

"알렉, 잠깐 바깥에 나갔다 와도 돼?"

"무슨 일인데."

"마려워서. 오줌."

나는 탑에 들어오기 전에 해결했건만. 참겠다고 고집을 부린 결과다.

"허락할 수 없어. 근처에서 대충 해결해."

"뭐어?!"

"알렉! 할 소리가 따로 있지! 내가 같이 가줄게, 리리."

"고마워, 세리나."

"아니, 화장실이라면 이 탑에도 있다. 안내해 주마."

실비가 말했다.

"가까워?"

"조금만 가면 된다."

"알겠어. 하지만 중간에 적이 나타나면 포기해, 리리."

"싫어. 됐으니까 서둘러 줘! 이러다 못 참겠어."

"나 원. 서두르면 좋은 일이 없는데."

나도 리리가 소변을 지리는 걸 원하는 건 아니지만, 적에게 당하면 곤란했다.

"여기다."

운 좋게도 우리는 적과 마주치지 않고 작은 방 앞에 도착할 수 있었다. 문에는 누군가가 나무로 팻말을 만들어 박아 놓았다. 팻말에는 '화장실'이라고 써 있었다.

안을 들여다보려 했지만, 어느새 안으로 뛰어 들어간 리리가 문을 닫아버렸다.

"후우. 안 늦어서 다행이다……."

리리가 나온 뒤 화장실 안을 확인해 보니 돌로 만들어진 변기가 있었다.

"물을 내릴 수도 있나……?"

세리나가 궁금한 듯 중얼거렸다.

"물론이다. 물의 정령이 알아서 깨끗하게 해주고 있지."

실비가 말했다.

"흐음, 그렇구나……."

세리나는 물의 정령을 이용한 화장실에 관심이 있는 모양이었다.

"그러면 더 사용할 사람?"

"아, 죄송하지만 저도……."

이오네가 조심스럽게 손을 들었다.

"알겠어."

"응. 이 녀석은 내가 붙잡고 있을 테니까 안심해."

그렇게 말하며 내 손목을 붙잡는 세리나 녀석.

"이보셔. 나는 엿볼 생각 없어."

"네 스킬 창에 대고 변명해 보시지."

그러고 보니 [엿보기 LV1] 스킬을 가지고 있었지.

"이건 [스킬 카피]로 저절로 배워진 스킬이야."

"[스킬 리셋]으로 지우면 되잖아."

"뭐, 어딘가에 도움이 될지 모르니까."

"변태."

흥. 마음대로 지껄이라지.

"오래 기다리셨죠."

"좋아. 가자."

볼일을 마친 우리는 탐색을 재개했다. 이 던전이라면 식재료만 챙겨와도 여관으로 돌아가지 않고 장기간 탐색이 가능할 듯하다.

하지만 밤에는 침대에서 자고 싶고, 여성진도 목욕을 하고 싶을 테니 장기간 탐색은 보류해 두기로 했다.

제5화
함정

그날 밤. 나는 미나를 상대로 [로션 플레이] 스킬을 사용해 보았지만 아무 일도 일어나지 않았다.

이 스킬을 사용하려면 로션이 필요한 모양이었다.

"안 되겠다. 나중에 로션을 사서 다시 시험해 보자."

"네, 주인님. 그러면 제가 핥아드릴게요."

"그래."

우선 펠라치오로 한 발 뽑은 뒤, 본격적으로 미나를 귀여워해주었다.

"아앙, 주인님!"

그렇게 4라운드를 마친 우리는 서로를 끌어안고 잠에 들었다.

제법 만족스러운 생활이었다. 적당히 돈을 모아서 이 세계에서 느긋한 삶을 보내는 것도 괜찮을 것이다.

온라인 게임이 없다는 점이 흠이지만, 미나와 할 수만 있다면 사소한 문제였다.

다음 날에는 검술 도장에서 훈련을 하고, 오후부터 서쪽 탑의 공략을 재개했다.

"알렉, 1층의 맵핑이 완료됐어. 아직 채워지지 않은 장소가 있기는 하지만, 평범한 방법으로는 갈 수 없는 지역 같아."

맵핑 스킬을 가지고 있는 세리나가 말했다.

"알겠어. 그러면 2층으로 가자."

가급적이면 지도를 전부 채우고 싶었지만, 우리의 목적은 어디까지나 레벨 업이다. 던전 탐색에 신경질적으로 임할 필요는 없었다.

계단을 통해 2층으로 올라가자 1층과 동일하게 회색 벽으로 둘러싸여 있었다.

"계속 이런 식이야?"

실비에게 물었다.

"11층부터는 벽의 색이 조금 달라지지만, 기본적으로는 동일하다."

지루한 탑이다. 경험치를 많이 주는 적이라도 나오면 좋겠다.

"아, 말하는 걸 깜빡했군. 이 탑에는 함정이 많은 편이다. 조심하는 게 좋아."

실비가 문득 떠올랐다는 듯이 덧붙였다.

"함정? 어떤 것들이 있는데?"

"다양하지. 가장 성가신 건 구멍 함정이다. 10층까지는 즉사할 만한 함정은 없지만, 한 번 떨어지면 다른 곳을 통해서 올라가기 전까지는 던전에서 나가지 못해. 파티가 뿔뿔이 흩어지기라도 하면 치명적이다."

"과연. 그러면 파티가 흩어졌을 때를 대비해 집합 장소를 정해 두자. 1층의 휴게소가 괜찮겠군."

"응. 그게 좋겠어."

세리나도 찬성했다. 탑 밖에도 몬스터가 존재하니 섣불리 탑을 나가는 것보다는 안전 지대에서 모이는 편이 나았다.

"그럼 출발하자."

우리는 탐색을 재개했다. 2층에서도 여전히 고블린이 등장했지만, 가끔씩 '알미라지'라는 이름의 뿔 달린 토끼도 출현했다. 이 녀석은 기다란 뿔을 갖고 있기에 점프 공격으로 목이나 얼굴을 찔리면 중상을 입을 수도 있었다.

"알미라지야!"

"리리는 물러나 있어."

이 파티에서 유일하게 금속 갑옷을 착용하지 않은 리리는 자칫하면 즉사할 수도 있었다. 그러니 최대한 신중하게 대처해야 했다.

"큭!"

미나가 배에 뿔을 맞았지만 갑옷으로 방어했다. 과연 가죽 갑옷이었어도 막아낼 수 있었을까.

"좋아, 쓰러트렸어!"

세리나가 알미라지의 등에 롱 소드를 꽂아 넣으며 전투를 매듭지었다.

"뿔이 드롭됐네."

60센티미터 정도의 날카로운 뿔이었다. 가공하면 써먹을 구석이 있을 듯하다.

아이템 가방에 수납이 가능할지 걱정되었지만 문제없이 들어갔다.

"흐음, 4시라. 오늘 안으로 2층의 맵핑을 완료하기는 어렵겠어."

세리나가 말했다.

"내일 끝내면 돼."

"하긴. 맞는 말이야."

통로를 나아가자 가로세로 5미터 정도의 방이 등장했다.

중앙에는 제단이 설치되어 있었고, 그 위에는 50센티미터쯤 되는 철제 보물상자가 놓여 있었다.

"앗! 보물상자 발견!"

리리가 뛰어가려 했지만 내가 곧바로 제지했다.

"서두르지 마. 함정을 조사하는 게 먼저야."

"아아, 응. 그러면 부탁해, 미나."

"알겠어요."

미나가 스킬로 보물상자를 조사해 보니 독침이 설치되어 있는 모양이었다. 일단 해독초를 가지고 있기는 하지만, 미나에게 함정이 발동되지 않도록 보물상자를 열어 보라고 했다.

"성공했어요. 포션일까요?"

미나가 핑크색의 병을 신기한 듯 바라보았다. 병에는 웃는 얼굴이 조각되어 있었다. 별로 마시고 싶지는 않군.

"줘봐. [감정]해 볼게."

"네."

〈명칭〉 로션   〈종류〉 효과 아이템
〈재질〉 유리, 오일 〈중량〉 1
[해설]
굉장히 미끌거림.

사용 후에는 소멸한다.

피부에 안전.

흐음.

"어떤 포션이야?"

세리나가 물었다.

"아니, 이건 로션이야. 미끌미끌하다는데."

"뭐……?"

여성진이 얼굴을 붉히며 군침을 삼켰다.

"알렉. 괜찮다면 그 포션을 나한테 주지 않겠나."

실비가 말했다.

"어디다 쓰려고?"

"쓸모야 많지. 적을 넘어트리는 데도 사용할 수 있을 테고."

"안 돼. 하나 더 얻으면 주겠지만, 우선권은 나한테 있어."

나는 그렇게 말하며 로션을 가방에 집어넣었다. 교섭할 생각은 없다.

"후, 어쩔 수 없군. 그러면 다음은 오른쪽 통로로 가주지 않겠나. 보물상자가 하나 더 있을 거다."

"좋아. 그럼 가볼까."

오른쪽 통로로 향하자 방금 전과 비슷한 형태의 방이 등장했다.

가운데 제단이 설치되어 있고, 그 위에 보물상자가 놓여 있었다. 하지만…….

"……알렉, 왠지 불길한 예감이 들어."

세리나도 나와 비슷한 느낌을 받은 듯했다.

"신경 쓰지 마라. 자, 알렉. 이쪽으로."

실비가 말했다.

"나는 왜? 보물상자라면 미나한테 열게 할 생각인데."

"아니, 괜찮다. 이쪽으로 와라."

실비가 끈질기게 손짓을 했기에 어쩔 수 없이 그쪽으로 다가갔다.

"도대체 뭔데."

"별거 아니다. 잠깐 실례하지."

그렇게 말한 실비는 내 팔을 붙잡은 채로 보물상자를 열었다.

그러자 철컥, 하는 소리와 함께 바닥이 사라졌다.

"이런?!"

"주인님!"

""알렉!""

"알렉 씨!"

옆에서 씨익 웃고 있는 실비의 얼굴이 보였다. 실비가 나를 함정에 빠트렸다는 것을 깨달았지만, 이미 나는 밑으로 떨어지고 있었다.

뭐라도 붙잡으려 했지만 손에 닿는 것이라고는 실비의 몸뿐이었다. 실비도 나처럼 밑으로 떨어지고 있는 모양이었다.

도대체 무슨 생각이야!

"우와아아아아!"

손을 뻗은 세리나의 모습이 순식간에 멀어져 갔다. 그렇게 나는 암흑 속으로 빨려 들어갔다.

구멍은 도중에 완만한 커브를 이루고 있었지만 속도가 붙어서 쉽게 멈추지 않았다.

이 속도로 바닥에 충돌한다면 즉사를 면하기는 힘들 것이다.

나는 필사적으로 발버둥쳤다.

"알렉, 함부로 움직이지 마라. 다칠 수도 있다."

실비가 느긋한 목소리로 말했다.

"시끄러워! 제길!"

구멍은 미끄러지기 쉬운 재질로 만들어져 있는지 멈추고 싶어도 소용이 없었다.

그리고 잠시 후. 물컹거리는 바닥에 부딪혀 튕겨난 나는 다시 한번 바닥에 고꾸라졌다.

"아악!"

다행히 낙하는 멈췄지만 어깨를 세게 부딪쳐서 무척 아팠다.

주변을 둘러보니 이곳은 던전의 통로인 모양이었다. 위층과 마찬가지로 돌벽으로 둘러싸인 길이 죽 이어져 있었다.

아래층으로 떨어트리는 함정에 당한 건가. 죽지 않고 끝나서 다행이다…….

"괜찮나?"

나를 이 상황에 빠지게 만든 장본인이 태연한 얼굴로 손을 내밀었다.

"너! 무슨 속셈이야!"

힘겹게 몸을 일으킨 나는 검을 뽑아서 실비의 얼굴에 들이댔다.

"너무 화내지 마라. 하긴…… 그건 무리인가. 다치게 할 생각은 없었다. 이것만큼은 믿어 줘."

"됐으니까 대답이나 해. 무슨 목적으로 이런 짓을 저지른 거야."

"실은 그 로션에 흥미가 있거든."

"그렇다면 좀 더 제대로 된 방법이 있을 거 아냐. 자, 받아."

이곳에는 나와 실비뿐이다. 이 녀석이 힘으로 빼앗으려 들면 오히려 위험해진다.

"오오, 고맙군."

"미나! 이쪽은 무사해!"

내가 구멍 위쪽을 향해서 외쳤다. 내버려 두면 미나도 덩달아 내려올 것 같았기 때문이다.

"주인님! 다행이다! 흑흑."

미나의 목소리가 들려왔다. 하지만 구멍이 중간에 꺾어져 있기에 모습은 보이지 않았다.

"알렉! 상황은? 로프를 내릴까 하는데."

세리나가 물었다. 하지만 내가 대답하기 전에 실비가 말했다.

"필요 없다. 근처의 계단을 통해서 위층으로 올라갈 수 있으니. 게다가 저 안쪽은 미끄러지기 쉬운 재질로 되어있다. 두 사람을 끌어 올리려면 힘이 많이 들 테지."

어째서 두 사람을 끌어 올리는 게 전제인 거지. 그래도 실비가 거짓말을 하는 것처럼 보이지는 않았다. 나를 죽일 생각이라면 진작에 해치웠을 것이다.

"세리나, 너희는 1층의 휴게소로 가서 기다려. 나도 곧장 그곳으로 향할 테니까."

"알았어!"

"이쪽이다."

실비가 안내를 한다는 사실이 영 마음에 들지 않았지만, 멋대로 돌아다니다가 길을 잃어버리기라도 하면 큰일이다.

그러니 일단은 따라가 보기로 했다.

"여기다."

나는 실비가 안내한 곳으로 들어갔다. 하지만 그렇게 도착한 장소는 막다른 방이었다.

"이번엔 또 무슨 생각이야."

"너하고 조금 놀고 싶었을 뿐이다. 로션을 사용해서."

"그런 거였나……."

이번에도 나의 [매료☆ LV3] 스킬이 분발한 모양이다.

그렇다면 평범한 방법으로 부탁해도 좋았을 것을.

"그런 거다. 어울려 준다면 앞으로도 네 모험을 도와주지. 괜찮은 조건 아닌가?"

"알겠어. 하지만 이곳에서 할 생각은 없어. 여관으로 가자."

"아니, 여기서 부탁하지."

"이보서."

"여기는 안전 지대다. 네 동료들도 네가 무사하다는 사실을 알고 있으니 조금쯤은 늦어도 걱정하지 않을 거다."

"돌바닥 위에서 하고 싶으면 혼자서 해. 나는 돌아가겠어."

"후우, 어쩔 수 없군. 여관으로 가면 해주는 거겠지?"

"좋아. 대신에 이 빚은 톡톡히 갚아줘야겠어."

"그래. 약속하지."

여러모로 열 받는 여자였다. 그래도 얼굴은 예쁘니 여관에서 잔뜩 능욕해 주기로 하자.

그렇게 나는 1층으로 향했다.

제6화
엘프와 로션 플레이

1층으로 돌아가자 다른 멤버들도 단단히 화가 난 듯 실비에게 힐난을 퍼부었다.

무리도 아니었다. 아무런 상의도 없이 파티원을 위험에 빠트리다니. 정식 멤버였다면 즉시 제명당해도 할 말이 없었다.

"실비 씨. 다음에도 주인님께 이상한 짓을 하시면 제가 당신을 죽이겠어요."

"알겠다, 미나. 명심해 두도록 하지. 두 번 다시는 그러지 않겠다고 약속하마."

그렇게 가장 많이 분노했던 미나가 실비를 용서해 주면서 어찌저찌 상황이 수습되었다.

여관으로 돌아간 뒤, 저녁 식사를 마치고 실비를 방으로 불러들였다.

실비는 갑옷을 벗고 평상복 차림으로 돌아와 있었다. 마른 편인데도 제법 훌륭한 몸매를 갖고 있었다.

"그러면 얼른 벗어."

실비가 스스로 옷을 벗게 만든 뒤, 그 위에다 로션을 뿌려주었다. 벌꿀과 비슷한 질감의 끈적한 로션이 실비의 몸을 적셔 나갔다.

"으응, 이거, 기대해도 되겠군……."

"흥. 어떻게 할지는 내가 정해. 너는 시키는 대로만 해."

"알겠다."

나는 손바닥에 로션을 발라 실비의 가슴을 문질렀다.

"큭, 아아, 이 감각, 역시 슬라임과는 다르군……."

"너, 그게 마음에 들었던 거야?"

"그래. 끈적하게 움직이는 게, 큭, 기분 좋더군."

"그래도 남자한테 안기는 것보다는 못하지."

"안타깝게도 나는 아직 남자를 몰라서 말이야."

"어?"

비처녀라고 생각했건만 그렇지도 않은 모양이었다. 이해하기 힘든 녀석이다. 일단은 미끄러운 손으로 유방을 애무해 주었다.

"으응, 앗! 크윽, 그, 그거, 아아, 좋아!"

이 녀석이 좋아하는 모습을 보니 왠지 화가 났지만, 슬렌더한 체형은 제법 흥분되었다. 예외적으로 가슴만 크고 부드러웠다.

성기도 만져봤지만 평범한 인간과 다르지 않았다.

"으으, 알렉. 이, 이제 충분하다. 그만 끝내줘."

"무슨 소리야? 지금부터가 시작인데. 잔뜩 어울려 줄게."

"자, 잠깐만, 이, 이상은, 크윽, 그, 그만둬! 그만…… 아아앗!"

실비는 몸이 달아올라 어쩔 줄 모르는 눈치였다. 하지만 이건 벌이기도 했다.

나는 실비의 전신을 열심히 어루만졌다. 단, 절대로 가게 해주지는 않았다.

"으으, 부탁해, 뭐, 뭐든지 좋아. 여, 여기에 넣어줘, 제발……."

그렇게 3시간 정도를 애태웠을까. 나도 슬슬 참기 힘들어졌다.

넣어줘도 괜찮겠지.

"아앗⋯⋯! 크윽, 이, 이건, 으윽, 굉장해⋯⋯!"

"지금부터가 진짜야."

"힉! 이, 이제 충분해, 그만 용서를, 아앗, 아, 안 돼, 움직이면, 힉, 지금, 움직여 버리면, 아아앙!"

원래는 기승위로도 해줄 생각이었지만 실비는 완전히 녹초가 되어 뻗어버리고 말았다.

다음 날, 실비는 나를 원망스러운 표정으로 쳐다보며 말했다.

"네놈은 악마인가? 무서운 녀석 같으니."

"내가 볼 때는 너도 훌륭한 악당이야."

오전에는 평소처럼 검술 도장에서 훈련을 하고, 오후부터 서쪽의 탑으로 향했다. 실비는 오늘도 따라왔다.

"어제 발생한 일이다만, 서쪽 탑에서 3인조 파티가 당했다는 모양이다. 유품이 발견되었어."

실비가 신경 쓰이는 말을 꺼냈다.

"몇 층에서?"

"16층이다."

"한참 위층이군. 이대로 계속 가자."

단, 무리할 생각은 없었다. 안전한 공략을 위해서는 적의 강함을 잘 파악하는 것이 중요했다. 다행히 우리는 [감정] 스킬을 지니고 있어 공략에 유리했다.

"16층에는 뭐가 있어?"

세리나가 궁금했는지 물었다.

"로퍼라는 몬스터가 있는 모양이더군. 하지만 나도 잘은 모른다. 11층까지밖에 가보지 못했거든."

"뭐, 나중에 따로 정보 수집을 하면 되겠지."

어차피 오늘은 3층이나 4층까지밖에 못 갈 것이다.

"하긴."

우리는 몬스터를 쓰러트리고, 탑을 탐색하며 [오토 맵핑] 스킬로 지형을 기록해 나갔다.

"앗, 주인님! 보물상자예요!"

뿔 달린 토끼를 처치한 순간, 금색의 보물상자가 출현했다.

"좋았어. 미나, 열어봐 줘."

"네. 어라? 스킬 포인트가 아니네요. 팔찌가 들어있어요."

아름답게 빛나는 은색 팔찌였다. 진짜 은이라면 비싸게 팔리겠는걸. 일단 [감정]을 해보았다.

〈명칭〉 근력의 팔찌 〈종류〉 장비품

〈재질〉 미스릴   〈방어력〉 25

〈방어 범위〉 2%   〈중량〉 1

[해설]

장비한 사람의 힘을 상승시킴.

방어력이 있지만 범위는 좁다.

근력 기본 능력치 + 20

"호오. 힘이 오르는 장신구인가. 거의 두 배는 오르는걸."

"헤에." "호오."

문제는 누가 이것을 장비할 것인가인데……

우선 실비는 예외다. 이 녀석은 우리와 함께할 뿐이지 파티원으로 인정받지 못했으니까.

근력이 오르면 공격력도 상승할 테니 전위에 서는 누군가가 장비하는 것이 좋을 것이다.

가장 유력한 후보는 나나 미나, 이오네였다.

세리나한테 건네주면 내가 얻어맞을 때 아플 것 같으니 제외하자.

"정했다. 미나. 네가 장비하도록 해."

"괜찮을까요? 주인님이 장비하시는 편이……."

"아니. 네가 가장 선두에 서잖아. 공격 횟수도 많고. 잘 부탁해."

다른 멤버들도 불만은 없는 모양이었다. 미나가 왼팔에 팔찌를 장비했다.

"후후. 잘 어울리네, 미나."

"고맙습니다, 세리나 씨."

던전 탐색을 재개했다.

중간에 고블린 무리와 조우해 전투가 벌어졌는데, 미나의 공격은 방어력을 무시하고 고블린들을 날려버렸다.

"잘했다, 미나."

"네, 주인님!"

"아……."

이오네가 뭐라고 말을 하려다가 망설였다.

"왜 그래, 이오네."

"방금 전처럼 싸우면 무기의 내구도 소모가 심해지거든요."

"아아, 그런가……."

"앗, 죄, 죄송합니다! 주인님!"

"아니. 망가지면 새로 사줄 테니까 신경 쓰지 마."

굳이 보주를 팔지 않더라도 던전을 탐험하면서 제법 많은 돈이 쌓여있었다.

이참에 예비용 무기를 마련해 두기로 할까.

"네……. 그래도 최대한 망가지지 않도록 싸우려고 노력할게요."

"그래. 하지만 미나. 무기는 언제든지 바꿀 수 있지만, 너를 대체할 사람은 없어. 우선 순위를 잊지 마."

"아, 알겠습니다."

어쩔 줄 몰라 하며 얼굴을 붉게 물들이는 미나. 귀여운걸.

"멋진 말이네."

세리나는 진심으로 그렇게 생각했는지 미소를 지었다.

"가자."

우리는 계속해서 통로를 나아갔다. 그러자 반대편에서 절컥, 절컥 하는 금속음이 들려왔다. 고블린인가?

"주인님, 인간의 냄새예요."

미나가 말했다. 다른 모험가인가 보군.

"알겠어. 일단 경계는 해둬."

"네."

우리는 자리에 멈춰 대기하기로 했다. 이윽고 맞은편 모퉁이에서 한 파티가 모습을 드러냈다.

"오, 형씨. 벌이는 좀 어때."

가죽 갑옷을 입은 청년이 한쪽 손을 들며 밝은 목소리로 인사를 건넸다.

"그럭저럭."

"그렇군. 뭐, 나쁘지 않은 게 어디야. 그보다 이걸 봐봐. 방금 전에 은색 보물상자에서 획득한 무기야."

청년이 자랑하듯 단도를 들어 보였다. 칼날부터 자루까지 빨간색으로 통일된 아름다운 단도였다.

흐음.

무언가 특수 능력이 있을 것 같아서 [감정] 스킬을 사용해 보았다.

〈명칭〉 단명의 커틀러스 〈종류〉 단도
〈재질〉 적사철　　　　〈공격력〉 44
〈명중률〉 44　　　　〈중량〉 2
[해설]
아름다운 심홍색의 단도.
높은 공격력을 자랑하나, 인간을 현혹하여 비극을 불러일으킨다.

아무래도 저주받은 아이템인 모양이다.

"어서 팔아버리는 게 좋아. 저주받은 아이템이다."

"무슨 소리야. [안목] 스킬이라면 나도 가지고 있어. 이건 저주받은 아이템이 아니라고."

"딜무드. 쓸데없는 말은 관둬라."

로브 차림의 마법사 할아버지가 말했다.

"살짝 자랑하는 것 정도는 괜찮잖아. 내가 여태껏 얻을 물건 중에서 제일 값비싼 거라구. 설마 서쪽 탑에서 이런 무기를 얻게 될 줄이야."

"부럽네. 그럼 이만."

단명의 커틀러스가 가장 값비싼 물건이라면 이 파티의 수준이 보였다. 굳이 대화에 어울려 줄 필요는 없었다.

"그래, 잘 가."

이들을 지나치던 와중, 하얀 로브의 미소녀와 눈이 마주쳤다. 하늘색 머리카락에 상냥한 눈동자. 내 취향이다.

"그나저나 방금 그 파티, 미인들이 많더라. 아저씨 한 명이 껴 있던데. 혹시 노예인가?"

방금 전의 청년이 무례하기 그지없는 발언을 했다. 누가 노예야! 다 들린다고.

"실례잖아, 딜. 그 사람이 리더일 거야."

"뭐? 그 시원찮게 생긴 아저씨가? 농담도!"

"아니. 그 남자가 움직이자 다른 멤버들도 뒤따라 움직이더군. 하렘인가. 부럽군, 부러워."

"뭣이! 제길, 그 자식! 잠깐 시비 좀 걸고 올게."

"그만둬, 바보야."

"맞다, 딜. 네게는 피아나가 있잖나."

"뭐어? 이 녀석하고는 아무 사이도 아냐. 평범한 소꿉친구라고 말했잖아."

"……그래, 맞아. 평범한 소꿉친구 사이지. 후우……."

방금 전의 하얀 로브를 입은 미소녀가 피아나일 것이다. 목소리도 예뻤다. 피아나는 딜무드에게 마음이 있는 모양이건만. 바보구나, 딜무드 녀석.

"주인님은 시원찮은 얼굴이 아니에요. 취향을 타는 얼굴이세요."

미나가 작은 목소리로 말했다. 쓸데없는 위로는 관둬.

세리나와 이오네가 입을 가리고 쿡쿡 웃었다. 각오해, 너희들. 나중에 침대에서 울고불고 애원하게 만들어주마.

제7화
장비를 새로 맞추다

서쪽 탑의 공략은 순조롭게 진행되었고, 우리는 이미 10층을 돌파했다.

보주도 2개나 추가로 획득했다. 당장 팔아치우고 싶지만 옥션이 개최되려면 아직 며칠 더 기다려야 했다.

"알렉, 오늘 검을 고치러 갈 예정이거든. 네 검은 괜찮아?"

여관에서 아침을 먹고 있을 때였다. 세리나가 내게 질문해 왔다.

"흠. 아직 괜찮아. 하지만 미나, 너는 이참에 수리를 맡겨둬."

"네. 저, 그런데……."

"예비용 무기도 따로 사줄 테니까 돈 걱정은 마."

"알겠습니다."

어쩔 수 없군. 다소 손해를 보기는 하겠지만 모험가 길드의 퀘스트로 보주를 환전해서 장비를 맞추기로 했다.

탑의 적들도 점점 강해지고 있었다. 이쯤에서 장비를 전부 강철로 바꾸는 것도 괜찮을 듯하다.

나는 우선 모험가 길드를 방문했다.

"오오, 알렉. 오랜만이군. 하도 안 보이길래 어디서 객사라도 한 줄 알고 걱정했어."

길드의 접수 아저씨가 나를 보자마자 인사를 건넸다.

"보다시피 잘 살아있어. 이걸 환금해 줘. 퀘스트는 아직 남아

있지?"

"아아, 보주로군. 물론이다. 이곳으로 보주를 가져오는 녀석이 많지는 않거든. 랭크가 부족하긴 하지만 특례로 넘어가지. 1만 골드다. 확인해 봐."

나는 금화 한 닢을 건네받았다.

이걸로 소지금은 2만 8천 골드. 강철 갑옷은 비싼 장비지만 이 정도면 충분할 것이다. 부족하더라도 보주를 하나 더 팔면 끝날 문제다.

"알렉, 이걸로 네 모험가 랭크는 D다. 이참에 승급 시험도 받아보겠어? 통과하면 C랭크로 올라갈 수 있거든."

아저씨가 말했다. 승급 시험이라. C랭크로 오르면 수락할 수 있는 의뢰의 폭이 넓어질 것이다. 하지만 별로 큰 메리트는 느끼지 못했다.

"귀찮아."

"뭐어? 받지 그래? 함께 A급 모험가를 목표로 하자. 참고로 나는 지금 B랭크야."

세리나가 말했다.

"나중에."

"대체 왜?"

"알렉 말대로 나중에 받아도 괜찮아. 위험을 무릅쓸 필요는 없지. 그렇잖아도 최근 던전에서 사망자가 속출하고 있어. 특히 서쪽 탑에서는 이번 달에만 세 파티가 전멸했다더군. 머릿수로 따지면 여덟 명이야. 너희들은 가지 마라."

아저씨가 충고했다. 하지만 우리는 이미 그곳을 공략 중이었다.

"아. 저희도 그 탑을 공략하고 있어요."

세리나가 말했다.

"뭐? 세리나라면 또 몰라도 알렉까지? 알렉, 다시 카드를 줘봐라. 네 레벨이……."

"잘 봐. 내 레벨은 21이야. 장비도 준수한 편이고. 문제될 건 없어."

"크흠, 정말이군. 레벨이 오르는 속도가 상당한걸. 지난주만 해도 1이던 녀석이 벌써 이 정도로 성장할 줄이야."

"헤에, 알렉 씨. 레벨이 벌써 20을 넘으셨군요. 제법이네요."

더벅머리 녀석이 친한 척 내 어깨에 손을 걸쳤다.

"이거 놔. 너는 몇인데?"

"헤헤, 비밀이에요."

실실 웃으며 떨어지는 신.

가르쳐 줄 생각이 없어도 상관없다. 내 스킬로 너를 [감정]해주지.

〈이름〉 신　　　　〈레벨〉 ??

〈클래스〉 용사/레인저 〈종족〉 인간

〈성별〉 남자　　　〈HP〉 ???

[해설]

버니어 왕국에 소환된 이세계의 용사.

비밀주의자.

성격은 게으른 편. 때때로 활동적.

〈신의 개인 스킬〉

Caution!

스킬에 의해 열람을 방해받았습니다.

쳇, 나보다 레벨이 높은 건가?

게다가 이 녀석도 스킬 열람을 방해하는 스킬을 보유하고 있는 모양이었다.

슬슬 나도 열람 방해 스킬을 배워두는 게 좋겠군. [감정] 스킬을 가진 사람이 나뿐만은 아닐 테니까. 이 녀석도 제법 게임에 빠삭해 보였다.

"그 정도는 가르쳐 줘도 되잖아. 같은 용사면서."

세리나가 말했다.

"어려울 건 없죠. 대신에 시라이시 씨, 저랑 고급 레스토랑에서 같이 식사해 주실래요? 그러면 레벨뿐만 아니라 이것저것 가르쳐 드릴게요. 이것저것 말이죠, 헤헤."

"알렉도 함께 간다면 어울려 줄게."

"나는 갈 생각 없어."

용사라는 이유만으로 친하게 지낼 생각은 없었다.

"어휴. 대단들 하다, 대단들 해."

세리나는 체념한 듯 어깨를 으쓱였다.

"아쉽네요. 그러면 자리를 양보해 주실 수 있을까요?"

신이 물었다. 길드에 용건이 있는 모양이었다.

"어어, 그래."

나는 카운터에서 옆으로 비켜 주었다.

"이걸 환금하려고 왔는데요."

신은 그렇게 말하며 카운터에 붉은색의 단도를 올려놓았다.

"응?"

낯이 익은 단도였다.

딕인지 딜도인지 하는 모험가가 소지하고 있던 무기였다.

[감정]을 해보니 틀림없었다. 이름도 단명의 커틀러스였다.

"오오, 명품이군. 옥션에 내놓으면 고가에 팔릴 텐데. 괜찮겠어, 신?"

"네. 가능한 한 빨리 처분하고 싶어서요."

"신, 그 무기는 어디에서 얻었지?"

내가 물었다.

"서쪽 탑이에요. 바닥에 떨어져 있던 걸 우연히 발견했어요."

"근처에 모험가는 없었고?"

"네. 아무도 없던걸요. 마법사의 지팡이가 떨어져 있기는 했지만요. 아마도 강력한 몬스터에게 당한 거겠죠. 저희도 조심해야겠어요."

신이 담담하게 말했다.

"아아, 당해버렸구나, 그 사람들……."

세리나가 얼굴을 찡그렸다.

미나가 내 앞으로 나서려 했지만, 나는 미나의 어깨를 움켜쥐고 자리를 피했다.

"우리는 이만 가볼게, 신."

"네. 같은 용사로서 열심히 분발하죠, 헤헤헤."

흥.

"여관으로 가자."

"네."

"갑자기 왜 그래? 미나도 그렇고."

"됐으니까 너희들도 따라와."

나는 일행들을 데리고 내 방으로 돌아왔다. 이곳은 방음 도구가 설치되어 있기 때문에 비밀스러운 이야기에 제격이었다.

우선은 방문을 잠갔다. 미나는 경계심을 적나라하게 드러내고 있었는데, 칼까지 뽑아 들고 잠긴 문 옆에서 망을 보았다.

"그래서? 대체 무슨 일이야?"

"신 녀석이 PK를 저지르고 있을 가능성이 있어."

무거운 침묵 속에서 내가 입을 열었다.

리리는 내 말을 듣고 몸을 움츠렸다.

"미안한데, PK라는 게 뭐야?"

하지만 세리나는 PK라는 단어 자체를 모르는 모양이었다.

"거기부터 설명해야 되는 건가……."

"모르는 걸 어떡해. 들어본 적은 있지만."

"플레이어 킬러의 약자야. 이제는 무슨 뜻인지 알겠지?"

"아, 그렇구나. 뭐어?! 신이 그 모험가들을 죽였다는 거야?"

"그럴 가능성이 높아. 신은 단도가 바닥에 떨어져 있었다고 말했지. 하지만 주변에는 아무도 없었다고 했어. 상식적으로 생각하면 시체가 남아있는 동안에 다른 모험가가 주워 갔어야 정상이야."

"하지만 그 이유만으로 범인이라고 단정 짓기는 무리 같은데."

"정황 증거라면 더 있어. 실비의 말을 떠올려 봐. 이번 달 무렵부터 던전의 사망자가 늘어났다고 했어. 우리가 소환된 이후라는 뜻이야. 아마도 신은 PK에 특화된 스킬을 익혔을 거야. 애초에 솔로를 선택한 이유도 PK 위주의 게임을 즐겨 했기 때문이겠지. 게다가 돈도 이상하리만치 많아 보였어."

"알렉, 너도 비슷한 게임을?"

"PK 게임은 취향이 아니야. 내가 큰돈을 번 건 레어 스킬과 보주 덕분이라는 걸 너도 알잖아. 이 PK 여자야."

"으으. 그날 일은 반성하고 있어. 그리고 의심해서 미안해. 하지만 나도 그때 악의가 있었던 건 아니었어."

"그래. 알아."

"그리고 신한테서 딜무드인가 하는 사람의 냄새가 났어요. 단도와는 별개로요."

미나가 덧붙였다. 결정적인 증언이었다.

목을 졸랐든, 뭘 했든 죽이는 과정에서 냄새가 밴 것이리라.

"우와, 돈을 위해서 살인을 하는 사람이 근처에 있었다니. 무섭다."

리리가 몸서리를 쳤다. 신은 불량하다고 할 정도의 인물은 아니었다. 하지만 그렇기에 더 무섭게 느껴지는 걸지도 몰랐다.

"리리. 신 녀석과는 조만간 결판을 낼 테니까 그때까지는 평범하게 행동해. 녀석이 알아채면 귀찮아져."

"으, 응. 알았어."

"결판을 낸다니? 길드나 기사단에게 신고라도 하게?"

"신고는 할 거지만 지금으로서는 증거가 부족해. 그리고 녀석은 우리를 해치우기 위해 오늘부터 서쪽 탑에서 매복할 거야."

"응? 어째서…… 아아. 단도를 팔아치우는 장면을 목격해서 그렇구나."

"맞아. 신 녀석도 딜 어쩌고 하는 녀석과 면식이 있는 사람이 그곳에 있으리라고는 예상하지 못했겠지. 마무리가 어설펐어."

장비도 레벨도 우리보다 위인 그 녀석과는 웬만하면 맞붙고 싶지 않았다. 하지만 녀석이 우리한테 손을 대는 것은 시간 문제였다.

우리는 결전에 대비해 장비를 구입하고, 스킬을 재정비했다.

가장 큰 변화를 맞이한 것은 나와 미나의 장비였다.

세리나와 이오네는 일찌감치 강철 갑옷을 착용하고 있었다. 리리는 중장비 대신 가죽 갑옷을 입혀 회피에 특화시켰다.

강철 숏 소드+1이 각각 4000골드.

강철 가슴받이+1 하나가 6200골드.

강철 라운드 실드+1이 3400골드.

추가로 100골드짜리 작업용 나이프도 두 개 구입했다.

방패가 살짝 무거운 느낌도 들지만, 상대는 보우건을 장착하고 있다. 방어 범위는 넓을수록 좋았다.

세리나의 [흥정] 스킬과 내 [파격 세일] 스킬로 정가보다 싸게 구입할 수 있었다.

가능하다면 이오네처럼 +2 랭크의 장비로 도배하고 싶었지만, 이 정도의 장비들은 시중에 잘 풀리지 않는 모양이었다.

그리고 내가 신과의 대결을 준비하는 과정에서 배운 스킬은 다음과 같았다.

[촛농 플레이] New!

말해 두지만, 이건 내가 배운 스킬이 아니다. [스킬 카피 LV1]이 멋대로 벌인 짓이다. 아마도 신이 소지하고 있던 스킬일 것이다.

결전을 앞두고 장난이나 칠 여유는 없었다.

그래서 나는 30포인트를 투자해 [귀갑 묶기 LV5]를 배웠다.

상대를 포박해 움직임을 봉인하기 위해서였다. 평범한 포박용 스킬을 배워도 되겠지만 약간의 취향을 반영한다고 큰 문제는 없을 것이다. 인생에는 여흥도 필요한 법이다.

로프도 다섯 개를 구입해 [아이템 가방]에 넣어두었다.

그리고 [노예 조련 LV1] 스킬에 28포인트를 투자해 [노예 조련 LV4]로 만들었다.

미나의 능력을 최대한 끌어내기 위해서였다. 목적이 한 가지 더 있기는 하지만 이쪽은 별로 확인이 없었다.

[민첩성UP LV3] [운동신경 LV3] [동체시력 LV3] 레벨 업!

전투 능력 상승에 68포인트. 운동 신경과 동체 시력은 많은 포인트를 요구했지만, 보우건을 피하려면 투자는 불가피했다.

[스킬 은폐 LV2] New!

상대로부터 내 패를 감추기 위해 은폐 스킬도 배워두었다.
남아있는 포인트는 여타 도움이 될만한 스킬들에 투자했다.

[예감 LV2] [상황판단 LV2] 레벨 업!

이것으로 남은 포인트는 0이다. 남김없이 사용했다.
미나에게는 전투 능력 강화 스킬을, 리리에게는 회피 강화 스킬을 배우게 했다.
세리나는 전투 계열의 스킬을 배운 모양이었다. 다만 나는 세리나의 스킬을 열람할 수 없기 때문에 자세한 내용은 불명이다.
이것으로 준비는 전부 마쳤다.

제8화

유적

　다음 날. 오전에는 평소처럼 검술 도장을 방문하고, 오후에는 서쪽 탑으로 향했다. 이오네는 오늘도 어김없이 우리를 따라나섰다.

　"이오네, 괜찮겠어? 신이 던전에서 우리를 노리고 있어. 오늘부터 위험해질 거야."

　"네. 위험하다면 더더욱 알렉 씨의 곁에 있어 드려야죠. 실력에는 자신이 있어요. 웰버드 검술 도장의 후계자를 얕보면 곤란해요."

　이오네가 그렇게 말하며 상냥하게 웃었다. 강철 갑옷보다는 원피스가 어울리는 금발의 미녀지만 실력 하나만큼은 확실했다. 직접 대련해 본 적도 있는데, 전혀 상대가 되지 않았다.

　"마음대로 해. 하지만 나는 레어 스킬인 [매료]를 가지고 있어. 나는 네가 생각하는 만큼 좋은 녀석이 아니야."

　이오네는 내게 마음이 있는 눈치여서 가르쳐 주었다.

　"아아…… 그랬군요. 마음이 자꾸 끌려서 이상하다고는 생각했어요. 그런데 그 스킬, 남성분한테도 효과가 있는 건가요?"

　"아니. 내 취향의 여성한테만 효과가 있어."

　"아하. 그렇다면 괜찮을 거예요. 아버지와 프리츠도 알렉 씨를 좋은 사람이라고 생각하시거든요."

　그만큼 좋은 평가를 받을 만한 일을 한 적은 없는데. 도적 퇴치를 도와주기는 했지만.

　"그리고…… 취향이라는 말은, 저기, 제가 마음에 드셨다는 뜻으로 받아들여도 될까요?"

"뭐, 그건 그렇지만……."

"후훗, 다행이다. 저는 제가 알렉 씨의 취향이 아닌 줄 알았어요. 하지만 그렇다면 어째서…… 한 번도 언질을 주지 않으신 건가요?"

"네 아버지와 프리츠가 무섭거든."

"네에? 만약 저희가 사귀더라도 두 사람은 화내지 않을걸요."

"글쎄."

"그러면 저, 집을 나와서 모험가가 되겠어요."

"모험가라니……. 조금 더 생각해 봐. 그리고 너는 도장의 후계자잖아."

"수제자는 프리츠인걸요. 아버지도 딱히 도장을 남겨줄 생각은 없으신 것 같고요. 단순히 남을 가르치는 게 좋아서 도장을 차렸다고 들었어요."

"그래? 하긴, 천직인 것 같더라. 워낙 잘 가르치고."

"맞아요."

"후, 알겠어. 같이 가자."

"네. 여러분도 잘 부탁드려요."

"아, 네. 저야말로."

세리나가 말했다.

"자, 잘 부탁드립니다……."

이번에는 미나가.

"응."

리리가.

"그래. 나야말로 잘 부탁한다."

그리고 실비가 말했다.

"실비, 너가 잘 부탁하면 안 되지."

"뭐? 너무하군. 나를 자빠트려서 자기 여자로 만들어버린 주제에."

"내가 억지로 범한 것처럼 말하지 마. 함정까지 동원해서 유혹한 건 너잖아."

"뭐, 사소한 건 신경 쓰지 마라."

안 쓰이겠냐고.

"리리, 어때?"

방금 전부터 뒤쪽에 주의를 기울이고 있던 리리에게 물었다.

"미행은 없는 것 같아."

"그럼 됐어. 아마도 녀석은 먼저 탑으로 향했을 테니."

"정말 그럴까?"

내 생각이 맞다면 신은 이리저리 돌아다니기보다는 한 곳에서 지그시 대기하는 타입일 것이다. 게다가 여러 명으로 구성된 파티를 미행한다는 것은 쉬운 일이 아니다. 반대로 카렌을 미행했을 때는 이쪽이 들키고 말았다.

"어쨌든 홀로 남겨지지 않도록 조심하자."

세리나의 말대로다. 나도 고개를 끄덕였다.

주위를 경계하면서 걸어간 우리는 마침내 서쪽 탑에 도착했다.

"자, 들어가자."

탑의 입구로 들어간 우리는 미나의 후각을 통해 상황을 파악했다.

"괜찮아요. 이곳을 통과하긴 했지만 근처에는 없어요."

"용케 알았네."

"견인족이니까요."

새하얀 꼬리를 흔들어 기쁨을 표현하는 미나.

"신의 족적을 추적할 수 있겠어?"

"해볼게요."

우리는 평소대로 미나를 선두로 앞세워 이동을 개시했다.

10층까지는 최단거리로 별문제 없이 도착할 수 있었다. 그런데 11층에 도착하자 미나가 머뭇거렸다.

"어어……"

"자, 서두를 거 없어. 슬슬 날이 저물 거야. 일단 휴식을 취하면서 끼니를 때우기로 하자."

"네."

휴게소로 이동한 우리는 빵과 치즈로 배를 채우고 있었다.

"이런 휴게소 같은 곳에서 잠복하고 있으려나?"

세리나가 주변을 둘러보며 말했다.

"글쎄. 자는 동안에 습격할 가능성도 물론 있지만, 이런 곳에 흔적을 남기면 모험가 길드에 통보가 가겠지. 상대가 몬스터가 아니라는 게 확실해지니까. 신 녀석은 PK가 벌어지고 있다는 사실을 숨기고 싶어 하는 눈치였어. 아마도 적당히 강력한 몬스터가 출현하는 층에서 습격해 올 거야."

"일리가 있네."

가급적이면 잠들기 전에 결판을 내고 싶었다. 철야로 일하기는 싫었다.

"그럼 가볼까."

파티원들이 식사를 마치고 한숨을 돌린 것을 확인한 뒤, 나는 파티를 출발시켰다.

"주인님, 별로 자신은 없지만 이쪽인 것 같아요."

"그래, 한번 가보자."

우리가 먼저 녀석들을 발견한다면 기습을 가할 수도 있었다.

하지만 중간에 미나가 고개를 갸웃했다.

"왜 그래?"

"냄새가 여기서 끊어졌어요."

"흐음. 하긴, 상대도 이쪽에 견인족이 있다는 건 알고 있으니까. 탈취제를 사용한 걸지도 모르겠어."

"강적이네."

"맞아."

신은 겉보기에 평범해 보이는 녀석이지만, 솔로로 활동하면서도 노예를 넷이나 구입할 정도로 성과를 내고 있었다. 열 받는 노릇이기는 하지만 이 세계에서의 적응 능력만큼은 나보다도 위였다.

다만, 이쪽에는 미나를 비롯하여 뛰어난 능력을 지닌 동료들이 있다. 녀석의 동료도 제법 강해 보이기는 했지만 겨우 세 명에 불과했다. 이쪽은 미나, 세리나, 이오네, 실비, 리리까지 다섯 명이다.

방심만 하지 않으면 머릿수로 유리한 싸움을 이끌어 나갈 수 있을 것이다.

"계단은 이쪽이야."

세리나가 말했다.

"좋아. 올라가 보자."

현재 우리는 탑의 12층까지 공략한 상태다. 이 이상 올라가는 것은 위험하니 조만간 동료들과 의논해 볼 필요가 있어 보였다. 게다가 신도 몇 날 며칠을 탑에 체류하지는 못할 것이다. 식량이 떨어지면 내려올 수밖에 없었다.

하지만 이때까지만 해도 우리들은 예상하지 못했다. 위층에 있을 줄로만 알았던 신이 우리의 배후를 노리고 있었다는 사실을…….

계단 위쪽에만 주의를 기울인 것이 잘못이었다.

"으윽!"

불현듯 무릎 뒤쪽에서 강렬한 충격이 느껴졌다. 처음에는 누군 가가 걷어찬 줄 알았지만 근처에는 아무도 없었다.

그제야 나는 보우건에 당한 것임을 깨달았다.

"'알렉?!'"

"주인님!"

"알렉 씨!"

"저, 전투 준비! 대열을 무너트리지 마!"

나는 쓰러지면서 외쳤다.

방심해서 습격을 허용하고 말았지만 아직 끝난 건 아니다.

내가 신이라면 어떻게 했을까.

아마도 나를 걱정한 파티원들이 뒤쪽으로 달려올 테니, 이들의 배후를 노릴 수 있도록 계단 위쪽에도 동료를 배치할 것이다.

아니나 다를까, 계단 위쪽에서 한 명의 검사와 궁수가 모습을 드러냈다.

"제길, 계단 위에도 적이 있어! 두 놈이다!"

양쪽 모두 신의 동료라는 점은 분명했지만 처음 보는 얼굴들이었다. 심지어 검사는 견인족이었다.

제기랄.

매복에 완전히 당하고 말았다.

제9화

던전의 마물

신은 내 뒤쪽에 있다.

나는 우선 몸을 오른쪽으로 이동시켜 보우건의 사선에서 벗어났다. 이어서 왼다리에 꽂힌 화살을 뽑은 뒤, 해독초를 꺼내 입에 물었다. 화살에 독이 발라져 있는지는 불명이지만 나라면 발라두었을 것이다.

여기까지 한 뒤에야 나는 방패와 검을 들고 일어설 수 있었다.

곧바로 뒤쪽을 확인했지만 신의 모습은 보이지 않았다. 대신에 호인족 남자가 코앞에서 돌진해 오고 있었다.

"젠장!"

호인족 남자의 무기는 브로드 소드. 방패는 들고 있지 않았다. 하지만 양손으로 휘두르는 만큼 위력은 훨씬 강했다.

살짝 머뭇거리기는 했지만 나는 강철 숏 소드로 호인족 남자의 공격을 방어했다.

채앵! 무거운 금속음이 울려 퍼졌다. 팔이 저릿저릿했다. 그래도 가까스로 공격 방향을 바꾸는 데는 성공했다.

"주인님! 여기는 제가 맡을게요."

미나가 달려왔다. 돌아가라고 말해봤자 소용없을 것이다.

"그래. 교대다."

"네!"

나는 호인족 남자를 미나에게 맡기고 빠르게 주위를 둘러보았다.

이곳은 계단 앞의 십자로. 일반적인 통로의 네 배에 달하는 넓은 공간이었다.

실비는 계단을 달려 올라가 견인족 검사와 전투를 벌이고 있었다.

세리나는 우측에서 도끼를 든 애꾸눈의 드워프를 상대하고 있었다.

왼쪽에서는 이오네가 두꺼운 기사와 검을 겨루는 중이다.

맞은편에서는 안경을 쓴 로리 마법사가 주문을 외우고 있었다.

"리리! 고양이는 무시하고 저 마법사를 방해해! 주문을 외우게 두지 마!"

"아, 알았어!"

고양이귀 소녀에게 슬링샷을 날리던 리리에게 지시를 내려 공격 대상을 변경시켰다.

고양이귀 소녀는 경장비를 착용했고, 움직임도 날렵했다. 어차피 리리의 실력으로는 맞히기도 어려울 것이다.

그러자 고양이귀 소녀는 곧바로 리리를 공격해 들어왔고, 나는 그녀의 대거를 검으로 튕겨냈다.

궁수, 견인족 검사, 호인족 남자, 드워프, 중장갑 기사, 로리 마법사, 묘인족.

이것으로 적의 머릿수는 신을 포함해서 총 여덟 명. 어쩌면 드러나지 않은 전력이 더 있을지도 몰랐다.

직업의 밸런스도 상당히 뛰어났다. 사제까지 있으면 완벽할 것이다. 아니, 회복은 포션으로도 가능하니 적을 기습하는 데는 오히려 이 구성이 최적일지도 몰랐다.

젠장, 머릿수로도 밀리다니.

제법이구나, 신.

"적은 전부 여덟 명이야!"

세리나도 스킬 [에너미 카운터]로 적의 숫자를 확인한 모양이었다. 어쨌든 우리도 인원수는 6명이나 되니 차이가 아주 크지는 않았다.

지금부터다.

"리리, 피해! 궁수가 노리고 있어!"

계단에서 싸우고 있던 실비가 외쳤다.

"어?"

"제길!"

나는 검을 휘둘러 리리에게 날아오는 화살을 쳐냈다. 리리는 [어그로 감소 LV5]를 배운 상태지만 이것만으로는 역부족인 모양이었다. 원거리 무기에 대응할 수 있는 스킬들을 더 배우게 해야겠어.

"모든 빛을 잃고 어둠 속으로 떨어져라, 블라인드 폴!"

목소리가 울려 퍼지며 눈앞이 새까맣게 물들었다.

위험하다. 상태이상 주문인가.

그것도 하필이면 취향을 타는 주문을…….

"주, 주인님?!"

"알렉! 괜찮아?!"

"걱정 마. 암흑 상태에 빠졌을 뿐이야. 본인의 상대에 집중해."

말은 그렇게 했지만 나는 사실상 무력화된 상태였다. 회피도 불가능했다.

이대로 신에게 저격을 당할지도 모른다고 생각하니 아찔했다. 하지만 아직은 공격을 해 오지 않았다.

"글렌 선생님, 뭘 하시는 건가요! 견인족 한 마리쯤 얼른 해치워 버리라구요!"

왼쪽에서 신의 목소리가 들려왔다. 그새 이동했나 보군. 조심성 많은 녀석이다.

"그러고 싶다만. 이 소녀, 검술도 뛰어나고 움직임도 좋다. 제법 강해."

호인족 남자가 말했다.

"쳇! 그쪽을 무너트리고 단숨에 제압할 생각이었는데! 애완용 노예가 아니라 전사였던 건가! 젠장!"

"신, 길드에는 이미 신고해 뒀어. 얌전히 항복해. 기사단과 웰버드 검술 도장의 실력자들이 곧 원군으로 올 테니까."

내가 허세를 부렸다. 만약 포기하고 도망친다면 이 상황을 모면할 수 있었다.

"핫, 허세는! 그딴 수법에는 넘어가지 않아요. 그 말이 사실이라면 왜 처음부터 기사단을 끌고 오지 않은 거죠?"

"병력을 나눠서 수색하고 있거든. 저기에 있는 엘프, 실비는 실제로 기사단의 일원이지. PK는 그만한 중범죄야."

"흥. 뭐, 언젠가는 들킬 거라고 생각했어요. 마침 잘됐네요. 그렇잖아도 이렇게 약해빠진 나라와는 작별하고 기란 제국으로 넘어가려던 참이었거든요."

나라를 나가겠다는 말은 사실이겠지만, 목적지는 페이크일 것이다.

"신! 어째서 이런 짓을 하는 거야! 넌 용사잖아!"

세리나가 말했다.

"네, 용사는 맞죠. 하지만 시라이시 씨, 이 세계의 용사는 게임이나 애니메이션에 등장하는 용사들과는 달라요. 보면 알잖아요. 별로 강하지도 않고, 마을 녀석들한테 바보 취급이나 당하고. 애초에 우리가 어째서 마왕이나 몬스터들과 싸워야 하는 건가요?"

"그, 그건……."

"항복해 주세요. 그러면 시라이시 씨의 목숨만큼은 살려드릴게요. 헤헤."

"웃기지 마! 동료를 버리라고?"

"실소가 나오네요. 죽느냐 사느냐가 걸린 마당에 동료라니. 후후. 너희들, 부상을 입혀도 좋으니까 빨리 처치해."

"그렇네. 동료가 죽느냐 사느냐가 걸린 마당에 너희들의 목숨 따위를 신경을 쓸 여유는 없지. 스타라이트 어택!"

세리나가 필살기를 사용했다. 검에서 작은 별 모양의 이펙트가 흘러넘쳤다.

"크악?!"

"뭣?! 드워프 전사를 일격에 쓰러트리다니! 말도 안 돼. 레벨도 이쪽이 더 위라고!"

신이 믿기지 않는다는 듯이 말했다. 하지만 실제로 세리나의 필살기는 상대방의 체력을 무시하는 즉사기다. 무시무시한 기술이 아닐 수 없다.

"꺄악!"

"앗, 리리!"

제길, 보이지 않으니 답답하군. 어떤 상황인지조차 알 수가 없다니.

상태이상 회복 포션을 구입해 놓을 걸 그랬다.

시력을 회복해 줄만한 스킬을 배운다면…… 젠장. 포인트를 전부 써버린 게 실수였다.

하지만 그때 문득 [예감]이 들었다.

나한테도 이 상황에서 도움이 될만한 스킬이 있을 것이다. ……이거다.

[엿보기 LV1]

암흑 너머로 하얀색과 붉은색의 무언가가 보였다.

뭐지?

어디서 본 적이 있는데.

"오옷, 딸기 무늬 팬티가 보였다!"

리리가 벌러덩 자빠져 있었다. 다치지 않은 것 같아서 다행이다.

"이런 때에 무슨 소리를 하는 거야!"

리리가 화를 냈다. 너무 화내지 마, 지금부터 도와줄 테니까.

나는 고양이귀 소녀의 가슴골에 주목하며 상대방의 위치를 포착했다. 얼굴은 잘 보이지 않았다. [엿보기]의 스킬을 조금 더 올려놓을 걸 그랬다. 하지만 전투에서 사용하게 될 거라고 누가 상상이나 했을까.

"쳇! 이 녀석 움직인다냐!"

고양이족 소녀가 접근하는 나를 보면서 혀를 찼다.

"스킬이야! 암흑 속에서도 보이는 스킬을 가지고 있을 거야! 됐으니까 일일이 놀라지 말고 싸워!"

"흥, 누가 놀랐다는 거냐."

리리의 앞까지 도착해 고양이귀 소녀를 막아섰지만 대거의 위치를 확인할 수가 없었다.

그래도 어쨌든 공격하기로 했다.

"어설프냐!"

"윽, 제길!"

나는 오히려 반격을 당했다. 키잉! 하고 갑옷에 스크래치가 났다. 강철 갑옷을 입어서 다행이다.

이 녀석, 대거를 다루는 솜씨는 서툴지만 움직임이 민첩하고 반사신경도 뛰어나다.

어떻게든 호각으로 싸울 수는 있을 것 같지만, 그동안 다른 멤버가 암흑 마법에 당하기라도 하면 큰일이다.

"모든 빛을 잃고 어둠 속으로 떨어져라, 블라인드 폴!"

그렇게 생각하기가 무섭게 주문이 완성되었다.

"젠장, 리리, 뭘 하고 있어! 주문을 외우지 못하게 하라고 했잖아."

굳이 쓰러트리지 못해도 좋으니 견제 정도는 해주길 원했다.

"그러려고 했어! 하지만 나도 공격을 당해서 어쩔 수 없었는걸!"

"그렇군. 또 누가 당했지?"

"이오네야. 얼굴이 새까맣게 변했어."

"쳇, 이오네인가."

큰일이다. 가장 듬직한 어태커가 당해버리다니.

"괜찮아요. 마침내 눈이 뜨였습니다. 아버지는 제게 부족한 것이 있다고 말씀하셨죠. 그것은 바로…… [심안]!"

"크억……! 훌륭하다."

쿵! 하고 묵직한 소리가 났다. 이오네가 중장갑 기사를 쓰러트린 모양이다. 존경합니다, 이오네 스승님.

"훌륭하기는 뭐가 훌륭해! 제기랄! 한 명도 해치우지 못하고 당하는 게 어딨어! 네 녀석의 장비를 맞추는 데 5만 골드나 쏟아부었다고! 아끼던 펫까지 팔아치웠는데! 내 돈 돌려내!"

신이 우는 소리를 하며 외쳤다. 하긴, 나도 미나를 판 돈으로 구입한 전투 노예가 당해버린다면 오열하겠지. 무슨 일이 있어도 미나를 팔 생각은 없지만.

"시, 신 주인님, 지시를!"

고양이귀 소녀가 당황하며 말했다.

"쳇, 그 정도는 스스로로 판단해도 되잖아! 너는 저 금발의 검사를 해치워! 나는 시라이시를 견제하겠어."

역시 이렇게 되는군. 이곳에서 신이 가장 경계하는 사람은 이오네와 세리나일 것이다.

즉, 나는 노마크라는 뜻이다.

그렇다면 저질러 버릴 수밖에.

[교차 정상위 LV1]

"냐앗?!"

나는 방심해 있는 고양이귀 소녀의 다리를 붙잡고 단숨에 넘어 트렸다. 다행히 반격은 당하지 않았다.

하지만 여기서 끝이 아니었다.

[귀갑 묶기 LV5]

"냐앗?! 못 움직이겠다냐!"

역시 MAX 레벨 스킬이다. 순식간에 복잡한 형태의 포박을 성 공시켰다. 그야말로 신기로군.

"알렉! 이 자식, 전투 중에 괴상한 스킬을 사용하다니!"

"이런 걸로 일일이 화내지 마, 꼴사납게. 내 스킬을 어떻게 사용하든 내 마음이다. 너도 촛농 플레이 같은 스킬을 배워놓고 뭘 그래."

"제, 젠장. 은폐 스킬의 레벨이 모자랐던 건가."

[스킬 카피]로 알아낸 거지만 말이지. 하지만 지금 그런 건 아 무래도 좋았다.

고양이귀 소녀는 무력화했다.

다음.

제10화

용사, 에로하게 싸우다

두 용사 파티의 PK 전투.

남아있는 신의 파티원은 4명이다. 궁수, 견인족 검사, 호인족 남자, 안경을 쓴 로리 마법사.

이쪽은 나와 이오네가 암흑 상태이상에 걸렸을 뿐, 다들 무사했다.

형세는 이미 우리 쪽으로 기울어 있었다.

"끝이다!"

실비가 계단 위의 견인족 검사를 쓰러트렸다. 이걸로 남은 건 3명.

앞에서 보호해 주던 검사가 쓰러졌으니 궁수는 시간 문제일 것이다.

강해 보이는 호인족 남자는 조금만 더 미나에게 맡겨두기로 하고, 나는 먼저 성가신 로리 마법사를 해치우기로 했다.

"힉, 오, 오지 마세요!"

내가 다가가자 겁을 집어먹고 뒷걸음치는 로리 마법사.

귀엽네.

적이니까 덮쳐도 OK라는 이 해방감.

우선은 [매도 LV1]과 [위협 LV1] 스킬로 가벼운 잽을 날렸다.

"자, 아가씨. 지금부터 나의 검붉은 그것을 이렇게 하고 저렇게 해서 잔뜩 느끼게 만들어 주마. 우헤헤."

딱히 검붉지는 않다. 어디까지나 위협용이다.

"히익!"

마법사를 상대할 때는 주문을 외우지 못하게 해야 하는 법.

"이 자식! 메메한테 손대지 마!"

이 로리 마법사는 신의 총애를 받는 모양이었다. 보우건의 화살이 날아왔지만 갑옷에 맞고 튕겨났다. 후우, 위험하군.

"세리나, 신을 견제해 줘."

"으, 응. 알았어."

세리나는 잘 납득이 안 간다는 표정을 지었지만 전투 중이다 보니 잠자코 고개를 끄덕였다. 내 지시는 언제나 옳다.

"잡았다, 우헤헤."

"꺄악!"

설령 암흑 상태이상에 걸렸다 하더라도 소녀의 허벅지와 거유는 놓치지 않는다.

목소리가 들려온 방향으로 다가갔을 뿐이지만.

"알렉, 이 자식!"

슬슬 신 녀석이 이성을 잃기 시작했군. 좋아, 그렇게 이쪽을 봐라. 네가 동료들한테 지시를 내리면 성가셔지니까.

다음은 이 스킬이다.

[성희롱 LV1]

나는 로리 마법사의 가슴을 양손으로 덥석 움켜쥐었다.

"힉!"

"알렉! 도대체 아까부터 뭘 하는 거야! 다리를 잡아서 자빠트리질 않나, [귀갑 묶기]로 꽁꽁 묶어대질 않나!"

세리나가 화를 냈다. 네가 아니라 신을 화나게 하는 게 목적이래도. 이렇게 보여도 절대로 놀고 있는 게 아니다.

"나한테 불평하지 마. 암흑 상태이상에 걸려서 움직이는 게 고작이라고. 더는 로프도 못 꺼내. 하지만 이 마법사는 내가 맡지. 부상자한테 화낼 시간 있으면 얼른 신이나 쓰러트려."

로프는 [아이템 박스]에 넣어두어서 언제든지 꺼낼 수 있지만 쿨해 보이려고 거짓말을 했다.

"그래? 알았어……."

"자, 귀여운 아가씨. 이 아저씨가 뽀뽀해 줄게…… 우히히."

나는 로리 마법사의 가슴을 주무르면서 기분 나쁘게 귀를 핥았다.

"시, 싫어! 이, 이거 놔주세요, 아앙!"

"알렉! 이 쓰레기가! 메메를 괴롭혀도 되는 건 나뿐이야!"

"그렇지 않아, 신. 노예는 모두의 장난감이거든."

"웃기지 마!"

"모, 모두의…… 꿀꺽."

미나가 엄청난 오해를 하게 만든 모양이었다. 나중에 제대로 설명해 주자.

다음으로는 당연히 이거다.

[레이프 LV1]

나는 로리 마법사의 옷을 찢기 시작했다.

"꺄, 꺄악!"

후후후. 맛깔나게 저항하는군. 소중히 여기는 노예니만큼 녀석도 냉정한 판단이 불가능하겠지.

"제길! 너희들, 뭘 하고 있어! 알렉을 공격해!"

예상대로 신은 나에게 총공격 지시를 내렸다.

"신, 궁수도 당했다. 더 이상 이 싸움에 승산은 없어. 일단 물러나지."

호인족 남자가 냉정하게 말했다.

"시끄러워! 도망가더라도 메메를 구해낸 다음이야! 그러니까 제발 분발해 주세요, 글렌 선생님! 죽음의 포옹이라는 이명이 울겠습니다!"

"진정해. 노예는 다시 사면 돼. 목숨보다 소중한 건 없다."

"시끄러워, 시끄러워! 다른 노예라면 몰라도 메메만큼은 절대로 버릴 수 없어!"

그나저나 신 녀석, 화살을 쏘지 않는군. 당연히 나부터 노릴 거라고 생각했는데.

아하, 메메한테 맞을까 봐 두려운 건가.

그렇다면.

"활짝 벌려서 보여주자고."

나는 신의 목소리가 들려오는 방향으로 메메를 앞세웠다. 방패 대신이었다. 그러고는 손가락으로 하반신의 균열을 활짝 벌려 보였다.

그런데 뭐지, 이 녀석. 흥건히 젖어 있잖아.

"하으응. 다들 쳐다보고 있는데, 이런 짓을 당하면, 너, 너무, 행복해요."

"알레에엑! 이 자식! 반드시 죽여주마! 누구 마음대로 남의 노예를 개발하는 거야!"

"알렉! 신과 글렌이 그쪽으로 향했어!"

"윽."

세리나 녀석 발을 묶지도 못하다니.

아니면 신이 마크를 피하는 스킬을 가지고 있는 걸까?

당장 위험한 건 호인족 남자 쪽이었다. 물론 보우건으로 급소를 저격당한다면 위험하겠지만, 신에게 그 정도 역량이 없다는 사실은 처음의 기습으로 파악했다. 실력이 있었다면 무릎이 아니라 머리를 노렸을 것이다.

"어쩔 수 없군. 이렇게 된 이상 메메를 구해서 돌아가는 수밖에. 나도 길을 벗어난 인간이기는 하다만, 네 행동에는 구역질이 나더군."

이런, 호인족 남자가 엄청난 기세로 달려오고 있다.

"크윽!"

전신에 충격이 느껴졌다. 검에 당한 것 같지는 않았다.

"노예를 되찾았다, 신. 너는 메메를 데리고 먼저 도망쳐라. 나는 이 녀석을 쓰러트리고 가겠다."

"고, 고맙습니다, 선생님! 가자, 메메."

"네, 네에."

"제길, 놓칠 줄 알고! 커헉!"

다시 몸 강렬한 충격이 느껴졌다. 어찌나 강한지 뼈가 으스러질 것만 같았다. 그대로 튕겨져 날아간 나는 벽에 등을 부딪쳤다. 아야야……

"""알렉!"""

"알렉 씨!"

"주, 주인님!"

"커, 커헉."

위험해. 숨을 못 쉬겠어.

"처음부터 이럴 걸 그랬군. 익숙하지 않은 무기보다 단련된 자신의 육체를 믿었어야 했어. 알렉. 이것으로 나는 또 한번 높은 경지에 다다른 것 같다."

나는 다시 [엿보기 LV1] 스킬을 사용했다. 호인족 남자의 가슴 근육과 젖꼭지가 보였다. 우웩.

그나저나 이 녀석, 브로드 소드를 버린 모양이다. 맨손이 더 강하다 이건가?

"주인님한테서 떨어지세요! 꺄악!"

커다란 소리와 함께 미나의 비명이 들려왔다.

"미나! 함부로 공격하지 마! 네 목숨은 내 거라는 사실을 명심해!"

"죄, 죄송합니다……"

젠장.

"상황은?! 미나는 무사해?!"

"괜찮아. HP도 아직 충분해. 잠시 움직이지 못하는 상태 같기는 하지만."

세리나가 말했다.

"남을 걱정하기 전에 네 걱정부터 하는 게 좋을걸."

호인족 남자가 달려와 나를 붙잡았다.

"오의, [갑옷 벗기기!]"

"으악?!"

호인족 남자는 내 발등을 밟은 채로 갑옷을 억지로 뜯어내기 시작했다.

제기랄, 이대로 복부에 주먹이라도 꽂는다면 치명상이다.

방어에 전념하기로 작정한 나는 팔로 얼굴과 배를 가렸다. 검을 들어봤자 소용없으니 칼집에 집어넣은 채로 놔두었다.

"혹시 내가 때릴 거라고 생각했나? 큰 착각을 했군. 내 진수는 잡기 기술에 있다."

해설해 달라고 부탁한 적 없어, 제기랄.

"수조검 오의! 스완 리브즈!"

옆에서 이오네의 목소리가 들려왔다. 해치웠나?

"훌륭하군. 마치 날아오르는 백조를 연상시키는 아름다운 기술이다. 하지만 너무 서둘렀군. 내가 이 녀석을 붙잡은 다음에 공격해 왔다면 조금은 희망이 있었을 것을."

"큭. 반격까지 허용할 줄이야……."

"""이오네!"""

마지막 희망은 세리나의 [스타라이트 어택]뿐인가. 하지만 만일 이 녀석이 피하기라도 한다면 정말로 절망적인 상황이 된다.

그때였다. 머릿속에 이 상황을 타개해 줄 엄청난 방법이 떠올랐다. 어떠한 궁지에 몰리더라도 찬스는 찾아오는 법이구나. 최후의 순간까지 포기하지 않는 인간에게.

"리리! '야한' 포션을 나한테 전부 뿌려줘!"

"아, 알았어."

"회복해 봤자 소용없다. 한번 붙잡히면 끝이다. 죽음의 포옹이라 불리는 내게 걸리면 그게 누구라도 순식간에 명을 달리하지."

물론 알고 있다. 그래서 준비한 로션이다.

리리가 나에게 포션의 병을 마구 던졌다. 병이 깨지면서 내용물이 쏟아지기는 했지만 꽤 아팠다. 멀리서 뿌리는 방법도 있잖아, 리리.

"그러면 시작하지."

내가 회복할 때까지 기다려 준 네 패배다, 죽음의 포옹 녀석.

"우옷, 뭣이! 미끄러지다니!"

그래도 제대로 붙잡히면 큰일이므로 나 또한 필사적으로 도망쳤다. 제길, 발이 미끄러졌다.

"으억!"

"끄윽!"

두 사람 모두 벌러덩 넘어지고 말았다.

마침 암흑 마법의 효과가 사라져 시야가 회복되었다. 하지만 번들번들 빛나는 근육남이 필사적으로 나를 쫓아오는 모습을 보고 싶지는 않았다고.

남자끼리 로션 플레이라니.

이대로는 [귀갑 묶기]도 미끄러워서 불가능할 것이다.

"이야압!"

나는 칼집에서 검을 뽑아 공격했지만 상대도 팔로 방어해서 치명상을 피했다. 그렇게 아웅다웅하는 사이, 내 손에서 검이 쑥 빠져나가 버렸다.

"나한테 맡겨라."

어느새 달려온 실비가 호인족 남자를 베어 들어갔다.

"크윽, 어딜!"

"이얍!"

세리나도 공격에 가세했다.

"받아랏!"

리리도 슬링샷으로 공격했다.

"크아아아아아아!"

호인족 남자가 분노에 찬 포효를 내질렀다.

그래플러의 약점은 로션만 있는 것이 아니다. 다수의 적에게 취약하고, 사정거리 밖에서 공격하는 적에게도 약하다. 따라서 다수의 적이 사정거리 밖에서 일제히 공격하면 할 수 있는 게 없었다.

심지어 지금은 발이 미끄러워 제대로 움직일 수도 없는 상태.

"이, 이 자식. 정정당당히 싸워라!"

"기습으로 PK를 시도한 쓰레기가 뚫린 입이라고! 이대로 계속해 주마. 시간이 얼마나 걸리든 상관없어."

몇 분 뒤. 무수한 상처를 입은 호인족 남자는 피를 흘리며 숨을 거두었다.

내 레벨이 4 올랐다. 그렇다면 이 녀석의 레벨은 40 정도 되려나.

적어도 블러드 섀도우의 가르돈보다는 높을 것이다. 꽤 위험한 상대였다.

"좋아, 다들 회복은 끝난 모양이군. 신을 뒤쫓겠어."

내가 자리에서 일어나며 말했다.

못 써먹을 지경이 되어버린 검과 부츠는 아이템 가방에 넣어 두었다.

맨발이라 찝찝했지만 달리 방법이 없었다.

"네, 주인님!"

심각한 얼굴로 고민하던 미나에게는 "너는 평생 내 전용 노예야. 걱정하지 마"라고 말해주었다. 그러자 금세 표정이 밝아졌다.

세리나와 이오네는 말수가 적었다. 파티를 나가고 싶어진 거라면 말릴 생각은 없다.

신의 주의를 끌기 위해서라고는 하지만, 순진한 소녀를 상대로 내가 조금 지나쳤던 건 사실이다. 그러니 앞으로는 노예 상인에게 전용 노예를 구입해서 남몰래 즐기기로 하자.

제11화
용사의 최후

"허억, 허억, 허억, 제길! 레벨은 내가 더 높은데 어째서 이렇게 된 거야!"

신이 주먹으로 벽을 후려치며 외쳤다.

"신 님, 몬스터예요."

로리 마법사가 조심스럽게 말을 걸었다.

"네가 해치워, 메메."

"하지만 MP가……."

"지팡이가 있잖아! 나도 화살이 다 떨어졌어. 시라이시, 그 망할 여자. 검으로 화살을 전부 쳐낼 줄이야. 화살을 방어하는 스킬이라도 가지고 있었나? 실수였어……."

"제, 제 실력으로는 무리인 것 같아요."

"해치워."

"으으…… 알겠습니다. 에, 에잇, 꺄악!"

"젠장, 쓸모없는 녀석 같으니. 뭐, 좋아. 그대로 몬스터들을 계속 유인해."

"네?"

"그래, 나만 살아남으면 다시 돈을 모아서 새로운 노예들을 얼마든지 살 수 있어. 크큭, 그렇고말고! 나는 아직 지지 않았어!"

"저, 저기! 사, 살려주세요!"

메메가 로퍼에게 붙잡힌 채로 소리쳤지만, 신은 모른 체하고 도망칠 생각인 듯했다. 어이가 없군…… 메메를 소중히 여기는 거 아니었어?

인생은 승패로 정해지는 것이 아니다. 하지만 좋아하는 것을 마지막까지 지켜내는 녀석이라면 진정한 승자, 진정한 남자라고 부를 수 있을 것이다.

"세리나, 앞지를 수 있겠어?"

통로 구석에 숨어서 상황을 엿보던 내가 작은 목소리로 물었다.

"해볼게."

세리나를 다른 쪽 통로로 보낸 뒤, 나머지 인원으로 메메를 구출하기로 했다.

"구하러 가자."

""네!""

미나와 이오네가 기다렸다는 듯이 로퍼 무리를 향해 달려들었다.

"설 수 있겠나?"

실비가 쓰러져 있던 메메를 일으켜 포션을 먹였다.

"꿀꺽, 꿀꺽, 꿀꺽, 푸핫. 고, 고맙습니다. 하지만 어째서 저를……."

"너는 이미 내 소유물이야. 노예 상인한테 고가로 팔아줄 테니까 안심해."

"또, 또 못된 주인님을 만난다면, 하으으……."

메메가 부들부들 떨면서 말했다. 하지만 얼굴도 불그스름한 것이 어딘가 기뻐 보였다. 아쉽군. 고양이귀 여자도 생긴 것만 내 취향이었으면 파티에 넣어줬을 텐데.

"메메, 너도 왼팔을 앞으로 내밀어 봐."

"네? 이렇게요?"

나는 내 손등을 나이프로 긁어 메메의 노예 문장에 피를 떨어트렸다.

문장이 한순간 파랗게 빛났다.

제대로 성공한 모양이다.

"이, 이건……!"

메메가 놀라서 말했다. 노예의 소유권이 이전되었으니 무리도 아니었다.

[노예 조련 LV4] 스킬의 능력이었다. 하지만 노예가 아닌 인간에게 노예의 문장을 새기거나, 싫어하는 노예의 소유권을 빼앗는 것은 불가능했다.

포박한 채로 데려온 고양이귀 여자의 경우도 마찬가지였다. 신의 소유권을 지우는 데는 성공했지만, 내 소유권을 추가하는 것은 실패했다.

메메는 방금 전에 신에게 버려져 충성심을 잃어버린 듯 보였다.

"이걸로 너는 더 이상 신의 노예가 아니야. 이제 녀석이 하는 말은 듣지 않아도 돼."

"아…… 다, 다행이다……."

메메가 안심한 듯 가슴을 쓸어내렸다. 주인 실격이구만, 신 녀석.

딩동댕♪

불현듯 머릿속에서 효과음이 들리더니 눈앞에 글자가 나타났다.

[노예 조련의 숙련도가 LV2로 올랐다!]
[견습 노예 상인의 칭호를 얻었다!]

흠. 직접 노예 상인이 되어보는 것도 나쁘지 않겠군. 혹시 왕궁의 허가나 길드 등록이 필요한 걸까? 나중에 메를로에게 물어보기로 하자.

"큭, 젠장!"

어느새 되돌아온 신이 우리를 발견하고는 욕설을 내뱉었다. 앞질러 간 세리나를 목격하고 도망쳐 온 것이리라.

"반가워, 신. 어딜 가려고 그렇게 서두르시나?"

"메메! 뭘 하는 거야. 그 녀석들과 싸워!"

"시, 싫어요!"

"뭐? 나한테 거스르면 어떻게 되는지 잊어버린 거냐? 싸워!"

신이 명령했지만 아무 일도 일어나지 않았다. 신도 곧 상황을 알아차렸다.

"응? 어째서 노예의 문장이 발동되지 않는 거지? 싸워, 이건 명령이야!"

"싫어요. 저는 더 이상 당신의 명령을 듣지 않겠어요."

"그렇다고 하네."

"뭣! 그렇군. 네 짓이구나, 알렉! [노예 조련] 스킬에 이런 능력이 있을 줄이야, 젠장!"

어디서 어떤 스킬이 도움이 될지는 아무도 모르는 것이다. 반대로 이 상황에서 신이 나에게 일발 역전의 스킬을 사용할 가능성 역시 존재했다. 최대한 빨리 정리하도록 하자.

"신. 나도 네 목숨까지 빼앗고 싶지는 않아. 같은 용사로서 베푸는 마지막 온정이다. 얌전히 왕국의 처벌을 받아."

"웃기지 마!"

분노한 신이 대거를 움켜쥐고 나를 공격해 왔다.

에휴. 그래도 너는 냉정한 판단이 가능한 녀석이라고 생각했는데.

푹찍, 하는 소리와 함께 신의 몸이 허물어졌다.

"제가 있는 한 아무도 주인님을 해칠 수 없어요."

미나가 검에 묻은 피를 떨쳐내며 말했다.

"제, 제길…… 이 내가, 이런 곳에서, 이런 녀석한테……."

"자, 일어나라. 이야기는 감옥에서 천천히 들어주마."

실비가 바닥에 쓰러진 신을 질질 끌고 이동했다.

"우리도 이만 돌아갈까."

"그래."

""네.""

"응."

용사끼리 칼을 겨누고 싸웠으니 결코 가볍게 넘어갈 일이 아니었다. 물론 정당성은 이쪽에 있지만 사정 청취를 받을 각오 정도는 하고 있었다.

며칠 뒤, 왕성으로 불려간 나와 세리나는 무릎을 꿇고 국왕을 알현했다.

"용사 알렉, 그리고 용사 세리나여. 이번에 모험가를 해친 무뢰배들을 발견하고 체포한 그대들의 활약, 아주 훌륭했다. 그야말로 용사라는 칭호에 걸맞은 활약이었다. 내 그대들에게 포상을 내리도록 하지."

무뢰배라.

신이라는 이름은 기록에서 지워진 모양이었다.

당연했다. 용사는 이 할아범이 불러낸 존재들이다. 용사가 악행을 저지르면 국왕이라 하더라도 책임 문제가 불거질 수 있었다.

"예, 감사합니다."

"감사합니다."

수많은 귀족들이 보고 있으므로 나도 적당히 예절을 갖췄다.

이윽고 기사가 다가와 금화가 든 묵직한 주머니를 건네주었다. 무심코 입가가 씰룩거렸다.

……아니, 금화일 리는 없다. 만약 이게 전부 금화라면 3백만 골드는 될 것이다. 이 구두쇠 할아범이 그만한 돈을 퍼줄 리가 없었다.

반대로 만약 전부 동화라면 나중에 한마디 해줘야지.

"앞으로도 짐과 버니어 왕국을 위해 활약해 주게. 기대하고 있겠네."

"알겠습니다."

"네."

"그래. 그러면 두 사람 모두 이만 물러나도록."

나와 세리나는 박수갈채를 받으며 알현실을 나왔다. 그러자 실비가 문앞에서 기다리고 있었다.

"알렉, 보수는 얼마나 받았지?"

"잠깐만. 호오, 1만 골드 정도네. 나쁘진 않군."

[금전 감각]을 배워서 무게로 액수를 측정해 보았다. 일본 엔으로 환산하면 백만 엔 정도다. 동화가 섞여있기는 했지만 보수치고는 괜찮은 편이었다.

"그런가. 내가 굳이 은혜를 갚을 필요는 없겠군. 조금 아쉬운걸."

실비가 미소 지었다.

"은혜를 갚고 싶으면 언제든지 모험에 따라와도 괜찮아."

"그러고 싶은 마음은 굴뚝같다만, 나도 기사단의 업무가 있어서 말이지. 원인을 알아낸 이상 언제까지고 던전을 싸돌아다닐 수는 없는 노릇이지. 그래도 무슨 일이 생기면 말을 걸어라. 도와줄 테니."

"알았어. 기억해 둘게."

"저기, 신은……."

세리나가 물었다.

"이미 처형당했다. 모험가를 PK한 것뿐이라면 감옥으로 보내지고 끝났겠지만, 용사에게 손을 대려고 했으니 당연한 결과지."

국왕이 불러낸 용사에게 손을 댄다는 것은 과장을 좀 보태서 반역죄에 해당하는 일이었다.

　나도 최대한 신중하게 대처하길 잘했군.

　"그랬구나……. 뭐, 어쩔 수 없지."

　"맞아."

　"실비, 란슬롯 대장이 부르신다."

　다른 기사가 실비를 불렀다.

　"알겠다. 지금 가지. 그럼 또 보자."

　"그래."

　"그럼 이만 여관으로 돌아갈까."

　"응."

에필로그
이오네의 유혹

국왕에게 포상을 받은 뒤, 여관으로 돌아가자 이오네가 나를 기다리고 있었다.

"알렉 씨, 드릴 말씀이 있어요."

올 게 왔군.

이오네는 평상시의 상냥한 얼굴 대신 심각한 얼굴을 하고 있었다.

"알겠어. 너희는 잠시 방에서 나가줘."

"이오네, 알렉이 몹쓸 짓을 저지르기는 했지만, 항상 몹쓸 짓만 하고 다니는 건 아니야. 평소에는 그래도 친절한 구석이 있어. 그때는 신의 주의를 끌려고 그랬을 거야."

세리나가 기분 나쁜 말투로 나를 옹호했다.

"아아, 네. 알고 있어요. 저한테는 늘 신사적이시거든요. 후후."

"그래? 다행이다. 파티를 나갈 생각인 줄 알았거든."

"아뇨. 당신의 라이벌 선언을 하러 왔다고나 할까요."

"뭐? 아아……. 별로 추천하고 싶지는 않지만, 일단은 환영할게."

"고마워요."

"알렉, 이오네한테 너무 심한 짓은 하지 마. 알겠지?"

"내 안주인 행세라도 할 셈이야? 말해두지만, 우리 파티에서 서열을 따지면 네가 제일 아래야."

"어? 내가 제일……. 큭, 알았어……."

살짝 쇼크를 받았는지 세리나가 방으로 돌아갔다.

"정말로 아래인가요?"

이오네가 물었다.

"글쎄다."

딱히 내칠 생각은 없지만, 내버려 두면 괜히 기어오른단 말이지. 세리나 녀석.

"그러면 저도 동료로 삼아 주세요."

"이미 어엿한 파티 일원이잖아."

"그런 뜻이 아니라요……."

이오네는 그렇게 말하며 나를 끌어안았다. 하지만 그뿐이었다. [유혹 LV5] 스킬을 배운 주제에 한참 멀었군.

내가 이오네의 엉덩이를 만지자 이오네는 화들짝 놀란 듯 몸을 움찔했다.

"꺄악!"

흠, 역시 처녀인가 보군.

"좋아. 단, 네 아버지가 나를 두들겨 패러 오면 다시 도장으로 돌아가."

"아버지한테 모험가가 되겠다고 말씀드렸더니 마음대로 하라고 하셨어요. 그러니 그럴 일은 없을 거예요."

"두고 보면 알겠지. 자, 시작할까."

"아…… 네, 알겠어요."

오늘 이오네는 갑옷을 입고 오지 않았다. 처음부터 이럴 생각이었을 것이다.

나는 가볍게 키스한 다음, 가슴과 엉덩이를 주물렀다. 하지만 금세 지겨워졌다.

"빨리 벗어."

"앗, 네."

나도 옷을 벗는 걸 거들어 주면서 이오네를 알몸으로 만들어나 갔다. 기다란 금발은 부드러웠고, 새하얀 피부는 청초해서 범하는 보람이 있었다.

그때, 나는 이오네가 떨고 있다는 사실을 알아챘다.

"무서운 거야?"

"조, 조금요."

"뭐, 아프게 할 생각은 없지만……. 너도 참 바보 녀석이다. 프리츠한테 해달라고 하면 될 걸 가지고."

"프리츠는 소꿉친구라서 이성으로 보이지 않는달까……."

"그 녀석은 너를 여자로 보고 있어."

"그런가요? 하지만 고백 같은 걸 받아본 적은 한 번도 없는걸요."

그건 프리츠가 얼간이라서 그런 거고. 뭐, 깊게 생각하지 않기로 했다. 섹스를 한 번 한다고 인생이 정해지는 것도 아니니까.

"그러면 네가 프리츠를 침대로 꼬셔보는 건 어때."

"그, 그럴 순 없어요. 앗."

나는 분홍색 젖꼭지가 달린 이오네의 부드러운 가슴을 양손으로 움켜쥐었다. 그럼에도 손에서 흘러넘칠 정도로 풍만한 가슴이었다. 주무르는 보람이 있다.

"아프면 말해."

아프게 할 생각은 없지만 일단 말해 두었다.

"아뇨, 괜찮아요. 이 정도는, 으응!"

형태가 뭉개지도록 마구 주물러주자, 이오네도 달아오르기 시작한 모양이었다.

"아앙, 하앗, 응, 어, 어떡해, 아앙, 흐윽, 이상한 소리가, 나와버려요!"

"음란한 녀석이구나."

"죄, 죄송해요."

"농담이야. 세리나 같은 경우는 훨씬 더 심하거든."

"아, 알아요. 실은 조금 엿들었거든요."

"흥분해서 자위라도 한 거야?"

"그, 그건, 말할 수 없어요……."

억지로 말하게 만드는 것도 재밌겠지만 오늘은 첫날밤이니 상냥하게 해주기로 했다.

잘록한 배를 어루만져 주자, 이오네는 움찔거리며 민감한 반응을 보였다.

"너도 알겠지만, 우리 파티원들은 다들 나하고 관계를 가지고 있어."

"네, 알고 있어요……. 으응"

"이래저래 부끄러운 플레이나 굉장한 플레이도 하고 있지."

"부, 분발할게요…… 아앙!"

"좋은 마음가짐이야. 그럼."

나는 이오네의 배꼽 아랫부분을 혓바닥으로 핥기 시작했다.

"앗, 거, 거기는."

"괜찮으니까 나한테 맡겨. 천국을 맛보게 해주지."

"히익, 아앗, 거, 거기는 핥지 않아도 되는데, 아앙, 안 돼, 아으, 아아앗!"

머리를 밀어내며 저항하기도 잠시, 이오네는 쾌락을 놓치지 않기 위해 다시 내 머리를 잡아당기기 시작했다.

예상했던 것보다 훨씬 에로하구나.

"그러면 넣는다."

"아…… 아아…… 끄윽, 아앙, 알렉 씨가, 알렉 씨가, 안으로 들어오고 있어…….'"

이오네가 긴장한 얼굴로 접합부를 바라보았다. 하지만 가장 깊숙한 곳까지 물건을 밀어 넣자 소원이라도 이뤄진 듯 행복한 미소를 지어 보였다.

"이걸로 저도 당신의 여자가 되었군요……."

"바보야, 이제부터가 진짜야."

"네?"

내가 허리를 움직이기 시작했다.

"앗, 앗, 어라? 크윽, 이, 이건, 아앗, 기, 기다려 주세요, 이건 대체, 히익!"

"왜 그래? 이 정도도 못 버티면 나를 상대하긴 힘들걸."

"그, 그래도, 아앙, 뱃속이, 힉, 문질러져서, 아아앗!"

이오네는 몸을 뒤로 젖히며 금세 가버리고 말았다. 시시하군. 그래도 익숙해지면 두 번, 세 번 몸을 섞는 횟수도 늘어날 것이다.

"알렉."

세리나가 문을 열고 들어왔다.

"뭐야?"

"저기, 나하고도 해주면 안 될까……."

"알았어. 네 방으로 가자."

"으, 응."

방에 도착해 옷을 벗긴 나는 세리나가 좋아하는 후배위로 박아주었다.

"아앙, 부, 부탁해, 뭐든지 할 테니까, 날 버리지 말아줘."

"뭐야, 세리나. 방금 했던 말이 신경 쓰였던 거야? 버릴 생각없으니까 안심해."

"그럼 다행이지만, 응, 하앗, 끄윽!"

"저번에 했던 플레이가 그렇게 마음에 들었어?"

"섹스를 두고, 으응, 하는 말이 아니라, 파티에 대한 이야기야. 아앙! 너하고 함께하지 않으면, 살아남지 못할 것 같은 기분이 들어서."

"아아, 그런 뜻인가. 너도 상황 파악이 덜 된 편이긴 했지만 신녀석 건으로 눈이 뜨였나 보군. 용사 녀석들만 조심하면 너도 잘해나갈 수 있으니 너무 걱정하진 마."

"으, 응, 앗, 거기, 좋아! 갈 것 같아! 알렉, 얼른, 나랑 같이, 아아아앗!"

하긴, 이번에는 나도 간담이 서늘했다. 조금이라도 준비가 부족했다면 전멸당하는 것은 우리 쪽이었을 것이다.

앞으로는 레벨도 열심히 올리고, 보스전에도 도전해 봐야겠다.

그리고 마법사도 파티에 넣어야지.

"주인님, 저, 저도……."

내가 고민에 빠져있는 사이에 미나가 방 안으로 들어왔다. 리리도 함께였다.

"알았어, 알았어. 리리도 있다가 해줄게."

대낮부터 섹스 삼매경에 빠지는 건 안 좋다고 생각하면서도 나는 미나와 리리를 잔뜩 귀여워해 주었다.

알렉이 신과의 전투에서 [스킬 카피]로 획득한 스킬은 다음과 같았다.

[은밀 행동 LV1] New!

[초크 슬리퍼 LV1] New!

[갑옷 벗기기 LV1] New!

다음 편 예고 제3장 숨겨진 루트 귀부인

프롤로그

미망인 유희

나는 혼자서 왕도의 고급 주택가로 향했다.

이윽고 높은 담장으로 둘러싸인 커다란 저택에 도착한 나는 대문을 열고 당당하게 안뜰로 들어섰다.

"네. 오오, 알렉 님이셨군요."

현관문에 달린 노커로 손님이 왔음을 알리자, 노집사가 나와서 친절하게 나를 맞이했다.

내가 남작 부인과 무엇을 하는지는 이 노집사도 알아챘을 것이다. 그럼에도 친절한 태도를 취하는 것으로 봐서는 현재의 주인에게 충성하고 있는 모양이었다.

"자, 어서 안으로. 서둘러 주십시오."

"응?"

노집사는 나를 내버려 둔 채 복도 건너편으로 사라져 버렸다. 묘하게 서두르는 듯 보였다.

대체 뭘까?

화장실이 급해서 저러는 것도 아닐 테고.

나는 딱히 급할 이유도 없었기에 평범한 걸음으로 집사의 뒤를 쫓았다.

"마님은 이 안쪽에 계십니다."

응접실 앞에서 대기하고 있던 집사는 내가 다가오자 문을 열었다.

"싫어요!"

방 안으로 들어가자 에일리아의 작은 비명 소리가 들려왔다. 한 남자가 에일리아의 손목을 붙잡고 있었는데, 에일리아는 그에게서 벗어나려고 저항하고 있었다.

"이봐. 무슨 짓이야."

나는 곧바로 그 남자에게 따졌다. 흰색의 로브를 걸친 뚱뚱한 남자였다. 그 외에도 세 명의 로브를 입은 남자들이 대기하고 있었다. 아무리 봐도 온화한 분위기의 손님들 같지는 않았다.

노집사가 나를 이곳으로 재촉한 것도 납득이 갔다.

"뭐야, 네 녀석은. 보아하니 모험가 같은데, 내가 누군지 알고 하는 소리냐?"

뚱뚱한 남자가 대꾸했다. 심지어 대머리였다.

"어차피 관심도 없어, 멍청아."

"이, 이 자식! 이분은 성방 교회의 대사제이신 델라맥 님이시다! 입 조심해!"

부하로 보이는 남자가 갈라진 목소리로 외쳤다. 하지만 아무리 봐도 제대로 된 종교 단체 같지는 않아 보였다.

"알 게 뭐야. 입 조심해야 할 건 너희들 같은데."

나는 그렇게 말하며 허리의 검을 뽑았다.

"이 자식! 예하를 지켜라!"

"우오오옷!"

"악마여 물럿거라!"

세 명의 남자들이 로브 밑에 숨기고 있던 단검을 빼 들고 일제히 돌격해 왔다.

이 정도쯤이야.

사전에 [감정] 스킬을 사용해 두었기 때문에 이 녀석들의 레벨은 파악하고 있었다.

다만, 방 안을 피로 더럽히고 싶지는 않았다. 그래서 나는 검의 넓적한 부분으로 놈들의 얼굴을 후려쳐 넘어트렸다.

"으헉?!"

"이런 것도 호위라고. 좀 더 쓸만한 녀석들을 데리고 다니는 게 좋을걸. 우르르 몰려가서 여자를 납치하는 용도라면 이야기는 별개지만."

내가 말했다.

"흥. 오늘은 너그럽게 봐주지. 하지만 나를 화나게 한 것을 후회하게 될 거다."

"누가 할 소리. 당신이 했던 말, 부메랑처럼 그대로 돌아올 거야."

"뭐라고? 영문 모를 소리를!"

아무래도 부메랑이 무슨 뜻인지 이해하지 못한 모양이었다.

이윽고 대사제는 짜증스러운 얼굴로 투덜거리며 응접실을 나갔다.

"자, 일어나. 너희들이 좋아하는 대사제님께서는 먼저 돌아가셨어."

"큭, 신조차 두려워 않는 인간 말종 같으니……!"

"지옥에 떨어져라! 구제할 길이 없군!"

"성방 교회를 적으로 돌리면 어떻게 되는지 똑똑히 알게 될 거다!"

말은 그럴듯하게 하지만 차마 덤비지는 못하고 대사제를 쫄래쫄래 쫓아가는 세 남자. 한심한 녀석들이다.

나는 소파에서 몸을 웅크리고 있는 남작 부인에게 말을 걸었다.

"에일리아, 괜찮아?"

"네, 고맙습니다."

에일리아는 안심한 듯 미소를 지었다.

"그건 그렇고, 어째서 저런 녀석들을 안으로 들인 거야."

내가 노집사에게 말했다. 이 저택에는 호위 기사도 존재할 텐데.

"죄송합니다."

"기다려 주세요. 앗, 아니, 기다리세요, 알렉. 저들은 리오트 남작과 오랜 친분이 있었어요. 그래서……."

"오랫동안 알고 지냈든, 오늘 처음 만났든 그건 리오트 남작의 사정이잖아? 우리와는 관계 없는 이야기야. 현재 남작가의 주인인 네가 거부하면 저 녀석들도 함부로는 못 할 거야."

"그래도……."

체면을 신경 쓰는 건지, 보복을 두려워하는 건지는 모르지만 이런 식이라면 어차피 휘둘리기만 할 뿐이다.

"그러고 보니 저 녀석들, 보름달 밤에 난교 파티를 한다고 그랬지? 혹시 거기로 끌려갈 뻔했던 건가?"

"네, 네에……."

"가고 싶은 거야?"

"아뇨, 그렇지 않아요!"

"그렇다면 똑바로 거절해. 애초부터 저택에 들이지 말라는 소리야. 주인인 네가 약한 모습을 보이면 가문의 종자들도 곤란해 할 거야. 안 그래?"

"네……."

"대충 결론은 났군. 집사를 물려 줘."

에일리아는 순순히 내 요청에 따라주었다.

"합의 성립인 거지?"

"그, 그건 그렇지만, 아무리 그래도 오자마자……."

"난 상관없어."

나는 에일리아의 뺨에 손을 뻗었다. 에일리아는 몸을 움찔하며 목을 움츠렸지만, 도망치거나 거절하지는 않았다.

"아직도 상복을 입고 있는 건가. 그 부분을 파고든 걸지도 몰라."

"그건……."

가문의 종자들도 에일리아를 잘 따르고 있었다. 그러니 리오트 남작에게 의리를 지킬 이유는 어디에도 없었다.

마침 좋은 기회이므로, 나는 에일리아의 검은색 드레스를 잡아서 호쾌하게 찢어버렸다.

"아앗, 그, 그만두세요."

"너는 하얀색 드레스가 더 어울려."

부인이라고는 해도 아직 18세. 요염함을 강조하는 검은색 드레스를 억지로 입혀봤자 부자연스럽기만 할 뿐이다.

그나저나 검은색 가터벨트에 투명한 속옷이라.

남작의 취향이었겠지만, 이 취향은 나쁘지 않았다.

"그, 그만, 으음."

나는 에일리아의 입술을 빼앗아 주었다. 에일리아는 반사적으로 고개를 돌리려 했으나, 곧 스스로 키스에 응해 왔다.

내가 혀를 집어넣자 그대로 빨려 들어갈 것만 같았다.

이 나이에 무서운 테크닉이었다.

"벌써 이렇게 젖어있다니."

손을 밑으로 뻗어보니, 에일리아의 야릇한 레이스 팬티가 애액을 잔뜩 머금고 축축해져 있었다.

"이, 이건, 저기, 그이가…… 으응, 매일같이, 저를……."

"조교를 당했다 이건가. 큰일인걸. 나도 에일리아를 똑같이 조교해 줄 거거든. 나중에 가면 남자를 만나는 것만으로도 흥건하게 젖어버리는 거 아냐?"

"네에?"

"손님이 찾아올 때마다 애액을 뚝뚝 흘리는 남작 부인이라니. 근처에 사는 귀부인들이 만날 때마다 수군거리겠네."

"시, 싫어요, 그런 건! 그, 그만, 아앗!"

저항하며 도망치려는 에일리아를 뒤에서 덥석 끌어안은 나는, 오른손의 약지를 꿀이 떨어지는 꽃잎 안으로 쑥 집어넣었다.

"히으응!"

흥건하게 젖어있으니 아프지는 않을 것이다. 그러므로 방금 그건 고통이 아니라 쾌락에 의한 신음이다.

손가락을 넣었다가 빼길 반복하는 것만으로도 에일리아는 몸에서 힘을 잃고 순종적으로 변해갔다.

"그렇게나 기분이 좋아?"

나는 에일리아의 기다란 은발 사이로 엿보이는 귓불에 대고 야릇하게 속삭여 주었다.

"으응!"

귓가에 닿은 숨결만으로도 가버릴 만큼 민감한 여자였다.

"뭐, 모처럼 만났는데 나만 즐기는 것도 미안하네."

"앗."

이번에는 뒤쪽에서 가슴을 공략하기로 했다.

우선은 새하얀 피부를 감싸고 있는 레이스 속옷 안으로 손가락을 침입시켜 나갔다.

"하앗."

에일리아의 숨결이 더욱 달콤하게 변해갔고, 복근은 흠칫흠칫 경련하기 시작했다. 마음은 몰라도 육체는 굉장히 기뻐하고 있는 모양이었다.

나는 그대로 가슴을 덥석 움켜쥐고 형태가 무너질 정도로 강하게 주물러 주었다.

"아아앗, 아앙, 그만, 흐앗…… 으으응!"

쾌감을 자극할 때마다 민감하게 반응을 보이는 에일리아. 글썽이던 눈동자에 서서히 기대에 찬 눈빛이 서리기 시작했다.

"저, 부탁드려요…… 이걸…….""

내 하반신을 사랑스럽게 어루만지기 시작하는 에일리아. 하지만 여전히 수치심은 남아있는지 목소리는 여전히 작았다.

"좋아. 조금만 기다려."

나는 옷을 벗어 에일리아가 원하는 그것을 밖으로 드러내 주었다.

"아아……."

우뚝 솟아오른 내 육체의 일부를 보더니 녹아내릴 듯 황홀한 표정을 짓는 에일리아. 심지어는 자신의 입술을 할짝대기까지 했다.

"빨아."

"아, 알겠어요, 그럼 실례할게요."

에일리아는 양손으로 내 물건을 부드럽게 움켜쥐고 천천히 자신의 입으로 가져갔다.

"음, 추릅, 으음, 추릅, 주릅!"

남작이 가르쳐 주었을 고도의 혀 놀림이었다. 부드럽고도 야릇한 포옹감에 나는 금세 가버릴 것만 같았다.

"크윽!"

"앙!"

하지만 벌써부터 가버리면 재미가 없다. 에일리아가 입을 떼도록 유도해서 잠깐의 휴식을 가진 나는, 다시 그녀의 입 속에 물건을 박아 넣었다.

"음, 음, 음, 추릅, 주릅!"

에일리아는 작은 혀와 입술, 목을 이용해 나를 기분 좋게 만드는 데 전념했다.

"슬슬 싸겠어."

"네, 읍, 응으읍, 읍! 꿀꺽, 꿀꺽, 꿀꺽!"

내 정액을 한 방울도 남기지 않고 삼켜 나가는 에일리아.

"잘했어."

"네…… 후우."

"그러면 상을 줘야지."

"아……."

그 말을 듣고는 행복하게 미소 짓는 에일리아. 이쯤 되면 소녀라고 부를 수도 없었다. 농익을 대로 농익은 여자였다.

"선택권을 줄게. 좋아하는 체위를 골라."

"그, 그럼 기승위로 부탁드려요."

"기승위? 다짜고짜 기승위라니. 넌 정말 음란한 여자구나."

딱히 어떤 체위든 상관없지만 일부러 놀려주었다.

"앗, 저, 그럼 다른 체위로."

"아니. 상을 받기로 했으니 기승위로 하겠어. 자, 올라와."

내가 소파에 눕자 에일리아가 내 몸 위에 걸터앉았다.

"아…… 아…… 아아……!"

에일리아는 내 물건을 천천히 삽입하며 목소리를 부르르 떨었다. 자신의 쾌락과 기대감을 숨길 생각도 없는 듯했다.

"영차."

"아아앙!"

허리를 가볍게 처 올렸을 뿐인데도 이 정도의 반응이라니.

조금 더 장난을 쳐보기로 했다.

"이랴, 이랴."

"아앙, 자, 잠깐만요, 앙, 그만, 기다려 주세요, 하으웅!"

흡사 로데오를 하듯이 튀어 올랐다 내려오기를 반복하는 에일리아. 평범한 여자라면 아파했겠지만 에일리아는 허리의 각도를 능숙하게 조절해 내 움직임을 따라왔다.

나는 그 테크닉에 내심 혀를 휘두르면서 에일리아를 마구 찔러주었다.

"더는 안 돼, 안 돼요, 제발, 어서, 가게 해주세요, 아앗!"

에일리아가 울고 불며 애원하자 묵묵히 고개를 끄덕인 나는 라스트 스퍼트에 돌입했다.

"앗, 앗, 앗, 앗, 아극, 아앙, 핫, 앗! 간다앗! 가, 갔어요, 저, 가버렸, 힉, 아아아아아앗!"

한층 더 커다란 절정을 맞이하며 교성을 내지르는 에일리아. 이것이 에일리아가 그토록 원하던 것이었다.

"못된 사람."

내 품에 껴안긴 에일리아가 검지로 내 가슴을 어루만지며 말했다.

"어때, 남편보다 좋았어?"

"그, 그건……."

"응? 뭐야, 솔직히 말해봐. 화내지 않을 테니까."

"모, 못하겠어요."

"역시 그건가? 나보다 남작이 더 좋았다는 뜻인가?"

"더, 더 좋지는…… 하앗, 자, 잠깐만요. 지금은 안 돼요! 방금 막 가버렸는데, 하아앙!"

남자로서 그 뚱돼지 남작한테만큼은 질 수 없었다.

나는 에일리아의 엉덩이를 들어 올려 뒤쪽에서 난폭하게 삽입해 주었다.

이 녀석도 상냥하게 어루만지는 것보다는 살짝 난폭하게 해주는 편이 취향인 모양이었다.

"앗, 안 돼, 아앗! 그렇게 흔들면, 아앗, 아앙, 하앗, 하윽!"

"어때, 그 녀석한테 이런 허리 놀림은 무리겠지?"

"그건, 으응, 응, 으으응!"

"자, 말해. 솔직하게."

"마, 말할게요, 남편보다, 으응, 아앙! 당신이, 알렉이 더 좋아요, 그러니까, 아앙! 부탁이에요! 더, 더 박아주세요!"

얌전한 얼굴을 해서는 터무니없이 음란한 여자다.

만족한 나는 에일리아의 바람대로 가장 깊숙한 곳을 두드려 주었다.

"이만 돌아가 주세요!"

행위를 마친 뒤, 에일리아가 화난 목소리로 내게 말했다. 난감하군. 질투하는 바람에 쓸데없는 플레이를 해버리고 말았다.

다음에는 상냥하게 박아 줘야지.

나는 콧노래를 섞어가며 가벼운 발걸음으로 남작 저택을 뒤로 했다.

솔직히 말하면 이 당시의 나는 성방 교회를 얕보고 있었다.

1권 완

Now loading

제2권 3장 숨겨진 루트 제1화

돌을 판매하는 사람들

EXTRA

단편 1 백탁의 광연

여느 때처럼 사냥을 마친 우리는 길드에서 드롭 아이템을 환금
하고 여관으로 귀환했다.

"후우."

일을 마친 직후라 자연스럽게 깊은 한숨이 흘러나왔다.

"알렉, 뭐가 그렇게 피곤한 거야? 오늘은 별로 많이 움직이지
도 않았잖아."

세리나가 질렸다는 듯이 말했다. 쳇, 어른은 원래 피곤한 법이
라고.

"자네들, 오늘 저녁은 여기서 먹을 건가? 아니면 주점에서?"

여관 주인이 확인했다.

"오늘은 여관에서 먹을게."

"그래. 오늘은 바루바루 새고기 스프다."

수상한 이름이 튀어나왔지만 먹을 수 있는 거라면 뭐든 상관없
었다.

"난 주점에서 식사하고 싶은데."

세리나가 불만이라는 듯이 말했다.

"마음대로 하면 되잖아. 넌 주점에서 먹어."

"혼자서 먹기는 싫단 말야."

하여간 생떼는.

몇 번 잤다고 연인이라도 된 줄 아는가 보다.

"앗, 알렉! 거기 서!"

나는 시끄러운 여자를 무시하고 계단을 올라갔다. 세리나는 결국 포기했는지 계단까지 쫓아오지는 않았다.

"주인님, 장비를 벗길게요."

방으로 들어가자 미나가 내 갑옷에 손을 얹었다.

"됐어. 갑옷 정도는 스스로 벗을게."

"아뇨, 이것도 노예의 역할인걸요. 실례하겠습니다."

억지로 갑옷을 들어 올리는 미나. 나도 저항할 만한 일은 아니라 판단하고 미나에게 맡기기로 했다. 가죽 장갑까지 미나가 벗겨주었고, 덕분에 나는 귀족이나 왕이 된 기분이었다.

"영차."

장비를 벗어서 가뿐해진 나는 그대로 침대에 걸터앉았다.

"목욕물을 받아 올게요."

"그래."

나는 여관의 머슴이 옮겨다 준 대야에 앉아서 반신욕을 했다.

미나가 기특하게도 내 몸을 씻겨주었다.

"적당히 해도 돼, 미나."

"안 돼요. 깨끗하게 씻어야죠."

깔끔한 걸 좋아하는 성격도 귀찮구만. 하지만 미나의 기분이 상하면 곤란하니 마음대로 하게 내버려 두었다.

"끝났어요."

다른 수건으로 물기를 깨끗하게 닦은 뒤, 목욕을 마무리 지었다.

마침 여관의 머슴이 새로운 대야를 가지고 들어왔다. 그리고 다른 한 명의 머슴이 대야에 새로 물을 채워 넣었다.

"자, 미나. 다음은 네 차례야."

"아, 네……."

미나는 나와 같은 방을 사용하고 있다.

우리의 관계는 '노예와 주인님'이므로 노예가 목욕을 한다고 주인인 내가 밖으로 나가는 일은 없다.

미나도 그것을 당연하게 생각하고 받아들이는 중이었다.

미나는 내게 등을 돌린 채로 옷을 벗기 시작했다. 부끄러운지 얼굴은 불그스름하게 물들어 있었다.

좋구나.

부끄러워하면서도 스스로 옷을 벗어나가는 이 상황이 좋았다.

억지로 옷을 벗기는 행위도 흥분되지만, 적어도 관람이라는 측면에서는 망설이면서 옷을 벗는 쪽이 보는 맛이 있었다.

"너, 너무 쳐다보지 말아 주세요……."

미나가 꺼질 듯한 목소리로 부탁해 왔다. 물론 나는 침대에 걸터앉은 채로 정면을 똑바로 쳐다보고 있었다. 미나가 그 가느다란 손가락으로 가리려 애쓰는 분홍색의 돌기가 손가락 사이로 흘끔흘끔 엿보였다. 몸을 움직일 때마다 파들파들 떨리는 모습 또한 관람 포인트였다.

미나는 하반신만큼은 수건으로 확실하게 가리려 노력했지만, 미나가 지금 하려는 것은 목욕이다. 즉, 수건은 사용되어야 했다.

"왜 그래. 몸을 씻어야지."

"으…… 네……."

"싫으면 솔직하게 싫다고 말해도 괜찮아."

아무리 노예라도 지나치게 반감을 사면 결사의 각오로 반역을 일으킬 우려가 있었다. 그런 사태는 피하고 싶었다.

"아, 아뇨, 괜찮아요! 이 정도는 아무렇지도 않아요."

미나가 당황하며 대꾸했다. 내게 버려질까 봐 걱정한 것일까.

조금 불쌍하기는 했지만, 소녀의 알몸을 합법적으로 볼 수 있다는데 그걸 마다할 이유가 없었다.

그 대신 미나한테는 나중에 머리빗이라도 선물해 줄 생각이다.

마침내 미나는 수건을 목욕물에 담가 몸을 씻기 시작했다. 이쪽 세계의 비누는 기본적으로 거품이 잘 일어나지 않는데, 미나가 몸을 문지르자 금세 거품이 생겨났다. 내 몸을 문지를 때와 다른 게 조금 신기했다.

"방향을 바꾸지 마. 이쪽을 바라보고 씻어."

"그건…… 아, 알겠습니다."

미나는 몸을 꼼지락꼼지락 움직여 허리의 방향을 이쪽으로 조절했다.

그 순간, 미나의 허벅지 사이로 그곳이 살짝 엿보였다.

"미나, 다리를 벌려 봐."

내 요구가 과감해졌다. 방향을 바꾸라는 요구는 지금까지도 여러 차례 했었지만 스스로 다리를 벌리라고 말한 건 처음이었다.

"흑……!"

미나도 처음 받는 명령에 긴장을 숨기지 못했다.

나는 미나에게 어디까지 가학적인 요구를 할 수 있을까.

그리고 미나는 과연 어디까지 견딜 수 있을까.

남한테 칭찬받을 만한 주제는 아니었다. 하지만 미나의 아름다운 육체 앞에서 자제심 따위는 순식간에 증발해 버렸다.

그럴 수밖에 없었다. 나는 밤마다 미나를 발가벗겨 유방과 젖꼭지와 귀여운 엉덩이와 목덜미를 포함한 모든 부위를 유린하고 나의 것으로 만들어주었다.

이런 상황에서 가만히 보기만 하고 참는다는 것은 불가능했다.

"요, 용서해 주세요, 주인님."

"안 돼."

내가 쌀쌀맞게 말했다.

만약 미나가 울면서 안 된다고 말하면 그만둘 예정이었다. 하지만 결국 미나는 곤란해하면서도 천천히 허벅지를 벌려 내게 모든 것을 드러냈다.

"더 벌려."

"네, 네에……."

좋구나. 시선을 피하고, 아랫입술을 깨물면서 기특하게 견디는 소녀의 모습.

"좋아. 이제 됐어. 씻도록 해."

"네."

너무 심하게 괴롭히면 불쌍하므로 더는 아무런 명령도 하지 않고 자유롭게 몸을 씻도록 놔두었다.

미나도 그 사실을 알아챘는지 다시 허리의 방향을 바꿔 부끄러운 부위를 숨겨 버렸다.

미나는 손을 번쩍 치켜들어 물통의 물을 머리에 끼얹었다. 그러자 가슴이 훤히 드러나 나를 더욱더 흥분시켰다. 머리를 감는 미나의 눈에는 내 하반신이 어떤 상태인지 보이지 않을 것이다.

나의 흉기는 이미 임전 태세에 돌입해 있었다.

오늘은 욕실 플레이를 해볼까?

하지만 미나는 깨끗한 것을 좋아하는 아이다.

목욕 시간까지 방해하면 마음이 어떻게 바뀔지 알 수 없었다.

하지만 미나는 내 노예인걸?

명령하면 그만이다.

잠깐만, 노예인 건 틀림없지만 관계가 악화해서 미나가 나를 싫어하게 되면 곤란하다.

미나는 나와의 섹스조차 무조건적으로 받아들여 주고 있지 않은가.

이렇게 귀엽고 얌전한 노예를 새로 구하기란 쉽지 않을 것이다.

나는 속으로 갈등하면서 미나를 지그시 바라보았다.

매끄러운 등, 잘록한 허리, 예쁜 엉덩이. 아무리 봐도 질리지 않았다.

방 안의 열기가 슬금슬금 올라가는 것이 느껴졌다.

이윽고 미나는 수건으로 몸의 물기를 닦아내기 시작했다. 미나는 나의 시선을 의식하면서도 손을 멈추지 않았다.

왼쪽 팔꿈치, 목, 겨드랑이 밑, 옆구리, 허벅지, 종아리를 정성스럽게 닦아나가는 미나.

단지 그뿐이건만 여느 때보다도 아름다워 보이는 것은 어째서

일까.

나를 쳐다보며 잠시 머뭇거린 미나는 욕조에서 나와 침대 옆에 놓여 있는 속옷을 집어 들었다. 내가 손을 뻗기만 하면 미나를 깔아 눕힐 수 있는 위치.

하지만 나는 아직 손을 대지 않았다.

미나는 살짝 몸을 움츠리고 있었는데, 설령 내가 덮치더라도 놀라지 않기 위해서인 듯했다.

미나는 알몸 그대로 내게서 벗어나 속옷을 입었다.

이쪽에 등을 돌리고 있었기에 가느다란 발목과 통통한 엉덩이가 눈을 즐겁게 했다.

하지만 결국 미나는 옷을 전부 갈아입었다.

아까운 짓을 하고 말았지만, 괜찮다. 밤은 이제부터다.

서두를 필요는 어디에도 없었다.

그때 노크 소리와 함께 방문이 열렸다.

"알렉! 미나! 저녁 식사가 다 됐대."

노크를 하면서 방문을 열다니. 어째서 그렇게 급하게 구는지 이해가 되지 않는다.

방에 들어온 세리나는 미간을 찌푸렸다.

"뭐야, 별일 없었네."

"별일이란 게 무슨 뜻이야."

"딱히 아무것도 아냐."

"후후, 그러면 식사하러 가죠."

미나는 키득 웃으며 가벼운 발걸음으로 계단을 내려갔다.

저녁 식사를 마치자 미나가 그릇을 닦으러 갔다. 여관 일이니
내버려 두라고 말해봤지만 스스로 닦아야 직성이 풀리는 모양이
었다.

"알렉, 미나한테는 상냥하게 대해줘."

미나의 엉덩이를 쳐다보고 있자니, 세리나가 손으로 내 시선을
가로막으며 말했다.

나는 그 손을 거칠게 쳐내고는 대답했다.

"그러고 있잖아. 몇 번이나 똑같은 말을 하게 만들지 마. 저 녀
석이 혼자서 훌쩍훌쩍 울거나, 너한테 불평을 늘어놓은 적이라도
있어?"

"그건 없지만……."

"봐, 괜한 누명이지."

"뭐? 분명히 무슨 짓을 하고 있을 텐데……."

"너 말이야……."

내가 뭐라고 받아칠까 생각하는 사이, 미나가 접시 정리를 마
치고 돌아왔다.

"괜찮아요, 세리나 씨. 저는 정말로 잘 지내고 있으니까요."

"그럼 다행이고……."

"비켜. 방해야."

"아앙 ♪"

화들짝 놀란 세리나가 허둥지둥 두 손으로 자신의 엉덩이를 가렸고, 그 과정에서 가슴이 출렁거렸다. 그나저나 여전히 야한 몸의 소유자다. 살짝 움켜쥔 것만으로도 신음하다니.

"왜 갑자기 남의 엉덩이는 주무르는 건데! 이 변태 아저씨야!"

"네가 방해되니까 그렇지."

"그게 무슨 이유야!"

나는 꽥꽥거리는 세리나를 무시한 채 미나를 데리고 방으로 돌아갔다.

"저, 주인님. 세리나 씨한테 조금 더 상냥하게 대해주시는 편이……."

"괜찮아. 저 녀석은 내버려 두면 온갖 트집을 잡아서 사람을 피곤하게 만들거든. 정말로 싫었다면 진작에 다른 여관을 잡았겠지."

"그건…… 그렇네요."

"그나저나."

침대에 앉은 나는 내 옆자리를 팡팡 두드렸다. 침대에 앉으라는 뜻이었다.

미나는 당황하며 주변을 두리번거렸다. 앞으로 무엇을 하려는지 미나도 이해하고 있는 모양이었다.

인내심이 한계에 달해 있었던 나는 미나의 머리를 붙잡아 강제로 키스를 했다.

"으음."

미나는 잠시 저항했지만 곧 힘을 풀고 내게 입술을 포개어 왔다.

혀를 밀어 넣자 미나는 입을 열어서 내 요구를 받아주었다.

어느 정도 행위에 익숙해진 모양인지 긴장으로 몸을 부들부들 떨던 시절과는 많이 달랐다.

"앗."

나는 미나의 옷을 억지로 벗겨 나갔다. 그러자 미나는 양손으로 옷을 억눌러 저항하는 태도를 보였다.

"아, 안 돼요. 부끄러워요, 주인님……!"

"시끄러워. 이대로 계속할 거야."

"으……. 네, 네에."

금세 저항을 관두는 미나. 역시나 다루기 쉬웠다.

옷을 전부 벗기자 새하얀 몸이 모습을 드러냈다.

나는 짐승처럼 미나의 몸을 덮친 뒤, 가슴을 가리고 있던 마지막 천 조각을 벗겨내고 젖꼭지를 빨았다.

"앗."

혓바닥으로 젖꼭지를 애무해 주자 여태껏 작은 소리밖에 내지 않았던 미나가 헐떡이기 시작했다.

"아앗! 주, 주인님, 아앙!"

"그렇게 기분 좋은 거야? 그렇다면 더 해주마."

"흭, 아, 아아앗! 아흑, 아앙, 아, 안 돼앳!"

미나가 머리를 세차게 좌우로 흔들자 하얀색 머리카락이 살아 있는 생물처럼 출렁거렸다.

이 녀석, 점점 감도가 올라가고 있는 것 같은데?

하지만 이건 평범한 섹스다. 미나가 망가질 일은 없을 것이다.

그리고 나도 이제는 미나가 아픔을 느끼면 구분이 가능했다.

허리를 더욱 거칠게 움직이자 미나의 가랑이에서 질척, 질척
하는 소리가 들려왔다.

"미나, 간다!"

"네, 네엣, 주인님, 언제든지!"

나와 미나는 쾌락의 파장이 절정의 순간에서 하나가 되도록 호
흡을 맞추었다. 이윽고 미나의 입에서 커다란 교성이 터져 나왔다.

"아흑, 앙! 주인니이임! 아아아아아아아앗!"

전신을 활처럼 젖힌 미나는 침대 시트를 꽉 붙잡은 채로 절정
을 맞이했다.

"후우."

내가 방심한 탓도 있겠지만, 워낙 기분이 좋았던 나머지 미나
의 얼굴에 나의 백탁액이 튀어버리고 말았다.

결국 미나는 다시 목욕을 해야 하는 처지에 놓이고 말았다.

일단 여관에는 그만큼 추가로 비용을 지불하고 있으니 주인장
도 불평을 하지는 않을 것이다.

"응?"

우연히 문 쪽을 바라본 나는 그곳에서 두 개의 안광을 발견했
다. 누군가가 숨어있었다.

나는 태연한 태도로 걸어가 문을 확 열어젖혔다.

"꺄악! 오, 오해야, 이건, 배, 배가 아파서!"

괴상한 자세로 바닥에 앉아있는 세리나가 내게 열심히 변명을
늘어놓았다.

"흥, 속옷 안에 손을 집어넣은 채로 변명해 봤자 설득력이 없

어. 이리 와. 상대해 줄 테니까. 변태 엿보기범 아가씨."

"꺄악!"

힘을 얼마 주지도 않았건만 세리나가 번쩍 들려 올라왔다. 이
것도 99의 보너스 포인트로 근력이 올라간 덕분일까.

나는 그대로 세리나를 침대에 내던졌다.

"아윽, 잠깐만……."

여전히 자신의 하반신에 손을 집어넣고 있던 세리나가 약간의
아픔을 호소했다. 그래도 이 정도로 다치지는 않았을 것이다.

"됐으니까 벗어."

"아, 안 돼."

세리나가 상당한 힘으로 저항해 왔다. 하지만 눈앞에 있는 건
방진 가슴을 덥석 움켜쥐자 불현듯 세리나의 몸에서 힘이 쭉 빠
져나갔다.

"아앙♪"

"뭐야, 벌써 완전히 달아오른 모양이네. 그러면 오늘은 애태우
지 않고 바로 박아주마."

"어? 앗, 아앙! 큭, 알렉, 아앗! 아앙♪"

세리나가 뭐라고 불평을 늘어놓기도 잠시. 한번 내 물건이 안
으로 들어가자 오히려 세리나 쪽에서 허리를 흔들어 왔다.

"너, 정말로 여고생 맞아? 원교라도 했던 거 아냐?"

"안 했어! 이런 몸으로 만든 게 누군데."

"너잖아. 자위 횟수도 백 단위는 가볍게 넘어갈 테지?"

"모, 몰라."

정곡이었던 모양이다. 밝히기는.

한동안 리듬을 맞춰 움직이고 있자니, 세리나는 평소에 보여주지 않는 음란한 표정으로 혀를 핥으며 헐떡이기 시작했다. 그런 주제에 나를 노려보면서 놀리거나, 도발해 왔고, 나도 열받은 나머지 난폭하게 허리를 흔들어댔다.

"잠깐, 젖꼭지, 그렇게 당기면, 아프잖아."

양쪽의 젖꼭지를 잡아당기자 세리나가 고통으로 얼굴을 일그러트렸다. 하지만 하반신의 조임은 오히려 강해져서 기분 좋았다.

"조금은 참아."

나는 젖꼭지를 잡아당긴 채로 세리나의 몸을 흔들었다. 그러자 세리나의 젖꼭지가 유방에 눌렸다 당겨졌다를 반복해서 내 흥미를 자극했다.

"앗, 히극, 아아아아아앗!"

세리나는 커다란 소리를 내지르며 절정에 달했다.

그렇게 행위가 끝난 후.

세리나는 나를 노려보고 있었다. 손바닥이 날아올 것을 경계했지만 의외로 세리나는 그대로 울음을 터트리고 말았다.

"어째서 미나한테는 잘해주면서 나한테는 이렇게 못되게 구는 거야. 싫어. 너무해."

"알았어, 알았어. 이거면 될까?"

나는 세리나의 얼굴을 상냥하게 어루만지며 키스해 주었다. 세리나도 처음에는 싫어했지만, 인내심을 갖고 달래주자 결국 나를 받아들였다.

"이럴 때만 상냥하게 대한다니까……."

"가끔씩 상냥하게 해주는 것만으로도 감사하게 생각해. 자, 엎드려. 네가 좋아하는 후배위야."

"어? 그렇게까지 좋아하지는 않는데, 아앙♪"

"이렇게 달콤한 소리로 헐떡이면서 거짓말은."

"큭, 아앗, 그런 식으로 찌르면, 나, 나, 더는, 가버려어어어엇!"

엄청나게 빠른 속도로 절정에 달해버리는 세리나. 역시 음란한 여자다.

그러면 어떻게 할까.

미나는 아직 침대에서 기절해 있었다. 뺨을 때려서 2라운드를 서두를 수도 있겠지만 가능하다면 쉬게 해주고 싶었다.

"아직 더 가능하지? 알렉."

세리나가 몸을 일으키며 말했다. 고개를 끄덕인 나는 세리나를 내 몸에 걸터앉게 만들었다. 기승위였다.

"후후, 이렇게 내려다보니 기분이 좋은걸."

"건방진 여자 같으니."

"아앙!"

허리를 쳐올리자 세리나는 히죽 웃으며 여유로운 표정을 지어 보였다.

이윽고 세리나는 스스로 허리를 움직이기 시작했고, 그때마다 가슴이 위아래로 출렁거렸다. 젠장, 이번에는 내가 먼저 가버릴 것만 같다.

"괜찮겠어? 세리나. 이대로 가다가는 내 아이를 낳게 될지도 몰라."

"그건 싫지만, 으응, 피임약은 먹고 있으니 괜찮을 거야. 자, 더 안쪽까지 찔러줘. 대신 쌀 때는 밖에다가."

"어쩌란 거야."

"마음대로 하라는 거야, 하윽!"

여유가 사라지기 시작한 세리나. 나도 당장이라도 가버릴 것만 같았다.

여기서 먼저 가버리면 이 여자가 머리끝까지 기어오를 것이다.

그렇다면…… 그래, 방법은 하나뿐이다.

[머신건 바이브 LV1]

"뭐엇?! 알렉, 스킬으으으으으을! 아아아아앗! 하으으으으윽!"

나의 전광석화 같은 허리 놀림에 의해 세리나는 순식간에 가버리고 말았다.

훗, 나한테 섹스로 이기려고 하다니. 백 년은 일러.

"저, 저기, 주인님."

"괜찮아, 미나. 이리 와."

미나도 기승위가 하고 싶은지 내 위로 올라왔고, 나는 미나의 요구에 따라주었다.

"흐윽, 이런 모습으로, 아앗, 주인니임!"

움직임이 서툰 미나는 몸을 좌우로 비트는 것이 고작이었다.

하지만 이것도 의외로 자극적이었다.

"큭, 미나!"

"주인님!"

나는 몸을 부르르 떠는 미나에게 벅차오르는 애정을 아낌없이 쏟아부어 주었다.

잠시 후, 나는 충분히 만족스러운 기분으로 침대에 누웠다.

양쪽에는 두 명의 소녀가 있었다.

미나도 세리나도 내게 가까이 몸을 기댔다.

양손의 꽃이란 표현은 이럴 때 쓰는 것이겠지.

그러면 내일은 어떤 플레이를 해볼까?

나는 그런 생각을 하면서 잠에 빠졌다.

주점에서 저녁 식사를 마친 나는 술에 취해서 여관으로 돌아갔다.

"후우, 너무 마셨나."

"저, 주인님, 오늘은······."

미나가 조심스럽게 물었다.

"음, 리리랑 하겠어."

나는 당당하게 말했다. 부끄러워야 할 이유가 없기 때문이다.

"알겠습니다. 그럼 저는 반대쪽 방에서 쉬고 있을 테니, 용건이 있으면 불러주세요."

"그래."

미나는 내가 자신을 버리지 않을 것이라는 확신을 얻은 뒤로 다른 여성들을 질투하지 않게 되었다. 적어도 대놓고는.

좋은 징후다.

역시 하렘은 이렇게 사이좋게 지내야 하는 법이다.

"알렉, 불렀어?"

잠시 후, 리리가 찾아왔다.

"그래. 일단 앉아 봐."

내가 리리를 침대로 불렀다.

"그러면 뭘 줄 건데?"

리리는 문 앞에 서서 대가를 요구해 왔다.

"너 말야. 이 정도는 공짜로 해줘도 되잖아."

"뭐어?"

"됐으니까 앉아. 자, 치즈 줄 테니까."

"나는 과일이 좋은데."

리리가 과일을 요구했지만 아쉽게도 지금은 없었다.

"내일 여관 주인한테 과일이 있는지 물어볼게."

"지금이 아니면 싫어."

"뭐?"

뭐지 이 녀석. 사춘기인가?

"더 할 이야기가 없으면 리리는 방으로 돌아갈게."

"잠깐."

정말로 방으로 가버리려 하다니. 나는 자리에서 일어나 리리의 팔을 붙잡았다.

"앗, 이거 놔."

"됐으니까 와 봐."

"꺄악."

리리의 허리를 붙잡고 들어 올리자 생각보다 가벼웠다. 몸집이 작으니 당연한가.

"이거 놓으래도!"

핑크색 머리를 휘날리며 몸부림치는 리리.

"날뛰지 마. 좋은 걸 해줄 테니까."

"그래봤자 섹스지?"

"잘 아네, 뭐."

내가 씨익 웃으며 말했다.

"이 변태 아저씨!"

리리가 내 무릎을 걷어찼지만 별로 아프지 않았다.

그대로 침대에 걸터앉자 리리도 체념했는지 얌전해졌다.

"천국으로 데려가 줄게."

나는 리리를 무릎에 앉혀놓고 부드럽게 어루만지기 시작했다.

"리리, 졸립단 말야. 오늘은 섹스하고 싶지 않아."

"뭐? 내일 늦게까지 자면 되잖아."

"싫어."

고집 센 녀석이다. 하지만 이렇게 허벅지를 문질러주면…….

"흐앗, 이거 놓으래도!"

"크억!"

우연인지, 노린 건지 리리의 펀치가 내 고간에 직격했다.

주, 죽을 만큼 아프다……!

"응? 아하핫. 제대로 맞았나 봐."

"이 녀석…… 오늘은 벌을 받아야겠다."

"꺄악, 아핫!"

리리를 붙잡으려던 내 손이 허공을 가로질렀다. 리리는 잽싸게 도망쳐 버렸다.

"멈춰, 요 녀석!"

뒤뚱거리며 리리를 쫓아갔다. 하지만 아직 고간이 아파서 제대로 달릴 수가 없었다.

"아하하하핫!"

리리는 뭐가 그렇게 즐거운지 깔깔거리며 방 안을 뛰어다녔다.

"젠장."

"나 잡아봐라!"

다시금 내게서 도망친 침대 위에서 엉덩이를 두드리며 나를 바보 취급했다.

쳇, 나를 얕보다니. 어른을 화나게 한 것을 후회하게 해주지.

나도 진심이 되어 리리를 붙잡기 위해 움직였다.

"어이쿠!"

리리는 잠시 휘청거렸지만, 생각보다 더 날쌨다.

회피 계열 스킬을 우선적으로 습득한 덕분이겠지.

그대로 문 밖으로 향하려는 리리에게 내가 외쳤다.

"방에서 나가면 벌금을 물릴 줄 알아!"

"그러거나 말거나!"

리리는 그렇게 말하며 방에서 나가버렸다.

어른을 바보 취급한 것으로도 모자라 파티 리더의 명령까지 어기다니. 이참에 따끔한 교육이 필요하겠군.

"미나!"

"네, 주인님!"

"리리를 잡아와."

"알겠습니다."

"앗, 치사해!"

리리가 항의했지만 뭐라고 말하든 이것으로 내 승리다. 이것이 파티 리더의 특권이자, 지저분한 어른의 방식이다.

잠시 후, 미나에게 붙잡힌 리리가 내 방으로 끌려왔다.

"이거 놔줘! 미나!"

"안 돼. 주인님이 나를 불렀다는 건, 리리가 무슨 짓을 저질렀다는 뜻이지?"

"그, 그건."

리리가 말을 더듬었다. 내게 지옥의 고통을 선사한 데 대해서 약간의 죄책감은 느끼고 있는 모양이었다.

내가 말했다.

"사람을 때리고도 사과하지 않고, 파티 리더의 명령까지 어겼다. 그렇지, 리리."

"일부러 그런 건 아니었어. 게다가 알렉이……."

"나도 조금 억지를 부리기는 했다만, 그렇다고 해서 사람을 때려도 되는 건 아냐."

"으…… 죄송합니다."

"그래. 이제 됐어, 미나. 고마워."

"아뇨. 언제든지 불러주세요."

"흥이다!"

리리가 미나한테 투정을 부렸지만 미나는 신경도 쓰지 않고 방을 나갔다.

"리리, 이리로 와."

"무, 무슨 짓을 하려고……."

"얼른."

"꺅!"

나는 경계하는 리리를 한 손으로 번쩍 들어서 옆구리에 끼었다. 그런 다음 리리의 팬티를 한쪽으로 젖혔다.

"무슨 짓이야!"

"벌이다, 리리. 금방 끝나니까 조용히 해."

"시, 싫어."

리리가 다시 날뛰기 시작했지만 이번에는 단단히 붙잡고 있었기에 리리도 달아나지 못했다.

그리고 나는 [스팽킹 LV2]를 사용했다.

두 개의 귀여운 엉덩이를, 찰싹!

"꺄악! 아파!"

"아직이야."

다시 한번, 찰싹!

"아윽! 끄윽!"

꽤 아팠는지 리리는 입술을 깨물고 고통을 호소했다.

조금 지나쳤나?

"어때. 이걸로 타인의 고통을 조금은 이해했겠지?"

"고의가 아니었는데……."

"그러면 도망치지 말고 사과했어야지."

"고의도 아닌데 왜!"

"이 꼬맹이가. 어른이 하는 말은 듣는 게 좋아."

"싫! 거! 든!!"

"어쩔 수 없지. 그렇게 싫다면 네 마음대로 해. 너처럼 나쁜 애는 우리 파티에 필요 없으니까."

"어?! 거, 거짓말."

"정말이야. 다른 사람한테 사과할 줄 모르는 녀석은 제대로 된 어른으로 자라지 못해. 알겠어? 나는 네가 싫어서 때린 게 아니야. 네가 훌륭한 어른이 되기를 바라기 때문에 마음을 독하게 먹고 매를 든 거야."

나는 그럴듯한 말로 리리를 타일렀다.

"……미, 미안해."

"그래, 착하지. 그럼 포상을 주마."

"꺄악, 앙, 섹스는 싫다고 했잖아."

"거짓말하기는. 이렇게 문지르면……."

엉덩이를 살살 문질러 주자, 리리의 반응이 점점 변화해 갔다.

"앗, 으응, 문질러 주지 않아도 되는데, 아앙!"

"기분 좋으면서."

"조, 좋기는 하지만, 아앙, 싫어, 뭔가 이상해, 하앙!"

나는 리리의 자세를 바로잡아 정면에 앉혀 놓았다. 리리의 얼굴은 완전히 암컷의 그것이 되어 있었다.

"어때, 다시 한번 물을게. 리리, 나하고 섹스가 하고 싶어?"

"으, 응."

"착하지. 그러면 상이다."

나는 리리의 윗도리를 벗겨 아담한 가슴을 드러냈다. 어느새 수치심도 알게 되었는지 리리는 얼굴을 붉히며 가냘픈 팔로 자신의 가슴을 가리려 들었다.

"숨기지 마."

"그, 그래도…… 앙!"

분홍색의 작은 돌기를 살짝 꼬집자 달콤한 목소리가 터져 나왔다. 내 손을 부여잡는 리리의 손가락은 짧고 조그마했다.

갈비뼈를 따라서 손끝을 이동시키자 리리의 배가 움찔거렸다.

미숙해 보이는 리리의 자그만 육체도 이미 수컷을 받아들일 준비가 되어있는 모양이었다.

"앗!"

나는 리리를 침대에 휙 던진 뒤, 리리의 발목을 붙잡아 억지로 벌려 보았다.

"이, 이런 자세는 싫어."

"참아. 더 기분좋게 해줄게."

"꿀꺽…… 더, 더 좋게?"

"그래. 이런 상황에서 내가 거짓말을 했던 적이 한 번이라도 있어?"

리리가 고개를 좌우로 붕붕 내저었다.

리리는 전신을 움츠린 채로 이윽고 찾아올 쾌락에 대비했다.

잠시 후, 내 입에서 한 마리의 붉은 뱀이 기어 나왔다. 그 뱀은 활짝 벌어진 다리의 한가운데로 향하더니 리리의 얇은 점막을 애무하기 시작했다.

"아앗, 아아아앗, 좋아, 좋아, 알렉! 그거 좋아아!"

나는 리리가 달아나지 못하도록 두 다리를 단단히 붙잡은 뒤, 혓바닥을 눈앞에 보이는 작은 꽃잎을 문질러 나갔다.

"히익! 아윽, 하앗, 히으으윽!"

리리는 움찔움찔 경련했지만 아무리 몸을 뒤틀어도 내 손아귀에서는 벗어날 수 없었다. 이윽고 쾌락의 파도는 리리의 중심을 관통해 정수리에 직격했고, 결국 리리는 절정에 달하여 축 늘어져 버렸다.

"어이, 리리. 정신 차려."

나는 볼을 탁탁 두드려 기절한 리리를 깨웠다.

이제부터가 진짜 시작이다. 먼저 가버리면 곤란했다.

너는 나의 귀엽고 귀여운 장난감이니까.

"흐에……."

리리가 멍하니 정신을 차렸다. 하지만 아직도 쾌락의 여운에 빠져있는지 반응이 둔했다.

"핥아."

나는 리리를 일으켜 우뚝 솟아오른 나의 흉기로 유도했다.

"하음, 할짝, 할짝."

리리는 순순히 내 물건을 핥기 시작했다. 아직 어설프지만 그래도 펠라치오다워지기는 했다.

길들이는 보람이 있는 녀석이다.

내 물건이 들어갈까 말까 한 작은 입으로 열심히 봉사해 나가는 리리.

"아야야, 이는 세우지 마."

제길, 역시 어설프다.

"미안."

"됐어. 그러면 기승위로 해볼까."

"응! 영차……."

리리가 의욕적으로 내 몸으로 기어 올라왔다. 그런데 어째서일까. 정작 내가 허리를 움직이자 싫어하기 시작했다.

"자, 잠깐, 알렉."

"나중에 해. 나도 빨리 가고 싶다고. 지금껏 많이 했으니 아프진 않잖아?"

게다가 축축하게 젖어 있기까지 했다. 처녀가 아니니 문제될 건 없었다.

"그런 게 아니라, 지금은, 좀, 아윽, 안 돼, 안돼, 더는 안 돼애앳!"

리리가 몸을 부들부들 떠는가 싶더니 뜨뜻한 액체가 조르르 흘러나왔다.

그 황금색의 분수는 완만한 모양의 곡선을 그리며 내 몸에 쏟아져 내렸다.

"으엑."

"우와아앙! 그래서 말했잖아!"

리리가 얼굴을 새빨갛게 물들이며 화를 냈다. 당장이라도 울음을 터트릴 것 같은 얼굴이었다.

"이게 다 뭐야. 자기 전에는 화장실에 가라고 했잖아."

"으으……."

"일단 닦자. 내놔."

"앗, 그거! 리리 옷인데!"

"또 있잖아. 어차피 나중에 빨면 그게 그거야. 자, 다시 시작하자."

"어? 아, 알았어……."

리리가 다시 내 몸에 올라탔다.

"아윽, 으앗, 끄윽, 아흑, 으윽!"

내가 허리를 쳐올릴 때마다 리리가 거의 오열하듯 헐떡거렸다.

리리의 자그만 몸이 리드미컬하게 움직이는 모습이 상당히 흥분되었다.

"아앗! 알렉, 엄청난 게 와버려! 와버려엇! 리리, 더는, 더는, 아아아아아아앗!"

"크윽!"

나는 리리와 타이밍을 맞춰 뱃속 한가득 나의 욕망을 퍼부어 주었다. 결국 다 들어가지 못하고 흘러넘친 백탁액이 꿀럭꿀럭 쏟아져 내렸다.

"후우…… 최고……."

리리는 만족한 모양이었지만, 침대 상태가 말이 아니었다.

"하아, 아침에 미나한테 시트를 바꿔 달라고 부탁해야겠군."

소변으로 다소 불쾌감이 들기는 했지만, 직접 바꾸기도 귀찮았기에 나는 리리를 껴안은 채로 잠들어 버렸다.

"안녕하세요, 주인님."

"오오, 미나구나. 흐암……."

"어제는 즐거우셨나 봐요. 앗……."

미나가 시트의 노란 얼룩을 발견한 모양이었다. 내 주변이 흥건히 젖어 있었다. 차갑다.

"미안하지만 시트를 갈아 줘, 미나."

어른인 나는 냉정하게 말했다.

"네, 바로 준비할게요. 리리, 일어나. 그리고 자기 전에는 화장실에 갔어야지."

"으음…… 앗! 아, 아니야! '이건' 내가 아니래도!"

"그래, 알았어. 내가 빨게."

미나가 상냥하게 미소를 지어 보였다. 하지만 리리는 필사적이었다.

"아, 아니라니까! 내가 그런 게 아냐!"

절반은 리리의 소변이 맞았다. ……하지만 이건 리리의 소변이 아니었다.

그랬다. 나의 소변이다!

에로 스킬로
Record of Erotic Warrior
이세계 무쌍

알렉

스테이터스

〈레벨〉 25 　〈클래스〉 용사/검사
〈종족〉 인간 　〈성별〉 남자 　〈연령〉 42
〈HP〉 273/273 　〈MP〉 122/122
〈TP〉 232/232 　〈상태〉 보통
〈EXP〉 61776 　〈NEXT〉 2054
〈소지금〉 18439

기본 능력치

〈근력〉 24 〈민첩〉 23 〈체력〉 24
〈마력〉 23 〈손재주〉 23 〈운〉 23

스킬_현재 스킬 포인트 : 4

[헌팅 LV2] [레이프 LV1] [위협 LV1] [엿보기 LV1] [매도 LV1] [절륜 LV1] [성희롱]
[구워삶기 LV1] [스팽킹 LV2] [손재주UP LV2] [행운 LV5] [근성 LV2] [상황 판단
LV2] [해설 LV1] [시계 LVMAX] [스킬 카피 LV1] [스킬 리셋 LV1] [클래스 체인지
LV1] [매료☆ LV3] [약초 식별 LV2] [약초 채집 LV1] [기적 탐지 LV2] [구입 요령 LV1]
[점프 LV1] [아이템 가방 LV1] [어루만지기 LV1] [노예 조련 LV4] [카운셀링 LV1]
[파티 스킬 공유 LV1] [파티 스테이터스 열람 LVMAX] [검술 LV1] [소매치기 LV1]
[머신건 바이브 LV1] [아부하기 LV1] [스토커 LV1] [감정 LV4] [교차 정상위 LV1]
[파티 스킬 리셋 LV2] [로션 플레이 LV1] [타격 내성 LV1] [촛농 플레이 LV1] [귀갑
묶기 LV5] [민첩UP LV3] [운동신경 LV3] [동체시력 LV3] [스킬 은폐 LV2] [예감 LV2]
[초크 슬리퍼 LV1] [은밀 행동 LV1] [갑옷 벗기기 LV1] [금전 감각 LV1]

파티 공유 스킬

[획득 스킬 포인트 상승 LV5]
[획득 경험치 상승 LV2]
[레어 아이템 확률 업 LV4]

 미나

스테이터스

〈레벨〉25 　　〈클래스〉검사
〈종족〉견인족 　〈성별〉여자 　〈연령〉18
〈HP〉298/298 〈MP〉54/54
〈TP〉133/133 〈상태〉보통
〈EXP〉59274 〈NEXT〉3726
〈소지금〉2011

기본 능력치

〈근력〉12+20 〈민첩〉14 〈체력〉10
〈마력〉2 〈손재주〉7 〈운〉34

스킬_현재 스킬 포인트 : 10

[삼키기 LV1] [애원하기 LV1] [날카로운 후각☆ LV4] [인내 LV4] [시계 LVMAX] [청결
선호 LV4] [헌신적 LV3] [얌전함 LV3] [배짱 LV2] [직감 LV3] [운동신경 LV4]
[동체시력 LV3] [기척 탐지 LV3] [아이템 가방 LV1] [약초 식별 LV1] [약초 채집 LV1]
[음식 제공 LV1] [검술 LV3] [상황 판단 LV3] [민첩UP LV3] [행운 LV5] [아군 보호
LV3] [펠라치오 LV3] [파티 스테이터스 열람 LVMAX] [후각 : 함정 LV3] [독침 회피
LV3] [함정 해체 LV3] [점프 LV1]

H 스테이터스

〈성교 횟수〉12 〈자위 횟수〉26 〈감도〉77 〈음란 지수〉10
〈좋아하는 체위〉정상위
〈플레이 내용〉노멀, 펠라치오, 노출 플레이

세리나

스테이터스

〈레벨〉26　　〈클래스〉용사/검사
〈종족〉인간　〈성별〉여자　〈연령〉18
〈HP〉316/316 〈MP〉154/154
〈TP〉268/268 〈상태〉보통
〈EXP〉63055　〈NEXT〉5045
〈소지금〉21180

기본 능력치

〈근력〉26 〈민첩〉26 〈체력〉26
〈마력〉25 〈손재주〉25 〈운〉25

스킬_현재 스킬 포인트 : ?

Caution!

* 스킬에 의해 열람을 방해받았습니다.

H 스테이터스

〈성교 횟수〉6 〈자위 횟수〉2556 〈감도〉97 〈음란 지수〉78
〈좋아하는 체위〉후배위
〈플레이 내용〉노멀, 레이프, 펠라치오, 붓카케, 스팽킹, 노출 플레이

리리

스테이터스

〈레벨〉24 〈클래스〉왕족/시프
〈종족〉인간 〈성별〉여자 〈연령〉??
〈HP〉108/108 〈MP〉62/62
〈TP〉51/51 〈상태〉보통
〈EXP〉60226 〈NEXT〉4774
〈소지금〉2108

기본 능력치

〈근력〉6 〈민첩〉8 〈체력〉3
〈마력〉4 〈손재주〉3 〈운〉5

스킬_현재 스킬 포인트 : 2

[고귀한 혈족☆ LV5] [자기중심적 LV3] [매너 LV1] [쓰레기 뒤지기 LV2] [소매치기 LV2] [도주 LV2] [슬링 LV3] [아이템 가방 LV1] [회피 LV2] [어그로 감소 LV5] [체력 상승 LV5] [게으름 피우기 LV3] [놀기 LV3]

H 스테이터스

〈성교 횟수〉5 〈자위 횟수〉0 〈감도〉75 〈음란 지수〉32
〈좋아하는 체위〉???
〈플레이 내용〉노멀, 펠라치오, 스팽킹, 방뇨

 이오네

스테이터스

〈레벨〉 26　　〈클래스〉 수조검사
〈종족〉 인간　〈성별〉 여자　〈연령〉 20
〈HP〉 258/258 〈MP〉 102/102
〈TP〉 254/254 〈상태〉 보통
〈EXP〉 61322　〈NEXT〉 3678
〈소지금〉 11790

기본 능력치

〈근력〉 17 〈민첩〉 17 〈체력〉 14
〈마력〉 8 〈손재주〉 19 〈운〉 18

스킬_현재 스킬 포인트 : 4

[모서리 자위 LV4] [민첩성UP LV3] [배려 LV4] [상냥함 LV4] [이성 LV2] [정의로운
마음 LV2] [직감 LV3] [반사신경 LV4] [운동신경 LV3] [기척 탐지 LV3] [수조검술
LV4] [음식 제공 LV3] [간파 LV3] [카운터 LV3] [아이템 가방 LV1] [행운 LV5]
[모험가의 마음가짐 LV1] [여자의 매력 LV1] [심안 LV1] [유혹 LV5]

H 스테이터스

〈성교 횟수〉 3 〈자위 횟수〉 56 〈감도〉 72 〈음란 지수〉 12
〈좋아하는 체위〉 정상위
〈플레이 내용〉 노멀, 파이즈리

후기

어떠셨나요?

알렉의 에로한 모험, 재밌게 읽어 주셨나요? 그렇다면 작가로서 더할 나위 없이 기쁠 겁니다.

입맛에 맞지 않으신 분은 타이틀 사기를 당하신 심정이실 테니 정말로 죄송합니다. 하지만 똥겜이라도 울지 않겠어! 분명 화제가 될 테니까!

소개가 늦었군요. 본 작품에 접속하신 여러분, 처음 뵙겠습니다. '마사난'이라고 합니다. 알로하!

소설 연재 사이트에서 읽어주시고 계신 모든 분들, 드디어 저희가 해냈습니다! 해냈어요! 서적화라구요! 이곳에서도 인사드릴 수 있어 정말 다행입니다. 응원해 주셔서 감사합니다. 앞으로도 잘 부탁드립니다. (여기서부터는 스토리의 스포일러가 포함되어 있습니다. 이 작품을 처음 보신 분이나 후기부터 스타트하신 플레이어분들은 다음 ◆ 마크까지 스킵하실 것을 추천드립니다.)

웹소설 원작 독자분들의 감상평에 따르면 4장의 그랑소드 대미궁부터가 호평이더군요. 하지만 1권의 3장까지만 해도 지면 용량이 아슬아슬해서 페이지를 상하로 나누는 방법까지 동원해야 했습니다. 그뿐만 아니라 문단 수를 줄이거나 스테이터스 서술을

1만자 이상 줄이는 등, 여러 방법을 모색했지만 결국 3장이 한계였습니다. 아쉽긴 하지만 담당자분과의 상담 끝에 4장을 싣는 것은 포기하기로 했습니다.

그래도 3장에서 1권을 마무리하는 것이 서사적으로는 가장 깔끔하다고 생각합니다. 적대하는 용사와 결전을 치르고 끝나는 대목이니까요.

그리고 여러분이 기다리셨던 (기다리지 않았다면 왜 구입하셨죠? 아아, 일러스트를 보고 사셨구나) 출판본 한정 단편이 수록되었습니다! 책으로만 접하실 독자분들을 위해서 번외편도 전부 넣고 싶었습니다만, 담당 편집자님께서 "이렇게 커다란 건 안 들어가! 꺄악!"이라고 말씀하셔서 10% 정도의 분량으로 만족했습니다. 이왕이면 서비스 화가 좋겠다는 편집자님의 요청으로 엄청난 결과물이…….

◆

다만, 프로 편집자님의 검수 덕분에 저 마사난도 "이걸로 나도 프로 작가인가. 성우 A와 결혼하기 위해 프로로서 자각을 가지고 훌륭한 문장력을 지닌 문예 작품을 집필해 내야 해……!"라는 결의를 품을 수 있었습니다. (흔히 하는 워너비들의 착각이기는 하지만) 어쨌든 지금은 의욕 스위치가 켜진 상태이므로 작품의 품질이 올라갔다고 생각합니다. (※프로로서 자각을 가지는 건 누구나 가능합니다. 사실 저, 수입으로 따지면 햇병아리입니다.)

이러한 저의 망상이 만들어낸 캐릭터에 숨결을 불어넣어 주시고, 아름답고도 귀여운 일러스트를 그려주신 B—은하 님, 인터넷의 어둠에 파묻혀 있던 저를 찾아내 따뜻한 손길을 건네주신 편집 담당 K 님, 20만자를 넘는 긴 글을 검수해 주신 교열 담당자 님, 누구도 간단히 도전하고 공개 가능한 시스템을 만들어 주신 나이트 랜턴 님, 이 책을 인쇄하고 서점에 나열하는 등 다양한 지원을 해주신 수많은 관계자분들, 그리고 감상과 평가 포인트를 넣어주신 수많은 유저 여러분, 처음으로 리뷰를 써주신 토시린 님, 지금 이렇게 제 작품을 읽어주고 계시는 모든 독자분들, 정말로 고맙습니다. 이 자리를 빌어 감사의 말씀 올립니다.

EROI SKILL DE ISEKAI MUSOU Vol.1
ⓒ2020 by Masanan / B-Ginga
All rights reserved.
First published in Japan in 2020 by MICRO MAGAZINE, INC.
Korean translation rights reserved by Somy Media, Inc.

에로 스킬로 이세계 무쌍 1

2023년 4월 15일 1판 1쇄 발행

저　　　자 마사난
일 러 스 트 B-은하
옮 긴 이 마일도
발 행 인 유재옥
본 부 장 조병권
담당편집 정영길
편 집 1 팀 김준균 김혜연
편 집 2 팀 정영길 조찬희 박치우 정지원
편 집 3 팀 오준영 이해빈 이소의
편 집 4 팀 전태영 박소연
미　　　술 김보라 박민솔
라이츠담당 김정미 맹미영 이윤서
디 지 털 박상섭 김지연
발 행 처 ㈜소미미디어
인쇄제작처 코리아피앤피
등　　　록 제2015-000008호
주　　　소 서울 마포구 토정로 222, 403호(신수동, 한국출판콘텐츠센터)
판　　　매 ㈜소미미디어
마 케 팅 한민지 최정연 박종욱 최원석
물　　　류 허석용
전　　　화 편집부 (070)4164-3962, 3963 기획실 (02)567-3388
　　　　　　판매 및 마케팅 (070)4165-6888, Fax (02)322-7665

ISBN 979-11-384-1761-7 (04830)
ISBN 979-11-384-1759-4 (세트)